Leïla Slimani

Schaut, wie wir tanzen

Roman

*Aus dem marokkanischen Französisch
von Amelie Thoma*

btb

Die französische Originalausgabe erschien unter dem Titel
»Regardez-nous danser« bei Éditions Gallimard, Paris.

Der Verlag behält sich die Verwertung der urheberrechtlich
geschützten Inhalte dieses Werkes für Zwecke des Text- und
Data-Minings nach § 44b UrhG ausdrücklich vor.
Jegliche unbefugte Nutzung ist hiermit ausgeschlossen.

Die Übersetzerin dankt dem Deutschen Übersetzerfonds
für seine großzügige Unterstützung ihrer Arbeit
an der vorliegenden Übersetzung.

2. Auflage
Genehmigte Taschenbuchausgabe August 2024
btb Verlag in der Penguin Random House Verlagsgruppe GmbH,
Neumarkter Straße 28, 81673 München
produktsicherheit@penguinrandomhouse.de
(Vorstehende Angaben sind zugleich
Pflichtinformationen nach GPSR.)

Copyright © der Originalausgabe 2022 Éditions Gallimard, Paris
Copyright © der deutschsprachigen Ausgabe 2022 Luchterhand
Literaturverlag, München
Covergestaltung: buxdesign | Ruth Botzenhardt unter Verwendung
eines Motivs von © Privatarchiv Leila Slimani
Druck und Einband: GGP Media GmbH, Pöneck
KLÜ · Herstellung: sc
Printed in Germany
ISBN 978-3-442-77448-7

www.btb-verlag.de
www.facebook.com/penguinbuecher

Für Bounty,
ohne den nichts möglich wäre.

PERSONENVERZEICHNIS

Mathilde Belhaj (geb. 1926) lernt Amine Belhaj 1944 kennen, als dessen Regiment in ihrem Dorf im Elsass stationiert ist. Die beiden heiraten 1945, und Mathilde folgt ihm bald darauf ins marokkanische Meknès. Drei Jahre lebt das Paar zusammen mit Amines Familie mitten in der Medina, im Berrima-Viertel, ehe sie auf eine Farm ziehen, wo Mathilde zwei Kinder bekommt, Aïcha und Selim. Während ihr Mann hart arbeitet, um die Farm zu einem blühenden landwirtschaftlichen Betrieb zu machen, eröffnet sie eine ambulante Krankenstation, in der sie die Bauern der Umgebung behandelt. Sie lernt Arabisch und den Berber-Dialekt der Gegend. Trotz aller Schwierigkeiten und obwohl ihr manche, vor allem die Stellung der Frau betreffende Traditionen zutiefst widerstreben, beginnt sie in diesem Land heimisch zu werden.

Amine Belhaj (geb. 1917), ältester Sohn von Kadour Beljah, einem Übersetzer der Kolonialarmee, und dessen Frau Mouilala, wird nach dem Tod seines Vaters 1939 zum Familienoberhaupt. Er erbt Land, beschließt jedoch zu Beginn des Zweiten Weltkriegs, sich bei einem Spahi-Regiment zu verpflichten. Zusammen mit seinem Adjutanten Mourad gerät er in deutsche Kriegsgefangenschaft, aus der er fliehen kann. 1944 lernt er Mathilde kennen, die er 1945 im Elsass kirchlich heiratet. In den Fünfzigerjahren, während Marokko von Unruhen geschüttelt wird, kämpft er hartnäckig für seinen Traum, aus der Farm einen prosperierenden Agrarbetrieb zu machen. Er begeistert sich für moderne Anbaumethoden und züchtet neue Oliven- und Zitrussorten. Nach Jahren voller Enttäuschungen erlaubt ihm die Geschäftspartnerschaft mit dem ungarischen Arzt Dragan Palosi endlich, Gewinne zu erzielen.

Aïcha Belhaj (geb. 1947), Tochter von Amine und Mathilde, besucht eine katholische Mädchenschule in Meknès, wo sie hervorragende Noten bekommt. Das scheue, in sich gekehrte Kind ist der Stolz seiner Eltern.

Selim Belhaj (geb. 1951), Sohn von Amine und Mathilde, die ihn verhätschelt, geht ebenfalls auf eine katholische Schule.

Omar Belhaj (geb. 1927) hegt seit seiner Kindheit und Jugend eine Mischung aus Bewunderung und Hass für seinen älteren Bruder Amine. Insbesondere wirft er ihm vor, sich freiwillig zur französischen Armee gemeldet zu haben und der Liebling ihrer Mutter Mouilala zu sein. Impulsiv und aufbrausend, nähert Omar sich während des Zweiten Weltkriegs den Nationalisten an. In den Fünfzigerjahren wächst sein Einfluss, und er zettelt im Rahmen der Unruhen, die der Unabhängigkeit vorausgehen, Krawalle an.

Jalil Belhaj (geb. 1932), jüngster der Belhaj-Brüder, ist vom Fluch getroffen, der auf der Familie lastet: Er leidet unter einer psychischen Erkrankung und lebt zurückgezogen in seinem Zimmer, wo er sich immerzu selbst im Spiegel anschaut. Als seine Mutter krank wird und zu Amine auf die Farm zieht, wird Jalil nach Ifrane zu einem Onkel geschickt. 1959 hungert er sich zu Tode.

Mouilala Belhaj (geb. zu Beginn des 20. Jahrhunderts) ist die Ehefrau von Kadour Belhaj. Als Tochter einer Familie der Mittelschicht lernt sie weder lesen noch schreiben. Viele ihrer Vorfahren litten unter einer Geisteskrankheit und liefen nackt durch die Straßen oder redeten mit Geistern. Sie gebiert sieben Kinder, von denen vier überleben: Amine, Omar, Jalil und Selma. Die liebevolle und energische Mutter verehrt ihren Ältesten und bewundert ihre Schwiegertochter für deren Unabhängigkeit und Schulbildung. Um 1955 zeigt sie erste Symptome einer psychischen, demenzähnlichen Erkrankung. Daraufhin verlässt sie das Haus im Berrima-Viertel, in der Medina von Meknès, und verbringt ihre letzten Jahre auf der Farm. Sie stirbt 1959, ein paar Monate vor ihrem Sohn Jalil.

Selma Belhaj (geb. 1937) wird von ihren Brüdern Amine und Omar unablässig überwacht und von Omar geschlagen. Das strahlend schöne Mädchen, Liebling der Mutter, schwänzt regelmäßig den Unterricht und lernt im Frühjahr 1955 den jungen Piloten Alain Crozières kennen, von dem sie schwanger wird. Um den Skandal und die Schande zu vertuschen, verheiratet Amine sie mit seinem ehemaligen Adjutanten Mourad. 1956 bringt sie ein kleines Mädchen zur Welt: Sabah.

Mourad (geb. 1920) stammt aus einem kleinen Dorf, achtzig Kilometer von Meknès entfernt. 1939 wird er zur Armee eingezogen und an die Front geschickt, wo man ihn Amine als Adjutant zuteilt. Er empfindet für seinen Kommandanten eine ebenso brennende wie heimliche Liebe und ist eifersüchtig auf Mathilde. Bei Kriegsende bricht er mit nordafrikanischen Kolonialtruppen nach Indochina auf. Zermürbt von der brutalen Gewalt dieses Krieges desertiert er schließlich und schafft es, nach Marokko zurückzukehren und Amine zu finden. Als Vorarbeiter auf dem Belhaj'schen Gut erfüllt er seine Aufgabe mit militärischer Härte und wird von den Arbeitern gehasst. 1955 heiratet er Selma.

Monette Barte (geb. 1946), Tochter von Émile Barte, einem Flieger des Luftwaffenstützpunktes von Meknès, lernt Aïcha an der katholischen Schule kennen, die sie ebenfalls besucht. Die beiden jungen Mädchen werden enge Freundinnen und Vertraute.

Tamo, Tochter von Ito und Ba Miloud, Landarbeitern aus dem Duar in der Nähe der Farm, wird von Mathilde bei ihrer Ankunft auf dem Gut als Hausmädchen eingestellt. Obwohl ihre elsässische Herrin sie schroff behandelt, findet Tamo ihren Platz im Schoß dieser Familie, für die sie bis ans Ende ihres Lebens arbeiten wird.

Dragan Palosi, ungarische Gynäkologe jüdischer Abstammung, flieht während des Krieges mit seiner Frau Corinne nach Marokko. Nach einer schlechten Erfahrung in einer Klinik in Casablanca eröffnet er in Meknès seine eigene Praxis. 1954 schlägt er Amine eine Geschäftspartnerschaft für den Export von Orangen nach Europa vor. Er unterstützt Mathilde, die er mag und bewundert, als diese sich von ihrer Ambulanz überfordert fühlt. Außerdem nimmt er Aïcha während ihrer Schulzeit unter seine Fittiche und schenkt ihr Bücher, um ihren Wissensdurst zu stillen.

Corinne Palosi ist Dragans aus Dünkirchen stammende Gattin. Die äußerst sinnliche Frau weckt das Begehren der Männer und den Argwohn der Frauen. Sie leidet darunter, dass sie keine Kinder bekommen konnte, und führt in Meknès ein relativ einsames Leben.

ERSTER TEIL

*Die Zeit nimmt keine Rücksicht auf mich
und bürdet mir auf, was sie will.
Also möchte ich Fakten ignorieren dürfen.*

Boris Pasternak

Mathilde stand am Fenster und sah hinaus in den Garten. Ihren üppigen und wilden, fast schon unanständigen Garten. Ihre Rache an der Kargheit, zu der ihr Mann sie bei allem zwang. Der Tag war gerade erst angebrochen, und die Sonne stahl sich schüchtern durchs Blattwerk. Ein Jacaranda, dessen violette Blüten noch nicht aufgegangen waren. Die alte Trauerweide und die beiden Avocadobäume, deren Äste sich unter den Früchten bogen, die niemand aß und die im Gras verrotteten. Nie war der Garten so schön wie zu dieser Zeit im Jahr. Es war Anfang April 1968, und Mathilde dachte, dass Amine den Termin nicht zufällig gewählt hatte. Die Rosen, die sie aus Marrakesch hatte kommen lassen, waren erblüht, und über dem Garten hing ein frischer, lieblicher Duft. Zu Füßen der Bäume waren zwischen dicken Lavendel- und Rosmarinbüschen Teppiche aus Lilien und Dahlien ausgebreitet. Mathilde sagte, dass hier einfach alles wuchs. Für Blumen war dies ein gesegneter Boden.

Der Gesang der Stare drang bereits zu ihr, und sie entdeckte zwei Amseln, die durchs Gras hüpften und mit ihren orangefarbenen Schnäbeln in der Erde pickten. Eine von ihnen hatte weiße Federn auf dem Kopf, und Mathilde fragte sich, ob die anderen Amseln sie deswegen verspotteten oder ob dies, ganz im Gegenteil, den Vogel zu einem besonderen Tier machte, das von seinen Artgenossen verehrt wurde. Wer weiß schon, wie die Amseln leben?, dachte Mathilde.

Sie hörte Motorenlärm und die Stimmen der Arbeiter. Auf dem Weg zum Garten tauchte ein riesiges gelbes Monstrum auf. Zuerst sah sie den Arm aus Metall und am Ende dieses Arms eine gewaltige mechanische Schaufel. Die Maschine war so breit, dass sie kaum zwischen den Reihen von Olivenbäumen hindurchpasste, und die Arbeiter riefen dem Fahrer des Baggers, der links und rechts Zweige abriss, Anweisungen zu. Endlich hielt das Gerät, und es wurde wieder still.

Dieser Garten war ihre Höhle gewesen, ihre Zuflucht, ihr Stolz. Hier hatte sie mit ihren Kindern gespielt. Sie hatten unter der Trauerweide Mittagsschlaf gehalten und im Schatten des Kautschukbaums gepicknickt. Sie hatte ihnen gezeigt, wie man die Tiere aufspürte, die sich in Bäumen und Sträuchern verbargen. Die Eulen und Fledermäuse und Chamäleons, die sie in Schachteln steckten und manchmal unter ihren Betten sterben ließen. Und als die Kinder größer waren und nicht mehr mit ihr spielen und schmusen wollten, war sie hergekommen, um ihre Einsamkeit zu vergessen. Sie hatte gepflanzt, geschnitten, gesät, umgesetzt. Sie hatte gelernt, zu jeder Tageszeit die Stimmen der Vögel zu erkennen. Wie konnte sie jetzt Chaos und Verwüstung herbeisehnen? Die Vernichtung all dessen wünschen, was sie geliebt hatte?

Die Arbeiter betraten den Garten und kennzeichneten mit Pflöcken, die sie in den Boden trieben, ein Rechteck von zwanzig mal fünf Metern. Sie achteten darauf, die Blumen nicht mit ihren Gummistiefeln zu zertrampeln, und diese rührende, aber nutzlose Aufmerksamkeit ging Mathilde zu Herzen. Sie gaben dem Baggerfahrer ein Zeichen, der seine Zigarette aus dem Fenster warf und den Motor anließ. Mathilde zuckte zusammen und schloss die Augen. Als sie sie wieder öffnete, grub sich die gewaltige metallische Klaue in den Boden. Die Hand eines Riesen drang in die schwarze Erde ein und setzte einen moosigen Humusgeruch frei. Sie riss alles aus, was ihr in die Quere kam, und mit der Zeit entstand ein großer Haufen aus Erde und Steinen, auf dem leblose Sträucher und enthauptete Blumen ruhten.

Diese eiserne Hand war Amines Hand. Das dachte Mathilde an jenem Vormittag, den sie reglos hinter dem Wohnzimmerfenster verbrachte. Sie wunderte sich, dass ihr Mann dem Schauspiel nicht hatte beiwohnen wollen, um nach und nach die Blumen und Bäume fallen zu sehen. Er hatte ihr versichert, dass diese Grube nur hier sein könne. Dass man sie direkt neben dem Haus ausheben müsse, an der sonnigsten Stelle des Grundstücks. Ja, da, wo der Flieder stand. Da, wo früher einmal der Zitrangenbaum gewachsen war.

Zuerst hatte er Nein gesagt. Nein, weil sie nicht die Mittel dafür hatten. Weil Wasser ein rares und kostbares Gut war, das man nicht zum Vergnügen benutzen durfte. Er hatte Nein gebrüllt, weil er die Vorstellung, den bitterarmen Bauern ein derart anstößiges Spektakel zu bieten, entsetzlich fand. Was würde man über die Erziehung denken, die er seinem Sohn angedeihen ließ, über den Umgang mit seiner Frau, wenn man sie halb nackt in einem Swimmingpool baden sähe? Er wäre nicht besser als die früheren Kolonisten oder diese dekadenten Bourgeois, von denen es im Land nur so wimmelte und die ungeniert ihren glänzenden Erfolg zur Schau stellten.

Doch Mathilde gab nicht auf. Sie wischte seine Einwände vom Tisch. Jahr für Jahr versuchte sie es wieder. Jeden Sommer, wenn der Chergui blies und die erdrückende Hitze an ihren Nerven zerrte, brachte sie erneut die Idee dieses Pools aufs Tapet, die ihrem Gatten so zuwider war. Sie dachte, er, der Nichtschwimmer, der sich vor dem Wasser fürchtete, könne sie nicht verstehen. Sie versuchte es sanft, gurrend, sie bettelte. Es war keine Schande zu zeigen, was sie erreicht hatten. Sie taten nichts Böses, es war ihr gutes Recht, das Leben zu genießen, nachdem sie ihre besten Jahre dem Krieg und dann dem Aufbau der Farm geopfert hatten. Mathilde wollte dieses Schwimmbad, sie wollte es zum Ausgleich für ihre verlorene Jugend. Sie hatten die vierzig hinter sich gelassen und mussten niemandem mehr etwas beweisen. Alle Landwirte der Umgebung, zumindest die, die ein modernes Leben führten, hatten einen Pool. Sollte sie sich lieber im öffentlichen Schwimmbad allen präsentieren?

Sie schmeichelte ihm. Sie lobte seine Erfolge bei der Erforschung neuer Olivensorten und beim Export von Zitrusfrüchten. Sie dachte, sie könnte ihn erweichen, indem sie so vor ihm stand, mit heißen, roten Wangen, schweißnassen Haaren, die ihr an den Schläfen klebten, Krampfadern an den Waden. Sie erinnerte ihn daran, dass sie alles, was sie verdient hatten, ihrer Arbeit, ihrer Beharrlichkeit verdankten. Und er verbesserte sie: »Ich bin es, der hier gearbeitet hat. Ich entscheide, wie wir das Geld verwenden.«

Als er dies sagte, weinte Mathilde nicht und wurde nicht wütend. Sie lächelte in sich hinein und dachte an alles, was sie für ihn getan hatte, für die Farm, für die Arbeiter, die sie in ihrer Ambulanz behandelte. An die Zeit, die sie damit verbracht hatte, ihre Kinder großzuziehen, sie zur Tanz- und zur Musikstunde zu fahren, mit ihnen Hausaufgaben zu machen. Seit ein paar Jahren hatte Amine ihr die Buchhaltung der Farm anvertraut. Sie schrieb die Rechnungen, bezahlte Löhne und Lieferanten. Und manchmal, ja, manchmal kam es vor, dass sie die Bilanz fälschte. Sie änderte eine Zeile, erfand einen zusätzlichen Arbeiter oder eine Bestellung, die es nie gegeben hatte. Und in einer

Schublade, zu der nur sie den Schlüssel besaß, versteckte sie Bündel von Banknoten, die sie mit beigefarbenen Gummiringen zusammenrollte. Das machte sie schon so lange, dass sie sich nicht mehr dafür schämte und nicht mal mehr Angst hatte, bei dem Gedanken, sie könnte erwischt werden. Die Summe wuchs, und sie fand, das sei ihr wohlverdienter Anteil, eine Gebühr, die sie zur Entschädigung für ihre Demütigungen erhob. Und um sich zu rächen.

Mathilde war gealtert, und es war zweifellos Amines Schuld, dass sie älter aussah, als sie war. Die Haut in ihrem Gesicht, die andauernd Wind und Sonne ausgesetzt war, wirkte ledrig. Stirn und Mundwinkel waren mit Falten überzogen. Selbst das Grün ihrer Augen hatte seinen Glanz eingebüßt, wie ein Kleid, das man zu viel getragen hatte. Sie war fülliger geworden. Um ihren Mann zu provozieren, schnappte sie sich an einem glutheißen Tag den Gartenschlauch und spritzte sich vor den Augen des Hausmädchens und der Arbeiter von Kopf bis Fuß nass. Unter dem Kleid, das ihr am Körper klebte, konnte man die harten Brustwarzen und das Schamhaar erkennen. An dem Tag fuhren sich die Arbeiter mit der Zunge über die schwarzen Zähne und beteten zu Gott, dass Amine nicht verrückt wurde. Warum tat eine erwachsene Frau so etwas? Sicher, man spritzte manchmal die Kinder nass, wenn sie kurz davor waren, in Ohnmacht zu fallen, wenn sie unter der sengenden Sonne delirierten. Man sagte ihnen, sie sollten Mund und Nase fest zukneifen, denn das Wasser aus dem Brunnen machte krank und konnte einen sogar umbringen. Mathilde war wie sie, und genau wie diese Kinder wurde auch sie niemals müde zu betteln. Sie erinnerte Amine an früheres Glück, die Ferien am Meer in Dragans Strandhaus in Mehdia. Und hatte Dragan sich im Übrigen nicht ein Schwimmbad an sein Haus in der Stadt bauen lassen? »Warum«, sagte sie, »sollte Corinne etwas haben, das ich nicht habe?«

Sie war überzeugt, dass dieses Argument Amine zur Kapitulation bewogen hatte. Sie hatte es mit dem Sadismus und der Unverfrorenheit eines Erpressers vorgebracht. Sie glaubte, dass ihr Mann mit Corinne im Laufe des Jahres 1967 einige Monate lang ein Verhältnis gehabt hatte. Davon war sie überzeugt, auch wenn sie nie andere Hinweise darauf gefunden hatte als einen flüchtigen Duft an seinen Hemden, eine Spur Lippenstift – jene trivialen und abscheulichen Hinweise, die das Erbe der Hausfrauen sind. Nein, sie hatte keine Beweise, und er hatte nie gestanden, aber es war nicht zu übersehen, dass zwischen den beiden ein Feuer loderte. Es würde nicht ewig anhalten, doch so lange musste sie es aushalten. Einmal hatte Mathilde ungeschickt versucht, sich Dragan anzuvertrauen. Aber der Arzt, der mit den Jahren noch gutmütiger und abgeklärter geworden war, tat, als verstünde er nicht. Er war nicht bereit, sich auf ihre Seite zu schlagen, sich zu derart kleinlichem Verhalten herabzulassen und neben der glühenden Mathilde einen seiner Ansicht nach nutzlosen Krieg zu führen. Mathilde erfuhr nie, wie viel Zeit Amine in den Armen dieser Frau verbracht hatte. Sie wusste nicht, ob Liebe im Spiel war, ob die beiden einander zärtliche Worte gesagt oder im Gegenteil – und schlimmer, vielleicht – eine stumme, körperliche Leidenschaft ausgelebt hatten.

Amine sah mit zunehmendem Alter immer besser aus. Sein Haar war an den Schläfen weiß geworden, und er hatte sich einen schmalen, graumelierten Schnurrbar à la Omar Sharif wachsen lassen. Wie die Kinostars trug er eine Sonnenbrille, die er so gut wie nie ablegte. Doch nicht nur sein gebräuntes Gesicht, das markante Kinn, die weißen Zähne, die er entblößte, wenn er – selten genug – lächelte, machten seinen Reiz aus. Das Alter brachte seine Männlichkeit zu voller Reife. Seine Bewegungen wurden weicher, seine Stimme tiefer. Seine etwas steife Art hielt man nun für Zurückhaltung, sein ernstes Gesicht ließ an jene scheinbar teilnahmslos im Sand liegenden Raubkatzen denken, die sich mit einem Satz auf ihre Beute stürzen konnten. Ihm war nicht wirklich bewusst, welche Anziehungskraft er besaß, er entdeckte sie nach und nach, während sie sich, quasi ohne sein Zutun, entfaltete. Und diese Art Verwunderung über sich selbst erklärte zweifellos seinen Erfolg bei den Frauen.

Amine hatte an Selbstsicherheit gewonnen und war zu Geld gekommen. Er lag nachts nicht mehr wach und starrte an die Decke, während er seine Schulden überschlug. Er träumte nicht mehr von seinem bevorstehenden Ruin, dem sozialen Abstieg seiner Kinder, der Demütigung, die sie erdulden müssten. Amine schlief. Die Alpträume ließen ihn in Ruhe, und in der Stadt war er zu einer geachteten Persönlichkeit geworden. Sie wurden mittlerweile zu Empfängen eingeladen, man wollte sie kennen, mit ihnen verkehren. 1965 bot man ihnen an, dem Rotary Club beizutreten, und Mathilde wusste, dass dies nicht ihretwegen, sondern wegen ihres Mannes geschah und dass die Ehefrauen daran nicht ganz unbeteiligt waren. Man umgab den wortkargen Amine mit aller Fürsorge. Die Frauen forderten ihn zum Tanzen auf, legten ihre Wange an seine, zogen seine Hand auf ihre Hüften, und auch wenn er nicht wusste, was er sagen sollte, auch wenn er nicht tanzen konnte, dachte er doch manchmal, dass so ein Leben möglich war, ein Leben, leicht wie der Champagner, den er in ihrem Atem roch. Während der Feste verabscheute Mathilde sich. Sie fand, dass sie zu viel redete, zu viel trank, und bereute ihr Verhalten anschließend noch tagelang. Sie bildete sich ein, man würde sie verurteilen, dumm und unnütz finden und dafür verachten, dass sie ihrem Mann seine Untreue durchgehen ließ.

Wenn die Mitglieder des Rotary Clubs sich um Amine bemühten, sich derart wohlwollend und aufmerksam zeigten, so lag dies auch daran, dass er Marokkaner war und der Club durch die Aufnahme eines Arabers beweisen wollte, dass die Zeit der Kolonisierung, die Zeit des Nebeneinanderher-Lebens vorbei war. Sicher hatten etliche im Herbst 1956 dem Land den Rücken gekehrt, als die aufgepeitschte Menge in den Straßen ihrem blutrünstigen Zorn freien Lauf gelassen hatte. Die Ziegelei war in Brand gesteckt worden, Menschen waren auf offener Straße getötet worden, und die Fremden hatten begriffen, dass sie hier nicht mehr zu Hause waren. Manche hatten die Koffer gepackt und ihre Wohnungen einfach zurückgelassen, deren Möbel verstaubten, bis eine marokkanische Familie sie ihnen abkaufte. Grundbesitzer verzichteten auf ihre Ländereien und die jahrelange Arbeit, die sie geleistet hatten. Amine fragte sich, ob diejenigen, die nach Hause zurückkehrten, die Ängstlichsten oder die Weitsichtigsten unter ihnen waren. Doch diese Ausreisewelle hielt nicht lange an. Sie markierte nur den Übergang zu einem neuen Gleichgewicht, ehe das Leben wieder in seine gewohnten Bahnen fand. Zehn Jahre nach der Unabhängigkeit musste Mathilde zugeben, dass Meknès sich nicht sonderlich verändert hatte. Niemand kannte die neuen arabischen Straßennamen, und man verabredete sich noch immer in der Avenue Paul-Doumer oder der Rue de Rennes, gegenüber der Apotheke von Monsieur André. Der Notar war geblieben, ebenso wie die Kurzwarenhändlerin, der Friseur und seine Frau, die Besitzer der Modeboutique auf der Avenue, der Zahnarzt, die Ärzte. Alle wollten weiterhin, vielleicht etwas diskreter und maßvoller, die Freuden dieser hübschen, blühenden Stadt genießen. Nein, es gab keine Revolution, nur eine Veränderung der Atmosphäre, eine gewisse Zurückhaltung, den Anschein von Eintracht und Gleichheit. Während der Diners im Rotary, wo sich an den Tischen wohlhabende Marokkaner und Mitglieder der Europäischen Gesellschaft mischten, schien es, als wäre die Kolonialisierung ein pures Missverständnis gewesen, ein Irrtum, den die Franzosen bereuten und die Marokkaner vorgaben zu vergessen. Manche wollten es noch einmal betonen, sie seien nie Rassisten gewesen, und diese ganze Sache sei ihnen furchtbar unangenehm gewesen. Sie beteuerten, wie erleichtert sie seien, dass die Dinge jetzt geklärt waren, und auch sie nun, da die Stadt die schwarzen Schafe vertrieben hatte, freier atmen konnten. Die Ausländer gaben Acht darauf, was sie sagten. Wenn sie selbst noch hier waren, dann nur, um das Land, das sie brauchte, nicht in den Ruin zu stürzen. Natürlich würden sie irgendwann Platz machen, würden gehen, und der Apotheker, der Arzt oder der Notar wäre dann ein Marokkaner. Aber bis dahin würden sie bleiben und sich nützlich machen. Und im Übrigen unterschieden sie sich gar nicht so sehr von den Marokkanern, die an ihrem Tisch saßen. Diese eleganten und weltoffenen Männer, diese ranghohen Militärs oder Beamten, deren Frauen westliche Kleider und das Haar kurz geschnitten trugen. Nein, sie unterschieden sich nicht so sehr von diesen Bourgeois, die sich, ohne Schuldgefühle oder Hintergedanken, von barfüßigen Kindern ihre Einkäufe vom Markt nach Hause bringen ließen. Die dem Flehen der Bettler gegenüber taub waren, »denn sie sind wie Hunde, die man unter dem Tisch füttert. Sie gewöhnen sich daran und verlieren noch den letzten Rest Arbeitswillen«. Nie hätten die Franzosen gewagt zu sagen, wie bedauerlich dieser Hang des Volkes zum Betteln und Lamentieren war. Nie hätten sie gewagt, wie die Marokkaner es taten, die Unaufrichtigkeit der Hausmädchen, die Faulheit der Gärtner, die Rückständigkeit der kleinen Leute zu beanstanden. Und sie lachten, ein wenig zu laut, wenn ihre Meknèser Freunde sich verzweifelt fragten, wie man mit einer Bevölkerung von Analphabeten ein modernes Land aufbauen sollte. Im Grunde waren diese Marokkaner wie sie. Sie sprachen dieselbe Sprache, sahen die Welt genauso wie sie, und es war schwer zu glauben, dass sie jemals zu unterschiedlichen Lagern gehört und sich als Feinde betrachtet hatten.

Amine zeigte sich zunächst misstrauisch. »Sie richten ihr Fähnchen nach dem Wind«, sagte er zu Mathilde. »Vorher war ich der Kameltreiber, der Drecksaraber, und jetzt heißt es plötzlich Monsieur Belhaj hier, Monsieur Belhaj da.« Eines Abends, bei einem Tanzdiner auf der Hacienda, begriff Mathilde, dass er recht hatte. Monique, der Frau des Friseurs, die zu viel getrunken hatte, rutschte mitten im Gespräch ein »Kanake« heraus. Sie schlug sich die Hände vor den Mund, wie um das schändliche Wort wieder hineinzuscheuchen, und stieß, mit weit aufgerissenen Augen und knallroten Wangen, ein langes »Oh« aus. Obwohl niemand außer Mathilde es mitbekommen hatte, hörte Monique gar nicht mehr auf, sich zu entschuldigen. Ein ums andere Mal versicherte sie: »Glaub mir, das wollte ich nicht sagen. Ich weiß nicht, was in mich gefahren ist.«

Mathilde erfuhr nie mit Gewissheit, was Amine überzeugt hatte. Doch im April 1968 verkündete er ihr, er werde das Schwimmbad bauen lassen. Nach dem Aushub wurden die Betonwände gegossen, ein Rohr- und Filtersystem installiert, und Amine überwachte alle Arbeiten streng. Um den Rand des Pools ließ er ockerfarbene Ziegel verlegen. Mathilde musste zugeben, das sah elegant aus. Sie wohnten gemeinsam der Befüllung des Beckens bei. Mathilde setzte sich auf die glutheißen Ziegel und schaute zu, wie das Wasser stieg, wartete ungeduldig wie ein Kind, dass es endlich ihre Knöchel erreichte.

Ja, Amine, lenkte ein. Im Grunde war er der Chef, der Arbeitgeber, dem die Männer auf der Farm ihr Brot verdankten, und sein Lebensstil ging sie nichts an. Als das Land unabhängig wurde, waren die besten Böden noch in Händen der Franzosen, und die Mehrzahl der marokkanischen Bauern lebte in Armut. Seit der Protektoratszeit, die enorme Fortschritte im Gesundheitswesen gebracht hatte, explodierten die Bevölkerungszahlen. In den zehn Jahren Unabhängigkeit waren die Parzellen der Kleinbauern immer weiter zerstückelt worden und so sehr geschrumpft, dass diese nicht mehr von ihren Erträgen leben konnten. 1962 hatte Amine einen Teil von Marianis Grund sowie die Ländereien der Witwe Mercier gekauft, die in eine trostlose Wohnung in der Stadt, in der Nähe der Place Poeymirau gezogen war. Er hatte die Maschinen, das Vieh und sämtliche Lagerbestände übernommen und an einige Arbeiterfamilien für moderate Summen kleine Flächen verpachtet, die sie durch offene Kanäle, die Seguias, bewässerten. In der Umgebung galt Amine als strenger, starrköpfiger, cholerischer Chef, doch niemand stellte seinen Anstand und seinen Gerechtigkeitssinn infrage. 1964 erhielt er eine beträchtliche Unterstützung des Ministeriums, um einen Teil seiner Anbaufläche zu bewässern und moderne Gerätschaften zu kaufen. Amine sagte Mathilde immer wieder: »Hassan II. hat begriffen, dass wir in erster Linie ein Agrarland sind und dass man die Landwirtschaft fördern muss.«

Als das Schwimmbad fertig war, organisierte Mathilde ein Fest für ihre neuen Freunde vom Rotary Club. Eine Woche lang bereitete sie ihre »Garden-Party«, wie sie es nannte, vor. Sie engagierte Kellner und mietete bei einem Delikatessengeschäft in Meknès silberne Platten, Limoges-Geschirr und Champagnerkelche. Sie ließ im Garten Tische aufstellen und verteilte darauf kleine Vasen mit Feldblumensträußen. Mohn, Ringelblumen, Hahnenfuß, die sie am Morgen von den Arbeitern schneiden ließ. Die Gäste machten ihr Komplimente. Die Frauen betonten, sie fänden das »entzückend, einfach entzückend«. Und die Männer klopften Amine auf die Schulter, während sie den Pool bewunderten. »Sieht aus, als hättest du's geschafft, Belhaj.« Das Mechoui wurde mit Applaus begrüßt, und Mathilde bestand darauf, dass die Gäste mit den Händen aßen. Alle stürzten sich auf das Lamm, hoben die gegrillte Haut an und gruben ihre Finger ins Fleisch, um zarte, fette Stücke abzureißen, die sie in Salz und Cumin tunkten.

Das Festessen dauerte bis weit in den Nachmittag. Der Alkohol, die Hitze, das sanfte Plätschern des Wassers entspannten alle. Dragan nickte gemächlich mit dem Kopf, die Augen halb geschlossen. Dicht über der Wasseroberfläche flirrte ein Schwarm roter Libellen.

»Dieses Haus ist ein wahres Paradies«, begeisterte sich Michel Cournaud. »Aber pass bloß auf, mein Lieber, dass der König nicht hier vorbeikommt. Wisst ihr, was man mir erzählt hat?«

Cournauds Bauch war so dick wie der einer Schwangeren, und er setzte sich immer breitbeinig hin und legte die Hände auf seinen Wanst. Er hatte ein rotes, aufgedunsenes, sehr ausdrucksvolles Gesicht. Seine kleinen grünen Augen hatten sich etwas Kindliches bewahrt, eine Verschmitztheit und eine Neugier, die irgendwie rührend waren. Unter dem orangefarbenen Sonnenschirm, den Mathilde hatte aufspannen lassen, wirkte seine Haut noch röter, und Amine, der ihn jetzt musterte, schien es, als müsste sein neuer Freund jeden Moment platzen. Er arbeitete für die Handelskammer und hatte Verbindungen in Wirtschaftskreise. Er pendelte zwischen Meknès und der Hauptstadt, und im Rotary Club schätzte man ihn für seinen Humor, aber vor allem für sein Talent, Geschichten über den Hof und die Intrigen, die dort gesponnen wurden, zu erzählen. Er verteilte Tratsch wie Süßigkeiten an hungrige Kinder. In

Meknès passierte nichts oder zumindest kaum etwas Interessantes. Die feine Gesellschaft fühlte sich von der Welt abgeschnitten, beschränkt auf ein langweiliges Dasein in der Provinz. Sie hatten keine Ahnung, was sich wirklich in den großen Küstenstädten zusammenbraute, in denen die Zukunft des Landes entschieden wurde. Die Meknèser mussten sich mit offiziellen Meldungen und Gerüchten über Verschwörungen, Aufstände, das Verschwinden Mehdi Ben Barkas in Paris oder anderer Oppositioneller, deren Namen nie laut ausgesprochen wurden, begnügen. Den meisten von ihnen war nicht mal bewusst, dass das Land sich seit drei Jahren im Ausnahmezustand befand, dass das Parlament aufgelöst, die Verfassung vorübergehend außer Kraft gesetzt worden war. Natürlich war allseits bekannt, dass der Beginn der Regentschaft Hassans II. nicht ganz reibungslos verlaufen war und der König sich einer immer radikaleren Opposition gegenübersah. Doch wer konnte schon von sich behaupten, die ganze Wahrheit zu kennen? Das Herz der Macht war ein ferner, undurchdringlicher Ort, furchteinflößend und faszinierend zugleich. Die weiblichen Zuhörer liebten vor allem die Geschichten über den Harem, in dem der König an die dreißig Frauen haben sollte. Sie stellten sich vor, dass hinter den Mauern des Mechouar Feste gefeiert wurden, wie man sie aus den Historienschinken Hollywoods kannte, und dass Champagner und Whisky bei den Nachkommen des Propheten in Strömen flossen. Genau solche Geschichten servierte Cournaud ihnen.

Er versuchte, näher an den Tisch heranzurücken, und

senkte seine Stimme verschwörerisch. Die Gäste spitzten die Ohren, außer Dragan, der eingeschlafen war und dessen Lippen sacht vibrierten. »Stellt euch vor, der König ist vor ein paar Wochen an einem schönen Landgut vorbeigefahren. Im Gharb, glaube ich, also, ich weiß nicht mehr genau. Jedenfalls hat es ihm sehr gefallen. Er bat darum, die Farm besichtigen zu dürfen, und wollte den Besitzer kennenlernen. Und hopp, ehe der sich's versah, hatte der König ihm die Ländereien für eine von ihm selbst festgesetzte Summe abgekauft. Der Arme konnte nichts dagegen sagen.«

Im Gegensatz zu den anderen Gästen lachte Amine nicht. Er mochte es nicht, wenn die Leute Tratsch verbreiteten und schlecht über den Monarchen redeten, der seit seiner Thronbesteigung im Jahr 1961 die Entwicklung des Agrarsektors zur obersten Priorität des Landes gemacht hatte.

»Das ist doch nur Gerede«, sagte er. »Böswillige Gerüchte, von irgendwelchen Neidern frei erfunden. In Wahrheit hat dieser König als Einziger verstanden, dass man Marokko in ein zweites Kalifornien verwandeln kann. Anstatt Lügen zu erzählen, sollte man sich lieber über die Staudammpolitik freuen, über das Bewässerungsprogramm, das allen Bauern ermöglichen wird, von ihrer Arbeit zu leben.«

»Du machst dir Illusionen«, unterbrach Michel ihn. »Soweit ich weiß, ist dieser junge König vor allem mit den nächtelangen Festen beschäftigt, die er in seinem Palast ausrichtet, und mit Golfspielen. Ich möchte dich nicht enttäuschen, mein Lieber, aber sein Interesse an den Fellachen ist nur Augenwischerei. Ein billiger politischer Schachzug, um sich die Gunst der Hinterwäldler zu sichern. Ansonsten hätte er schon eine echte Agrarreform in Angriff genommen und an die Millionen besitzloser Bauern Land verteilt. In Rabat weiß man ganz genau, dass es niemals genug Äcker für alle geben wird.«

»Was glaubst du denn?«, brauste Amine auf. »Dass die Machthaber auf einen Schlag allen Grund und Boden der Kolonisten verstaatlichen und das Land ruinieren? Wenn du etwas von meiner Arbeit verstündest, dann wüsstest du, dass der Palast gut daran tut, diese Dinge nach und nach anzugehen. Was wissen sie schon davon in Rabat? Unser landwirtschaftliches Potenzial ist immens. Die Getreideproduktion wächst unaufhörlich. Ich selbst exportiere doppelt so viele Zitrusfrüchte wie vor zehn Jahren.«

»Dann solltest du lieber aufpassen. Vielleicht kommen sie bald und nehmen dir dein Land weg, um es an die Fellachen zu verteilen, die keines haben.«

»Es stört mich nicht, wenn die Armen mehr bekommen. Aber nicht auf Kosten derer, die, wie ich, durch jahrelange harte Arbeit einen funktionierenden Betrieb aufgebaut haben. Der König weiß das. Die Bauern sind und bleiben die treusten Anhänger der Krone.«

»Ach ja! Dein Wort in Gottes Ohr, wie man so schön sagt«, fuhr Michel fort. »Aber wenn du mich fragst, dann interessiert sich dieser König nur für seine Machenschaften. Die Wirtschaft überlässt er den Großbürgern, die sich dank seiner bereichern und überall verbreiten, dass in Marokko allein der König zählt.«

Amine räusperte sich. Er betrachtete einen Moment das gerötete Gesicht seines Tischnachbarn, die haarigen Hände, und bekam Lust, ihm den Kragen zuzuknöpfen und mitanzusehen, wie er erstickte.

»Du solltest besser Acht geben, was du sagst. Für solche Reden könnte man dich ausweisen lassen.«

Michel streckte die Beine von sich. Es sah aus, als müsse er jeden Moment von seinem Stuhl rutschen und auf dem Boden aufklatschen. Ein starres Lächeln klebte ihm im Gesicht.

»Ich wollte dich nicht beleidigen«, entschuldigte er sich.

»Du hast mich nicht beleidigt. Ich sage das nur deinetwegen. Du betonst immer, dass du dieses Land kennst und hier zu Hause bist. Also müsstest du wissen, dass man hier nicht alles sagen kann.«

Am nächsten Morgen hängte Amine in seinem Büro eine goldgerahmte Fotografie auf. Ein Porträt in Schwarzweiß, auf dem Hassan II. im Flanellanzug ernst zum Horizont blickt. Er hängte es zwischen eine Schautafel über den Rebschnitt und einen Zeitungsartikel über die Farm, der Amines Pionierleistung im Olivenanbau würdigte. Amine dachte, das würde Eindruck machen, wenn er Kunden oder Lieferanten empfing oder wenn seine Arbeiter kamen, um sich zu beklagen. Andauernd jammerten sie, die schmutzigen Hände auf seinen Schreibtisch gelegt, die zerfurchten Gesichter tränenüberströmt. Sie klagten über ihr Elend. Sie blickten hinaus, durch die Glastür, und schienen damit sagen zu wollen, dass er, Amine, doch wirklich ein Glückspilz sei. Er könne nicht verstehen, was es hieß, ein einfacher Arbeiter zu sein, ein Mistbauer, der nichts als ein mageres Fleckchen Land und zwei Hühner besitzt, um seine Familie zu ernähren. Sie baten um einen Vorschuss, eine Empfehlung, einen Kredit, und Amine verweigerte sie ihnen. Er sagte, sie sollten sich zusammenzureißen und sich nicht unterkriegen lassen, so wie er es zu Beginn auf der Farm getan hatte. »Woher, glaubt ihr, kommt all das?«, fragte er mit ausgestrecktem Arm. »Glaubt ihr, ich hatte Glück? Mit

Glück hat das hier nichts zu tun.« Er warf einen Blick auf die Fotografie des Monarchen und fand, dieses Land erwarte zu viel vom Makhzen[1] und den Mächtigen. Was der König wollte, waren fleißige Arbeiter, selbstbewusste Bauern, Marokkaner, die stolz waren auf ihre hart verdiente Unabhängigkeit.

Sein Betrieb wuchs, und er musste weitere Männer einstellen für die Gewächshäuser und die Olivenernte. Er schickte Mourad in die benachbarten Duars und sogar bis nach Azrou oder Ifrane. Der Vorarbeiter kam wieder, begleitet von einem Trupp unterernährter Jungs, die in den Zwiebelfeldern aufgewachsen waren und keine Arbeit fanden. Amine erkundigte sich nach ihren Fähigkeiten. Er zeigte ihnen die Gewächshäuser, die Schuppen, erklärte ihnen, wie man die Olivenpresse bediente. Die Burschen folgten ihm schweigend und fügsam. Sie stellten keine Fragen, nur zu ihrer Bezahlung. Zwei von ihnen wollten einen Vorschuss, und die anderen, ermutigt durch die Kühnheit ihrer Kameraden, sagten, den bräuchten sie ebenfalls. Amine konnte sich nicht beklagen über den Einsatz der jungen Männer, die bei Morgengrauen antraten und im Regen wie unter der sengenden Sonne schufteten. Doch nach ein paar Monaten verschwanden einige von ihnen. Sobald sie ihren Lohn eingestrichen hatten, sah man sie nicht wieder. Sie versuchten nicht, sich niederzulassen, eine Familie zu

---

[1] Abgeleitet vom Verb *khazana*, das »wegschließen, aufbewahren« bedeutet, bezeichnet Makhzen im Volksmund allgemein den Staat samt seinen Beamten und im Besonderen den König und seinen Hof.

gründen, beim Chef einen guten Eindruck zu machen, um eine Lohnerhöhung zu bekommen. Sie hatten nur eines im Sinn: ein bisschen Geld verdienen und dann dem Leben auf dem Land und seinem Elend zu entkommen. Den armseligen Hütten, dem Gestank nach Hühnermist, der Bedrängnis regenloser Winter und im Kindbett sterbender Frauen. Während sie tagelang unter den Olivenbäumen standen und die Äste schüttelten, damit die Früchte in die Netze fielen, erzählten sie sich flüsternd von ihren Träumen, nach Casablanca oder Rabat mit ihren Bidonvilles zu gehen, wo jeder von ihnen einen Onkel, einen Cousin, einen großen Bruder hatte, der dort sein Glück gesucht hatte und nichts mehr von sich hören ließ.

Amine beobachtete sie. Er las in ihrem Blick eine Ungeduld, eine Raserei, die er noch nie zuvor gesehen hatte und die ihn erschreckten. Diese jungen Männer verfluchten die Erde. Sie hassten die Arbeiten, in die sie sich dennoch dreinschickten. Und Amine dachte, dass seine Aufgabe nicht mehr nur darin bestand, Bäume anzupflanzen und Früchte zu ernten, sondern auch darin, sie an diesem Ort zu halten. Alle wollten heutzutage in der Stadt leben. Die Stadt befiel sie, eine abstrakte, zwanghafte Vorstellung, die Stadt, von der sie meist keine Ahnung hatten. Sie kroch voran wie ein Reptil, wie eine Bedrohung. Jede Woche schien sie etwas näher zu kommen, und ihre Lichter verschlangen das Land. Die Stadt war lebendig. Sie pulsierte, sie rückte vor und brachte Gerüchte und ungesunde Träume mit sich. Manchmal hatte Amine den Eindruck, eine Welt sei im Begriff unterzugehen, oder zumindest eine Art, die Welt zu sehen. Selbst die Landwirte wollten bürgerlich sein. Die neuen, aus der Unabhängigkeit geborenen Grundbesitzer sprachen über Geld wie Industrielle. Sie verstanden nichts von Schlamm, von Frost, von violetten Morgendämmerungen, in denen man zwischen den Reihen blühender Mandelbäume ausschreitet und das Glück, in der Natur zu leben, so fraglos erscheint wie der eigene Atem. Sie hatten keine Ahnung, welche Enttäuschungen die Elemente einem bereiten konnten, und wie viel Hartnäckigkeit und Optimismus es bedurfte, um weiter auf die Jahreszeiten zu vertrauen. Nein, sie fuhren mit dem Auto über ihre Ländereien, um sie Besuchern zu zeigen, um damit zu prahlen, doch sie lernten nichts. Amine hatte nur Verachtung für diese Möchtegernfarmer übrig, die Verwalter anstellten und lieber in der Stadt lebten, Beziehungen pflegten, in der feinen Gesellschaft verkehrten. In diesem Land, das jahrhundertelang von Krieg und Ackerbau gelebt hatte, redete alle Welt nur noch über die Stadt und den Fortschritt.

Amine begann die Stadt zu hassen. Ihre gelben Lichter, ihre schmutzigen Bürgersteige, ihre muffig riechenden Läden und ihre breiten Boulevards, auf denen die jungen Burschen ziellos herumspazierten, die Hände in den Hosentaschen, um eine Erektion zu verbergen. Die Stadt und die aufgerissenen Münder ihrer Cafés, die die Tugend der Mädchen und die Arbeitskraft der Männer verschlangen. Die Stadt, wo man seine Nächte mit Tanzen vergeudete. Seit wann hatten die Männer ein solches Bedürfnis zu tanzen? War sie nicht dumm, war sie nicht lächerlich, diese Lust zu feiern, die alle ergriffen hatte?, dachte Amine. Tatsächlich hatte Amine keine Ahnung von Großstädten und war das letzte Mal in Casablanca gewesen, als die Franzosen das Land noch regierten. Er verstand auch nicht viel von Politik und verschwendete seine Zeit nicht mit Zeitunglesen. Alles, was er wusste, hatte er von seinem Bruder Omar, der inzwischen in Casablanca lebte und für den Geheimdienst arbeitete. Omar verbrachte manchmal den Sonntag auf der Farm, wo alle, die Arbeiter ebenso wie Mathilde und Selim, ihn fürchteten. Er war noch magerer als früher und gesundheitlich angegriffen. Er hatte Ekzeme im Gesicht und auf den Händen, und an seinem langen, knochigen Hals hüpfte der Adamsapfel, als versuche er vergeblich, seine Spucke hinunterzuschlucken. Omar, der wegen seiner schlechten Augen nicht selbst fuhr, ließ sich von seinem Chauffeur Brahim am Eingang zum Gut absetzen. Die Arbeiter stürzten sich auf den schicken Wagen, und Brahim verscheuchte sie schreiend. Omar hatte einen wichtigen Posten inne, über den er sich nie weiter ausließ. Er enthüllte keine Einzelheiten über seine Aufträge und hatte nur ein Mal angedeutet, dass er mit dem Mossad zusammenarbeitete und in Israel gewesen war, wo, wie er seinem Bruder sagte, »die Orangenplantagen den unseren in nichts nachstehen«. Omar gab nur vage Antworten auf Amines Fragen. Ja, er habe Anschläge gegen den König vereitelt und Dutzende Verhaftungen vorgenommen. Ja, dieses Land verberge in seinen Bidonvilles, seinen Universitäten, seinen dicht bevölkerten Medinas einen ganzen Haufen Schwachköpfe und Mörder, die zur Revolution aufriefen. »Marx oder Nitcha«, zischte er mit Bezug auf Nietzsche und den Vater des Kommunismus. Omar erinnerte voller Nostalgie die Zeiten, als sie alle für die Unabhängigkeit gekämpft hatten, geeint vom selben Ideal und einem Nationalismus, den man, so fand er, wiederbeleben sollte. Omar überzeugte Amine schließlich. Die Städte waren gefährlich und voller Gelichter. Und der König tat gut daran, die Bauern den Proletariern vorzuziehen.

Im Mai 1968 hörte Amine jeden Abend im Radio die Berichte über die Ereignisse in Frankreich. Er war besorgt um seine Tochter, die er seit über vier Jahren nicht gesehen hatte und die in Straßburg Medizin studierte. Er dachte nicht, dass ihre Kommilitonen sie beeinflussen könnten, denn Aïcha war wie er, nur auf die Arbeit konzentriert, schweigsam und beharrlich. Doch er hatte Angst um sie, sein Kind, seine Kleine, sein Stolz und sein Glück, verloren inmitten des Chaos. Er verriet es niemandem, doch er hatte nur ihretwegen in den Bau des Schwimmbads eingewilligt. Damit sie stolz auf ihn war, damit sie, die zukünftige Ärztin, sich nicht schämen müsste, ihre Freunde irgendwann auf die Farm einzuladen. Er ging mit dem Erfolg seiner Tochter nicht hausieren. Zu Mathilde sagte er schroff: »Der Neid der Leute kennt keine Grenzen. Sie würden ein Auge dafür geben, dass du blind wirst.« Durch seine Tochter, sein Kind, wurde er zu einem anderen Menschen. Sie hob ihn empor, entriss ihn der Mühsal und der Mittelmäßigkeit. Wenn er an sie dachte, schnürte ihm ein so heftiges, brennendes Gefühl die Brust zusammen, dass er mit weit geöffnetem Mund tief einatmen musste. Aïcha war die Erste in der Familie, die studierte. Wie weit man auch in der Reihe ihrer Ahnen zurückging, keiner hatte so viel gewusst wie sie. Sie alle hatten in Unkenntnis gelebt, in einer Art Umnachtung und Unterwerfung unter die anderen und die Naturgewalten. Sie hatten ein Leben der Unmittelbarkeit geführt, ein Leben, das man als gegeben hinnahm und erduldete. Sie hatten vor Königen und Imamen gekniet, vor Herren und Obersten der Armee. Seit die Belhajs existierten, so weit seine Wurzeln zurückreichten, schien ihm, waren Existenzen ohne jede Tiefe aufeinandergefolgt, in denen man nur ungeschliffenes Wissen, Binsenweisheiten weitergegeben hatte, nichts, was sich in den Büchern fand, die Aïcha las. An der Schwelle des Todes hatten sie nichts weiter gelernt als das, was sich aus ihrer Erfahrung der Welt ergab.

Er bat Mathilde, ihrer Tochter zu schreiben, sie solle so schnell wie möglich nach Hause zurückkehren. Die Prüfungen waren verschoben worden, und sie hatte nichts mehr zu tun dort in diesem Land, in dem alles zusammenbrach. Aïcha würde bald wiederkommen, und er würde mit ihr durch die Pfirsichplantagen und Mandelbaumalleen gehen. Früher hatte sie ihm, ohne sich je zu täuschen, sagen können, welcher Baum bittere Früchte tragen würde. Amine hatte sich immer geweigert, diese Bäume zu fällen, sich ihrer zu entledigen. Er meinte, man müsse ihnen eine Chance geben, die nächste Blüte abwarten, weiter hoffen. Das kleine Mädchen von früher, das Kind mit den zerzausten Haaren, war eine Ärztin geworden. Sie hatte einen Pass, sprach Englisch, und was auch immer geschah, sie würde es besser machen als ihre Mutter und nicht ihr Leben lang immer nur betteln. Aïcha würde für ihre Kinder Schwimmbäder bauen. Sie, ja, sie wüsste, was es hieß, sein Geld hart zu verdienen.

Nach dem Unterricht verließ Selim die Schule und parkte sein Mofa vor dem Schwimmclub. Als er in den Umkleideraum kam, fetzte sich eine Bande nackter Jungs lachend mit ihren Handtüchern. Er erkannte ein paar von ihnen, die mit ihm die letzte Klasse des Jesuitengymnasiums besuchten. Er grüßte sie, ging zu seinem Spind und zog sich langsam aus. Er stülpte seine Socken ineinander. Er legte sein Hemd und seine Hose zusammen. Er hängte seinen Gürtel an einen Haken. Dann stand er in Unterhosen vor dem kleinen Spiegel des Metallschranks. Seit einer Weile hatte er das Gefühl, sein Körper wäre nicht mehr wirklich seiner. Er wäre in den Körper eines anderen geschlüpft, eines ihm vollkommen unbekannten Fremden, über den er nichts wusste. Seine Brust, seine Beine und seine Füße hatten sich mit blondem Flaum überzogen. Dank des Schwimmtrainings, das er unermüdlich absolvierte, hatten sich seine Muskeln entwickelt. Er ähnelte immer mehr seiner Mutter, die er inzwischen um beinahe zehn Zentimeter überragte. Von ihr hatte er die blonden Haare, die breiten Schultern und die Bewegungsfreude geerbt. Diese Ähnlichkeit störte ihn, sie zwickte ihn wie ein zu enges Kleidungsstück, das er nicht ablegen konnte. Im Spiegel erkannte er das Lächeln seiner Mutter, die Kontur ihres Kinns, und ihm war, als wäre Mathilde in ihn gefahren und hause in ihm. Nie würde er sie abschütteln können.

Sein Körper hatte sich nicht nur äußerlich verändert. Er zwang ihm Sehnsüchte, Triebe, Schmerzen auf, von deren Existenz er bis dahin nichts geahnt hatte. Seine Träume hatten nichts mehr gemein mit den heiteren Visionen seiner Kindheit, sie waren wie ein Gift, das in ihn eindrang und ihn tagelang quälte. Ja, er war groß und stark, doch diesen Männerkörper hatte er um den Preis seines inneren Friedens erkauft. Eine ständige Unruhe trieb ihn um. Sein Körper geriet wegen jeder Kleinigkeit in Verwirrung. Er bekam feuchte Hände, Schauer liefen ihm über den Nacken, sein Penis wurde steif. Sein Wachstum empfand er nicht als Triumph, sondern als Verwüstung.

Früher hatten die Arbeiter Selim gerne geneckt. Sie liefen ihm auf den Feldern nach, lachten über seine dürren Waden, seine helle Haut, die in der Sonne verbrannte. Sie nannten ihn »Knirps«, »mageres Hühnchen« und manchmal sogar »Deutscher«, um ihn zu ärgern. Selim war ein kleiner Junge wie alle anderen, er mischte sich unter sie, ohne dass jemand einen Unterschied zwischen ihnen gemacht hätte. Er bekam Läuse, weil er seine blonden Haare an den Schöpfen der Hütekinder rieb. Er war von einem Hund gebissen worden, hatte die Krätze gehabt und mit den Bengeln aus der Umgebung unanständige Spiele gespielt. Die Arbeiter und Arbeiterinnen teilten ihr Essen mit ihm und kamen dabei nicht auf die Idee, es könnte nicht gut genug sein für den Sohn des Gutsherrn. Um groß zu werden, brauchte ein Kind nichts als Brot, Olivenöl und heißen, süßen Tee. Die Frauen kniffen ihn in die Wange und bewunderten seine Schönheit. »Du könntest ein Berber sein. Ein echter Rif, mit deinen grünen Augen und den Sommersprossen.« Ein Kind, das nicht von hier war, jedenfalls, so viel hatte Selim verstanden.

Einige Monate zuvor hatte ihn ein Arbeiter zum ersten Mal »Sidi« genannt und ihn mit einer Ehrerbietung behandelt, die er nicht erwartet hatte. Selim war verblüfft gewesen. Er hätte nicht sagen können, ob er stolz war oder sich, im Gegenteil, unwohl fühlte, betrogen. Zuerst war man ein Kind. Dann wurde man zum Mann. Und man hörte: »Ein Mann tut so etwas nicht«, oder: »Du bist jetzt ein Mann, also benimm dich auch so.« Er war ein Kind gewesen, und plötzlich war er es nicht mehr, einfach so, ohne eine Begründung. Er war aus der Welt der Liebkosungen, der sanften Worte, der Nachsicht ausgestoßen worden, um ohne viel Federlesens, ohne Erklärung, in das Leben der Männer geworfen zu werden. In diesem Land existierte die Jugend nicht. Es gab keine Zeit und keinen Raum für das Zaudern dieses wankelmütigen Alters, dieser rätselhaften und unschlüssigen Phase des Übergangs. Diese Gesellschaft hasste jede Art von Zweideutigkeit, und sie betrachtete die werdenden Erwachsenen mit Misstrauen, hielt sie für jene schrecklichen Faune mit Bocksfüßen und dem Torso eines Jünglings.

In dem endlich leeren Umkleideraum streifte er seine Unterhose ab und holte die himmelblauen Badeshorts, die seine Mutter ihm geschenkt hatte, aus der Tasche. Während er sie anzog, überlegte er, dass er das Glied seines Vaters nie gesehen hatte. Er errötete bei dem Gedanken, und sein Gesicht begann zu glühen. Wie sah sein Vater aus, wenn er nackt war? Als sie klein waren, war sein Vater manchmal mit ihnen ans Meer gefahren, ins Strandhaus von Doktor Palosi und seiner Frau Corinne. Mit der Zeit hatte er sie nur noch dorthin gebracht und zwei oder drei Wochen später wieder abgeholt. Nie ging er mit an den Strand oder zog sich gar eine Badehose an. Er behauptete, er habe zu viel zu tun, und Ferien seien ein Luxus, den er sich nicht leisten könne. Doch Selim hatte Mathilde sagen hören, dass Amine Angst vorm Wasser hatte und sich nur deshalb nicht ihren sommerlichen Vergnügungen anschloss, weil er nicht schwimmen konnte.

Vergnügen. Ferien. Genauso wenig wie er das Glied seines Vaters kannte, konnte Selim sich erinnern, je gesehen zu haben, wie er etwas zum Vergnügen tat, spielte, sich entspannte, lachte oder einen Mittagsschlaf hielt. Sein Vater wurde nicht müde, die Drückeberger, Faulpelze und Taugenichtse anzuprangern, die die Arbeit nicht wertschätzten und ihre Zeit mit Jammern verschwendeten. Selims Sportbegeisterung – den Schwimmclub, aber auch die Fußballmannschaft, der er angehörte und in der er jedes Wochenende spielte – fand er lächerlich. Soweit Selim sich erinnern konnte, schien ihm, hatte sein Vater für ihn immer nur tadelnde Blicke übriggehabt.

Sein Vater lähmte ihn, ließ ihn erstarren. Er brauchte nur zu wissen, dass Amine in der Nähe war, und schon war er nicht mehr er selbst. Und um ehrlich zu sein, hatte die ganze Gesellschaft diese Wirkung auf ihn. Die Welt, in der er lebte, begegnete ihm mit derselben Strenge wie sein Vater, und es kam ihm so vor, als könne man hier unmöglich frei sein. Diese Welt war voller Väter, denen man Respekt erweisen musste: Gott, der König, das Militär, die Helden der Unabhängigkeit und die Arbeitenden. Immer, wenn man angesprochen wurde, fragte derjenige nicht, wie man hieß, sondern erkundigte sich: »Wessen Sohn bist du?«

Mit der Zeit, als immer klarer wurde, dass er nicht Landwirt werden würde wie sein Vater, fühlte Selim sich etwas weniger als Amines Sohn. Manchmal dachte er an die Handwerker in den Gassen der Medina und an die Lehrlinge, die sie in ihren fensterlosen Werkstätten ausbildeten. Die Kupferschmiede, Weber, Sticker und Tischler, deren Verhältnis zu ihren Meistern von Ehrerbietung und Dankbarkeit geprägt war. So funktionierte die Welt: Die Alten gaben ihr Können an die Jüngeren weiter, und die Vergangenheit konnte in der Gegenwart fortwirken. Deswegen musste man die Schulter oder die Hand des Vaters küssen, musste sich in seiner Gegenwart ducken und sich vollkommen ergeben zeigen. Erst wenn man selbst Vater wurde und seinerseits bestimmen durfte, war man von dieser Schuld befreit. Das Leben glich jenem zeremoniellen Treueschwur, bei dem alle Würdenträger des Reichs, alle Stammesführer, all die stolzen, stattlichen Männer in ihren weißen Dschellabas, ihren Burnussen, die Hand des Herrschers küssten.

Sein Trainer im Schwimmclub meinte, er könnte es zum Profi bringen, wenn er sich reinhängte. Doch Selim hatte keine Ahnung, was für eine Art Mann er sein könnte. Er lernte nicht gern. Seine Lehrer, die Jesuiten, tadelten ihn für seine Faulheit und seine Gleichgültigkeit. Dabei benahm er sich nicht schlecht, gab den Erwachsenen keine frechen Antworten und senkte den Kopf, wenn man ihm seine mittelmäßigen Arbeiten ins Gesicht schleuderte. Er hatte das Gefühl, nicht in der richtigen Umgebung zu sein, nicht am richtigen Platz. Als hätte ihn jemand versehentlich hier abgeladen, in dieser langweiligen, dummen Stadt, unter diesen beschränkten Kleinbürgern. Die Schule war eine Qual für ihn. Es fiel ihm schwer, sich auf die Bücher und Aufgaben zu konzentrieren. Seine Gedanken liefen davon, zu den Bäumen im Hof, dem Staub, der in einem Sonnenstrahl tanzte, dem Gesicht eines Mädchens, draußen vorm Fenster, das ihm zulächelte. Als Kind war er während des Mathematikunterrichts tausend Tode gestorben. Er begriff nichts. Alles verschwamm zu einem formlosen Brei, und er wollte nur noch schreien. Der Lehrer fragte ihn etwas, und Selim stammelte, bald übertönt vom Gelächter seiner Klassenkameraden. Seine Mutter hatte darüber Bücher gelesen. Sie wollte Ärzte konsultieren. Schon immer fühlte Selim sich angespannt, verkrampft, blockiert. Er hatte den Eindruck, in einer dieser Folterzellen zu leben, in denen die Gefangenen sich weder hinstellen noch am Boden ausstrecken können.

Im Becken, wenn er schwamm, fand er eine gewisse innere Ruhe. Er musste seinen Körper erschöpfen. Im Wasser, wo er kein anderes Ziel hatte, als zu atmen und schnell zu sein, konnte er seinen Geist sammeln. So als fände er dort endlich den richtigen Takt, den richtigen Rhythmus, als befänden Körper und Seele sich endlich im Einklang. Doch während er an diesem Tag unter dem prüfenden Blick des Trainers seine Bahnen zog, schweiften seine Gedanken ab. Er fragte sich, ob seine Eltern sich liebten. Er hatte sie nie zärtliche Worte zueinander sagen hören oder gesehen, dass sie sich küssten. Manchmal redeten sie tagelang nicht miteinander, und Selim konnte den gewaltigen Strom aus Feindseligkeit und Vorwürfen spüren, der zwischen ihnen zirkulierte. In ihrer Wut und ihrem Schmerz vergaß Mathilde jegliche Scham und Zurückhaltung. Sie benutzte ordinäre Worte, schrie, und Amine befahl ihr, still zu sein. Sie schleuderte ihm seinen Verrat und seine Untreue ins Gesicht, und Selim war alt genug, um zu begreifen, dass sein Vater andere Frauen traf und dass Mathilde, deren Augen immer gerötet waren, darunter litt. Das Bild von Amines Glied drängte sich ihm wieder auf, so schockierend, dass Selim aus dem Takt kam und der Trainer ihn zurechtwies.

Amine scherte sich nicht um die schlechten Noten seines Sohnes. Tags zuvor hatte ein Lehrer Mathilde in die Schule bestellt, um ihr zu sagen, dass Selim ein Nichtsnutz sei und dass er niemals sein Abitur schaffen werde. Amine selbst hatte auch keines. »Und es geht mir deswegen nicht schlechter«, vertraute er seinem Sohn an. Amine hatte ihn mit auf den Hof genommen. In der Schwüle der Gewächshäuser, in den aufgeheizten Schuppen, wo Pflanzen in Lastwagen geladen wurden, hatte er aufgezählt, was bald alles ihm gehören würde. Er schien im Gesicht seines Sohnes nach Anzeichen von Selbstbewusstsein, ja sogar Stolz zu suchen angesichts der Tatsache, dass er einmal der Besitzer dieser Farm sein würde. Doch Selim war es nicht gelungen, seine Langeweile zu verbergen. Während sein Vater von neuen Bewässerungstechniken sprach, in die man investieren sollte, hatte Selim eine Plastikflasche auf dem Boden bemerkt. Ohne zu überlegen, kickte er sie zu einem Jungen, der an der Wand lehnte und sie lachend annahm. Amine hatte ihm auf den Hinterkopf geschlagen. »Siehst du nicht, dass diese Leute arbeiten?« Und er begann zu fluchen und sich laut darüber zu beklagen, dass Selim nicht so ernsthaft sei wie seine große Schwester, deren einziger Fehler es war, eine Frau zu sein.

Aïcha, Aïcha. Der bloße Name seiner Schwester genügte, um ihm die Laune zu verderben. Als sie vier Jahre zuvor nach Frankreich gegangen war, hatte Selim sich unendlich erleichtert gefühlt. Man hatte den Baum gefällt, in dessen Schatten er stand, und er konnte endlich, im Licht der Sonne, sein normales Wachstum fortsetzen. Doch heute Abend kam Aïcha zurück.

Im September 1964 war Aïcha in die elsässische Hauptstadt gezogen. Davor hätte sie niemals gedacht, dass der Winter mit seinem Gefolge aschgrauer Himmel und verregneter Tage sich so früh, bereits ab Oktober, einstellen könnte. Als Kind hatte sie andächtig den Erzählungen ihrer Mutter über das Elsass gelauscht, doch ihr war nicht in den Sinn gekommen, dass dieses Land auch ihres war, dass es ein Teil von ihr war. In Wahrheit schienen ihr die Geschichten ihrer Mutter in einem Fantasieland zu spielen, einer märchenhaften Gegend, wo man in kleinen Holzhäuschen Zwetschgenkuchen aß. Sie fand die Stadt schön und staunte über den Reichtum ihrer Bewohner, die gepflasterten Straßen, das dunkle Fachwerk, die bombastischen Bauwerke, vor allem das Münster, größer als die größte Moschee, in dem sie während der ersten Monate oft Zuflucht gesucht hatte. Sie hatte am Stadtrand, in einem tristen und seelenlosen Neubauviertel, eine kleine Einliegerwohnung gemietet. Die Vermieterin, Madame Muller, empfing sie mit boshafter Strenge. Sie hatte von Mathilde einen rührseligen Brief bekommen, in dem diese erklärte, dass sie Elsässerin sei und ihr Kind in ihre Obhut geben wolle. Doch als Madame Muller Aïcha im Hauseingang sah, mit ihrem krausen Haar und der von der Sonne gebräunten Haut, fühlte sie sich betrogen und hinters Licht geführt. Sie mochte weder die Welschen noch Ausländer. Es widerstrebte ihr, etwas anderes als Elsässisch zu sprechen, und die Vorstellung, dass eine solche junge Frau bei ihr wohnte, ging ihr gegen den Strich. Während sie sie herumführte und ihr zeigte, wie der Herd funktionierte, fragte sie sie: »Dann sind Sie also Elsässerin?«

»Ja, na ja, meine Mutter kommt von hier«, antwortete Aïcha.

»Aus Straßburg?«

»Nein, von woanders.«

»Von wo denn?«

Aïcha wurde rot und stammelte: »Ich weiß es nicht mehr.«

Madame Muller hatte keinen Grund, sich über »die Afrikanerin«, wie sie sie insgeheim nannte, zu beklagen. Man musste zugeben, ihre Mieterin war anständig und studierte die ganze Zeit nur. In den vier Jahren, die sie in Straßburg verbrachte, bekam Aïcha kein einziges Mal Besuch und ging abends so gut wie nie aus. Ihr Leben beschränkte sich auf die Teilnahme an den Kursen der medizinischen Fakultät und das Büffeln zu Hause am Küchentisch. Spazieren ging sie nur, wenn sie vom Lernen so müde war, dass sie einfach mal raus an die frische Luft musste, oder zum Einkaufen in den Supermarkt. Dabei hatte sie immer das Gefühl, unsichtbar zu sein, und es überraschte sie, wenn jemand sie ansprach oder sogar anschaute. Sie konnte nicht fassen, dass man Notiz von ihr nahm. Sie dachte, sie bliebe buchstäblich unbemerkt. Sie musste alles erst lernen: in der Stadt leben, allein leben, kochen und putzen. Nächtelang den Stoff wiederholen anstatt zu schlafen. Ihre Haut wurde fahl und stumpf. Unter ihren großen schwarzen Augen erschienen bläuliche Ringe.

Sie ackerte wie nie zuvor, bis zur Erschöpfung und manchmal sogar bis zum Wahnsinn. Sie verlor jedes Zeitgefühl. Sie schlief so wenig und trank so viel Kaffee, dass ihre Hände zitterten und ihr immerzu schlecht war. Sie bestand die Zulassungsprüfung am Ende des ersten Jahres auf Anhieb und schrieb ihren Eltern, dass sie in diesem Sommer nicht nach Hause kommen würde. Sie hatte Arbeit am Empfang einer Klinik gefunden. Sie sparte ihr Geld umsichtig wie ein altes Mütterchen.

*

Im dritten Jahr wurden die Studierenden in einen geräumigen, von großen Fenstern erhellten Saal gebracht, in dem etwa ein Dutzend Leichen aufgebahrt waren. Sie lagen auf hohen schwarzen Tischen mit Metallgestellen an den Seiten, damit man die Arme der Toten ausbreiten konnte. Tiefe Rinnen in den Tischplatten dienten dazu, Flüssigkeiten und Gewebereste aufzunehmen. Beim Eintreten stießen die Studenten kleine angewiderte oder scherzhafte Schreie aus. Manche machten schlechte Witze, andere taten so, als hielten sie es nicht aus und würden gleich in Ohnmacht fallen. Der Professor, ein alter Elsässer mit grauen Augen, war solche kindischen Reaktionen gewöhnt. Er befahl ihnen, still zu sein. Dann teilte er sie in Vierergruppen ein, in denen jeder einen Bereich eines Leichnams sezieren sollte.

Aïcha erschrak nicht und empfand keinerlei Ekel. Die in Formalin eingelegten Toten rochen nicht unangenehm, und sie wusste, dass es ein paar Wochen dauern würde, ehe ihre Ausdünstungen unerträglich würden. Während ihrer gesamten Jugend war sie von der menschlichen Anatomie fasziniert gewesen, und wenn sie die Augen schloss, sah sie noch immer die Lehrtafeln vor sich, die Doktor Palosi ihr geschenkt hatte, als sie klein war. Auf der Farm hatte sie tausendmal das Innere von Tieren gesehen. Eine tote Kuh auf einem Feld, deren Bauch sich in der Hitze aufgebläht hatte, ehe er geplatzt war. An diesen Geruch, diesen Gestank erinnerte sie sich noch immer. Er war so heftig und widerwärtig, dass die Arbeiter sich Minzblätter in die Nasenlöcher stopften, ehe sie das Tier verbrannten.

Aïcha näherte sich der Leiche, die man ihr zugewiesen hatte. Ihre Haut hatte eine gräuliche Farbe angenommen, und ihre Züge waren verzerrt, als hätte ein Bildhauer versucht, ein Gesicht aus einem Lehmklotz zu formen, und aufgehört, ehe er damit fertig war. Über diesem Körper, diesem kalten, nackten Körper, dessen Geschlecht einen dunklen Fleck bildete, begegnete sie David. Anders als die übrigen Studenten lachte er nicht. Ernst und feierlich musterte er die rechte Schulter des Leichnams, den er sezieren sollte. Er griff nicht nach seinem Skalpell, sondern faltete die Hände unter dem Tisch. Er wirkte in sich gekehrt. Er betrachtete den Toten vor sich, als wäre es kein Unbekannter, sondern sein Vater, sein Bruder oder vielleicht er selbst. Als er den Blick hob, bemerkte er, dass Aïcha auf ihn gewartet hatte. Sie hatte sich seinem Gebet angeschlossen und schien zu verstehen, dass er das Bedürfnis hatte, sich bei diesem Mann zu entschuldigen, ehe er sein Fleisch zerteilte, seine Nerven bloßlegte. In diesem Moment empfand David keinerlei Faszination für die Komplexität des menschlichen Körpers oder das ungeheure medizinische Wissen, das die Menschheit im Lauf der Jahrhunderte angehäuft hatte. Ihn überkam, ganz im Gegenteil, ein wehmütiges, bedrückendes Ohnmachtsgefühl. Dieser Leichnam hatte zuvor gelebt, er hatte einen Namen gehabt und war geliebt worden. Da, wo seine Kommilitonen einen toten Körper sahen, sah David die Inkarnation eines Wunders.

Er hob sein Skalpell und begann. Ihm gegenüber arbeitete Aïcha mit sicheren und präzisen Bewegungen, und als der Professor zu ihr trat, ließ er ein Brummen hören, das, wie David meinte, Bewunderung ausdrückte. David fragte sie, ob sie das schon einmal gemacht habe. Und Aïcha, die sonst viel zu schüchtern war, um zu sprechen, erzählte ihm, die Augen auf die leeren Gefäße des Leichnams geheftet, von ihren Erinnerungen an das Opferfest Aïd el-Kebir bei ihr zu Hause und wie sie die Finger in die Halsschlagadern der Schafe gebohrt hatte.

David und sie wurden Freunde. Aïcha fand ihn sympathisch mit seinen Locken, den dichten Brauen und runden Wangen, die ihn höchstens wie sechzehn oder siebzehn aussehen ließen. David gehörte zur jüdischen Gemeinde Straßburgs, sein Vater unterrichtete an der theologischen Fakultät. Später erklärte er Aïcha, dass er einer sehr alten Elsässer Gelehrtenfamilie entstammte. Sie trafen sich am Abend in der Bibliothek, um den Stoff zu wiederholen, und saßen nebeneinander im Hörsaal. Im Winter 1967/68 nahm er sie oft mit zum Essen in ein koscheres Lokal, dessen Wirtin einen so riesigen Hintern hatte, dass sie kaum zwischen den Tischen durchkam. Sie bemutterte die jungen Leute und passte auf, dass sie, die sich beim Studium abrackerten, ihre Teller auch ja leeraßen. Sie fand Aïcha zu dünn und steckte ihr nach dem Essen immer eine Blechdose mit Resten zu. Baeckeoffe, Vol-au-vents mit Pilzen oder Gefillte Fisch mit Reis. Aïcha liebte das Restaurant, den Lärm, der dort herrschte, den Zigarrenrauch, in dem sich die Gesichter verloren. Und es machte ihr Vergnügen, David zuzusehen, der ein echter Schlemmer war. Es gab nie das geringste Missverständnis, nie einen peinlichen Moment zwischen ihnen. Aïcha hielt sich sowieso für hässlich und kam nicht auf die Idee, dass ein Junge sich für sie interessieren könnte. Sie wusste außerdem, dass ihrem Freund die Familie sehr wichtig war ebenso wie die Religion, die er mit einer Hingabe praktizierte, von der Aïcha berührt war. Oft bat sie ihn, ihr vom Judentum, seinen Riten und Gebeten zu erzählen. Davon, welchen Platz Gott in seinem Leben einnahm. Sie vertraute ihm an, wie sehr sie die Jungfrau Maria geliebt und wie sie früher in der eisigen Kapelle des Pensionats Trost gefunden hatte.

In jenem Winter stellte David ihr seine Freunde aus dem Gymnasium vor, die er von Zeit zu Zeit traf und die Philosophie, Theater oder Wirtschaft studierten. Aïcha war überrascht von der Warmherzigkeit dieser jungen Elsässer, den vielen Fragen, die sie ihr stellten, und ihren bewundernden Blicken, wenn sie von ihrer Kindheit auf der Farm erzählte.

Manchmal war es ihr ein wenig unangenehm, wie sie sie behandelten, und sie hatte das Gefühl, sie anzulügen oder zu täuschen. Sie sahen in ihr eine Art Ideal. Sie war eine Frau aus der Dritten Welt, eine Bauerntochter, eine Nordafrikanerin mit krausem Haar und olivfarbener Haut, die es geschafft hatte, ihren Verhältnissen zu entrinnen. Ihre Gespräche drehten sich oft um Politik. Sie fragten sie, was sie wählte. Aïcha sagte: »Ich habe noch nie gewählt. Und meine Eltern auch nicht.« Sie befragten sie zur Situation der Frauen und wollten wissen, ob Simone de Beauvoir in Marokko bekannt sei. Aïcha antwortete, sie habe noch nie von ihr gehört.

Sie sahen es ihr nach, dass sie keinen Schimmer von der Theorie hatte und große Augen machte, wenn die anderen über Historischen Materialismus sprachen. Aïcha war schüchtern, und sie war ungebildet. Einmal hatte sie gestanden, dass sie noch nie an einer Demonstration teilgenommen hatte und dass bei ihr zu Hause keine Zeitung gelesen wurde. Die Diskussionen über Klassenkampf, Antiimperialismus und den Vietnamkrieg brachten sie in Verlegenheit, und sie betete, dass niemand sie nach ihrer Meinung fragte. Die Mädchen machten sich über Aïcha lustig, weil sie wegen jeder Kleinigkeit rot wurde und sich auf die Wangen biss, wenn über Sex und Verhütung geredet wurde. Für diese Studierenden war Aïcha jenseits der Theorie: Sie war die wandelnde Revolution. Sie war der lebende Beweis, dass man den Verhältnissen entkommen und sich durch Bildung emanzipieren konnte. Einmal ließ sie sich von Davids Clique in eine Kneipe neben dem Münster mitschleifen. Joseph, der Khakihosen und ein Holzfällerhemd trug, fragte sie, wie sie zur Unabhängigkeit Algeriens stehe und zu den Marokkanern, die in den Fabriken im Norden Arbeit suchten. Alle verstummten in Erwartung ihrer Antwort. Aïcha bekam Angst. Sie dachte, man würde ihr irgendetwas vorwerfen, die anderen hätten sich gegen sie verschworen und würden es ihr jetzt zeigen in dieser lauten Kneipe, wo sie sie genötigt hatten, ein Bier zu bestellen. Sie stammelte, sie wisse es nicht. Mit schriller Stimme fügte sie noch hinzu, dass sie mit dieser Sorte Marokkaner nichts zu tun habe. Dann sah sie auf ihre Uhr und entschuldigte sich, sie müsse jetzt los. Sie müsse lernen.

An der medizinischen Fakultät war sie dafür bekannt, die Beste zu sein, und als würdige Tochter ihres Vaters fürchtete sie den Neid, den sie dadurch wecken könnte. Ihre Kommilitoninnen machten sich lustig über ihre verhuschte Art und darüber, wie sie durch die Gänge der Universität eilte, ihre Bücher unterm Arm und mit zu Berge stehenden Haaren. Sie fanden sie verklemmt, ängstlich, zu unterwürfig gegenüber der Autorität, die die Professoren verkörperten. Während des Unterrichts war sie so konzentriert, dass sie die Anwesenheit der anderen vollkommen zu vergessen schien. Sie kaute auf ihrem Stift herum und spuckte Plastikkrümel in ihre Hand. Ihre Lippen waren oft mit Tinte verschmiert. Doch was Aïchas Mitstudenten am meisten aufregte, war dieser Tick, den sie hatte, ein Haar nach dem anderen an ihrer Stirn auszureißen. Sie tat es, ohne sich dessen bewusst zu sein, und am Ende der Vorlesung war ihr Pult voller Haare.

Aïcha interessierte sich nur für Medizin. Der israelisch-palästinensische Konflikt, das Schicksal de Gaulles oder die Situation der Schwarzen in Amerika waren ihr gleichgültig. Nein, was sie faszinierte, was sie in Euphorie versetzte, das war der unglaubliche Prozess des Lebens. Die Tatsache, dass, wenn wir essen, jedes Nahrungsmittel verwertet wird und jeder Nährstoff genau da landet, wo er hingehört. Was sie erschütterte, war die Zähigkeit und Intelligenz einer Krankheit, wenn sie sich in einen gesunden Körper einschlich, entschlossen, ihn zu vernichten. In der Zeitung las sie ausschließlich wissenschaftliche Artikel, und sie begeisterte sich für die erste Herztransplantation in Südafrika. Sie hatte ein phänomenales Gedächtnis. Wenn David mit ihr lernte, sagte er immer wieder: »Ich kann dir nicht folgen, du bist zu schnell für mich.« Er war beeindruckt von ihrer Konzentrationsfähigkeit und der Mühelosigkeit, mit der sie die klinischen Fälle studierte. Einmal, nachdem sie in der Bibliothek gewesen waren, fragte er sie, woher ihre Leidenschaft für die Medizin komme. Aïcha steckte ihre Hände in die Jackentaschen, überlegte kurz und sagte dann: »Im Gegensatz zu deinen Freunden glaube ich nicht, dass man die Welt verändern kann. Aber wenn man Kranke behandeln kann, dann ist das immerhin etwas.«

Aïcha verstand nichts von den Ereignissen des Mai 1968. Während dieser Zeit bereitete sie sich genauso ernsthaft wie sonst auch auf ihre Prüfungen vor und verbrachte Tage und Nächte im Krankenhaus, wo sie alle Schichten übernahm, die man ihr anbot. Natürlich spürte sie etwas, eine Veränderung, eine Unruhe. Ab und zu hielt jemand ihr ein

Flugblatt hin, das sie mit einem schüchternen Lächeln entgegennahm, um es im Mülleimer unten in ihrem Haus zu entsorgen. Sie hatte den Eindruck, um sie herum liefen die Vorbereitungen zu einem gigantischen Fest, einer orgiastischen Feier, an der sie nicht teilnehmen konnte. David und seine Freunde nahmen sie mit zur Geisteswissenschaftlichen Fakultät, wo Tausende Studenten auf der Wiese saßen. Ein junger Mann rief durch ein Megafon zum Widerstand auf. Sie, der man beigebracht hatte, stets auf der Hut zu sein, war fassungslos, dass man so freiheraus seine Meinung sagen konnte. Sie betrachtete die Frauen, die kurze Röcke und Kniestümpfe trugen und deren Brüste unter ihren Blusen wippten. Eine Freundin von David erzählte, dass Horden junger Leute mit dem Bus nach Kathmandu fuhren, um sich dort in Opiumwolken zu verlieren. Doch Aïcha würde nie eine von ihnen sein. Das Megafon ging von Hand zu Hand, und Aïcha langweilte sich. Sie wagte nicht, es David zu sagen, aber sie fand seine Freunde hysterisch, überzogen und manchmal sogar lächerlich. All die großen Worte, all die Konzepte erschienen ihr sinnlos. Woher nahmen sie nur ihren Eifer? Wie kamen sie zu diesem kindlichen Idealismus? Und vor allem, warum hatten sie keine Angst? Ihr fiel ein arabisches Sprichwort ein, das ihr Vater oft gebrauchte: »Wenn Gott eine Ameise bestrafen will, verleiht er ihr Flügel.« Aïcha war eine Ameise, eifrig und arbeitsam. Und sie hatte keinerlei Absicht davonzufliegen.

Am Tag vor ihrer Rückkehr auf die Farm ging Aïcha in einen Friseursalon im Zentrum von Straßburg. Sie lebte seit vier Jahren hier und war auf dem Weg zur Universität schon tausendmal am Schaufenster des eleganten Salons vorbeigekommen. Sie hatte oft die Frauen angeschaut, die in weißen Ledersesseln saßen und Alustreifen oder große blaue Lockenwickler in den Haaren hatten. Sie stellte sich vor, dass sie eine von ihnen sein könnte, mit dem Kopf unter einer Trockenhaube und einer Illustrierten in den manikürten Händen. Doch immer hielt etwas sie davon ab hineinzugehen. Das fehlende Geld, die Eitelkeit, die sie sich vorzuwerfen hätte, wenn sie an einem solchen Ort kostbare Zeit verschwendete, anstatt zu lernen. Jetzt waren die Prüfungen abgeblasen worden, und sie hatte genug Geld gespart, um ein Flugticket nach Meknès zu kaufen und sich einen neuen Haarschnitt zu gönnen. Sie malte sich aus, wie ihre Mutter reagieren würde, wenn sie sie mit schönen langen, glatten Haaren à la Françoise Hardy sehen würde. Und sie trat ein.

Sie wartete vor dem unbesetzten Empfangstresen. Angestellte des Salons liefen an ihr vorüber, gehetzt und mit besorgten Mienen, als müssten sie nicht Haare frisieren, sondern einen schwerkranken Patienten operieren. Manchmal warfen sie ihr einen schiefen Blick zu, einen Blick, der zu sagen schien: »Was will die denn hier?«, und Aïcha wäre beinahe wieder umgekehrt. Niemand nahm ihr den Mantel ab, und sie begann in dem überhitzten Vorraum zu schwitzen. Die Besitzerin des Salons, eine große, blonde, üppige Elsässerin, erbarmte sich ihrer schließlich. Sie trug ein enganliegendes Tweedkleid, und an ihren dicken Handgelenken, am Ende der altersfleckigen Arme, klimperten Goldreife.

»Was kann ich für Sie tun, Mademoiselle?«

Aïcha blieb stumm. Sie starrte auf die Spuren, die der glänzende Lippenstift an den Schneidezähnen der Friseurin hinterlassen hatte. Dann bemerkte sie in Höhe der Schilddrüse eine Schwellung, wie bei manchen Vogelarten. Das sollte man untersuchen, dachte sie.

»Also?«, fragte die Chefin gereizt, und Aïcha konnte nur antworten: »Ich komme wegen der Haare. Zum Glätten. Wie Françoise Hardy.«

Die Friseurin hob die Augenbrauen und legte die Hände an die Wangen, betroffen von dem Anblick, der sich ihr bot. Sie streckte den Arm aus, ihre Goldreifen klirrten gegeneinander, und berührte widerstrebend Aïchas Haare.

»So etwas frisieren wir normalerweise nicht.«

Als sie eine Strähne zwischen ihren Fingern rieb, klang es, als würden trockene Blätter zerbröseln. »Kommen Sie mit«, befahl sie, und Aïcha folgte ihr in den hinteren Teil des Salons. Es roch nach Ammoniak und Nagellack. Eine Kundin mit grauer Mähne herrschte eine Angestellte an.

»Mehr Haarspray!« Ihre Frisur war festbetoniert bis zur letzten Strähne, wie eine alte Perücke in einem Schaufenster. Sie hätte durch einen Wirbelsturm gehen können, ohne dass auf ihrem Kopf ein Haar verrutscht wäre. »Ich will mehr Haarspray!«, beharrte sie stur, und die junge Frau gehorchte.

Die Chefin ließ Aïcha zwischen Shampootöpfen zurück. An den Wänden hingen große Spiegel, und jedes Mal, wenn Aïcha sich umdrehte, sah sie sich selbst, ohne sich wirklich zu erkennen. Diese riesigen, weit aufgerissenen Augen, das waren doch nicht ihre, und dieser Mund, der, wenn er lächelte, etwas zu viel Zahnfleisch entblößte. Sie konnte nicht glauben, dass sie schön war, und lehnte den ganzen Aufwand, den andere Frauen für ihr Aussehen betrieben, ab. Sie trug keine Schminke, keinen Schmuck und keine extravaganten Hochsteckfrisuren. Und wenn ihr doch einmal in den Sinn kam, etwas zu probieren, »sich zurechtzumachen«, wie ihre Mutter sagte, dann immer aus einem unüberlegten Impuls heraus. Einmal hatte sie in einem Wutanfall versucht, sich die Haare mit dem Bügeleisen zu glätten. Sie hatte ihr Gesicht auf den Tisch in ihrer Einzimmerwohnung gelegt und das heiße Eisen auf ihre krause Matte gedrückt. Rauch war aufgestiegen und ein beißender Geruch nach versengtem Fleisch. Ihre Spitzen waren verkohlt, und sie hatte sich an der Schläfe verbrannt. Ein andermal hatte sie sich nach der Lektüre einer Zeitschrift kurzentschlossen die Brauen abrasiert. Danach hatte sie sie mit Kajal nachgemalt, doch es gelang ihr nie, sie ganz symmetrisch hinzubekommen. Jetzt, vor dem Spiegel, im unbarmherzigen Neonlicht, bemerkte sie, dass eine Braue dicker war als die andere und dass ein wenig schwarze Farbe auf ihr Lid gekleckert war.

Während sie wartete, fielen ihr alle Spitznamen wieder ein, die ihre Schulkameradinnen ihr verpasst hatten. Räudiges Schaf. Pudel. Nasser Knallfrosch. Atlaslöwe. Sie nannten sie die Negerin, die Buschfrau, den Struwwelkopf. Sie wartete lange. Friseurinnen rempelten sie im Vorbeigehen an, Töpfe mit Färbemittel in den von gelblichem Plastik verhüllten Händen. Aïcha störte, sie war im Weg und hatte das Gefühl, jeder könne ihren beißenden Schweißgeruch riechen. Ganz bestimmt tuschelten die Kundinnen unter ihren Hauben über sie und verspotteten sie wegen ihrer unsäglichen Mähne. Eine junge Frau mit runden Wangen und einem Blick, der trüb war vor Langeweile, ließ sie vor einem weißen Emaillebecken Platz nehmen. Aïcha dachte: Was würde ich nicht alles tun, um solche Haare zu haben wie sie? Glatte, geschmeidige Haare, durch die man mit den Fingern fahren konnte.

Die Friseurin rammte unsanft einen Kamm in Aïchas Locken. Sie redete Elsässisch und scherzte mit ihren Kolleginnen und den Kundinnen. Sie zerrte so heftig, dass Aïcha einen spitzen Schrei ausstieß.

»Diese Wolle lässt sich natürlich nicht so leicht entfilzen.« Dann brüllte sie durch den Salon: »Marie-José, reich mir mal die Paste.«

Die Friseurin bedeckte sich die Nase mit dem Ellbogen und tauchte die andere Hand in einen großen roten Topf. Dessen Inhalt trug sie auf Aïchas Kopf auf. Nach ein paar

Minuten begann es so sehr zu jucken, dass Aïcha sich auf ihre Hände setzen musste, um nicht die Finger in ihren Haaren zu vergraben und wie wild zu kratzen. Tränen liefen ihr über die Wangen, sie blickte sich verzweifelt um, und als die Chefin sie sah, rief sie: »Was dachtest du denn? Wer schön sein will, muss leiden.«

Im Flugzeug, das sie zurück nach Meknès brachte, lehnte Aïcha sich nicht an die Kopfstütze. Während des dreistündigen Fluges hielt sie den Blick gesenkt und das Gesicht nach vorn geneigt, um ihre Frisur nicht zu ruinieren. Sie verkniff es sich, mit der Hand durch ihre Haare zu fahren, sich eine Strähne um den Zeigefinger zu wickeln, wie sie es sonst immer tat, wenn sie lernte oder träumte. Im Nacken und auf ihren Wangen spürte sie die langen, glatten Strähnen, die sie streichelten. Und sie konnte es noch immer nicht fassen.

Aïcha landete am frühen Nachmittag auf dem Flughafen von Rabat. Sie stieg langsam die Stufen zum Rollfeld hinunter, überwältigt von der Helligkeit des Himmels. Als sie den Blick hob, entdeckte sie auf dem Dach des Flughafengebäudes, hinter dem roten Schriftzug AÉROPORT DE RABAT, ein paar Silhouetten, die sich aufgeregt bewegten, die Arme hoben und versuchten, die Passagiere zu erkennen, die die Landebahn überquerten. In der Ankunftshalle herrschte großes Durcheinander. Männer kamen und gingen und riefen Anweisungen, die niemand zu befolgen schien. Träger brachten das Gepäck herein und verteilten es an die Reisenden, Polizisten überprüften die Pässe, Zollbeamte öffneten

Koffer, schüttelten ungeniert die Seiten einer Zeitschrift und warfen Büstenhalter und Unterhosen auf den Boden. Aïcha spähte durch die Glasscheibe, die die Ankömmlinge von den wartenden Familien trennte. Inmitten der Kinder, die einen Teddybären hielten, der geschminkten Frauen und der Chauffeure in Dschellabas, entdeckte sie ihren Vater. Er trug eine Sonnenbrille mit derart dunklen Gläsern, dass man seine Augen nicht sehen konnte. Sie staunte, wie elegant er war in seinem braunen Rollkragenpullover und dieser Lederjacke, die neu wirkte. Seine Haare waren grau geworden, und er trug jetzt einen Schnurrbart. Die Hände hinter dem Rücken verschränkt, starrte er auf die Fußbodenplatten, irritiert von der aufgeregten Menge um ihn her. Er hatte diesen verlorenen, abwesenden Gesichtsausdruck, den sie so gut an ihm kannte. Ja, das war er, ihr Vater, dieses wortkarge Raubtier, fähig zu unbändiger Zärtlichkeit ebenso wie zu den ungerechtesten Wutausbrüchen. Gerührt machte sie einen Schritt zur Seite, um sich von den übrigen Reisenden abzuheben, hinter denen sie anstand. Amine nahm die Brille ab und musterte sie ein paar Sekunden lang. Mit gehobenen Brauen verweilte er einen Moment auf ihrem sehr kurzen Rock und den braunen Lederstiefeln, die ihr bis zum Knie reichten. Sie trug eine orangefarbene Nylonjacke und eine große getönte Brille, wie die Sängerinnen in den Magazinen. Sie glaubte, er wäre plötzlich aus seiner Lethargie erwacht, weil er sie erkannt, weil er sie, seine Tochter, gesehen hatte. Sie dachte, aus lauter Liebe zu ihr, ausnahmsweise doch einmal von seinen Gefühlen überwältigt, hätte Amine die Leute angerempelt, sich durch die Menge gedrängt, um an die Scheibe zu treten. Er bewegte sacht die Finger auf Höhe seiner Schulter und lächelte ihr zu. Sie betrachtete seine weißen Zähne und begriff. Nicht sie war es, die er ansah. Nicht ihr galt sein gewinnendes Lächeln. Er lächelte einer Unbekannten zu, einer Frau, die er schön und begehrenswert fand und die ihm die lästige Pflicht versüßte, seine Tochter abholen zu müssen. Vermutlich hatte er mit der schüchternen und mausgrauen Jugendlichen gerechnet, die Aïcha gewesen war. Und er dachte, dass diese Beine, diese langen, schlanken, nackten Beine nicht die seines Kindes sein konnten. Aïcha hob eine Hand und fuhr sich über die Haare. Deshalb hatte er sie nicht erkannt. Wegen dieser langen, glatten Haare, die ihr bis zur Taille reichten. Der verdammten Haare von Françoise Hardy.

Aïcha verließ die Schlange. Sie ging zur Scheibe und nahm ihre Brille ab. Amine musterte sie noch immer, und für einen kurzen Moment meinte er wohl, sie wolle seine Bekanntschaft machen, ihm ihre Telefonnummer geben oder sich mit ihm verabreden. Doch plötzlich änderte sich sein Gesichtsausdruck. Sein Lächeln verschwand, sein Blick wurde finster, und seine Lippen begannen zu zittern. Er machte dieses Gesicht, auf das normalerweise Schläge folgten, Zornesausbrüche, Geschrei. Mit einer verärgerten Geste bedeutete er ihr: Stell dich wieder an, dumme Gans. Er tippte auf seine Uhr: Beeil dich! Sie hatte ihren Platz verloren und fand sich ganz am Ende der Schlange wieder. Sie schwitzte in dieser Jacke, die ein unangenehmes Geräusch machte, sobald sie die Arme bewegte. Als sie wieder zur Scheibe sah, war ihr Vater verschwunden.

Aïcha wartete beinahe eine Stunde, ehe sie einem Polizisten ihren Pass reichte, der sie zu Hause willkommen hieß. Unwillkürlich blickte sie sich um, ohne zu wissen, ob sie hoffte, Amine zu entdecken, oder im Gegenteil wünschte, er hätte sich in Luft aufgelöst, all das wäre nicht passiert und sie könnten noch mal von vorn anfangen. Sie trat aus dem Flughafengebäude. Ein Träger riss ihr den Koffer aus der Hand, und sie wagte nicht, ihn davon abzuhalten. Als ihr Vater auftauchte, erschrak sie. Sie tat, als wäre nichts, lachte und warf sich ihm an den Hals. Sie schlang ihre Arme um ihn und schmiegte sich an ihn, als wolle sie sagen: Ich verzeihe dir. Sie schämte sich, ihn blamiert zu haben. Sie hätte ihn am liebsten gar nicht mehr losgelassen, damit er sah, dass sie noch immer ein kleines Mädchen war, doch Amine befreite sich aus ihrer Umarmung und bezahlte den Träger. Auf dem Parkplatz lungerte eine Horde Kinder herum, die die Touristen bedrängten und ihnen anboten, ihnen die Koffer abzunehmen, ein Taxi oder sogar ein Hotelzimmer zu besorgen. Kleine Jungs in zerrissenen Kleidern scharten sich um Aïcha und schrien lachend Anzüglichkeiten. Sie brauchte das Gesicht ihres Vaters nicht zu sehen, um zu wissen, dass er fuchsteufelswild war.

Amine setzte sich ans Steuer und steckte sich eine Zigarette in den Mund. Als er sich zum Zigarettenanzünder vorbeugte, warf er einen verstohlenen Blick auf die Beine seiner Tochter.

»Was ist das für ein Aufzug? Wir sind hier nicht in Frankreich.«

Aïcha zog an ihrem Rock und legte sich schließlich die

Jacke über die Beine, um ihre nackte Haut zu verbergen. Während der Fahrt nach Hause wechselten sie nur zwei oder drei banale Sätze. Er fragte, ob ihr Studium gut lief. Sie erkundigte sich nach der Farm. Sie erinnerte sich, dass man hier über den Regen sprach, und fragte, ob es geregnet habe und ob die Bauern zufrieden seien. Dann verschanzten sie sich hinter ihrem Schweigen. Manchmal streckte Amine den Arm zum Fenster raus und gab den anderen Fahrern erboste Zeichen. In einer Kurve raste er beinahe in einen von einem Jungen und seinem Esel gezogenen Karren, der aus einem Feld aufgetaucht war. Amine trat auf die Bremse und beschimpfte den Jungen. Er bezeichnete ihn als Schwachkopf, Trottel, Nichtsnutz. »Lauter potenzielle Mörder!« Dann kurbelte er seine Scheibe wieder hoch.

Aïcha sah die Landschaft vorbeiziehen und empfand mit einem Mal ein solches Glück, dass sie selbst überrascht war. Sie dachte, dass sie nach Hause zurückgekehrt war und dass es etwas Wohliges, Beruhigendes hatte, von seinesgleichen umgeben zu sein. Sie versank in der Betrachtung der Weinfelder und der Reihen von Olivenbäumen, die inmitten von Steinen, auf gelber trockener Erde wuchsen. Am Fuß eines Hügels entdeckte sie einen Friedhof, zwischen dessen mit Kalk geweißelten Grabsteinen blassgrüne Kakteen voller Kaktusfeigen wuchsen, die unter der Hitze aufgeplatzt waren und ihr gelbes, glänzendes Fleisch offenbarten. Das Gras, das eine beinahe graue Farbe hatte, glänzte in der Sonne wie das Fell eines Tieres. Dahinter zeichneten sich ein paar bescheidene Häuser ab, vor denen eine Handvoll Hühner und ein ausgemergelter Hund herumliefen. Aïcha wusste ganz genau, wie es im Innern dieser Hütten roch, in denen sie als Kind ein und aus gegangen war. Nach modriger Erde und den tönernen Brotbacköfen. Als vor ihnen ein Auto auftauchte, in das sich eine achtköpfige Familie gezwängt hatte, einer auf dem Schoß des anderen, musste sie ebenfalls an den Geruch darin denken. Ein kleiner Junge stand auf den Schenkeln seiner Mutter und winkte Aïcha durch die Rückscheibe zu. Sie winkte zurück.

Doch diese vollkommene Glückseligkeit hielt nicht lange an. Als sie in die Umfriedung der Farm einbogen, beschlich sie ein mulmiges Gefühl. In vier Jahren hatte sich viel verändert. Sie wunderte sich über den Lärm, der auf dem Gut herrschte. Sie hörte das Brummen eines Mähdreschers, das maschinengewehrartige Knattern der Bewässerungsanlagen. Dann sah sie, neben dem Haus, den riesigen Pool, eingefasst mit ockerfarbenen Ziegeln, die in der Nachmittagssonne glänzten. Aïcha wusste, dass der Betrieb gut lief und ihre Eltern zu Wohlstand gekommen waren. Dennoch war sie, als sie das Haus betrat, überrascht von der kleinbürgerlichen Einrichtung, den Häkeldeckchen, den falschen Kristallvasen und den Bergen von Kissen auf blauen Samtsofas, die so prall mit Schaumstoff gefüllt waren, dass man meinte, sie müssten jeden Moment platzen. Sie durchquerte den Flur. Auf einem Beistelltischchen erkannte sie die wenigen Ziergegenstände, die noch aus ihrer Kindheit stammten: einen kupfernen Kerzenleuchter, eine Porzellandose, in der Mathilde Schlüssel versteckte, und eine kleine gläserne Vase, in der eine rote Rose welkte. Sie hätte diese Dinge gern gestreichelt, sie einen Moment in der Hand gehalten und ihnen gedankt, dass sie noch da waren. Doch sie hörte schon die Stimme ihrer Mutter, die Tamo schrill und gereizt Anweisungen gab. Aïcha kam am Wohnzimmer vorbei und betrachtete eine Reihe von Stillleben an den Wänden. Über dem Kamin hing ein riesiges Porträt von Amine in Spahi-Uniform. Das Gesicht ihres Vaters war nicht gut getroffen, der Künstler hatte etwas zu dick aufgetragen mit dem dunklen Teint und dem grimmigen Blick, um eine missglückte Kopie der Krieger Eugène Delacroix' zu erschaffen. Doch Aïcha wusste, dass es ihr Vater war, weil sie sich an diese Fotografie von Amine auf einem weißen Ross und mit einem Burnus über den Schultern erinnerte, die sie als Kind gesehen hatte.

Mathilde kam aus der Küche. Sie trug eine blaue Schürze und hatte die Haare zusammengebunden. Eine graue Strähne hing vor ihrem rechten Auge. Sie trocknete sich die Hände an einem Geschirrtuch ab, stürzte auf Aïcha zu, atmete ihren Duft ein. Sie sagte: »Lass dich anschauen.« Einen Moment lang betrachtete sie das Gesicht ihrer Tochter, ihre Kleidung, diese orangefarbene Jacke, die sie in der Hand hielt. »Du hast dich so verändert. Ich hätte dich nicht erkannt.«

Zur Feier dieses lang erwarteten Wiedersehens veranstaltete Mathilde ein festliches Abendessen. Obwohl sie sich nie an die marokkanische Küche gewöhnt hatte, bereitete sie tagelang eine Auswahl traditioneller Vorspeisen, Tajines und sogar eine mit Zimt und Puderzucker bestäubte Tauben-Pastilla vor. Selma, Mourad und ihre Tochter Sabah, die mittlerweile in der Stadt wohnten, kamen zum Aperitif. Sabah war jetzt zwölf. Als Aïcha die beiden sah, konnte sie kaum glauben, dass sie Mutter und Tochter waren, so wenig ähnelten sie einander. Sabah hatte weder Selmas glattes braunes Haar geerbt noch ihren strahlenden Teint. Sie war ein mageres Kind mit groben Zügen und buschigen Brauen. Ihr schwarzer Baumwollrock entblößte plumpe, von dunklem Flaum bedeckte Fesseln.

Während Amine Champagner servierte, schmiegte Sabah sich an Mourad. Sie legte ihrem Vater den Arm um die Schultern und verbarg ihr Gesicht an seinem Hals. Wortlos zog er sie an sich, setzte sie auf seinen Schoß und flüsterte ihr etwas ins Ohr. Das Kind nickte und blieb still sitzen, die Wange an Mourads Schulter gelehnt. Sie nannte ihn »Papa«, und Mourad kam nicht umhin, sich zu schämen, wenn er diese beiden Silben hörte. Er hatte das Gefühl, sie zu belügen, ihre Unschuld auszunutzen, und er fürchtete den Tag, an dem sie die Wahrheit herausfinden würde. Dann würde sie ihm einen unüberwindlichen Hass entgegenbringen. Doch wer sonst konnte behaupten, ihr Vater zu sein? Wer sonst hätte die zärtliche, liebevolle Anrede »Papa« verdient? Ohne ihn hätte sie vielleicht nicht überlebt. Er hatte ihr das Leben gerettet, er hatte sich um sie gekümmert, er hatte sie vor dem Wahnsinn ihrer Mutter beschützt. In den Wochen nach ihrer Hochzeit hatte Selma ununterbrochen geweint. Tagelang hatte sie auf der Seite gelegen, eine Hand an ihrem Bauch, der immer runder wurde. Nach den Tränen kamen die Wutanfälle, die Fluchtversuche, die Selbstmorddrohungen. Selma wollte sich vor einen Lastwagen werfen. Sie drohte, das Gift zu trinken, mit dem man die Schädlinge tötete, die die Bäume befielen. Sie schwor, sie werde sich eine Stricknadel in den Bauch rammen. Das Kind wurde geboren und besänftigte Selmas Zorn nicht. Im Gegenteil, das Weinen des Säuglings machte sie irre, sie lief über die Felder und ließ das hungrige Kind im Schuppen zurück. Mourad gegenüber sagte sie Dinge, deren Grausamkeit ihn erstarren ließ, dabei hatte er den Krieg erlebt, Internierung, Fahnenflucht. Sie würde das Baby sterben lassen und es anschließend auf die Schwelle von Mathildes Haus legen. »Dann«, sagte sie, »wird sie sehen, was sie getan hat.« Mourad lebte in ständiger Furcht. Einmal, als Sabah erst zwei Jahre alt war, hatte er seine Leute mitten bei der Arbeit stehen lassen und war wie ein Besessener zum Haus gerannt. Dort hatte er seine Tochter gesehen. Sie war allein. Sie trug ein graues Hemdchen, aus dem ihre nackten Beine herausragten, und lutschte Kieselsteine, mit denen sie ihre kleinen Hände füllte. »Papa!«, hatte Sabah gerufen, und die Steine waren auf den Boden gefallen.

Was machte er zwischen diesen beiden Frauen? Was machte er in dieser Familie, wo niemand ihn wollte? Amine hatte ihn nie wie einen Schwager behandelt, und nicht mal wie einen Freund. Amine war jetzt ein Monsieur, ein ehrenwerter Herr, der Feste an seinem Pool gab, in seinem mit Lampions geschmückten Garten. Ein Bourgeois, der in Gesellschaft anderer Bourgeois Silvester feierte und nicht fürchtete, sich mit seinem goldenen Papphut samt Luftschlangen und Konfetti auf den Schultern der Lächerlichkeit preiszugeben. Amine platzte schier vor Geld und Selbstgefälligkeit. Er hatte sich Maßanzüge schneidern lassen und Walzer und Mambo tanzen gelernt. Er schlief mit der halben Stadt. Monatelang hatte sein Chef nach Mouilalas Tod das alte Haus im Berrima-Viertel genutzt, um dort seine Liebhaberinnen zu empfangen, und hatte es mit ihnen auf den halb vermoderten Bänken getrieben. Manchmal, wenn er sich allein glaubte, unsichtbar glaubte, hielt Amine in einem Sonnenblumenfeld und leckte die Brüste einer gelangweilten Ehefrau. Einmal war er sternhagelvoll von einem Fest heimgekehrt und mit seinem Wagen frontal in einen Olivenbaum gekracht. Er hatte behauptet: »Ich war nicht betrunken, sondern nur müde. Ich habe gegähnt und dabei die Augen geschlossen.« Mourad wusste all das. Genau wie er wusste, dass man in diesem Land nie allein war. Er wollte Amine warnen. »Da ist immer einer, der weiß, was du tust.«

*

Beim Aperitif, während Mathilde sich fröhlich unterhielt, musterte Aïcha ihre Familie, die Wohnung, Tamo, die hin und her lief, um die Speisen aufzutragen. Sie bemerkte, dass das Hausmädchen leicht hinkte, doch es lehnte ihre Hilfe ab. Aïcha dachte, dass es keinerlei Verbindung gab zwischen dieser Welt und der Straßburger Welt, zwischen ihrem Leben hier und ihrem Leben dort. Diese beiden Existenzen waren durch nichts miteinander verbunden. Sie spielten sich in zwei parallelen Dimensionen ab, die einander in keiner Weise berührten. Ihr kam sogar der Gedanke, dass ein Teil von ihr noch immer dort, in Straßburg, war und ihren gewohnten Alltag fortsetzte. Plötzlich fühlte sich alles vollkommen irreal an. Sie war sich nicht mehr sicher, diese vier Jahre wirklich erlebt zu haben. Vielleicht war sie nie von hier weggegangen. Vielleicht hatte sie geträumt.

Während des Abendessens stimmte Amine nicht in die Lobeshymnen über die Gerichte ein, die vor ihren Augen vorbeizogen. Er legte eine Hand auf Aïchas Rücken – »Gott schütze dich, meine Tochter« – und bat sie zu erzählen, wie es sich anfühlte, die erste Ärztin in der Familie zu sein. Da dachte Aïcha, dass ihr Vater ihr verziehen hatte, dass die anfängliche Spannung verflogen war, und stürzte sich in die Schilderung ihrer Abenteuer. Sie berichtete vom Sezieren der Leichen. »O nein, nicht beim Essen!«, unterbrach Mathilde sie. Sie erzählte von ihrer Arbeit in der Klinik, von den Kommentaren ihres Chefarztes im Krankenhaus. David erwähnte sie nicht, doch sie deutete an, dass sie Freunde gefunden habe. Während Aïcha sprach, hielten Selma und Selim den Blick auf ihre Teller gesenkt. Amine, der es zu bemerken schien, betonte umso mehr, wie froh er sei, eine so zielstrebige und solide Tochter zu haben. »Eine anständige Tochter, die weder junge Männer noch Probleme anschleppt. Die nicht immerzu schwänzt und feiert.« Aïcha habe nichts am Hut mit diesen Kommunisten, diesen Revolutionären, die keine Ahnung vom Leben hatten und das Erbe ihrer Vorväter zerstören wollten. Er hatte einen bissigen Ton angeschlagen, doch Aïcha begriff nicht, dass diese Worte an seinen Sohn und seine Schwester gerichtet waren. Er hob den Erfolg seiner Tochter hervor, ihre Unabhängigkeit, um Selma besonders wehzutun. Und anstatt sich um die Wiedergutmachung einer Ungerechtigkeit zu bemühen, schien er sie erst recht unterstreichen und vertiefen zu wollen.

Sobald das Essen beendet war, stand Selma auf. Niemand wollte wissen, wo sie hinging. Vielleicht kümmerte sie sich um ihre Tochter oder spülte in der Küche das Geschirr. Nur Selim wusste genau, wo sie war. Er durchquerte das Wohnzimmer, trat in den Hinterhof und stieg aufs Dach. Selma saß auf dem Rand, die Beine über dem Abgrund, und erwartete ihn.

Selim zog zwei Zigaretten aus seiner Tasche und reichte eine seiner Tante. Mit ihr hatte er zum ersten Mal geraucht. Damals lebte sie noch auf der Farm, in dem schrecklichen Schuppen, den Mourad hergerichtet hatte. Selim musste etwa acht Jahre alt gewesen sein, er spielte im Garten und ertappte seine Tante, an den Rauputz gelehnt, wie sie den Rauch durch die Nase ausstieß. Sie hatte sich einen Finger auf den Mund gelegt und ihm das Versprechen abgenommen, dass er ihr Geheimnis für sich behielt. Und um diesen Pakt zu besiegeln, den Pakt gegen Amine und all die anderen Männer, hatte sie hinzugefügt: »Möchtest du mal probieren?« Er hatte seine Lippen genähert und an der Zigarette gezogen. »Man könnte meinen, du machst das schon dein ganzes Leben lang.« Und sie hatte gelacht. Selim kannte all ihre Verstecke. Als Kind hatte er kleiner Däumling gespielt und die Stummel aufgelesen, die sie in den Garten warf und die Spuren ihres karmesinroten Lippenstifts trugen. Er hatte die grauen Päckchen gesammelt, auf denen er dieses seltsame Wort entzifferte: »Marquise«.

Selma zündete ihre Zigarette an, und im Schein des Feuerzeugs erkannte Selim ihr Gesicht, ihre vor Ärger gerunzelte Stirn. Er setzte sich neben sie. »Wenn mein Vater mich sähe, würde er mich umbringen.«

Selma stieß ein höhnisches Lachen aus. »Ich scheiß auf deinen Vater.«

Dieser Satz erschütterte den jungen Mann. Wie ein Echo hallten die Worte endlos in ihm wider. Eine Weile saßen sie schweigend da, auf dem Dach des Hauses. In der Ferne konnte man die Lichter der Stadt sehen. Tamos Stimme klang zu ihnen herauf, und Mathildes. Selim bemerkte, dass Selma weinte.

»Warum bin ich nur hergekommen? Ich hätte behaupten können, ich wäre krank oder Sabah. Sie hat sowieso andauernd Bauchweh. Ich hätte irgendeine Entschuldigung finden und zu Hause bleiben sollen. Aber Mourad hätte darauf bestanden. Er hätte gesagt, dass man so was nicht tut, dass das unhöflich ist, letztendlich hätten wir es ihnen zu verdanken, dass wir ein Dach über dem Kopf und etwas zu essen haben. Wir müssen sie dafür segnen, dass sie sich um uns und die Kleine kümmern. Er redet von deinem Vater, als wäre sein Gesicht und nicht das des Königs auf die Banknoten gedruckt. Er gehorcht ihm wie ein Hund, wie der Knecht, der er ist und immer sein wird. Und Mathilde, die hält sich für eine Heilige. An Feiertagen steckt sie mir heimlich einen Umschlag zu und flüstert: ›Das ist für die Kleine‹, oder: ›Gönn dir auch mal was.‹ Sie lächelt, wenn ich ein neues Kleid anhabe. Sie genießt die Vorstellung, dass ich alles ihnen verdanke. Was ich trage, was ich esse, die Luft, die ich atme. Irgendwann höre ich auf zu essen, rede nicht mehr, halte den Atem an, bis ich umfalle. Ich werde nichts mehr tun, keinen Widerstand mehr leisten. Wenn ein Hund dich beißt, darfst du dich nicht wehren. Sobald du dich bewegst, beißt er nur umso fester zu. Genauso läuft das hier. Man muss sich fügen. Sie sagen immerzu, nichts gehe über die Familie. Nichts. Nur der König und die Königin in ihrem schönen Haus. Aber du wirst sehen, irgendwann halte ich es wirklich nicht mehr aus und habe den Mut, ihnen zu sagen, dass ich nichts mit ihnen zu tun haben will, dass sie verrecken sollen mit ihren Lügen, ihrer Heuchelei, ihrem Anstand und ihrer perfekten Tochter. Was weiß sie schon vom Leben, diese Aïcha? Eine kleine Rotznase ist sie. Eine dumme Göre, die ihren Vater für einen lebenden Gott hält. Sie schmeichelt ihm und verehrt ihn.

Aber sie hat keine Ahnung, wozu er imstande ist. Oder sie tut so, als hätte sie es vergessen.«

Selma flüsterte, und Selim hatte bis jetzt das Gefühl gehabt, seine Anwesenheit wäre ihr völlig gleichgültig, sie spräche gar nicht mit ihm, sondern mit sich selbst. Plötzlich schien sie ihn zu bemerken. Sie bat ihn um eine neue Zigarette, während sie die alte ausdrückte, und fuhr fort: »Frag deine Schwester. Frag sie, ob sie sich an die Nacht mit der Pistole erinnert. Sie muss noch dort sein, in der Terrakottavase im Flur. Du kannst nachsehen, wenn du mir nicht glaubst. Die Pistole, mit der er uns töten wollte, deine Mutter, deine Schwester und mich. Er behauptet, ich wäre faul gewesen, hätte mich in der Schule nicht angestrengt. Aber die Wahrheit ist, selbst wenn ich eine hervorragende Schülerin gewesen wäre, so hervorragend wie Miss Aïcha, hätte er mich doch nicht gehen lassen. Niemals hätte er mir ein Studium bezahlt. Also wozu? Als ich so alt war wie du, träumte ich davon, Stewardess zu werden. ›Stewardess?‹, hat er gesagt. ›Dann werd lieber gleich eine Hure.‹ Ich habe Flugzeuge immer geliebt. Übrigens habe ich mich in einen Piloten verliebt. Er nahm mich mit zum Flugplatz und erklärte mir, wie die Maschinen funktionieren, ihre Technik, er erzählte mir, wie es sich anfühlt zu fliegen. Ich wollte reisen, von hier fortgehen, etwas aus mir machen. Und ich dachte, ich hätte das ganze Leben noch vor mir.« Selma schniefte. Dicke Tränen liefen ihr jetzt über die Wangen. »Als ich mit Sabah schwanger wurde, habe ich deine Mutter angefleht, mir zu helfen. Die heilige Mathilde. Sie behauptete, Dragan wäre einverstanden, sie würden es arrangieren. Niemand würde etwas erfahren, und ich könnte weiterleben wie bisher. Du verstehst, wovon ich spreche, oder? Du bist inzwischen groß genug, um diese Dinge zu wissen. Jeden Tag fragte ich sie, wann wir in die Klinik gehen würden, und sie sagte: ›Bald, sehr bald.‹ Und dann hat sie Angst bekommen. Oder sie wollte sich rächen. Oder sie war eifersüchtig. Jedenfalls hat sie mich nie hingebracht. Dein Vater ließ den Adoul kommen, sie haben mich mit Mourad verheiratet. Und ich gebar das Kind hier, in dem nach Moder stinkenden Schuppen. Manchmal denke ich, er hätte seinen Revolver lieber benutzen sollen. Er hätte mich besser umgebracht.«

In den ersten Tagen schlief Aïcha nur. Mathilde war besorgt und dachte, ihre Tochter wäre vielleicht krank. »Man könnte meinen, sie ist von der Tsetsefliege gestochen worden«, sagte sie zu Amine. Sobald Aïcha sich hinsetzte, überkam sie eine Müdigkeit, gegen die sie machtlos war. Sie schlief im Wohnzimmer ein, am helllichten Vormittag, oder auf einem Stuhl im Garten. Nachmittags schloss sie die Fensterläden in ihrem Zimmer und konnte bis zum Abend schlafen, ohne deswegen nachts wach zu liegen. Es war, als hätte sie sich in all den Jahren in Straßburg keinen Moment ausgeruht, wie eine Märchenfigur, auf der ein Fluch lastete. Nun, da sie von dem Fluch erlöst war, gab sie sich dem Schlaf kampflos hin. Oder war sie jetzt verhext? Aïcha wusste es nicht mehr.

Sie brauchte eine Woche, um diese Lethargie wieder abzuschütteln, und genoss dann den beginnenden Sommer und die Schönheit der Natur. Morgens sah sie ihrem Bruder beim Schwimmen zu. Sie konnte ewig so dasitzen, die Füße im Wasser, und die Schönheit seines Körpers, die Regelmäßigkeit, mit der er seine Bahnen zog, bewundern. Selim redete nicht viel mit ihr. Er hatte Ende Juni seine Abiturprüfungen und war mürrisch. Aïcha bot ihm an, mit ihm zu lernen, doch er lehnte schroff ab, das sei nicht das Problem, und er sei groß genug, um allein zurechtzukommen. Am Nachmittag schlüpfte sie in ihre alten Turnschuhe und lief über die Felder, die Taschen voller Steine, um die streunenden Hunde zu verscheuchen. Sie riss gerade gereifte Orangen von den Bäumen, von denen sie genau wusste, noch bevor sie an ihnen roch, noch bevor sie sich einen Schnitz in den Mund steckte, wie sie schmecken würden. Sie streckte sich im Gras aus und betrachtete den Himmel, dessen Blau während ihres Elsässer Exils oft in ihren Träumen aufgetaucht war. Der Himmel hier war nackt, unverhüllt, als hätte eine göttliche Hand alles fortgerissen, was ihn bedecken, verdunkeln, verschleiern könnte. Vögel flogen, mal allein, mal in Schwärmen, und die Zweige der Palmen und Olivenbäume wiegten sich und weckten in ihr eine Sehnsucht nach Sturm.

Mehrmals lud sie Monette ein, den Tag mit ihr zu verbringen. Ihre Freundin hatte Meknès nicht verlassen, wo sie als Hilfslehrerin am Gymnasium arbeitete. Sie beneidete Aïcha darum, dass sie es geschafft hatte, dieser Provinzstadt zu entfliehen, neue Freunde zu finden, einen Beruf zu lernen. Monette lebte mit ihrer Mutter in einem Haus auf den Höhen der Stadt. Ihrer Mutter, die so dick war, dass sie fast gar nicht mehr auf die Straße ging und tagein, tagaus über ihre Krampfadern und den Diabetes klagte, der sie langsam, aber sicher dahinraffte. Als sie sich wiedertrafen, fiel Monette ihrer Freundin um den Hals. Sie küsste sie und lachte so ausgelassen, dass Aïcha ebenfalls losprustete. Aïcha hatte in den vier Jahren, die sie in Straßburg verbracht hatte, nicht an Monette gedacht, oder nicht wirklich. Das Bild ihrer Freundin schwebte irgendwo weit, sehr weit entfernt, verschwommen wie in einem Traum. Jetzt war sie da, vor ihr, mit einem strahlenden Lächeln auf dem Gesicht, und Aïcha begriff, wie sehr Monette ihr gefehlt hatte.

Monette, dachte Aïcha, sah wie eine Erwachsene aus. Sie war genau so, wie Mathilde sich Aïcha gewünscht hätte. Sie trug ein gerade geschnittenes Kleid, das ihr bis zum Knie ging, und Pumps mit eckiger Spitze. Sie hatte eine Frisur wie Brigitte Bardot, einen hohen, mit Nadeln gespickten Dutt, der sie zwang, den Kopf ganz gerade zu halten. Monette war nicht mehr das kleine Mädchen von früher, frech und ungeschickt, das die Erwachsenen zu gern blamieren wollte und sie an der Nase herumführte. Sie benahm sich jetzt wie eine Frau von Welt. Sie machte Mathilde Komplimente, lobte Details wie den Sofastoff oder die kleinen Tierfiguren aus Glas, die zu sammeln sie sich in den Kopf gesetzt hatte.

Mathilde mochte es, wenn sie kam. Wenn die beiden Mädchen sich an den Pool legten, um sich zu bräunen, brachte sie ihnen Zitronenwasser, und Aïcha kam sich vor wie eine Touristin, die in einem Hotel Urlaub macht. Ihre Mutter behandelte sie mit einer Aufmerksamkeit, die ihr unangenehm war. Sie wollte nicht, dass Aïcha ihr abdecken half. »Bleib sitzen, du bist sicher müde.« Aïcha fühlte sich nicht mehr richtig zu Hause. Dieser Ort, an dem sie aufgewachsen war, erschien ihr fremd, und die Mauern, die neuen Möbel, diese Bilder strahlten eine gewisse Feindseligkeit aus. Sie vermisste ihre Freiheit und sogar die Stille ihrer winzigen Einliegerwohnung. Hier hatte sie das Gefühl, wieder zum Kind zu werden, und dieser Rückschritt irritierte sie.

Morgens kam Mathilde in ihr Zimmer. Sie zog die Vorhänge auf und gab ihr einen Kuss, wie früher, wenn sie sich für die Schule fertig machen musste. Ihre Mutter drängte sie, zu essen, an die frische Luft zu gehen, warnte sie vor der Sonne, von der man Kopfschmerzen bekam, und vor dem Chergui, der die Bronchien reizte. Aïcha hatte Lust, ihr zu sagen, dass das nur obskure Theorien waren, Behauptungen, für die es keinerlei wissenschaftliche Beweise gab. Doch sie schwieg. Ende Juni, als Monette damit beschäftigt war, die Prüfungen zu beaufsichtigen, schlug Aïcha ihrer Mutter vor, in der Ambulanz zu helfen, vor der die Patienten jeden Morgen Schlange standen. Mathilde willigte ohne große Begeisterung ein. Als Aïcha klein war, nannte sie sie »meine Krankenschwester« und ließ sie Wunden desinfizieren und Verbände anlegen. Sie hatte die Aufgabe, die Blister mit Tabletten zu zerschneiden, doch es war immer Mathilde, die den Kranken das Medikament gab, wie ein Priester, der eine geweihte Hostie überreicht. Ihr vertrauten sie sich an, und sie verstand es, mit sanfter Autorität die Schamhaftigkeit ihrer Patienten zu überwinden, damit eine Bluse aufgeknöpft, eine Hose heruntergezogen wurde. Irgendwann begann sie, an ihr Wissen zu glauben, ihr Scheinwissen, so wie die Geistlichen an ihre Märchen glauben.

Als sie 1946 nach Marokko gekommen war, hatte Mathilde sich etwas darauf eingebildet, die einzige Frau in der

Familie zu sein, die eine gewisse Erziehung genossen hatte. Sie brüstete sich damit, dass sie Romane las, mehrere Sprachen sprach, Klavier spielte. Anfangs war sie stolz gewesen auf Aïchas Erfolge in der Schule und das Lob der Schwestern. Später hatte sie voller Angst auf den Tag gewartet, an dem ihre Tochter mehr wissen würde als sie. Denn dann würde sie entlarvt werden. Ihr Kind würde begreifen, dass seine Mutter eine Hochstaplerin war, die nichts oder nicht besonders viel wusste. Als Aïcha aufs Gymnasium kam, war Mathilde nicht mehr in der Lage, ihr bei den Hausaufgaben zu helfen. Die Zahlen verschwammen vor ihren Augen und ergaben keinen Sinn. Die Lektionen in Geschichte, Geografie und, schlimmer noch, Philosophie erschienen ihr unbegreiflich, und sie wunderte sich, wie Kinder in diesem Alter so viel Wissen auf einmal erwerben konnten. Sie fürchtete Aïchas Fragen und den Blick, mit dem ihre Tochter sie ansah. An ihrem Schreibtisch sitzend, die Hände auf ein Buch gelegt, hob sie die großen schwarzen Augen zu ihrer Mutter, die stumm blieb.

Mathilde war sich sicher, dass sie an Aïchas Entschluss, Ärztin zu werden, nicht unbeteiligt war. Sie hatte sie auf den Geschmack gebracht, hatte ihr, als sie eigentlich noch zu klein dafür war, die Medizinzeitschriften zu lesen gegeben, die Dragan ihr lieh. Doch jetzt hatte Aïcha sie überholt. Sie besaß ein ungeheures, unanfechtbares Wissen. Diese dürre und schüchterne junge Frau, diese Frau von kaum einundzwanzig Jahren, war ihrer Mutter in einem Maß überlegen, das sie demütigte. Aïcha musste denken, dass ihre Ambulanz erbärmlich war. Sicher suchte sie an den Wänden nach der Kopie eines an irgendeiner ausländischen Universität erworbenen Diploms, so wie in Dragans Praxis, das ihrer Mutter Gewalt über das Leben anderer gab.

Eines Morgens erschien Aïcha in der Ambulanz, in ihrer zu weiten Jeans und den alten Turnschuhen. Sie gab Ratschläge bezüglich der Patienten, die kamen. »Er muss zum Zahnarzt gehen. Deswegen hat er Fieber. Wir können nichts für ihn tun.« Sie machte sich lustig über die Mittel, die ihre Mutter verschrieb. Warmes Wasser und Salz, um eine Verstauchung zu behandeln. Ingwersud gegen Halsweh. Einen Löffel voll Kreuzkümmel, damit Durchfall und Erbrechen nachließen. Vor ihr wagte Mathilde keine Diagnose mehr zu stellen. Sie verlor jede Selbstsicherheit, zweifelte an allem, was sie tat, und sah ihr Kind nach Zustimmung heischend an. Die kühle, reservierte Aïcha ließ die Küsse und Liebkosungen der Patienten widerstrebend über sich ergehen. »Wie groß sie geworden ist! *Tbarkallah!* Möge Gott sie schützen«, sagten sie zu Mathilde. Sie brachten der jungen Frau jene naive Bewunderung entgegen, die Analphabeten für gebildete Menschen empfinden. Aïcha floh auf die Toilette. Und als sie sich die Hände wusch, sah sie, wie ihre Mutter eine Schublade aufzog, ein paar Banknoten herausholte und sie einer Bäuerin zusteckte. »Gott segne dich und schütze deine Kinder«, flüsterte Mathilde.

Eines Abends Anfang August, als sie am Pool einen Aperitif tranken, verlangte ein Arbeiter, den Chef und seine Frau zu sprechen. Er sagte zu Tamo, es sei ein Notfall, und die ging die Herrschaften holen, rasend vor Neugier und wütend auf den Mann, der ihr nichts weiter sagen wollte. Als Mathilde und Amine kamen, schien der Arbeiter zu zögern. Er erkundigte sich zunächst nach der Familie – »Wie geht es deinem Sohn? Und deiner Tochter? Und deiner Schwester?« –, erging sich dann in Entschuldigungen, er wollte nicht stören, er wusste, es war spät, es tat ihm leid. Amine, den diese Katzbuckelei aufregte, unterbrach ihn: »Komm zur Sache!« Der Arbeiter schluckte und erzählte, dass vor zwei Tagen ein Mädchen im Duar aufgetaucht sei. »Ein gefallenes Mädchen, wenn ihr mich fragt.« Niemand wusste, woher sie kam, aber sie war schwanger, kurz vor der Niederkunft, und sie weigerte sich zu sagen, wer sie war und wo ihr Dorf lag. Inzwischen hatte der Arbeiter alle Scheu verloren und fuhr in seinem Berber-Dialekt fort: »Wir wollen keinen Ärger. Ich habe gesagt, wir müssen sie wegschicken, das wird Probleme geben. Solche Mädchen kennt man ja. Aber sie weint und fleht, also haben die anderen Frauen Mitleid. Sie sagen, man muss nachsichtig sein, und wenn man sich um sie kümmert, dann wird sie am Ende schon gestehen, wer der Vater ist und woher sie gekommen ist. Nur ist das Mädchen jetzt bei mir, und seit heute Nacht schreit und brüllt sie. Sie windet sich vor Schmerz. Wir haben die Hebamme geholt, aber die behauptet, das Kind will nicht rauskommen. Es ist ein Kind der Schande und wird seine Mutter umbringen. Aber ich sag's Ihnen, Chef, ich will lieber einen Bastard unter meinem Dach haben als die Leiche eines jungen Mädchens. Deswegen habe ich gedacht, Sie könnten vielleicht kommen und Madame Mathilde auch. Wir können sie nicht einfach sich selbst überlassen. Sie unter meinem Dach sterben lassen.«

Mathilde ergriff seine Hand. »Du hast das Richtige getan. Ich komme mit dir, wir nehmen das Auto.« Sie ging zu dem großen Holzschrank, in dem sie die Medikamente für die Ambulanz aufbewahrte, und begann eine Flasche Betadin, Kompressen, eine große Schere in einen Beutel zu werfen. Amine, der dem Bericht des Arbeiters mit gesenktem Kopf und vor der Brust verschränkten Armen gefolgt war, hielt sie zurück. »Nein, Aïcha wird gehen. Schließlich ist sie die Ärztin. Ich bringe sie hin. Es kommt nicht infrage, dass sie nach Einbruch der Dunkelheit allein im Duar ist.« Er ging auf die Terrasse, und wie früher, als er Offizier der Kolonialarmee war, brüllte er: »Aïcha, zieh dich an und komm! Beeil dich!«

Als sie ins Auto stiegen, legte Mathilde ihrer Tochter den Beutel mit Medikamenten in den Schoß. Sie sah ihnen hinterher, während die Nacht hereinbrach und der Himmel sich tintenschwarz färbte. Sie fuhren zum Duar, und den ganzen Weg über wiederholte Aïcha, dass sie das noch nie gemacht habe, dass sie streng genommen noch keine Ärztin sei und es verrückt sei, ihr eine solche Verantwortung aufzubürden. Ihre Beine zitterten, und ihr war schlecht. Die Landschaft begann zu schwanken, sie hörte nichts mehr, wusste nichts mehr, und ihr Geist versank in dichtem Nebel. »Willst du lieber, dass deine Mutter es macht?«, fragte Amine sie, und Aïcha zuckte mit den Schultern.

Im Licht der Scheinwerfer erkannten sie die ersten Häuser und vor einem davon einen kleinen Menschenauflauf. Frauen in Dschellabas, mit bunten Kopftüchern schlugen sich ins Gesicht und klagten. Männer hockten auf dem Boden, andere liefen hin und her, die Hände hinter dem Rücken verschränkt oder eine Zigarette zwischen den Fingern. Die Kinder schienen die Unaufmerksamkeit der Erwachsenen auszunutzen und machten sich einen Spaß daraus, ein Rudel Hunde, die so mager waren, dass sie wie Gespenster aussahen, mit großen Steinen zu bewerfen. Die Dorfbewohner stürzten sich auf Amine und Aïcha. Sie segneten sie, küssten ihnen Schultern und Hände. Ihre Haut roch nach Kreuzkümmel und Holzkohle. Eine Frau führte Aïcha in einen düsteren Raum mit gestampftem Lehmboden. Eine funzelige Petroleumlampe in einer Ecke warf beängstigende Schatten an die Wände. Auf einer Decke lag eine Frau und stöhnte. Aïcha trat wieder hinaus und sagte zu Amine, der auf der Schwelle stehen geblieben war: »Ich brauche Licht. Ich kann ihr nicht helfen, wenn ich nichts sehe.« Amine ging zwei Taschenlampen holen, die er immer im Kofferraum hatte. Aïcha drehte sich händeringend im Kreis, und für einen kurzen Moment hatte sie Lust wegzulaufen, über die im Finstern liegenden Felder zu rennen. Doch Amine knipste die Lampen an und richtete ihren Strahl auf das Gesicht seiner Tochter. »Was brauchst du sonst noch?« Sie sagte, man müsse Wasser kochen und sie müsse sich die Hände waschen. Amine zeigte auf zwei Frauen und bestimmte: »Ihr macht alles, was die Ärztin euch sagt, habt ihr verstanden?« Eine der Bäuerinnen kümmerte sich ums Wasser, und die andere ergriff die Lampen, die sie auf die Schwangere richtete. Da sah Aïcha, dass ihre Patientin höchstens sechzehn oder siebzehn Jahre alt war. Ihr vor Schweiß glänzendes, schmerzverzerrtes Gesicht war aschfahl. Sie hatte schräge Augen und flache Wangenknochen, als käme sie nicht aus dieser Gegend, sondern aus der mongolischen Steppe. Aïcha ging in die Hocke und streichelte ihr über die Schläfen und das schweißverklebte Haar. »Alles wird gut«, sagte sie. »Alles wird gut.« Vorsichtig schob sie den Kittel der jungen Frau hoch und enthüllte ihren nackten Bauch. Sie tastete ihn ab, wobei sie immer wieder den Kopf hob, um ihrer Assistentin zu bedeuten, dass sie die Lampen besser halten solle. Dann positionierte sie sich zwischen den Beinen der Gebärenden und spreizte sie. Mit aller Konzentration, derer sie fähig war, versuchte sie, sich an das zu erinnern, was sie über Entbindungen gelernt hatte. In strengem Ton verlangte sie Ruhe. Die Unterhaltungen, die draußen geführt wurden und die bruchstückhaft zu ihr drangen, störten sie. Sie schimpfte auch auf die beiden Frauen, die bei ihr geblieben waren und deren Lamento an das Gebrumm von

Insekten erinnerte. Klagend leierten sie ihr »*ya Latif, ya Latif*«[2], herunter.

Aïcha schob die Hand in die Vagina der jungen Frau. Der Muttermund war weich und geweitet. Sie hatte seit Stunden Wehen, doch die waren offenbar wirkungslos und entkräfteten sie nur. Sie musste die Geburt beschleunigen. Das war die einzige Möglichkeit, ihr Erleichterung zu verschaffen. Sie kramte in dem Beutel, den Mathilde ihr gegeben hatte. Sie fand darin nichts Geeignetes und sah sich um. »Ich brauche etwas Kleines, Spitzes. Verstehst du, was ich meine?« Aïcha hatte Schwierigkeiten, die Worte auf Arabisch zu finden, was sie ärgerte. Sie trat aus dem Haus und rief ihren Vater. »Sag ihnen, sie sollen für mich einen spitzen Gegenstand finden, der klein genug ist, dass ich ihn in den Körper dieser Frau einführen kann. Ich muss die Fruchtblase aufstechen.« In der Dunkelheit sah Aïcha nicht das Gesicht ihres Vaters, über das sich ein stolzes Lächeln breitete. Die Dorfbewohner machten sich auf die Suche. Sie wühlten in ihren spärlichen Habseligkeiten, dann kam eine Frau, die triumphierend eine Gabel in der Hand hielt. Aïcha nahm sie. Sie tauchte die Gabel in das kochende Wasser, schüttete die Jodlösung darüber und schob sie langsam, mit sicheren, präzisen Gesten in die Vagina der jungen Frau. Stille breitete sich aus. Schwere, ehrfürchtige Stille. Dann stieß die Patientin einen Schrei aus, in dem sich Überraschung und Erleichterung mischten. Eine durchsichtige Flüssigkeit, vermengt mit ein paar Klümpchen Blut, rann

---

2 »O Allmächtiger!«

über ihre Schenkel. »Jetzt wird es dir besser gehen«, sagte Aïcha. Sie näherte ihr Gesicht dem des jungen Mädchens und küsste es unter den entrüsteten Blicken der beiden Berberinnen. Da öffnete die Patientin die rissigen Lippen und flüsterte: »Hilf mir.« Aïcha lächelte. »Natürlich werde ich dir helfen.« Doch das Mädchen sagte noch einmal: »Hilf mir. Hilf mir, dass ich nie wieder Kinder bekomme.«

Im Morgengrauen gebar sie einen toten Jungen.

Als Aïcha bei Tagesanbruch heimkam, duschte sie heiß und fiel ins Bett. Sie schlief den ganzen Morgen und noch den halben Nachmittag. Sie träumte, dass sie im Pool badete, dessen klares, blaues Wasser sich in Fruchtwasser verwandelte, und dass sie in der lauwarmen Flüssigkeit um sich schlug. Mathilde weckte sie mitten in diesem Alptraum. Sie rüttelte sie an der Schulter. »Monette ist hier. Sie fragt, ob du mit ihr ins Kino gehst.«

Aïcha quälte sich aus dem Bett. Sie hatte weder Lust auszugehen noch zu reden, doch sie zog sich trotzdem an. Sie versuchte, ihre Haare irgendwie in Form zu bringen, gab jedoch auf. Mit wächsernem Gesicht und tiefen Augenringen kam sie ins Wohnzimmer. »Ich habe schon von deinen Heldentaten gehört«, rief ihre Freundin, und Aïcha deutete ein genervtes Lächeln an. Mathilde bat Monette, sie über den neusten Klatsch aus Meknès zu unterrichten. »Diese Kleine weiß einfach alles!« Monette erzählte von Affären und Scheidungen, doch Aïcha hörte überhaupt nicht zu. Während sie langsam ihren Kaffee trank, durchlebte sie noch einmal Minute für Minute die Ereignisse der vergangenen Nacht. Sie sah wieder das Gesicht der jungen Frau vor sich und den zyanotischen, leblosen Körper des Kindes, das sie zur Welt gebracht hatte. Sie dachte, dass die Männer im Duar sicher, sobald es hell wurde, ein Loch gegraben hatten, um den Leichnam zu beerdigen. Ein klitzekleines Loch, schmal und nicht besonders tief. Dieser Tod kam allen zupass, er tilgte das Unrecht und die Schande, er war ein Segen. Sie müsste noch einmal dorthin gehen, sagte Aïcha sich. Sie müsste die Patientin untersuchen, sich vergewissern, dass sie nicht mehr blutete, dass sie wieder zu Kräften gekommen war. Doch sie war überzeugt, dass ihre Anwesenheit nicht erwünscht war und dass alle Bewohner des Duars so tun würden, als wäre nichts gewesen. Als hätte es diese Nacht nie gegeben. Das junge Mädchen hatten sie vielleicht schon wieder auf die Straße gesetzt, trotz ihrer Erschöpfung, trotz ihres schweren, schlaffen Leibes, den sie mit einer Hand festhalten musste, um laufen zu können. Nein, Aïcha hatte keine Lust, ins Kino zu gehen. Aber sie hatte auch keine Lust, dazubleiben und die Fragen ihrer Eltern und die griesgrämige Stimmung ihres Bruders zu ertragen.

Monette sah auf die zierliche goldene Uhr mit ovalem Zifferblatt, die sie am Handgelenk trug. »Wir müssen los, wenn wir noch einen Parkplatz in der Nähe des Kinos bekommen wollen.« Aïcha hörte sich selbst »Ist gut« sagen und folgte wie ein Automat ihrer Freundin, während Mathilde sie ermahnte, sich vor Alkohol, jungen Männern, Verkehrsrowdys in Acht zu nehmen. Monette, die anscheinend nichts aus der Ruhe bringen konnte, sagte »ja, ja«, und Aïcha ließ sich von ihr zum Auto schleifen.

Sobald sie am Steuer saß, stieß Monette einen Seufzer

der Erleichterung aus. »Endlich allein! Ich dachte schon, sie würde uns nie gehen lassen.« Mathilde stand winkend auf der Vortreppe, wurde kleiner und verschwand schließlich aus ihrem Blickfeld. Der Wagen fuhr auf der schmalen, unbefestigten Straße, die über das Gut führte. Die Zweige der Olivenbäume schlugen gegen die Scheibe, und dieses Geräusch erinnerte Aïcha an den Weg zur Schule und an die kalten Wintermorgen. Rechts der Straße hockten Arbeiter in riesigen Gewächshäusern. Unter den Plastikplanen erkannte man ihre gebückten Körper und die dunkle Kleidung zwischen den Sträuchern. Links hatte man die Ställe zu Schuppen für die Landmaschinen umgebaut. Ein Kind war mit dem Gesicht auf dem Lenkrad eines Traktors eingeschlafen.

»Die Luft ist rein. Ihr könnt hochkommen.« Aïcha starrte Monette verständnislos an, dann drehte sie sich um und sah auf der Rückbank zwei zusammengekauerte Männer.

»Du hast gesagt, es würde nur eine Minute dauern. Von wegen! Ich werde eine Woche lang verspannt sein.« Ein Mann um die vierzig streckte seine Glieder. Er bewegte den Kopf von links nach rechts und reckte die Arme. Er erinnerte entfernt an Cary Grant, braungebrannt, mit kurzen dunklen Haaren und muskulösem Hals. Am rechten Handgelenk trug er ein goldenes Gliederarmband, das Aïcha von Nahem betrachten konnte, als er seine Hand auf Monettes Hals legte und sie streichelte. Über den Rückspiegel versuchte Aïcha etwas von dem jungen Mann zu sehen, der schweigend hinter ihr saß. Sie konnte sein Gesicht nicht erkennen, nur einen Wust schwarzer Haare und einen struppigen Bart. Er hatte den Blick zum Fenster gewandt und schien ganz in die Betrachtung der Umgebung versunken zu sein.

»Gehört das alles dir?«

Aïcha begriff nicht, dass er mit ihr gesprochen hatte.

»Das ist deine Farm, oder?«

»Sie gehört meinem Vater.«

»Ah, dein berühmter Vater, der uns nicht sehen durfte. Ist er so schrecklich?«

»Er ist eben mein Vater.«

»Und wie groß ist diese Farm?«

»Ich weiß nicht.«

Am Straßenrand liefen zwei Männer. Zwei Arbeiter in Gummistiefeln und an Hals und Ellbogen zerlöcherten Wollpullovern. Als das Auto vorbeifuhr, hoben sie den Kopf und grüßten Aïcha, indem sie sich eine Hand aufs Herz legten. Sie schämte sich. Genau wie sie sich für das riesige Schild schämte, das mittlerweile am Eingang prangte und auf dem in blauen Lettern zu lesen war: »Domäne Belhaj«.

»Ist dein Vater ein Kolonist?«

»Ganz und gar nicht. Er ist Marokkaner, und dieses Land gehört ihm.«

»Marokkaner oder nicht, das kommt aufs Gleiche raus. Dein Vater unterscheidet sich nicht so sehr von den russischen Großgrundbesitzern mit ihren Leibeigenen. Ihr lebt wie Europäer, ihr seid reich. Man muss nicht unbedingt ein Kolonist, sein, um die Leute wie Eingeborene zu behandeln.«

»Du redest vielleicht einen Unsinn.«

Monette lachte und rief: »Aïcha, darf ich dir Karl Marx vorstellen. Und er«, fügte sie hinzu, wobei sie die Finger ihres Geliebten streichelte, »ist Henri. Sie sind überraschend zu Besuch gekommen. Ich wusste nicht, was ich mit ihnen machen soll. Ich konnte sie ja wohl kaum bei meiner Mutter lassen. Wir werden versuchen, ein Hotel für sie zu finden.«

Während der Fahrt erzählte Monette, dass Henri in Casablanca lebte, als Professor für Wirtschaftswissenschaft, und Marx war einer seiner Studenten. Sie hatte die beiden zwei Jahre zuvor auf einem Konzert von Jacques Brel in Meknès, im Cinéma Rif kennengelernt. Henri unterbrach sie manchmal, um ein amüsantes Detail hervorzuheben oder ihr eines in Erinnerung zu rufen, das sie vergessen hatte. Wie die Tatsache, dass sie ein blaues Kleid trug und zu weinen anfing, als der Sänger »Ces gens-là« anstimmte. An jenem Abend nach der Vorstellung waren sie ins Hôtel Transatlantique gegangen und hatten Jacques Brel gesehen, ja, mit ihren eigenen Augen hatten sie Jacques Brel gesehen, der an der Bar ein Bier trank, den Blick ins Leere gerichtet, die langen, traurigen Hände auf dem Tresen. Monette schlug aufs Lenkrad.

»Ihr habt das Beste noch nicht gehört! Heute Nacht hat Aïcha mitten auf dem Land eine Frau entbunden... mit einer Gabel! Erzähl es ihnen, Aïcha.« Die bewegte den Mund, doch es kam kein Ton heraus. »Sie ist etwas schüchtern. Aber ich wusste immer, dass sie eine große Ärztin werden würde. Schon im Gymnasium hat sie uns alle in die Tasche gesteckt.«

Karl Marx lachte spöttisch. Verärgert wandte Aïcha sich um und musterte den jungen Mann. Er hatte die gleichen Haare wie sie, nur dass seine tiefschwarz waren und er sie toupiert zu haben schien, damit sie noch voluminöser wurden. Seine Wangen verschwanden unter einem buschigen Bart, und er trug eine Brille mit dicken Gläsern. Die hohe gewölbte Stirn ließ ihn seriös und irgendwie beunruhigend wirken. Sie hätte nicht sagen können, ob er gut aussah, aber sie war wie gebannt von ihm, von der Traurigkeit und Heftigkeit, die dieser junge Mann ausstrahlte. Sie fand ihn ungeheuer lebendig.

»Warum lachst du?«, fragte sie.

»Nur die Kinder von Reichen studieren Medizin. Dein Vater muss eine Menge Geld haben, um dir die vielen Jahre an der Uni bezahlen zu können.«

»Na und? Er hat dafür gearbeitet. Geld verdienen ist schließlich kein Verbrechen.«

»Kommt drauf an.«

»Hören Sie nicht auf ihn. Das ist Marx, wie er leibt und lebt, aber er meint es nicht böse, glauben Sie mir«, tröstete Henri sie. »Also, habt ihr einen Film ausgesucht?«

Sie gingen nicht ins Kino. Monette bestand darauf, den warmen Abend zu genießen, also setzten sie sich auf die Terrasse des Café de France. Monette musste Henri einfach berühren. Sie legte die Hand auf sein Bein, dann auf seinen Arm und verschränkte schließlich ihre Finger mit seinen und ließ sie nicht mehr los. Aus ihren Blicken sprach nicht nur Verliebtheit, sondern der Wunsch, von hier zu entkommen, die Hoffnung, es möge endlich etwas geschehen, das sie aus ihrem Alltagstrott riss. Sie fragte ihn nach seinem Leben in Casablanca und gab sich alle Mühe zuzuhören, wenn er antwortete. Aber ihr Geist schweifte ab, sie konnte nur an Henris nackte Haut denken und daran, wie er sie küssen würde. Er war ihretwegen hier. Das sagte sie sich immer wieder. Er ist meinetwegen hier. Seit sie sich 1966 kennengelernt hatten, hatten sie sich häufig geschrieben. Henris wunderschöne, kluge Briefe schüchterten Monette ein, und sie starrte tagelang auf ihr gelbes Briefpapier, ohne ausdrücken zu können, was sie ihm sagen wollte. Er hatte sie an Weihnachten angerufen, an ihrem Geburtstag, und im letzten Winter waren sie in Ifrane spazieren gegangen, zwischen verschneiten Zedern, über deren Zweige Berberaffen turnten. Jetzt war er hier, und wie ein Traum, der wahr wird, nachdem man die Hoffnung schon aufgegeben hat, verwirrte er sie und machte sie sprachlos. Den ganzen Abend lang beachtete sie Aïcha nicht, die herumsaß und auf einem Strohhalm kaute. Mit ihren zerzausten Haaren sah sie aus wie ein schlecht gelauntes kleines Mädchen. Sie hatte ganz bestimmt nicht vor, sich mit dem pedantischen Typen zu unterhalten, der ihr gegenüber mit dem Fuß den Takt klopfte. »Die Musik hier ist echt miserabel. Haben sie in Meknès noch nie was von Jazz gehört? Rock 'n' Roll vielleicht?« Aïcha zuckte mit den Schultern. Henri und Monette neben ihr tuschelten. Ihre Freundin wand sich kichernd auf ihrem Stuhl, Aïcha war es peinlich, das mitanzusehen. Ständig fasste Monette sich an die Haare, um sich zu vergewissern, dass ihr Dutt nicht kurz davor war, abzustürzen. Im Gegensatz zu Aïcha hatte sie Jungs immer gemocht und sich ihnen rückhaltlos und ohne jedes Kalkül hingegeben, vielleicht in dem Glauben, dass ihre Ehrlichkeit und ihre Selbstaufgabe sie erweichen würden. Von ihr sagten die Leute, sie sei nicht schüchtern. Aïcha hatte oft als Alibi gedient und Wache gehalten, auf dem Boden oder auf dem Kofferraum eines Wagens hockend, während ihre Freundin sich streicheln ließ. Nie hatte sie deswegen Eifersucht empfunden, sondern eher Mitleid. Sie hatte das Gefühl, dass Monette sich verschenkte an diese Jungen, die sie nicht liebten.

Marx räusperte sich. »Weißt du, vorhin, da wollte ich dich nicht kränken. Dein Vater ist bestimmt ein anständiger Mann. Und ich bin sicher, dass er sehr stolz ist auf seine Tochter, die Ärztin werden wird.«

»Und du, du studierst Wirtschaft, stimmt's?«

»Ja, genau.«

»Und was wirst du dann werden?«

»Ich?«, sagte er lächelnd. »Ich will schreiben.«

Ehe sie zu Bett ging, schloss Aïcha sich im Bad ein. Sie kämmte ihre Haare und drehte sie langsam, Strähne für Strähne, auf Lockenwickler. Während sie Nadeln in die großen blauen Rollen steckte, dachte sie an das, was Karl Marx gesagt hatte. Die Worte des jungen Mannes verfolgten sie und warfen einen Schatten auf ihre Eltern, eine Anschuldigung, die sie betroffen machte. Sie konnte nicht glauben, dass ihr Vater ein Ausbeuter war oder dass ihn das Elend um sie herum gleichgültig ließ. Sie hätte Marx gern bewiesen, dass sie nicht die gedankenlose Kleinbürgerin war, die er in ihr sah, doch sie musste wohl oder übel zugeben, dass er recht hatte. Sie wusste nichts von der Welt, nichts von ihrem Land. Sie lebte nur für sich, in einem schuldhaften Individualismus. Nie hatte sie gegen irgendetwas rebelliert. Sie stellte keine Fragen, zweifelte keine Order an. Nie hatte sie diese Männer und Frauen, ihre Armut, ihre Not angeschaut, wirklich angeschaut. Diese endlosen Reihen von Männern, die gut dazu waren, in den Krieg zu ziehen für die anderen, zu sterben für die anderen, ihre Jugend und ihre Kraft bei der Arbeit aufzuzehren. Für die anderen. All das nahm sie nun wahr, aber undeutlich, es war eher ein Gefühl als ein Gedanke. Sie empfand Schuld, doch ohne empört zu sein. Wenn sie es gewagt hätte, hätte sie Karl Marx um Erklärungen gebeten, hätte ihm tausend Fragen gestellt. Sie musste auf ihn so dumm gewirkt haben, und das quälte sie.

Er hatte gesagt: »Ich will schreiben«, und jedes Mal, wenn ihr dieser Satz wieder in den Sinn kam, wühlte er sie auf. Ihr schien, dass niemand ihr gegenüber je einen so schönen Traum, ein so nobles Ziel formuliert hatte. Wenn sie weniger unbeholfen und ignorant gewesen wäre, dann hätte sie ihn gefragt, was für ein Buch und worüber er schreiben würde. Ob er Geschichten erfinden oder die Wahrheit erzählen würde. Er hatte ihr gesagt, dass er Mehdi hieß. Mehdi Daoud. Und von diesem Tag an wollte sie nur eins: ihn wiedersehen.

Selim vermasselte sein Abitur und musste im September wieder zur Schule gehen. Er fühlte sich gedemütigt, als der Direktor ihn am Tor mit den Worten empfing: »Und, Belhaj, willst du dich jetzt mal anstrengen?« In den Blicken der anderen Schüler mischten sich Bewunderung für diesen älteren Jungen, dessen sportliche Leistungen sie beeindruckten, und eine Prise Verachtung, weil er dazu gezwungen war, sich mit Jüngeren abzugeben. Doch seine Position hatte auch Vorteile. Er kannte den Stoff bereits und war überzeugt, dass er mit dem Lernen ruhig bis zum Frühjahr warten konnte. Das erste Trimester würde er dem Sport widmen und den paar Freunden, die nicht zum Studium ins Ausland gegangen waren.

Im Oktober 1968 nahm er an der Schwimmmeisterschaft teil und gewann Gold in hundert Meter Freistil. »Wirklich seltsam, dass ein derart traniger Junge so schnell schwimmen kann«, kommentierte sein Trainer. Ja, Selim war langsam, was ihm schon immer Spott eingetragen hatte. Er lernte langsam, sprach langsam und selbst seine Art, sich zu bewegen und sich anzuziehen, war langsam. Seine Gesten waren schwerfällig, unbeholfen. Man hatte den Eindruck, er wäre nie ganz bei der Sache, in Gedanken mit der

Lösung einer so komplexen Gleichung beschäftigt, dass er nicht auf das reagieren konnte, was um ihn herum geschah. Die Worte, die Selma ein paar Monate zuvor auf dem Dach gesagt hatte, hatten sich langsam ihren Weg gebahnt. Sie waren in seinen Geist eingesickert, hatten dort nach und nach ihre Wirkung entfaltet, und eines Abends im Herbst, nachdem er auf dem Dach eine Zigarette geraucht hatte, beschloss er, der Sache auf den Grund zu gehen. Als seine Eltern im Bett waren und das ganze Haus im Dunkeln lag, schlich er durch den Flur und holte die Terrakottavase vom Regal. Er tauchte den Arm hinein, und seine Hand berührte das kalte Metall der Pistole. Vorsichtig nahm er die Waffe, als handele es sich um eine entsicherte Granate, die ihm jeden Moment um die Ohren fliegen konnte. Dann, als er begriff, dass sie nicht geladen war, steckte er sie sich in den Mund, schloss die Augen und drückte auf den Abzug.

Er behielt die Pistole Tag und Nacht bei sich. Er versteckte sie auf dem Boden seiner Schulmappe, die er manchmal, mitten in der Stunde, öffnete, um unter seinen Büchern und Stiften das Funkeln der Waffe zu bewundern. Ehe er einschlief, legte er sie unters Kopfkissen. Er behandelte dieses Ding mit einem Fetischismus, der ihn verstörte, gegen den er jedoch nicht ankam. Er malte sich aus, wie er die Pistole plötzlich aus der Tasche ziehen und seinen Lehrer damit bedrohen würde. Er würde auf ihn zielen, unter den entsetzten Blicken seiner Mitschüler, die endlich sehen würden, wozu er fähig war. Er war nicht mehr nur ein Mann, er war ein Mann mit einer Waffe, und er erkannte, dass ihn das veränderte. Dieser einfache metallene Gegenstand, dessen

Griff sich in seine Handfläche schmiegte, weckte in ihm Gelüste nach Rache, Zerstörung, Macht.

An einem Tag gegen Ende des Ramadan 1968 trug Mathilde ihm auf, bei Selma einen Umschlag abzugeben. Sie sagte: »Sie soll sich auch mal was gönnen.« Selim nahm den Umschlag, der ein Bündel Banknoten enthielt, und klopfte nach der Schule an ihrer Wohnungstür. Seine Tante lebte in der Rue d'Oujda im Quartier de la Boucle. Das gepflegte Wohnhaus lag zwischen dem Bahnhof und dem kleinen Platz, auf dem Sabah nachmittags spielen ging. Im Erdgeschoss des Gebäudes befanden sich ein Lebensmittelgeschäft und die Werkstatt eines Schumachers. Im dritten Stock hatte eine jüdische Schneiderin ihr Atelier eingerichtet, das Mathilde oft besuchte, obwohl sie sich vor dem Schmutz ekelte, der dort herrschte, vor dem mit Wollmäusen und rostigen Nadeln übersäten Fußboden. Die geschwätzige und aufdringliche Schneiderin hatte ihr von der Wohnung erzählt, aus der gerade eine französische Familie ausgezogen war. Mathilde wollte ihre Schwägerin zu gerne loswerden, um deren Stimmungsschwankungen und verschlossene Miene nicht mehr unter ihrem Dach ertragen zu müssen. Sie hatte die Gelegenheit beim Schopf ergriffen und Amine davon überzeugt, die Wohnung zu mieten.

Am frühen Nachmittag klingelte Selim an der Wohnungstür. Selma öffnete ihm. Sie trug einen türkisen Seidenkimono, dessen Gürtel sie unablässig festzog, als fürchte sie, das Kleidungsstück würde ihr von den Schultern rutschen und sie würde nackt dastehen. Sie bat ihn in die Küche und legte Mathildes zerknitterten Umschlag auf den Tisch, neben einen von Zigarettenstummeln überquellenden Aschenbecher. Sie servierte ihm einen so starken Kaffee, dass er nur einen Schluck davon trinken konnte. Dann rauchten sie schweigend. Das kleine Küchenfenster ging auf einen Hof hinaus, in dem Kinder spielten und Frauen in abgewetzten Kitteln Teppiche ausklopften. Im Spülbecken lagen ein schmutziger Topf, ein Teller und ein Glas. Selim fragte sich, warum Selma nicht noch mehr Kinder bekommen hatte. Sie hätten etwas Leben in ihren Alltag gebracht oder sie zumindest beschäftigt. Natürlich hatte er Gerüchte gehört, aber er gab nicht viel auf das Gerede der Arbeiter. Sie konnten Mourad nicht leiden und behaupteten deswegen, sie hätten gesehen, wie er auf der Straße nach Azrou rumhängende junge Burschen auflas und mit in den Zedernwald nahm, um es dort mit ihnen zu treiben. Konnte diese Frau, die selbst so, im Morgenrock, mit von den Zehen baumelnden Babuschen, beinahe unerträglich schön war, einen Mann wirklich kaltlassen? Selma wischte mit der Hand über den Tisch und schob Brosamen und Asche in ihre Handfläche. Und Selim tat zum ersten Mal in seinem Leben etwas Spontanes. Er nahm die Hand seiner Tante und hielt sie in seiner. Er spürte die Krümel, die auf seiner Haut piksten. Vielleicht hätte er gewollt, dass diese Geste nur ein Ausdruck der Zuneigung, des Mitgefühls wäre, ein Beweis des geheimen Einvernehmens, das sie seit Jahren verband. Doch sobald sie den Blick zu ihm hob, wusste er, dass es nicht so war. Während er ihre Hand in seiner hielt, während er sie ansah, empfand er dieselbe Erregung, wie wenn er allein in seinem Zimmer den Revolver an sich drückte. Sein Glied wurde steif, und er schämte sich für sich selbst und für alle Männer. Hatten die Frauen Glück, oder war es für sie ein Fluch, dass sie ihr Begehren verborgen halten konnten?

Später musste er die Erinnerungen an jenen Nachmittag wieder und wieder wachrufen, bis sie abgewetzt waren, bis sie ausgelöscht waren, bis er nichts mehr wusste. Zog er sie an sich, oder war sie es vielleicht, die sich erhob und ihre Wange an seine legte? Sie näherte ihre Lippen, und als er ihre kühle und feuchte Zunge in seinem Mund spürte, dachte er, er könnte schwach werden und sie ganz und gar verschlingen. Er hatte keine Angst. Er überließ sich ihr, wie er sich dem Wasser überließ, und es fühlte sich selbstverständlich und federleicht an. Seine Finger glitten unter den grünen Kimono, und seine Hand umschloss die kleinen Brüste mit den harten Knospen, streichelte die warme, zarte Haut an Selmas Bauch. Er sah in ihre fiebrigen, verschleierten Augen, aus denen das Begehren sprach, durchbohrt zu werden, und dachte, dass sie noch nie so schön gewesen war wie in diesem Moment. Sie hatte seine Hand nicht losgelassen und zog ihn in den Flur, dann ins Schlafzimmer, dessen Tür sie schloss. Überlegte sie, dass Mourad wiederkommen könnte oder wann die Schule vorbei war und Sabah heimkehrte? Es schien sie nicht zu kümmern. Sie legte sich hin und löste den Gürtel ihres Kimonos. Ihre Haut hatte die Farbe des Cannabisharzes, das die Arbeiter zwischen ihren Fingern zerrieben. Schweigend sah sie Selim dabei zu, wie er sich auszog. Er tat es mit ruhigen, beinahe kindlichen Bewegungen, als würde er zum ersten Mal ganz allein seine Kleider ablegen. Unter dem Slip konnte sie die Form seines steifen Gliedes sehen. Draußen erklang der Ruf zum Gebet.

An jenem Tag kam es Selim so vor, als wäre sie es, die in ihn eindrang. Er nahm sie in sich auf. Sie öffnete ihn, wie sich die Finger einer Hand öffnen. Selmas Körper war zierlich, weich wie eine Wolke, und sie hüllte ihn in eine Zärtlichkeit, die ihn erfüllte. Diese Frau war für ihn bestimmt. Ihr Körper war dazu gemacht, mit seinem zu verschmelzen, und er wäre gern in ihren Höhlungen verschwunden und hätte sich dort vor allem Unglück der Welt versteckt. Er hatte dafür keine Begriffe, keine Erklärung für das intensive Glück, das ihn durchströmte, für diesen Freudentaumel, der ihn leise aufstöhnen ließ. Sie zähmte ihn, und er ergab sich willig. Kein Wort wurde gesprochen, sie liebten sich, gewiegt von einer ernsten und gemessenen Stille.

In den folgenden Wochen kam er oft am Nachmittag, und sie liebten sich in dem Holzbett, dessen Kopfteil gegen die Wand stieß, ohne sie zu stören. Selim dachte nur an das eine, wollte nur das eine. Dass sie es wieder taten, noch mal und noch mal, dass die Welt verschwand, der Nachmittag ihren Duft annahm. Er schlief nicht und aß nicht mehr, er irrte umher wie eine verlorene Seele. Sein Trainer im Schwimmclub machte sich Sorgen, weil er ständig zu spät kam und seine Leistung einbrach, und forderte ihn auf, sich zusammenzureißen, wenn er weiter an Wettkämpfen teilnehmen wollte. Selim erinnerte an die Tiere der Schlangenbeschwörer auf der Place Jemaa el-Fna mit seinem starren Hals und den aufgerissenen Augen, als wäre ihm ein

Gespenst erschienen. Wenn ihn jemand angeschaut hätte, wenn er ihn in diesen Wochen wirklich angeschaut hätte, dann hätte er auf dem Grund seiner Pupillen Selmas Bild eingraviert gesehen.

In der Schule, zu Hause, sah er sich verblüfft um und konnte nicht fassen, dass alles völlig normal blieb. Selma war da, ganz nah, und es machte ihn beinahe krank, wie sehr er sie begehrte. Zu jeder Tages- und Nachtzeit erschien sie ihm in blitzartigen Visionen gleich einem Sukkubus, der von seinen Gedanken und Träumen Besitz ergriff. Sie ließ ihm keine Ruhe, war jeden Tag noch schmerzlicher unvergesslich. Er sah ihre Hüften, das Grübchen über dem Gesäß und ihr Gesicht, das sie ihm zugewandt hatte, während er in sie eindrang. Ein unschuldiges und laszives Gesicht, das sagte, ich will dich. Ununterbrochen erinnerte er sich an den Duft ihres Halses, ihrer seidigen Achseln, an ihren frischen Atem und die Art, wie sie die Hände auf seinen Po legte und ihn streichelte. Nackt ausgestreckt, einander zugewandt, küssten sie sich stundenlang. Er schmiegte sich an sie, seine Beine mit ihren verschlungen, den Mund an ihrem Nacken, und so schliefen sie ein, zugedeckt mit dem blassgelben Laken, das getränkt war vom Geruch ihrer vereinten Körper. Wenn sie sich gerade geliebt hatten, begehrten sie einander oft am meisten. Als ob es ihnen nicht darum ginge, ihre Lust zu stillen, sondern darum, die grenzenlosen Verheißungen auszuschöpfen, die der Körper des anderen barg.

*

Die ganze Woche lang wartete Selma auf ihn und dachte, am Küchentisch sitzend, daran, wie er den Verschluss ihres Kleides geöffnet, sie aufs Bett gestoßen, ihre Beine gespreizt und seine Zunge in sie getaucht hatte. Sie rauchte und bemerkte Veränderungen in seiner Art zu küssen, weniger unbeholfen, weniger gehetzt als am Anfang. Sie hatte Lust, ihm schamlose Dinge zu sagen, ihm zu gestehen, dass sie sich wünschte, er würde sie packen, an die Wand drücken und penetrieren, bis sie ausgelöscht wäre, bis sie verschwand. Er lernte, sie hinzuhalten und aufzureizen. Er biss sie in die Lippen. Er zerkratzte ihren Rücken. Wenn sie sich auf ihn setzte, legte er die Hände auf ihre Brüste und sagte: »Warte.« Sobald er in sie eindrang, empfand sie nicht nur Lust, sondern eine süße, köstliche Erleichterung. Selims Glied zerriss sie nicht. Ihr Geliebter setzte sie fort, ergänzte sie, er füllte ihre Leere und stillte ihren Durst. Manchmal hatte sie Angst, dass sie zu lange brauchte, um zum Orgasmus zu kommen. Sie fürchtete, er könnte genug haben, es aufgeben, doch sie lernte, nicht mehr daran zu denken, sich in aller Ruhe von der Lust erfassen zu lassen. Und wenn sie endlich zum Höhepunkt kam, lachte sie.

In diesem Zimmer sprachen Selim und sie nicht über Mitglieder der Familie. Mathildes und Amines Namen wurden nie genannt, und sie entdeckten, dass sie tatsächlich ein eigenes Leben hatten, das sich den anderen entzog. Sie erwähnten Mourad nicht, und Selim stellte die Fragen nicht, die ihm auf der Zunge brannten. Er fürchtete zu sehr, diese Momente zu zerstören, und ihm schien, keine Liebe sei schöner als die, bei der man die Worte zurückhält.

Am Anfang amüsierten sie sich über die sonntäglichen Mittagessen, bei denen sie sich in Mathildes Wohnzimmer begegnen mussten. Natürlich hatten sie Angst, sich zu verraten, jemand könnte einen Blick, eine Geste auffangen, und alles würde in einer Tragödie enden. Doch diese Furcht erregte sie gleichzeitig. Ihre Hände streiften sich unter dem Tisch. Sie machten Scherze, die niemand verstand. Sie suchten den Blick des anderen und schlugen dann die Augen nieder. Und am Heiligen Abend 1968, während die ganze Familie im Wohnzimmer versammelt war, in dem die Stimme von Tino Rossi erklang, stiegen sie aufs Dach, um sich zu lieben.

Sie spazierten durch die Stadt wie eine friedliche und achtbare Familie. Sie erwarteten Sabah am Schultor, die ihrem Cousin stürmisch um den Hals fiel. Sie war sich sicher, dass ihre Freundinnen sie beobachteten und bei dem Gedanken, dass sie von diesem großen blonden Schwimmchampion in weißen Hosen und Slippern geliebt wurde, vor Neid erblassten. Zusammen gingen sie Eis essen. Selim erzählte vom Gymnasium, vom Mofa seines Freundes Moshe, von einer Party, zu der er an diesem Wochenende gehen wollte. Er war nett zu ihr. Ein bisschen reserviert, aber nett. Manchmal verbrachten sie den Nachmittag im Kino, und in der Dunkelheit ließ Sabah ihr Gesicht an Selims Schulter sinken, der Selmas Schenkel streichelte.

Sabah war zugleich ein Hindernis für ihre Liebe und ein unverzichtbares Alibi. In der kleinen Stadt Meknès blieben ihre Spaziergänge nicht unbemerkt. Selim traf oft Klassenkameraden, die auf den Caféterrassen rauchten oder um eines ihrer Motorräder rumhingen, in der Hoffnung, Mädchen anzulocken. Als Mathilde hörte, dass man Selim mit seiner Tante gesehen hatte, erklärte er, er verbringe eben gern Zeit mit seiner Cousine, weiter nichts. Im Grunde waren sie nur fünf Jahre auseinander, und sie verstanden sich gut. Sabah widersprach ihm nie.

Doch sie war kein kleines Kind mehr und stellte Fragen. Sie wollte ihren Cousin sehen. Manchmal, wenn sie die Wohnung betrat, sagte sie, es rieche nach Chlor, Selim sei ganz bestimmt hier gewesen, und glaubte ihrer Mutter nicht, wenn diese es abstritt. Kam er zu ihnen, dann klebte sie derart an ihm, dass es ihm schließlich lästig wurde. Sie bettelte, er solle ihr bei den Hausaufgaben helfen und ihr irgendwann Schwimmen beibringen. Der Winter endete, und Selma wurde allmählich unruhig. Diese Situation erschien ihr absurd, gefährlich, untragbar. Sie sagte Selim nichts davon. Mit seinen achtzehn Jahren konnte er nicht verstehen, welche Ängste sie umtrieben. Sie hatte Angst vor dem Concierge, einem ordinären Kerl, dessen dunkle Haut von der Sonne schmutzig zu werden schien. Den lieben langen Tag beobachtete er das Kommen und Gehen der Mieter, und irgendwann fragte er Selma, wer der große Blonde sei, der nachmittags kam. »Das ist mein Neffe«, antwortete sie mit unsicherer Stimme. Der Concierge hob die Augenbrauen, schnaubte hörbar und meinte: »Und dein Mann, was sagt der zu diesem Neffen, der dich besuchen kommt, hm?« Selma hatte Angst vor den Nachbarinnen, der jüdischen Schneiderin und der dicken Fanny, vor dem Lebensmittelhändler unten im Haus, bei dem Selim Zigaretten holen ging, vor allen, die auf die eine oder andere Weise das gefährliche Spiel durchschaut haben konnten, das sie spielten. Diese Stadt, das Viertel und seine Bewohner erschienen ihr kleiner, enger denn je, und sie hatte den Eindruck, die Leute wären nur damit beschäftigt, das Leben der anderen auszuspionieren. Es machte sie verrückt, nie allein zu sein, wirklich allein, unsichtbar. Manchmal wollte sie am liebsten mit dem Fingernagel ein Loch in die Wand kratzen und dorthin fliehen, woandershin, an einen Ort, von dem sie nicht die geringste Ahnung hatte. Auch für sie, dachte sie, musste es ein gelobtes Land geben. Wie die kleinen Mädchen in den Filmen wollte sie durch den Spiegel gehen, ans Ende des Regenbogens. Entkommen.

Wenn sie sich liebten, gelang es ihr jetzt nicht mehr, sich zu vergessen. Manchmal sagte sie ihm, er solle still sein, oder zog das Laken über seinen Kopf. Sie meinte, das Geräusch eines Schlüssels gehört zu haben, ein Klopfen an der Tür oder Sabahs Trampeln in der Diele. Immer öfter fuhr sie ihre Tochter an, die herumstand, plump und träge, sie dieses und jenes fragte, ihr Mittagessen verlangte und sie durch ihre bloße Anwesenheit daran hinderte, von ihrem Geliebten zu träumen. Ja, Selim war erst achtzehn Jahre alt. Durch eine seltsame Ironie, eine Art Zeitschleife, lag sie wieder in den Armen eines Achtzehnjährigen. Als hätte es die Jahre, die sie von ihrer Jugend und dem Piloten Alain Crozières trennten, in Wahrheit nie gegeben. Vergangenheit und Gegenwart vermischten sich, Selim wurde zu Alain, und sie wusste zuweilen nicht mehr, ob sie lebte oder sich erinnerte.

An einem Sonntag im März 1969 ging sie mit ihrem Mann und Sabah auf die Farm. Die Luft war noch frisch, aber Mathilde hatte den Tisch draußen neben dem Schwimmbad gedeckt. Selim war nicht da, und Selma wagte nicht, sich nach ihm zu erkundigen. Sie wartete auf ihn, halb verrückt, aschfahl, zuckte beim leisesten Geräusch zusammen und war außerstande, dem Gespräch zu folgen. Dann fragte Sabah, wo er sei. »Ach«, seufzte Mathilde. »Er ist mit Freunden unterwegs, nehme ich an. Oder mit einer Freundin. Er erzählt mir ja sowieso nie etwas.« Sabah begann zu weinen, und Mathilde küsste sie mitleidig auf die Stirn. »Nimm es dir nicht so zu Herzen. Vielleicht kommt er heute Nachmittag vorbei, ich bin sicher, dann spielt er mit dir.« Doch Sabah hörte nicht auf zu wimmern, zu schniefen, und Selma, die es nicht mehr ertrug, schrie: »Schluss jetzt, dieses Theater ist ja nicht auszuhalten!« Sie packte ihre Tochter am Arm und schleifte sie ins Haus. »Du bleibst hier. Zur Strafe.«

Selma hatte nicht nur Angst oder Gewissensbisse. Unsinnige Gedanken gingen ihr durch den Kopf. Sie fragte sich, ob sie deswegen so guten Sex hatten, weil sie zur selben Familie gehörten, dasselbe Blut durch ihre Körper floss. Sie dachte an ihre so ähnlichen Vornamen, deren Buchstaben vor ihren Augen tanzten, und ihr wurde bewusst, welch verstörende Verwirrung sie angerichtet hatten. In diesen Momenten wurde sie, auf dem Bett liegend, von Übelkeit gepackt, und das Bild ihres nackten Körpers neben dem ihres Neffen löste bei ihr nur noch Abscheu aus. Liebte sie ihn? War zwischen ihnen überhaupt irgendeine Liebe möglich? Natürlich empfand sie Zärtlichkeit für diesen Jungen, der sich ihr hingab, ihr keinerlei Widerstand leistete und sie so glühend ansah, dass sie manchmal erschrak. Aber Liebe? Sie wusste nicht, was das war.

Aus dieser widernatürlichen Affäre, dieser Sünde, konnte nichts entspringen. Keine Pläne, keine Zukunft waren möglich, und darum begann sie, Selim seine Jugend, seine Freiheit, sein Leben ohne Bindungen und Verpflichtungen übel zu nehmen. Es brachte sie um, wenn sie daran dachte, dass er sich irgendwann – denn irgendwann wäre alles vorbei – anderswo trösten würde, bei anderen Frauen, auf anderen Kontinenten, während sie nichts als diese von ihm erfüllte Wohnung und diese Küche, die nach Rauch stank, hätte, um ihren Kummer darin zu verbergen.

Sie stritten immer häufiger. Es kam vor, dass Selim die Klingel durch die Wohnung schrillen hörte und sie ihm nur aus Angst vor einem Skandal schließlich öffnete. Weil er ihren Namen brüllte und mit den Fäusten gegen die Tür trommelte. Eines Tages gestand er ihr das mit dem Revolver. Er holte ihn aus seiner Mappe und legte ihn auf das gelbe Laken. Ungläubig starrte Selma die Waffe an. Tausend Bilder schwirrten ihr durch den Kopf. »Was machst du damit?« Selim versicherte, dass er sich ihrer schon zu bedienen wüsste, wenn es nötig wäre. Ihnen würde nichts passieren, er würde sie gegen Mourad verteidigen, gegen Amine, er würde eine Lösung finden, und sie könnten fliehen. Selma fand ihn plötzlich dumm. Es war etwas ganz anderes, ob man eine ungeladene Waffe in seiner Schultasche mit sich herumtrug oder ob man auf einen Menschen zielte. Und wohin sollten sie schon fliehen? Sie tat lieber so, als hätte sie nichts gehört.

Eines Tages versprach sie sich, nackt vor dem großen Schrankspiegel, dass es nicht wieder passieren würde. Sie schwor sich, nicht nachzugeben, die Tür nicht zu öffnen, selbst wenn er sie auf Knien anbettelte. Sie, die nie einen Fuß in die Moschee setzte, sprach plötzlich zu Gott. Allein in ihrem Zimmer, bat sie ihn um Rat, flehte um Vergebung, und Allah verschwamm mit dem Bild ihrer Mutter. Wenn Mouilala wüsste, dachte sie, wenn meine Mutter wüsste. Sie kaufte Weihrauch, den sie in einem tönernen Kohlebecken verbrannte und dessen Duft die ganze Wohnung erfüllte. Sabah erklärte sie, sie wolle die bösen Geister vertreiben, die sich in ihren Räumen eingenistet hätten und die sie quälten.

Oft fragte sie sich, ob Mourad etwas ahnte. Sie duschte immer, nachdem Selim gegangen war, und doch hatte sie das Gefühl, dass es ihr nicht gelang, seinen Geruch abzuwaschen. Ihre Schuld war in sie eingeschrieben, in ihre Haut, in ihre Gesten, und sie wartete nur darauf, dass Mourad ihr auf die Schliche käme. Aber Mourad sagte nichts, sah nichts, roch nichts. Seit ihrer Hochzeit schlief er auf einer gepolsterten Bank im Wohnzimmer und hatte nie Gelegenheit, an dem gelben Laken auf dem Bett zu schnuppern. Manchmal wäre ihr lieber gewesen, er hätte sie geschlagen, sie eingesperrt, sie über den Boden geschleift und mit Beleidigungen überschüttet. Alles, nur nicht diese Unnahbarkeit, dieses drückende Schweigen, das er mit sich herumschleppte und das einem das Herz zusammenschnürte.

Anfang April 1969 beschloss Amine, auf einer der Parzellen, die er erworben hatte, einen Brunnen graben zu lassen. Er beabsichtigte, einen Brunnenbauer aus der Umgebung zu beauftragen, doch Mourad redete es ihm aus. Es war nicht nötig, dafür Geld auszugeben und einen Fremden auf sein Land zu holen. Er selbst könnte sich mit zwei oder drei Arbeitern darum kümmern. Der Vorarbeiter bestimmte zwei Männer. Einen Jungen, der in die Grube steigen konnte, und einen Riesen mit weit auseinanderstehenden Augen, den sie Zizoun, den Stummen, nannten, weil er noch nie ein Wort gesprochen hatte. Sie rüsteten sich aus mit Schaufeln, Hacken und zwei Schubkarren, deren Räder quietschten, installierten eine Seilwinde auf drei Pflöcken und begannen zu graben. Der Junge heulte, weil er Angst hatte, in das Loch zu steigen. Er sagte, »ich will nicht«, und wiederholte ein ums andere Mal den Namen seiner Mutter, einer Bäuerin aus dem Duar, deren einziges Kind er war. Der Riese dagegen grub, schaufelte, schweigend und konzentriert. Er zog an dem Seil, um Eimer voll Erde und Steine nach oben zu befördern. Anfangs kam Amine oft zur Baustelle und freute sich über den Fortschritt der Arbeiten. Mourad sagte jedes Mal: »Wir werden bald auf Wasser stoßen«, und Amine glaubte ihm.

Eines Tages kam Zizoun zur Farm gerannt. Er klopfte an die Bürotür, und als Amine ihm öffnete, begann er wild zu gestikulieren. Er schlug sich mit seinen großen Pranken auf den Schädel und gab Amine Zeichen, ihm zu folgen. Amine dachte zuerst, dem Jungen wäre etwas passiert, und während er, den Stummen neben sich auf dem Beifahrersitz, seinen Pick-up über die Schotterpiste lenkte, verfluchte er sich dafür, dass er auf seinen Vorarbeiter gehört hatte. Er schwor sich, dass ihm das nicht noch einmal passieren würde und dass er das nächste Mal standhaft bleiben und Mourads abwegige Ideen rundheraus ablehnen würde. Doch der Junge saß dort auf der trockenen, rissigen Erde. Er stürzte zu Amine. »Ich habe gerufen, aber er antwortet nicht. Die Steine sind auf ihn draufgefallen. Er wollte, dass ich runtersteige. Er ist wütend auf mich geworden. Und jetzt antwortet er nicht mehr.« Amine beugte sich über die Grube und schrie den Namen des Vorarbeiters. Er schrie, obwohl er wusste, dass es sinnlos war. Die Wände des Brunnens waren eingestürzt, und Mourad lag dort unten, von Steinen zerquetscht.

Man rief die Gendarmen. Misstrauisch fragte der Beamte Amine, ob er Grund zu der Annahme habe, dass es kein Unfall gewesen sei. Hilflos und mit vor Nervosität zuckenden Lippen stammelte Amine. Natürlich sei es ein Unfall gewesen. Was unterstellte er da? Dass man Mourad habe umbringen wollen? Der Gendarm umkreiste die Grube. Er zeigte sich pedantisch, wollte Papiere sehen. Hatten sie eine Genehmigung, um an dieser Stelle zu graben, und wer war dieser Vorarbeiter, der dort lag? Er behauptete, man müsse eine Untersuchung einleiten, die Bauern befragen, eine langwierige und unangenehme Sache, aber das war nun mal seine Arbeit, daran führte kein Weg vorbei. Amine brachte ihn in sein Büro. Er ließ ihm einen Tee servieren, den der Gendarm langsam trank, die Augen auf das Porträt Hassans II. geheftet, das an der Wand hing. Amine fragte, ob man sich irgendwie einigen könne, und der Gendarm lächelte. Im Grunde war es doch nur ein gewöhnlicher Unfall. Solche Dinge passierten immerzu. Das war das Ärgerliche an diesen Analphabeten, diesen dummen Bauerntölpeln, die dachten, sie könnten Dinge tun, die einfach zu hoch für sie waren. Amine war ein Herr, das sah man sofort, und der Gendarm wollte ihm bei seiner Arbeit nicht im Weg sein. Kannte er ihn gut, diesen Mann? Hatte er Familie? Denn das war bei solchen Leuten das Problem. Die Familie, die anklopft, die jammert und sich beklagt, die eine Wiedergutmachung für den vom Chef verursachten Schaden verlangt. Undankbar, wie sie sind, schleifen sie ihre Kinder hierher, zwingen sie zu heulen, damit Sie sich schlecht fühlen, und belästigen Sie monate-, ach was, jahrelang mit ihrem Elend und ihrem Leid. »Das einzige Problem«, wiederholte der Gendarm, »ist die Familie.« Amine nickte. Er öffnete einen Umschlag, tat ein Bündel Geldscheine hinein und reichte ihn dem Gendarmen. »Was die Familie betrifft, machen Sie sich keine Sorgen. Ich kümmere mich darum.«

»Sie sind ein großzügiger Mann, das sieht man sofort. Ich bin sicher, Sie werden sie zur Vernunft bringen. Was nützt es schon, herumzuschnüffeln, unser aller Zeit zu vergeuden? Letztendlich hat Gott es so gewollt. Und gegen Gottes Wille sind wir alle machtlos.«

Erhört Gott böse Gebete? Hatte Allah es für sie getan? Das war es, was Selma dachte, als Amine ihr die Nachricht von Mourads Tod überbrachte. Und auch wenn er ihr dabei nicht in die Augen sah, wusste sie, dass ihr Bruder genau das Gleiche dachte. Amine versprach, weiter für sie und Sabah zu sorgen. »Das bin ich ihm schuldig.«

In der Nacht nach dem Unfall irrte Amine allein über den Quittenhügel. Er glaubte nicht, dass Mourad tot war und dass seine Leiche irgendwo dort draußen, ein paar Kilometer vom Haus entfernt, unter dem Geröll verweste. Er war sich sicher, dass sein Adjutant eines Tages wieder auftauchen würde, so wie er Jahre zuvor in einer regnerischen Nacht wiederaufgetaucht war in seinen zerschlissenen und viel zu großen Kleidern. Er würde zu ihm kommen und sagen »mein Kommandant«, mit dieser Mischung aus Gehorsam und Zuneigung, die Amine ein Rätsel war. Er sah wieder seinen flehenden, ruhelosen Blick, durch den manchmal ein Schatten huschte, der Fetzen eines Alptraums. Wie seltsam war es, dachte Amine, ohne jeglichen Zweifel zu wissen, dass jemand bereit ist, für dich zu sterben. Mourad war bis zum Schluss ein Soldat gewesen. Ergeben und tapfer. Gehorsam und wild. Er war nie wirklich ins zivile Leben zurückgekehrt. Hatte nie die Welt des Krieges, der Befehle, des Gemetzels verlassen. Er hatte weiter in einer Wirklichkeit gelebt, die es nicht mehr gab, Soldat ohne Vaterland, Kämpfer ohne Uniform, ohne Orden. Seine Hände troffen vor Blut, seine Eingeweide trugen die Spuren der Amöben, die er sich in Indochina eingefangen hatte, und Amine erinnerte sich daran, wie er aß, ganz langsam und mit Mühe kauend. Er war dazu ausgebildet worden zu zerstören, und er war zerstört worden.

Man verzichtete darauf, den Leichnam aus dem Brunnen zu bergen. Mathilde empörte sich darüber, schließlich war er ihr Schwager. »Wir können ihn nicht dort lassen. Was werden die Leute denken?« Doch Amine war, ganz im Gegenteil, froh darüber, denn da, wo Mourad war, konnte niemand kommen und seine Ruhe stören. Als er klein war, erzählte man, dass ein Caïd, den die Bevölkerung hasste, weil er mit den Franzosen kollaborierte, von den Dorfbewohnern wieder ausgegraben und in Stücke gehackt worden war. Sie hatten seinen geschändeten Leichnam in die Sonne gelegt und geschworen, dass sie mit seinem Nachfolger das Gleiche tun würden.

Man organisierte Mourads Beerdigung ohne die sterblichen Überreste. An diesem Tag setzten sich Selma, Sabah und Mathilde, alle in Weiß gekleidet, aufs Sofa im Wohnzimmer. Jedes Mal, wenn jemand den Raum betrat, standen sie fast gleichzeitig auf. Mathilde zog ständig ihr Kopftuch zurecht, und Sabah weinte. Dicke Tränen rannen über ihr pickeliges Gesicht. Halb hysterisch, verlangte sie, dass man sie zum Brunnen brachte. »Ich will sehen, wo mein Vater ist.« Doch Amine redete es ihr aus. »Ich bin jetzt dein Vater. Ich werde immer für dich da sein.« Was? Wie konnte er wagen, so etwas zu sagen? Sie wollte nicht, dass er ihr Vater war. Sie würde nie mehr einen Vater haben, da ihrer sie verlassen hatte. Selim, der dort vor ihr stand, konnte nicht ihr Bruder sein. Sie liebte ihn nicht wie einen Bruder. Sie ging zu ihm, und indem sie ihren Kummer als Vorwand nutze, vergrub sie ihr Gesicht an seiner Brust und umarmte ihn.

Selma hätte die Gefühle, die sie in den Tagen nach Mourads Tod empfand, nicht beschreiben können. Seltsamerweise war ihr Mann in ihrem Leben nie so präsent gewesen wie zu dieser Zeit. Da er gestorben und in den Himmel aufgestiegen war, stellte sie sich vor, dass er alles von ihr wusste. Von dort, wo er war, sah er bis auf den Grund ihres Herzens, und sie konnte ihm nichts mehr verheimlichen. Er wusste von Selim, und selbst wenn sie allein war, errötete Selma bei dem Gedanken, dass ihre intimsten Geheimnisse enthüllt waren. Im Tod wurde Mourad zu einem Vertrauten, beinahe einem Freund, der sie nicht mehr verurteilte. Sie nahm nun wahr, was sie nicht hatte erkennen können, solange sie noch zusammenlebten. Die Einsamkeit dieses Mannes. Seinen Schmerz. Sein fehlendes Begehren nach ihr, über das sie sich lange Zeit einfach nur gefreut hatte, ohne es je zu hinterfragen.

Einmal, als sie für Sabah das Abendessen zubereitete, erinnerte sie sich an einen Zwischenfall. Sie waren gerade in die Wohnung gezogen, die Amine für sie gemietet hatte, als Selma eines Nachts von Schreien geweckt wurde. Sie hatte zuerst geglaubt, Sabah sei etwas zugestoßen. Mourad vergötterte dieses Kind, um das er andauernd besorgt war. Sie stand auf, ging am Zimmer ihrer Tochter vorbei, die friedlich schlief. Sie betrat das Wohnzimmer und sah Mourad auf der Bank liegen. Sein Gesicht war schweißnass. Er schrie wieder, und sie hatte solche Angst, dass sie beinahe in ihr Bett zurückgekehrt wäre. Doch sie beschloss, zu ihm zu gehen. Ihr Mann erinnerte an diese Straßenhunde, die träumen, dass sie laufen, und ihre Pfoten bewegen, während sie auf dem Asphalt liegen. Sie berührte ihn an der Schulter, flüsterte: »Wach auf«, und Mourad riss weit die Augen auf wie ein Ertrunkener, der wieder ins Leben zurückkehrt. Sie machte Milch warm, setzte sich neben ihn, und in dieser Nacht sprach er zum ersten Mal mit ihr. Er erzählte, dass er Alpträume hatte, immer dieselben. Verirrt in einem dichten und erstickenden Dschungel, die Haut zerbissen von wimmelnden Parasiten, hörte er in der Ferne Schreie und das Pfeifen von Kugeln. Er rannte verzweifelt, wohl wissend, dass er seine Ehre und seine leidenden Kameraden zurückließ. In seinen Träumen konnte er das Blut und den Schlamm riechen und spüren, wie ihm die Äste die Haut im Gesicht zerkratzten. Er sah das Boot, auf dem man die Leichen stapelte, und die verlassenen Dörfer, in denen der Feind ihnen Fallen stellte. Er hörte markerschütternde Schreie und dieses Wort, »Mama«, das er verstand, ohne die fremde Sprache zu kennen. Die Männer mit ihren Gedärmen in der Hand, die nackten und verlassenen Kinder, alle riefen nach ihrer Mutter, wie wir Allah oder Jesus anflehen, uns zu retten. Er vertraute ihr an, dass diese Alpträume ihn nicht nur nachts heimsuchten, wenn er auf der

Bank im Wohnzimmer lag. Die Schreckensbilder verfolgten ihn auch am helllichten Tag, mitten auf einem Acker oder auf einem Feldweg. Er verwechselte das Geräusch eines Traktors mit dem eines Panzers. Er hielt brave Bauern für feindliche Soldaten, und einmal hatte er laut zu schluchzen begonnen, als Hunderte Vögel über die Obstbäume hergefallen waren und die Pfirsiche mit ihren Schnäbeln aufgeschlitzt hatten. »Ich bin desertiert. Zusammen mit meinen Männern habe ich den Hauptmann getötet und bin geflohen. Wir haben seine Leiche im Lager gelassen, und jeder hat sich allein durchgeschlagen. Das ist die Wahrheit. Ich wollte meine Haut retten, also bin ich gegangen. Manchmal bleibt einem nichts anderes übrig.«

Tagelang verfolgten diese Worte Selma. Sie war sich sicher, dass es nicht nur eine Erinnerung war, sondern eine Botschaft, die Mourad ihr aus dem Jenseits sandte. Und sie grübelte, was genau er ihr damit zu sagen versuchte. »Fortgehen. Es bleibt einem nichts anderes übrig.«

Aïcha war wie ihr Vater. Reizbar, unbeherrscht. *Soupe au lait*, Milchsuppe, sagte Mathilde, und was Aïcha daran ärgerte, war nicht der Vorwurf an sich, sondern dieser dumme Ausdruck. Sie dachte immer an die Brühen, die Mathilde ihnen vorgesetzt hatte, als sie klein war. Darin schwammen gekochte Gemüsestücke, Rübenfasern, die Aïcha ekelten. In Straßburg hatte sie sich von Anfang an zusammengerissen und sich, dem Rat ihrer Eltern folgend, zurückgehalten. »Wir wollen nicht, dass sie sagen, die Araber könnten sich nicht benehmen.« Und Aïcha hatte sich benommen.

Den klinischen Teil ihres Studiums, als Aïcha im Krankenhaus ihre ersten Patienten behandelte, erlebte sie mit einer Mischung aus Aufregung und Furcht. Zwar kannte sie die Theorie und war unschlagbar, wenn es darum ging, ein Krankheitsbild zu beschreiben, doch sie fürchtete die Fragen der Patienten, die alles verstehen, alles wissen wollten, aber nicht zuhörten, was sie ihnen zu erklären versuchte. Die Kranken nahmen sie nicht ernst, und oft, wenn sie nach der Morgenvisite ein Zimmer verließ, fragte einer von ihnen: »Ich habe den Doktor gar nicht gesehen. Könnten Sie ihn rufen?« Sie musste sich daran gewöhnen, dass man sie mit einer Schwester verwechselte, während die Pfleger häufig für Ärzte gehalten wurden.

Einmal untersuchte sie eine Patientin, die über Bauchschmerzen klagte und angab, sie habe einen Schwall blutroten Breis erbrochen. Aïcha dachte an eine Magenperforation. Sie forderte einen Laborbefund an, hängte die Frau an den Tropf und informierte sich über eine mögliche Transfusion, falls sie zu viel Blut verlieren sollte. Als die belustigten Krankenschwestern den Chefarzt darüber informierten, nahm er Aïcha beiseite. »Studieren ist ja schön und gut, Mademoiselle, aber vor lauter Büchern sehen sie nicht mehr, was um sie herum geschieht. Es ist Erdbeerzeit, wussten Sie das? Und hier isst man die Erdbeeren mit Bergen von Sahne. Wundern Sie sich also nicht, wenn in den nächsten Tagen noch mehr Patienten mit Verdauungsbeschwerden zu Ihnen kommen.« Sie musste lernen, die Auswirkungen von Alkoholismus und ungesunder Lebensweise zu erkennen. Sie gewöhnte sich schließlich an die Lügen der jungen Mädchen, die mit blutverschmierter Hose kamen, gefolgt von einem Verwandten, der kopfschüttelnd wiederholte: »Wenn das keine Schande ist.«

Was Aïcha jedoch verblüffte und in ihr einen Haufen Fragen aufwarf, war die Empfehlung ihrer Vorgesetzten, unheilbar kranken Patienten nicht zu sagen, dass sie bald sterben würden. Sie machten den Todgeweihten wider besseres Wissen Hoffnung, was Aïcha einfach nicht begriff. Es kam für sie einer Lüge gleich, einer Täuschung, schlimmer noch, man behielt eine wertvolle und unwiderlegbare Erkenntnis für sich, die der Patient sinnvoll hätte nutzen können, und das widerstrebte ihr. Bei einer Stationssitzung sprach sie das Thema in Bezug auf eine ihrer Patientinnen an. Aïcha hatte die Frau ins Herz geschlossen. Sie hieß Doris, hatte Lungenkrebs, und die Flecken, die vor Kurzem auf ihrer Haut erschienen waren, verrieten, dass sich die Krankheit ausgebreitet hatte. Immerzu fragte sie, wann sie nach Hause gehen könne zu ihrem Mann und dem dreijährigen Sohn, ob sie an Weihnachten wieder gesund wäre. Doris starb in einer Nacht, in der Aïcha nicht da war, und am Morgen begegnete sie ihrem Mann im Flur. Er war vierzig Jahre alt und trug einen himmelblauen Pullover, aus dem der Kragen eines karierten Hemdes ragte. Er hatte sich seit mindestens zwei Tagen nicht rasiert, seine Haare waren fettig. Ihr ganzes Leben lang würde sie sich, beinahe Wort für Wort, daran erinnern, was dieser Mann zu ihr gesagt hatte und wie verloren er sie und diesen Flur mit den lachsfarbenen Wänden angesehen hatte. »Entschuldigung, Doktor. Verzeihen Sie, wenn ich Sie störe. Ich möchte Ihnen wirklich nicht Ihre Zeit stehlen. Ich möchte Sie nur eines fragen. Könnten Sie mir sagen, woran Doris gestorben ist? Könnten Sie es mir erklären?« Aïcha hielt den Kopf gesenkt, bemüht, die Tränen zurückzuhalten, die ihr in die Augen stiegen. Tränen nicht nur des Mitleids, sondern der Wut, denn sie wusste, dass sie gelogen hatte. Und der Mann fuhr fort: »Entschuldigen Sie, aber ich verstehe das nicht. Ich habe versucht, mich zu erinnern, was Sie mir gesagt haben und was der andere Arzt gesagt hat, der große Herr mit den weißen Haaren. Ich weiß ja, dass Sie Ihr Möglichstes getan haben, und ich werde nicht vergessen, wie freundlich Sie zu mir waren. Aber es fällt mir einfach schwer, das zu verstehen. Gestern noch haben Sie mir versichert, dass es ihr bald besser gehen würde, dass wir dieses neue Medikament ausprobieren würden, dessen Namen ich vergessen habe. Dass alles unter Kontrolle sei und ich nach Hause gehen könne, um mich um den Kleinen zu kümmern. Das haben Sie mir gesagt, und dann, als ich heute früh wiederkam mit einem frischen Pullover für Doris, war sie nicht mehr in ihrem Zimmer. Sie haben es mir schon erklärt, ich weiß, dass sie etwas Schlimmes hatte. Und ich weiß auch, dass solche Dinge eben passieren, aber Sie müssen es mir noch einmal sagen, Doktor. Sie müssen mir sagen, warum meine Frau gestorben ist.«

War es der Umgang mit den Patienten? Oder waren es Karl Marx' Worte, die ihr keine Ruhe ließen? Etwas hatte sich bei Aïcha jedenfalls verändert. Im Laufe des Winters und dann des Frühjahrs 1969 spürte sie in sich eine wachsende Auflehnung, eine Wut und auch den Wunsch, sich gegenüber der Welt zu öffnen, sie zu verstehen. Sie hatte den Eindruck, dass sie ihren Beruf nicht ausüben könnte, wenn sie nichts vom Leben wusste und davon, welche Prüfungen ein jeder zu meistern hatte. Einmal, als sie im Foyer des Krankenhauses rauchten, sah David ein Exemplar von *Das andere Geschlecht* aus Aïchas Kitteltasche ragen und hob lächelnd eine Augenbraue. »Das liest du?« Aïcha gab trocken zurück: »Ja, stell dir vor, ich kann lesen.«

Wie früher, als sie noch ins Pensionat ging, verlor sie manchmal die Beherrschung. Einmal wurde sie in der Kantine des Krankenhauses von einem Mädchen angesprochen. Einer blonden jungen Frau, deren Haare zu einem raffinierten Knoten arrangiert waren. Sie hatte ein winzig kleines Gesicht, und wenn sie sprach, erinnerten ihr zuckendes Kinn und die Art, wie sie schnüffelte, an eine Spitzmaus. Zum Mittagessen setzte sie sich Aïcha gegenüber und sagte, sie sei auch Marokkanerin. Also, na ja, sie sei in Marokko geboren, das ihre Eltern schließlich verlassen hätten. Sie erinnere sich an nichts mehr, weil sie damals noch zu klein gewesen sei. Dann beugte sie sich über ihren Wurstteller und flüsterte: »Mein Vater erzählt mir oft davon. Er sagt, dass es in den Städten Leprakranke gab, die bettelten.« Aïcha sah sie an und brach in Gelächter aus. Ein boshaftes Gelächter, das die Spitzmaus verstörte. »Du bist keine Marokkanerin, und was dein Vater gesehen hat, waren keine Leprakranken. Das waren die Armen.«

Doch wer sie vor allem aufregte und zur Weißglut brachte, war Madame Muller. Sie wusste, dass die Vermieterin in ihre Wohnung ging, wenn sie nicht da war. Sie konnte nur vermuten, was die fast kahlköpfige Elsässerin dort tat. Vielleicht legte sie sich aufs Bett, um den Geruch der Afrikanerin einzuatmen, der an den Laken haftete. Sicher steckte sie ihre Nase in den Kühlschrank, neugierig, wovon diese so magere junge Frau sich ernährte, und ganz bestimmt verzog sie angewidert das Gesicht, wenn sie die offenen Sardinenbüchsen und die verschimmelten Karotten ganz unten im Gemüsefach entdeckte. Vielleicht ging sie sogar so weit, die Kloschüssel zu inspizieren, um zu sehen, ob Afrikaner, wie man ihr gegenüber angedeutet hatte, schwarze Spuren auf der glänzenden Emaille hinterließen. Einmal, als Aïcha nach Hause kam, erwartete Madame Muller sie auf einem Stuhl in der Küche sitzend. Aïcha erschrak, als sie ihren massigen Körper im Halbdunkel bemerkte. Die Frau hatte ein kleines weißes Papiertaschentuch in der Hand, das sie auffaltete und ihr unter die Nase hielt. Aïcha beugte sich vor und sah etwas, das an eine nasse, graue, von schleimigen Ablagerungen umhüllte Haarsträhne erinnerte. Entrüstet warf Madame Muller ihr vor: »Deswegen sind die Leitungen verstopft. Kein Wunder, bei solchen Haaren. Hat man ihnen das in Afrika nicht beigebracht? Den eigenen Dreck wegzumachen?« Sie legte das feuchte Taschentuch auf den Tisch und ging türenschlagend hinaus.

Wochenlang brütete Aïcha auf ihrem Zorn herum, entwarf Szenarien, in denen sie an der Tür der Vermieterin klopfte, um ihr ins Gesicht zu sagen, was sie von ihr und ihrer Schnüffelei hielt. Doch sie fand nie den Mut dazu, und wenn sie der Alten im Flur oder auf der Straße begegnete, übersah sie sie einfach und grüßte nicht. An einem Abend im Juni 1969, gegen achtzehn Uhr, stand Madame Muller vor Aïchas Tür und reichte ihr einen Umschlag. »Sie haben Post.« Aïcha wusste, dass ihre Wirtin die Briefe öffnete. Sie konnte sich die dicke Madame Muller nur zu gut dabei vorstellen, wie sie Umschläge über einem Topf mit kochendem Wasser schwenkte. Sie klebte sie hinterher nachlässig wieder zu, doch darauf fiel Aïcha nicht herein. Ohne ein Wort nahm sie den Brief und schlug der Elsässerin die Tür vor der Nase zu.

Sie setzte sich und überflog lächelnd Monettes Brief. Seit

ein paar Monaten lebte Monette in Casablanca, wo sie eine Anstellung als Sekretärin am Lycée Moulay-Abdallah gefunden hatte. Den ganzen Winter über hatte Monette ihrer Freundin Postkarten geschickt, die sie zum Träumen brachten und die sie an die Wand in ihrer Küche geklebt hatte, gegenüber dem Arbeitstisch. Die sonnenüberflutete Corniche von Casablanca voller Spaziergänger in hellen Leinenhosen. Das größte Schwimmbad der Welt mit seinem Sprungturm, von dem sich junge Leute herabstürzten, die vor nichts Angst zu haben schienen. Mädchen in Bikinis auf orangefarbenen Liegestühlen. Dieses Mal handelte es sich nicht um eine Karte, sondern um einen langen Brief in der vertrauten abgehackten Schrift, die die Schwestern im Pensionat auf die Palme gebracht hatte. Monette verkündete ihr, dass sie mit Henri zusammenziehen würde. Sie hatten ein Häuschen am Strand von Sable d'Or zwischen Rabat und Casablanca gemietet. Sie hatten nicht vor zu heiraten und wollten einfach so zusammenleben und ihre Liebe genießen, ohne sich über die Zukunft Gedanken zu machen. Monettes Mutter war stinksauer. »Aber sie wird sich schon daran gewöhnen.« Monette hatte ein Foto beigelegt, auf dem man Madame Mullers fettige Fingerabdrücke sehen konnte. Monette lag im Sand und streckte den Arm aus, als wolle sie nicht fotografiert werden. Um sie herum saßen noch andere Personen. Zwei junge braungebrannte Frauen und Henri mit einem Ball zwischen den Füßen. Bierflaschen lagen auf einer Decke, und ein Stück entfernt erkannte man die schlichte Fassade eines Hotels und ein paar Stoffzelte, unter denen die Urlauber vor der Sonne Zuflucht suchten.

Am Ende ihres Briefes schrieb Monette: »Komm und verbringe den Sommer hier mit uns. Ich glaube, das ist der schönste Ort der Welt, und man kann nirgendwo glücklicher sein.«

Eine Woche später zog Aïcha aus. Madame Muller sah zu, wie sie ihre Sachen in ein Auto lud, das ein jüdischer Junge mit lockigen Haaren fuhr. Sie sagte ihr nicht auf Wiedersehen und wünschte ihr nicht alles Gute. Die Afrikanerin war fort. Sie hatte ihre Koffer gepackt und war auf ihren verfluchten Kontinent zurückgekehrt. Die Wirtin konnte sich darüber nur freuen. Madame Muller wusste, dass sie keinerlei Schwierigkeiten haben würde, das Zimmer neu zu vermieten. Es gab viele Studenten, und sie würde keine Woche brauchen, um einen anständigen Bewerber zu finden, am liebsten einen Elsässer, dessen Eltern die Miete sechs Monate im Voraus zahlten. Natürlich würde sie gründlich putzen müssen. Die Fenster öffnen, die Schränke auswischen. Am Tag nach Aïchas Abreise betrat Madame Muller mit einem Eimer in der Hand die Einliegerwohnung. Als sie die Tür öffnete, schlug ihr ein bestialischer Gestank entgegen. Ein Gestank, der ihr bis ans Ende ihrer Tage als der ihrer Demütigung in Erinnerung bleiben würde. Sie hielt sich die Nase zu, durchquerte das Wohnzimmer, und als sie ins Schlafzimmer kam, sah sie, dass über dem Bett, von dem Aïcha die Laken abgezogen hatte, mit Fäkalien geschrieben stand: »Die Afrikanerin scheißt auf dich.«

Karl Marx sah die Welt als eine Abfolge von Szenen, in denen Komparsen einstudierte Gesten wiederholten. Er war überzeugt, dass ihm ein besonderes Schicksal bestimmt war und dass er keine andere Wahl hatte, als sich dem zu fügen. Manchmal warf er sich vor, dass es ihm nicht gelang, diese Überzeugung zu verbergen, wodurch er arrogant und eingebildet wirkte. Sein Leben, sagte er sich, würde die Dichte, die Schlüssigkeit, die Bedeutsamkeit eines Films haben. Er wäre die Hauptfigur und würde sich beim Leben zusehen, voller Ungeduld zu erfahren, was die nächste Szene für ihn bereithielt. In seinem Geist tummelten sich lauter Helden, und anstelle seines eigenen Gesichtes sah er das von John Wayne oder Marlon Brando.

Er würde sich über die Seinen erheben. So hoch, dass er für sie unerreichbar wäre. Natürlich würde er ihnen Geld schicken und dafür sorgen, dass sie erführen, was er aus sich gemacht hatte. Darüber dachte er immerzu nach: Was war man, wenn man nichts aus sich machte? Seine Familie hatte keine Ahnung von der Zukunft. Sie lebten in Fes, im Bauch der Königsstadt, erstarrt wie diese in der Nostalgie verlorenen Glanzes. Sie waren nur mit ihren unmittelbaren Bedürfnissen beschäftigt. Sie waren das genaue Gegenteil der Filmhelden, die immer nach etwas strebten. Die wussten, dass irgendwann etwas Großes geschehen würde.

Mehdi war in Fes in einer winzigen Wohnung über dem Cinéma Rex aufgewachsen. Niemals hätte Farida, seine Mutter, zugelassen, dass er das Kino betrat, ein Ticket kaufte und sich unter die anderen Zuschauer mischte. Sie sagte, es sei ein Tummelplatz für Gauner und unsittliche Frauen. Er würde Dinge sehen, die nichts für sein Alter waren, und es sei nicht gut für Kinder, an Sachen zu glauben, die nicht existierten. Sie spuckte auf den Boden, wenn sie die großen Schwarzweiß-Plakate sah, von denen Schauspielerinnen mit samtenen Lippen und langen Haaren auf sie herabschauten.

In den Zimmern der Wohnung konnte man das Gelächter aus dem Saal und das Knallen der Pistolen bei den Actionszenen hören. Wenn sie schweigend beim Abendessen saßen, drangen ungeduldige Rufe zu ihnen: »Licht aus! Zeigt endlich den Film!« Die Zuschauer schrien, sie pfiffen den hübschen Mädchen auf dem Bildschirm hinterher, applaudierten den Cowboys und buhten die Indianer aus. Mehdi fand sehr schnell heraus, dass man die weit weg auf den Hügeln Hollywoods verfassten Dialoge am besten vom Bad aus hören konnte. Die »O mein Liebling«, die Mehdi wiederholte, ohne ein Wort zu verstehen, das Ohr an die eiskalten Zellij-Kacheln gepresst. Eines Tages, als er etwa zwölf Jahre alt war und im Spiegel seine ersten Barthaare inspizierte, riss Mehdi eine der Kacheln ab. Dann noch eine. Mit einem Schraubenzieher pulte er in der vor Feuchtigkeit brüchigen Mauer, bis er ein Loch gebohrt hatte, durch das man, o Wunder, die Kinoleinwand sehen konnte. Zuerst sagte er niemandem etwas. Vor allem nicht seinen beiden Brüdern, die sich um seinen Platz geprügelt hätten, die ihn am Hemd gezogen und ihn, trotz des Respektes, den sie dem Älteren schuldeten, angebettelt und angefleht hätten. Ein paar Monate lang blieb dieses Vergnügen, dieser Genuss für ihn allein bestimmt. Er schloss sich stundenlang im Bad ein, das im Winter eisig war und im Sommer zum Ersticken, und schaute mit einem Auge die Klassiker von Warner und von Paramount. Die Haare der Frauen, die immer unbedeckt waren, wirkten fludrig auf den Schwarzweißstreifen und im Licht der Scheinwerfer. Auf hohen Absätzen rannten sie durch die Straßen amerikanischer Großstädte zu ihren Autos. Sie küssten Männer in gerammelt vollen Restaurants oder auf dem Dach des Empire State Building. Sie tranken Cocktails, die sie mit seidenbehandschuhten Fingern hielten. Er liebte diesen Anblick so sehr, dass er weder den Schmerz in seinem gekrümmten Rücken spürte noch seine von Ameisen kribbelnden Waden.

Schließlich kamen seine Brüder ihm auf die Schliche und drohten ihm mit von den ständigen Erkältungen heiseren Stimmen, ihn zu verraten, wenn er sich nicht großzügiger zeigte. Zuerst litt Mehdi darunter. Er hasste die Vorstellung, sein Geheimnis zu teilen, und platzte schier vor Wut, wenn die Kleinen kicherten oder über die von ihm verehrten Schauspielerinnen anzügliche Bemerkungen machten. Doch seine Brüder lernten die Dialoge der Filme schnell auswendig, und die drei Jungs hatten ihren Spaß daran, sie mit verteilten Rollen aufzusagen. Im Wohnzimmer, wo Farida ihnen das Abendessen vorsetzte, begannen sie manchmal unvermittelt, eine der Szenen nachzuspielen. Mehdi war Humphrey Bogart oder Fred Astaire. Er hatte immer die Hauptrolle. Und wenn Farida sie dabei erwischte, wie sie auf Französisch kreischten und lachten, wurde sie fuchsteufelswild. Sie schrie: »Hört sofort auf, vor mir Französisch zu reden!« Die Buben prusteten los, trotz der Angst, die sie ihnen einflößte. »Schämt ihr euch nicht, euch über eure eigene Mutter lustig zu machen?« Und es setzte Ohrfeigen. Um sie zu ärgern, rezitierte Mehdi Gedichte von Ronsard. Mit meckernder Stimme deklamierte er: »Holde, lass uns sehen, ob die Rose...«, und Farida rannte ihm durchs Treppenhaus hinterher. Der Klang dieser Sprache empörte sie. Diese unverständlichen Silben kündeten von ihrem Elend, ihrer Ohnmacht. Sie verrieten die Unterdrückung ihres Volkes und ihre weibliche Unbildung.

Einmal, als Mehdi sich seit beinahe einer Stunde im Bad eingeschlossen hatte, kam Farida wie eine Furie angestürmt und klopfte an die Holztür. Mehdi rief lachend auf Französisch: »Lass mich in Ruhe!« Da hämmerte Farida mit aller Kraft gegen die von der Feuchtigkeit halb verfaulte Tür. Sie trommelte mit ihren großen Fäusten, trat mit den Füßen dagegen, und die Tür gab nach. Farida packte Mehdi am Kragen, warf ihn zu Boden und näherte ihr Auge zögernd dem Loch in der Wand. Sie zuckte zusammen, wiederholte »Gott beschütze uns vor dem Satan«, »*ya Latif, ya Latif*«. Durch das Guckloch hatte sie eine blonde Frau mit geschminkten Lippen gesehen. Eine Frau, die auf einem Sessel saß, in einem sehr dunklen Haus, mit nackten, übereinandergeschlagenen Beinen. Sie zielte mit einer Pistole auf einen Mann, der einen Hut und einen Regenmantel trug. Farida hätte es niemals zugegeben, doch wenn da nicht ihr Sohn, ihr idiotischer Sohn auf dem Boden gelegen hätte, dann hätte sie noch einen Moment hingeschaut, nur um zu wissen, was mit dieser Frau geschehen würde. Doch Farida wandte sich um und ohrfeigte Mehdi, der sein Gesicht mit den Armen schützte. Man hörte ein Lachen, dann einen Schuss.

*

Mit beinahe vierundzwanzig Jahren schrak Mehdi manchmal noch aus dem Schlaf hoch, die Stirn schweißbedeckt, und dachte an seine Mutter. Er hatte sie als eine Frau mit tief in den Höhlen liegenden Augen, stumpfem Gesicht und tabakfarbener Haut in Erinnerung behalten. Die geringste Kleinigkeit versetzte sie in rasende Wut, und sie schlug, um nichts zu hören und nicht zu leiden. Sie schlug ihre Kleinen. Seit einem Unfall, bei dem sie sich die Knochen gebrochen hatte, war Farida morphinabhängig, wovor alle Welt die Augen verschloss. Nachts stahl sie sich über die Terrassen davon. Man konnte sie über die Dächer laufen sehen, mit ihren Dschellabas in leuchtenden Farben und offenem Haar. In den Straßen, erhellt nur von Wachsblöcken, die jede Familie vor ihre Tür stellte, begegnete sie Männern, die aus dem Hammam heimgingen, mit noch dampfender Haut, ein weißes Handtuch um den Kopf geschlungen. Farida bemerkte sie nicht. Sie lief, wischte sich die Hände zwanghaft an der Dschellaba ab. Sie beeilte sich, zum Apotheker zu gelangen, der ihr Kommen fürchtete. Er hatte sogar begonnen, früher zu schließen, in der Hoffnung, dass sie auf ein Geschäft außerhalb der Altstadt ausweichen würde. »Soll sie sich ihr Zeug doch bei einem Scharlatan holen«, dachte er, »soll sie mich doch vergessen.« Doch Farida kam wieder, schwitzend und entschlossen. Sie klopfte an die Scheibe und wusste genau, dass der Apotheker sie hörte, denn er wohnte über dem Verkaufsraum. Und sie wusste auch, dass er aufmachen würde, denn der alte Mann wollte kein Aufsehen erregen und hatte ein wenig Mitleid mit ihr. Er kam schließlich herunter und schob brummend das Gitter hoch, wobei er schwor, es wäre das letzte Mal. Er rief Gott an und bat sie eindringlich, sich zusammenzureißen, aus Anstand, um ihrer Gesundheit und ihrer Kinder willen. Farida hörte nicht. Das Gitter war jetzt oben, sie war schon fast am Ziel. Der Apotheker ging in sein Hinterzimmer. Sie hörte das Klirren der Glasröhrchen, und eine Art Erleichterung durchströmte sie. Er redete, und sie nahm nichts anderes wahr als ihren klebrigen Mund, diesen Mund, der voller Schweiß zu sein schien.

Mehdi war ein lebhaftes und neugieriges Kind, das von seinem Vater sehr geliebt wurde. Der alte Mohammed, der als Butler bei einem reichen Franzosen arbeitete, hatte sich in den Kopf gesetzt, ihn an der europäischen Schule anzumelden und ihn aufs gemischte Gymnasium zu bringen. Er bat seinen Arbeitgeber um Hilfe, und der willigte ein, nachdem er den begabten Jungen kennengelernt hatte. Farida warf ihrem Mann immer vor, ihren Sohn in die Arme der Franzosen getrieben zu haben. »Du wirst ihn zu einem Fremden im eigenen Haus machen.« Und Jahre später musste Mehdi zugeben, dass sie recht gehabt hatte.

Mehdi war elf Jahre alt, als das Land unabhängig wurde. Wie die anderen Schüler hatte er die Massenaufläufe miterlebt, den Freudentaumel, der auf die Rückkehr des Königs folgte, und er war stolz auf sein Land und dessen wiedergewonnene Souveränität. Er hegte den Franzosen gegenüber zwiespältige Gefühle. Vor seinen Freunden tat er so, als hasse er die Weißen, die Christen, die abscheulichen Imperialisten. Er überschüttete sie mit Beleidigungen und behauptete, er würde ihre Sprache, ihre Gesetze und ihre Geschichte nur lernen, um sich besser von ihnen befreien zu können. Um sie mit ihren eigenen Waffen zu schlagen, wie es die Nationalisten damals erklärten. In Wahrheit empfand er für sie eine neidvolle Bewunderung und dachte, sein Leben könne nur ein Ziel haben: zu werden wie sie.

Als er Ende der Fünfzigerjahre in die Mittelschule kam, verdiente er sich ab und an ein wenig Geld als Führer für Touristen, die sich nach Exotik sehnten. Sie fanden ihn drollig, diesen kleinen Araber mit der gewölbten Stirn, den dicken Brillengläsern, der die Gassen der Altstadt so gut kannte. Er warnte sie schulmeisterlich: »Ohne Führer werden Sie sich verlaufen. Die Stadt wurde extra so angelegt. Um hinter Fremden oder hinter Angreifern wie eine Falle zuzuschnappen.« Die Touristen folgten ihm auf Schritt und Tritt. Sie waren betroffen von den zerfurchten Gesichtern der Handwerker, erschraken über die Schreie der Männer, die einen Esel oder einen wackligen Karren hinter sich herzogen und sie jäh an die Wand drängten. Sie erschauerten beim Anblick der beinlosen Krüppel, der Zwerge, der Blinden in ihren Dschellabas aus grauer Wolle mit einem knotigen Stock in der Hand und einem Metallschälchen, in dem manchmal eine Münze klimperte. Nur wenige wussten angesichts der Schönheit dieser wimmelnden Menge zu schweigen und den mit Haufen rosa oder indigo gefärbter Wolle beladenen Mulis geschickt auszuweichen. Mehdi rannte. Er hüpfte über Pfützen und Kuhfladen, sorgte immer wieder dafür, dass die Touristen ihn aus den Augen verloren, und ergötzte sich am Geruch der Panik, der bis zu ihm drang. Er wollte den Eindruck vermitteln, dass die Stadt ihm gehörte und dass er bei jedermann dort bekannt und beliebt war. Bei den Gemüse- und Olivenverkäufern hängte er den alten Kumpel raus. Er erzählte das Blaue vom Himmel, interpretierte alte Legenden neu, ohne sich je um die Wahrheit zu scheren. Sie sollten was bekommen für ihr Geld, diese Touristen, die in ihren Wollmänteln schwitzten und beim Gehen auf ihre Schuhe blickten, aus Angst, sie zu beschmutzen.

Mehdi kannte die Geschichte und Geografie Frankreichs besser als diese Franzosen aus Limoges oder Orléans. Und für sie erfand er ganz besondere Märchen. Zunächst waren die alten Feser Händler nicht sehr erfreut über dieses hässliche Kind mit den zu dürren Waden, das sie Teppiche ausrollen und lederne Poufs auffalten ließ. Sie mochten nicht, dass man ihnen ins Wort fiel oder den Sermon infrage stellte, an dem sie ein Leben lang gefeilt hatten und der sich bewährt hatte. Doch der kleine Mehdi entpuppte sich als außergewöhnlicher Verkäufer. Er bewies ihnen etwas, das ihnen bisher nicht bewusst gewesen war: Es genügte nicht, die Qualität ihrer Wolle, die Geschmeidigkeit ihres Leders, die Feinheit ihrer Stickerei anzupreisen. Man musste eine Geschichte erzählen. »Das ist kein gewöhnlicher Teppich«, behauptete Mehdi gegenüber den staunenden Touristen. »Er stammt aus dem Wohnsitz eines früheren Paschas, der in einem Stammeskrieg getötet wurde.« Und bald würden die entzückten Reisenden daheim in Limoges oder Orléans ihre Freunde auf ein Glas Wein zu sich einladen und die Geschichte dieses Teppichs und des besiegten Paschas zum Besten geben.

Die Touristen stellten ihm Fragen. Sie wollten mehr über ihn wissen, verstehen, warum er keinen Akzent hatte – »wenn man die Augen schließt, könnte man glatt denken, du wärst Franzose« –, woher er all diese außergewöhnlichen Geschichten kannte. Also erzählte Mehdi von sich, dem Kind, das sich aus Armut und Schmutz herauskämpfte, stilisierte sich zum Helden, oder besser, er spiegelte diesen Touristen, vor allem den Frauen, vor allem den Müttern, das Bild, das sie erwarteten. Das eines kleinen Wilden, der unter dem gedeihlichen Einfluss der Fremden zum zivilisierten Wesen heranwächst. Das eines in Barbarei und Mittelmäßigkeit gefangenen Hochbegabten. Die Frauen beugten sich dann, nachdem sie ihrem Mann einen rührseligen Blick zugeworfen hatten, zu ihm hinunter. Sie machten ihm Versprechungen. Dass sie ihm schreiben würden, ihm ab und zu ein Buch oder Geld schicken würden, sich um ihn kümmern würden, sobald er alt genug wäre, all das hinter sich zu lassen und, warum nicht, zum Studium nach Frankreich zu gehen. Sie sagten ihm, dass es durchaus ungewöhnliche Araber gebe, die auf den Bänken der französischen Universitäten saßen. Und dass er ein braver Junge sein musste, dass er fleißig lernen musste, wenn sich dieser Traum eines Tages erfüllen sollte. Er sagte »danke«, ohne sich ihnen jemals unterlegen zu fühlen. Hinter seiner Maske der Armut und der Kindheit – die in seinen Augen ein und dasselbe waren – betrachtete er sie mit dem Blick des Mannes, der er später einmal sein würde, und sie konnten ihn keinen Moment über ihre Mittelmäßigkeit hinwegtäuschen.

Manchmal gelang es ihm trotz allem nicht, zu lächeln und seine Rolle zu spielen. Die Herablassung dieser Touristen ärgerte ihn, und er antwortete schroff auf ihre Fragen. Er biss sich auf die Zunge, während er sich ihre dummen Kommentare anhörte, ihre Bemerkungen über den Schmutz und das Elend, über die Rückständigkeit seines Volkes. Dann packte ihn die Lust, sie zu enttäuschen, oder besser, durch seinen Hass, seine Grobheit, seine Unhöflichkeit zu bestätigen, dass er genau das war, was sie von ihm dachten. Er wollte den Alptraum wahr machen. Einem kleinen Mädchen mit geflochtenen Haaren und flaschengrünem Wollmantel, das angewidert die Bottiche der Gerber betrachtete, flüsterte er zu: »Pass gut auf, meine Kleine, sonst wird dich ein Araber fressen.« Sie schrie und flüchtete sich an die Rockschöße ihrer Mutter, die befand: »Das hier ist nichts für Kinder. Sie ist viel zu empfindsam.« Ihr schien nicht bewusst zu sein, dass Mehdi kaum älter war als ihre Tochter und dass er fröhlich auf einer Balkonbrüstung über den Bottichen voll Beize aus Taubenscheiße saß.

Dort, auf diesen achtzig Kilometern Küste zwischen Casablanca und Rabat, hatte Marschall Lyautey davon geträumt, ein französisches Kalifornien zu errichten. Er dachte, dass es der Ozean wäre, der diesem Land Kraft und Wohlstand verleihen würde, und er wunderte sich, dass seine Bewohner ihm so lange den Rücken gekehrt hatten. Indem er Rabat zu seiner Hauptstadt machte, verwies er Fes in die Vergangenheit. Er hatte den Ehrgeiz, anstelle des Hafenstädtchens Casablanca das Aushängeschild des modernen Marokko entstehen zu lassen. Ein Marokko, dessen Bewohner damit beschäftigt wären, Geld zu verdienen und das Leben zu genießen. Ein ganz anderes Marokko als das der Königsstädte, der erdrückenden Medinas, der Riads mit ihren fensterlosen Mauern, hinter denen ganze Familien in der Tradition erstarrt lebten. Nein, hier am Meer würde er eine Stadt für Eroberer, Pioniere, Geschäftsmänner, Frauen, die sich amüsieren wollten, und Touristen auf der Suche nach Exotik erbauen. Eine Stadt der Arbeiter und Milliardäre mit breiten, von Palmen gesäumten Avenuen, Restaurants und Kinos, makellos weißen Art-déco-Gebäuden. Hier würden die besten Architekten Frankreichs Betonhochhäuser mit Fahrstuhl, Zentralheizung und unterirdischen Parkgaragen aus dem Boden wachsen lassen. Eine Stadt wie eine Filmkulisse, in gelbes Licht getaucht, in der die Passanten das Drehbuch aufführen würden, das man für sie geschrieben hatte. Schluss mit den dickbäuchigen Paschas, den trägen Sultanen, den Frauen im Haik, verbannt in feuchte Paläste. Schluss mit den Stammeskriegen, den hungernden Bauern, all der Prüderie und Rückständigkeit, die im Schutz der Berge hatten gedeihen können. Die »Küste« würde als neuer Horizont dienen, und jeder, der Ehrgeiz besaß, würde davon träumen, den Westen zu erobern.

*

Den Juli 1969 verbrachte Aïcha mit Henri und Monette in deren Ferienhäuschen am Strand von Sable d'Or. Ein kleiner Garten mit sonnenverbranntem Rasen umgab das Haus, auf dessen Rückseite sich eine große Terrasse anschloss, die in den Strand überging. Vom Wohnzimmer, in dem ein unsägliches Chaos herrschte, sah man in eine enge Küche. Neben der stets offenen Eingangstür stapelten sich sandige Schuhe, Bastkörbe, haufenweise feuchte, muffig riechende Handtücher. Der Couchtisch neben den beiden Sofas war übersät mit Zeitungen, Büchern und Muscheln. Eine Katze schlief auf einem Sessel. Eine andere, die Monette beim Lebensmittelladen um die Ecke eingesammelt hatte, hatte es sich auf einem Fenstersims bequem gemacht. »Komm ihnen lieber nicht zu nahe«, warnte sie Aïcha am Tag ihrer Ankunft. »Das sind wilde Katzen, die lassen sich von niemandem streicheln.« Trotz der Unordnung, oder vielleicht gerade wegen ihr, hatte der Ort etwas Gemütliches, Anheimelndes, und man vergaß, wenn man ihn betrat, das strenge Korsett der Benimmregeln. Er lud ein zu Entspannung, Spaß und Sorglosigkeit. Hinter der Küche führte eine Treppe aus Beton in die erste Etage, wo sich ein großes Schlafzimmer für das Paar befand und ein kleineres, um einen vorübergehenden Gast aufzunehmen. Es war winzig, und eine einfache gepolsterte Bank diente als Bett. »Aber keine Sorge«, sagte Monette. »Wir sind sowieso meistens draußen.«

Als Aïcha am ersten Morgen erwachte, setzte sie sich im Bett auf und schaute aus dem Fenster. Durch dichten Nebel brach eine weiße Sonne. Der Strand sah aus, als wäre er in ein riesiges Spinnennetz eingewoben, das ab und zu von verschwommenen und unheimlichen Gestalten, die Boote mit abgeblätterter Farbe hinter sich herzogen, zerrissen wurde. Monette klopfte leise an die Tür. »Bist du wach?« Sie trug nur ein dünnes Hemd und schlüpfte zu ihr ins Bett, wobei sie ihre eisigen Füße an die Waden der Freundin drückte. »Das ist zu eng für uns beide«, protestierte Aïcha. Doch sie blieben dicht aneinandergeschmiegt liegen und flüsterten wie früher, wenn sie sich hinten im Klassenzimmer ihre Geheimnisse anvertrauten und Stockschläge riskierten. Monette erzählte von Henri, dessen Qualitäten sie mit rührender Begeisterung aufzählte. Sie redete auch über ihre Arbeit am Gymnasium. Über die Mädchen, die heimlich rauchten und das französische Wörterbuch auswendig lernten. »Die Polizei will, dass wir sie überwachen, sie fotografieren. Aber das sind doch nur Kinder, wem sollten sie schaden?«

Den Vormittag über lümmelten sie im Wohnzimmer herum. Sie tranken Kaffee und warfen ihre Tassen ins überquellende Spülbecken. Dann löste sich der Nebel auf, und der Himmel erschien in einem unmöglichen, nie gesehenen Blau. Er hatte alles Blau der Welt in sich aufgenommen, dem Meer blieben nur noch Grün und Grau. Aïcha ging hinaus auf die Terrasse, und das Licht schmerzte in ihren Augen. Der Sand schien aus lauter winzigen Kupfersplittern zu bestehen, in denen sich die Sonne unendlich spiegelte. Gegen Mittag klopfte ein Fischer an die Tür und präsentierte seinen frischen Fang: Sardinen, Meeräschen und eine schöne Dorade, die Monette im Garten auf Holzkohlen grillte. Sie aßen um drei Uhr zu Mittag, auf der Terrasse mit Blick über den menschenleeren Strand. Henri schaute den beiden Frauen zu, wie sie den Fisch mit den Fingern aßen und wie Schülerinnen albern kicherten. »Das ist doch mal was ganz anderes als euer Pensionat.«

In den ersten Tagen sahen sie niemanden. Während der Woche blieben die benachbarten Häuser leer, und ihre Holzwände knarzten im Wind. In einem Lebensmittelladen ein paar Straßen entfernt konnte man Gemüse und Konservendosen kaufen, verschiedene Buden boten Grillspieße und Kefta an. Nachmittags, wenn Henri auf der Terrasse arbeitete, schwammen die beiden Frauen im eisigen Ozean. Sie legten sich in den Sand, rauchten Zigaretten, die salzig schmeckten, und schliefen ein wie Kinder, das Gesicht im Ellbogen vergraben. Im Viertel verbreitete sich rasch das Gerücht, dass eine Ärztin ihre Ferien hier verbringe. Aïcha war kaum einen Tag da, da klopften schon die Leute an, um sich behandeln zu lassen. Der Lebensmittelhändler brachte seine Tochter, die Ohrenschmerzen hatte. Der Parkplatzwächter bat um ein Medikament gegen sein Asthma. Aïcha selbst bestand darauf, die Wunde am Fuß des Fischers zu untersuchen, die nicht heilen wollte. Sie desinfizierte sie, legte einen Verband an und erklärte ihm: »Das darf mindestens eine Woche nicht nass werden.« Der Fischer klatschte lachend in die Hände. »Und wie soll ich arbeiten, ohne meine Füße nass zu machen?«

Am Ende des Tages färbte sich der Himmel orange und lila. Der Ozean kam zur Ruhe, bereit, die Sonne zu verschlingen. Die Wellen brachen sich nicht mehr am Strand, sondern erstarben sacht auf ihm, fast lautlos, streiften den Sand wie der Saum eines seidenen Kleides. Die Dämmerung wirkte auf die Natur und auf die Menschen wie ein Zauber. Die Kinder begannen zu gähnen. Manche schliefen auf den nackten Schenkeln ihrer Mütter ein. Die jungen Frauen schmiegten sich in die Arme ihrer Geliebten, und gemeinsam betrachteten sie den Horizont, die Gesichter in rötliches Licht getaucht, wie inmitten eines Brandes. Um diese Zeit übertönte der Wind, der sich erhob, das Lachen, die Stimmen und ließ die unbekleideten Badenden erschauern. Der Sand nahm die Farbe geschmolzenen Goldes an, und in den Haaren der erschöpften Mädchen zeigten sich blonde Strähnen. Das Licht verschönerte alles. Es glättete müde und besorgte Züge, verlieh den gemeinsten Visagen etwas Sanftes. Zu dieser Stunde, der schönsten von allen, kamen die Freunde aus Rabat und Casablanca. Von Freitag bis Sonntag wurde das Haus gestürmt und hallte wider von Gelächter, Musik und leidenschaftlichen Diskussionen. Auf der Küstenstraße fuhr man Stoßstange an Stoßstange, und die Bauern aus der Umgebung betrachteten verwundert den Autokorso, der sich zu den Stränden aufmachte, und die Sonnenschirme, die aus den Fenstern ragten.

Auf diesen achtzig Kilometern Küste drängten sich der Hof und die kapitalistische Bourgeoisie. Dieser Streifen Land war Schauplatz für das Kommen und Gehen einer Elite, die seit einigen Jahren Geschmack an Strandausflügen, Sonnenbädern, Privatclubs mit Pool gefunden hatte. Man fuhr von Rabat nach Skhirat, vom Strand von Sable d'Or an den von Bouznika, vom Kasino in Fedala nach Casablanca auf die Corniche. Von Spaniern oder Franzosen geführte Lokale servierten gegrillten Fisch, den die Gäste mit den Fingern aßen und dazu aus einfachen Gläsern herben Wein tranken, der Lust auf eine Siesta machte. Über den Terrassen hing der Geruch von geröstetem Knoblauch, gebratenem Fisch und Orangenzesten. Im Hinterzimmer spielte man Jazzmelodien oder französische Unterhaltungsschlager, die die Gäste auswendig kannten und lachend mitsangen.

Hätte ein Fremder an einem der Abende im Sommer 1969 das Strandhaus betreten, so hätte er sich zweifellos über die kunterbunte Gesellschaft gewundert, die dort unter einem Dach zusammenkam. Henri und Monette versammelten alle möglichen Leute um sich. Manche standen dem Palast nah, andere kamen aus dem Nichts und hatten weder Klan noch Fürsprecher noch Geld. Der mit einer Buchhändlerin aus der Gegend um Lille verheiratete Vorsitzende einer Studentengewerkschaft verkehrte mit dem Sohn eines reichen Casablancer Industriellen, einem pro-palästinensischen jüdischen Studenten oder einem jungen Mathematikgenie aus Sidi Kacem. Männer aus dem Dunstkreis der Macht prosteten jenen zu, die diese stürzen wollten. Studenten der unteren Mittelschicht, Söhne von Handwerkern oder Ladenbesitzern, träumten davon, eines Tages Minister zu werden und sich in den schicken Vierteln von Rabat ein Haus mit Pool zu bauen. Alle hatten eines gemeinsam, etwas noch nicht sehr Verbreitetes in diesem jungen Land. Sie hatten studiert, und das berechtigte sie dazu, sich eine strahlende Zukunft auszumalen.

Eines Abends lernte Aïcha Ahmed kennen, einen guten Freund des Paares, der ihr die Hand küsste und sich vorstellte. Er war etwa vierzig Jahre alt und hatte an einer Pariser Elitehochschule sein Ingenieurdiplom erworben. Bei seiner Rückkehr nach Marokko hatte ihn das Wirtschaftsministerium angeworben. Der aus Fes stammende Sohn eines Händlers, der weder lesen noch schreiben konnte, erzählte, dass er dank der Nationalisten ein Stipendium bekommen hatte. »An dem Tag, als ich von zu Hause wegging, trug ich noch den *guern*, diesen geflochtenen Zopf, den man den Jungen am rasierten Hinterkopf stehen ließ. Ich hatte eine alte Pluderhose und ein Leinenhemd. Als ich nach Rabat kam, um den Zug und dann das Schiff zu nehmen, habe ich meine Ersparnisse angebrochen und bin zum Friseur gegangen. Anschließend habe ich mir neue Kleider gekauft. In wenig mehr als einer Viertelstunde bin ich in die moderne Welt eingetreten.«

Unter Henris Studenten gab es wenige Frauen. Aïcha erkannte sofort Ronit, eines der Mädchen von dem Foto, das Monette ihr geschickt hatte. Ronit war klein und zierlich, doch sobald sie in einem Raum erschien, nahm sie ihn vollkommen ein und zog die Aufmerksamkeit der Männer auf sich. Sicher, sie war schön, mit ihrer gebräunten Haut, den grauen Augen, an die sie falsche Wimpern klebte, und den langen Haaren, die sie zu einem straffen, fast bis zur Taille reichenden Pferdeschwanz gebunden trug. Doch was ihren Reiz ausmachte, war ihre Selbstsicherheit, ihr Humor, ihre Art, mit den Fingern zu schnipsen, schelmisch zu lächeln. Ronit entstammte einer äußerst strengen, orthodoxen jüdischen Familie aus der Mellah von Fes. Mit sechzehn war sie von zu Hause abgehauen, ein Skandal, an dem ihre Eltern zerbrochen waren, und hatte zunächst bei Cousins in Essaouira Unterschlupf gefunden, ehe sie sich in der Wirtschaftshauptstadt niedergelassen hatte. Sie lebte mit ihrem Bruder über einer Werkstatt, und obwohl jeder wusste, dass sie wenig Geld hatte und sich mit allen möglichen Jobs über Wasser hielt, beklagte sie sich niemals und zahlte immer ihre Runde. Aïcha bewunderte ihre Art, sich zu kleiden. Ronit nahm alte Kaftane, die sie kürzte und dann mit breiten Lederriemen in der Taille schnürte. An den Füßen trug sie Sandalen aus Bast wie die Rif-Bauern, und Aïcha dachte, dass sie noch nie eine elegantere Frau gesehen hatte. Ronit hasste die Marxisten, denen sie Verblendung und Mitschuld an den Verbrechen Stalins und Maos vorwarf. Sie beschimpfte vor allem Abdellah und seine Clique langhaariger Jungs. Abdellah aus Salé hatte grüne Augen und behauptete, sein Korsaren-Urahn hätte vor langer Zeit eine Isländerin entführt und geheiratet. Er trug Schlaghosen, die an den Schenkeln zu eng waren, und granatrote Lederstiefel, an denen er ebenso sehr hing wie an dem Che-Guevara-Poster über seinem Bett. Ronit verspottete ihn andauernd. »Glaubst du, wir können noch so leben, wenn deine Kommunistenfreunde erst an der Macht sind? Ach, komm schon, mach deine Revolution woanders!« Alle glaubten, dass Ronit und Abdellah miteinander schliefen. Nachts, wenn sich die Feuchtigkeit herabsenkte und man sich in kleinen Grüppchen unter einer Decke verkroch, zogen die beiden sich in eine Ecke des Gartens zurück, und man konnte Abdellah über Ronits Sticheleien lachen hören. Er fand sie großartig.

Ronit stellte drei Schalen auf den Küchentresen. Sie füllte sie mit Oliven, Gurkenstückchen, noch warmen gerösteten Erdnüssen, von deren zu salziger Haut man Bauchweh bekam. Auf der Terrasse holten die Jungs Bierdosen aus einer Kühltasche und schlürften den Schaum ab, der herausquoll und ihnen übers Kinn lief. »Sieh dir die Heuchler an«, sagte Ronit zu Aïcha. »Sie behaupten, sie wären nicht wie ihre Väter und würden sich für die Emanzipation einsetzen. Aber ich wette, sobald sie verheiratet sind, verlangen sie von ihren Frauen, ihre Diplome wegzupacken und sich schön brav um den Haushalt zu kümmern.«

»Wir könnten ein bisschen Hilfe gebrauchen!«, rief Ronit, ohne dass es jemanden interessierte. »Du bist doch Ärztin, oder?«, fragte sie Aïcha, die gerade eine Wurst, die sie aus dem Elsass mitgebracht hatte, in feine Scheiben schnitt. »Stimmt es, was man über die Pille sagt?«

»Was sagt man denn?«

»Na, du weißt schon. Dass einem davon die Haare ausfallen, dass man Krebs bekommt oder unfruchtbar wird.«

»Aus wissenschaftlicher Sicht erscheint mir das wenig überzeugend.«

»Nimmst du sie?«

»Was? Die Pille?«

»Wenn du sagst, dass sie nicht schadet, warum nimmst du sie dann nicht?«

Ronit wartete Aïchas Antwort nicht ab. Abdellah war an die Theke getreten, und während er von der Wurst naschte, warf er Henri hin: »Sag mal, wusstest du, dass Roland Barthes in Rabat lehren wird?«

»Jeder weiß es«, erwiderte Henri. »An der Fakultät reden sie über nichts anderes.«

»Das Land steht am Rande einer Revolution, das Volk lebt in Armut, und Monsieur Roland Barthes erweist uns die Ehre, uns Proust und Racine zu lehren! Was haben die Marokkaner überhaupt mit Proust am Hut? Wir tragen eure Kleidung, wir hören eure Musik, wir sehen eure Filme. Die jungen Leute in den Cafés von Casablanca lesen *Le Monde* und setzen bei der Dreierwette auf Pferde, die in Paris laufen. Wann wird man begreifen, dass wir unsere eigene Persönlichkeit entwickeln, unsere eigene Kultur kennenlernen, unser Schicksal wieder selbst in die Hand nehmen müssen?«

»Was wäre dir denn lieber?«, entgegnete Ahmed. »Sag mir nicht, du bist wie die Leute von der Istiqlal-Partei mit ihren Forderungen nach einer Koranschule, der totalen Arabisierung und der Rückkehr zu Traditionen, die nichts anderes als Folklore für Touristen sind?«

»Leg mir nichts in den Mund, was ich nicht gesagt habe. Tatsache ist, dass der Staat keinerlei Interesse daran hat, die Massen zu bilden. Solange die französischen Entwicklungshelfer für die Lehre an unseren Universitäten zuständig sind, wird den Studenten ein koloniales und bürgerliches Wissen vermittelt, was dazu führt, dass auch sie wieder Klasseninteressen vertreten. Dich meine ich damit nicht, Henri. Bei dir ist es etwas anderes. Aber gib zu, dass deine Kollegen, die hierherkommen, vor allem von dem Säckel marokkanischer Dirhams angelockt werden.«

»Ich finde dich ein bisschen ungerecht«, widersprach der Gastgeber. »Wir sind hier, um dem Land Marokko unser Wissen zur Verfügung zu stellen und ihm bei der Ausbildung seiner zukünftigen Elite zu helfen, die die Führung des Landes übernehmen wird.«

»Die Elite, dass ich nicht lache! Dieses Land fabriziert jedes Jahr Millionen von Analphabeten, um die Felder zu bestellen, die Bürgersteige zu reinigen, ein Gewehr zu halten. Die Elite, wie du sagst, hat eine Verantwortung. Wir müssen die Fabriken stürmen, Abendkurse organisieren, an der politischen Bewusstseinsbildung der Massen arbeiten!«

Ronit stellte sich auf die Theke. »Merkst du nicht, dass du uns allen den Spaß verdirbst mit deinen Vorträgen? Lasst uns ausgehen. Ich hab Lust zu tanzen!«

Und sie gingen tanzen, jeden Abend, in den Diskotheken an der Küste. Manchmal fuhren sie bis zur Corniche von Casablanca und schwangen die Hüften in einem jener Clubs, an denen fünfzehn Jahre zuvor Schilder verkündet hatten: »Für Marokkaner kein Zutritt.« Im größten Schwimmbad der Welt nahmen die Mädchen in Bikinis an Schönheitswettbewerben teil und wurden zur Miss Tahiti oder Miss Acapulco gekrönt. Sie besuchten Konzerte von Bands, die sich die französischen Yéyé-Stars oder die großen Namen der amerikanischen Popmusik zum Vorbild nahmen. Die marokkanischen Sänger gelten ihre krausen Haare mit viel Pomade zurück und liehen sich in einem Laden im Maârif-Viertel paillettenbesetzte Jacketts. Die ganze Nacht tanzte Henris Clique im Balcon, im Tube oder im La Notte zur Musik von Elvis Presley und den Platters, und sie legten die Arme um ihre Frauen, wenn die Stimme von Gilbert Bécaud erklang. Im ersten Morgengrauen gingen sie zu einer Bude, an der ein alter Mann Hefekringel frittierte, die er in Zucker wälzte und an Schnüren aufhängte. Die genossen sie mit fettigen Lippen und schleckten sich die Finger.

Aïcha tanzte nicht und zog auch nicht an den Joints, die von Hand zu Hand gingen und die Augen röteten. Sie hielt sich oft abseits und dachte an Karl Marx. Seit ihrer Ankunft hatte er sich nicht wieder blicken lassen. Jeden Tag hoffte sie, ihn am Strand oder in der Haustür auftauchen zu sehen. Ihr Herz schlug schneller, wenn sie ihn zu erkennen glaubte, aber dann waren es doch nicht sein Bart oder seine langen Haare, und vor Enttäuschung stiegen ihr die

Tränen in die Augen. Sie dachte, Henri hätte sich mit ihm gestritten oder er wäre weggefahren, um zu schreiben, und sie würde ihn nie wiedersehen. Nachts, wenn das Fenster im Wind klapperte und die Kälte ins Zimmer drang, stellte sie sich vor, dass er vielleicht verhaftet worden oder verschwunden war. Seit sie hier war, hörte sie immerzu Geschichten von Entführungen, Verschwörungen und Verhaftungen. Sie fragte sich, ob Mehdi etwas mit solchen Dingen zu tun haben könnte.

Eines Tages, als die drei gerade zu Mittag gegessen hatten, stand Henri auf und verkündete, dass er den Nachmittag in Rabat verbringen wolle, um ein paar Besorgungen zu machen und zu telefonieren. Seit sie nach Sable d'Or gezogen waren, versuchte er vergeblich, einen Telefonanschluss zu bekommen. »Und ich gehe vielleicht bei Mehdi vorbei. Erinnerst du dich an Karl Marx?«, fragte er Aïcha. »Den Spitznamen habe ich ihm gegeben.«

Aïcha sah ihn mit glühenden Augen an. Sie hätte ihm gern tausend Fragen gestellt. Wo war Mehdi? Warum kam er sie nicht besuchen? Ging es ihm gut? Doch sie erwiderte nur: »Ja, ich erinnere mich vage.«

»Er hat in Rabat eine Stelle als Dozent angenommen. Ich hatte ihm davon abgeraten. Bei all den Streiks ist es beinahe unmöglich geworden, an der Universität zu arbeiten. Mit seinen Zeugnissen könnte er einen hohen Posten in der Verwaltung bekommen. Aber er hat sich in den Kopf gesetzt, eine Abhandlung über die psychischen Folgen von Unterentwicklung zu schreiben. Wenn er glaubt, dafür verleihen sie ihm den Wirtschaftsnobelpreis, dann täuscht er sich.«

Während er an diesem Nachmittag Richtung Hauptstadt

fuhr, erinnerte Henri sich daran, dass er Marokko 1965, ein paar Monate nach seiner Ankunft, beinahe wieder verlassen hätte. Er hatte seinen Koffer gepackt und den Dekan der Universität angerufen, um ihm mitzuteilen, dass es nicht das sei, was er gesucht habe. Er war vor seiner Ex-Frau geflohen, seiner Familie, seinen Freunden, die ihn langweilten. Vor einem grauen schlaffen Leben, das nicht mehr pulsierte und ihm das Gefühl gab, er wäre schon auf die Zielgerade zur Vergreisung eingebogen. Doch er hatte all das nicht verlassen, um sich in einem Land wiederzufinden, in dem blutige Auseinandersetzungen tobten, einem Land, in dem seine Studenten vor seinen Augen erschossen werden konnten. Heute bereute er seine Entscheidung nicht. Wenn er aufgegeben hätte und in dieses Flugzeug gestiegen wäre, hätte er weder Monette kennengelernt noch das Strandhaus noch dieses Leben, von dem er fand, es sei das schönste und glücklichste, das man sich vorstellen konnte. Doch genau dieses Glück, genau dieses sorglose Leben kam ihm manchmal unanständig vor, unpassend. Denn hinter der immensen Freude, die über allem lag, hinter der Leichtigkeit dieses Daseins an einer kalten Küste, auf die die Sonne brannte, spürte er Angst und eine zunehmende Verschlossenheit der Seelen.

Die Erinnerung an jene Tage im März 1965 verfolgte ihn, als Hunderte Schüler auf die Straßen Casablancas geströmt waren, um gegen einen Erlass zu protestieren, der Jugendlichen über sechzehn verbot, das Gymnasium zu besuchen. Damals lebte er noch in der Stadt, im Quartier Gauthier. Er hatte gesehen, wie sie die sonnenüberfluteten Avenuen überquerten und bis zum Arbeiterviertel Derb Sultan marschierten. Die Jungen trugen die Mädchen auf den Schultern. Sie riefen: »Wir wollen lernen!«, »Verzieh dich, Hassan II., Marokko gehört dir nicht!«, »Brot, Arbeit und Schulen!« Unterstützt von ihren Eltern, von Arbeitslosen und den Bewohnern der Elendsviertel hatten sie Barrikaden errichtet und Gebäude angezündet. Am nächsten Tag war Henri an der Hauptpolizeiwache vorbeigekommen, vor der sich Eltern mit von Sorge zerfurchten Gesichtern drängten und um Neuigkeiten von ihren verschwundenen Kindern bettelten. An der Stadtmauer der neuen Medina wurden Gymnasiasten, die Hände hinter dem Rücken, von der Armee ins Visier genommen. Henri hörte noch die Schüsse, die Mörsergranaten, die Krankenwagensirenen und vor allem die Rotoren eines Helikopters, aus dem, so hieß es, General Oufkir direkt in die Menge feuerte. In den folgenden Tagen hatte Henri Blutspuren auf den Pflastersteinen Casablancas gesehen, und er hatte gedacht, dass die Regierung dem Volk eine Warnung zukommen ließ. Hier schoss man selbst auf Kinder, die herrschende Ordnung war nicht verhandelbar. Am 29. März hatte Hassan II. folgende Erklärung abgegeben: »Es gibt keine größere Gefahr für einen Staat als die vermeintlichen Intellektuellen. Es wäre besser gewesen, ihr wärt alle Analphabeten.« Der Ton war gesetzt.

Zippo war ein großer Berber mit grauen Augen und Stiernacken, der das Océan führte, das schönste Strandrestaurant auf Kilometer im Umkreis. Er verdankte seinen Spitznamen dem Feuerzeug, an dem er unablässig herumspielte. Immerzu öffnete und schloss er es, und der Benzingeruch haftete an seinen Händen. Dieses Feuerzeug hatten ihm amerikanische Soldaten der Militärbasis in Kenitra in den Fünfzigerjahren geschenkt. »Großartige Typen mit derart weißen Zähnen, dass sie unecht wirkten. Nie habe ich so schöne, so starke Männer gesehen. Ah ja, Amerika, das ist was.« Die Soldaten hatten einen Narren an ihm gefressen. Sie spielten ihm die Platten vor, die sie eine Woche nach ihrem Erscheinen bekamen. Platten von Elvis und Bill Haley, zu deren Klängen der junge Zippo unter großem Gelächter der Soldaten seine Hüften schwang.

Zippo sagte oft: »Ich danke Gott, dass ich nicht studiert habe.« Er war überzeugt, dass zu viel Wissen einen nur verwirrte, und schrieb seinen glänzenden finanziellen Erfolg allein seinem Instinkt zu. Man brauchte nicht die Uni besucht zu haben, um zu begreifen, wie man sein kleines Lokal und den angrenzenden Nachtclub zum Laufen brachte. Das Schlüsselwort war: Musik. Im Océan spielte die Jukebox die ganze Nacht, so laut wie möglich. Die Musik animierte die jungen Leute zum Tanzen, vom Tanzen bekamen sie Durst, und sie bestellten Biere am Tresen. So einfach war das. Zippo verbrachte den ganzen Abend damit, seine Kundschaft auf Trab zu halten. Er ging zu den Tischen, an denen Gruppen schüchterner, pickeliger Jungs schweigend auf die Tanzfläche starrten und dabei an einer Flasche Cola nuckelten. Er ermunterte sie, sich was zu trauen, ihre Jugend zu genießen, die Mädchen aufzufordern, die miteinander kicherten. Er überwachte den Eingang und fürchtete die Raufereien, die oft um Mitternacht herum ausbrachen. Die Marokkaner, behauptete er, vertrügen keinen Alkohol und hätten die ärgerliche Neigung, hübsche Spanierinnen anzumachen, deren Brüder ihnen eine reinhauten. »Ihr wollt die Unabhängigkeit? Dann geht in eurem Revier jagen und lasst uns unsere Frauen.«

Am 21. Juli 1969 trafen sich Henri, Monette, Aïcha und der Rest der Clique auf der Terrasse des Océan. Monette überzeugte ihre Freundin, ein enganliegendes weißes Musselinkleid zu tragen. Sie sagte ihr, sie müsse ihre schlanke Figur betonen, und lieh ihr ein paar Armreife und einen zu weiten Ring, den Aïcha Angst hatte zu verlieren. Sie frisierte ihr Haar aus dem von der Sonne gebräunten Gesicht. Während des Essens gab Monette ihr Rum-Cola zu trinken und versicherte ihr, dass sie nichts zu befürchten hätte von dem Schwips, der sich allmählich ausbreitete und ihre Wangen rötete. Sie aßen Pil-Pil-Garnelen, gegrillten Fisch, Tomatensalat und Paprika mit Kumin. Sie konnten einander kaum verstehen, so laut war die Musik, und verließen bald den Tisch, um sich auf die Tanzfläche zu stürzen. Da sah Aïcha ihn.

Mitten im Gedränge tanzte Mehdi.

Um Mehdi zu begreifen, musste man ihn tanzen sehen. Da war etwas in seinen Gesten, seinen Bewegungen, eine seltsame Mischung aus Beherrschung und Lässigkeit. Er schien sich dem Rhythmus der Musik ganz hinzugeben, sich von ihr ergreifen und führen zu lassen wie eine Marionette, die unter den Händen ihres Spielers zum Leben erwacht. Er schloss die Augen, zog die Arme an den Körper, mit geschlossenen Fäusten, und der Rest der Welt war ihm gleichgültig. Dann öffnete er die Augen wieder und warf einen herausfordernden Blick auf die anderen Tänzer. Seht her, was ich kann, schien er zu sagen. Er hob das rechte Bein und begann zu twisten. Jetzt war er nicht mehr in einer Diskothek an der Küste, sondern in einem der Musicals, die er als Kind durch das Loch in der Badezimmerwand angeschaut hatte. Er hielt sich für Gene Kelly oder Fred Astaire und träumte, dass Cyd Charisse durch die Menge schritt und ihm die Hand reichte. Aïcha sah ihm fasziniert zu. In der Jukebox lief »The Great Pretender«, und Mehdi tanzte mit sich allein, den Rhythmus mit den Fingern schnipsend, die Augen auf die Spitzen seiner Lederschuhe gesenkt. Er war schlank und anmutig. Aïcha bemerkte, dass er eine neue Brille trug, ein modisches Modell mit dickem Horngestell.

Dann leerte sich die Tanzfläche. Ein Teil der Kundschaft ballte sich vor einem Fernsehgerät. Unter der Bedingung, dass weiter getrunken und getanzt wurde, hatte Zippo sich bereit erklärt, den Apparat auf den Kupfertresen zu stellen. Doch die Gäste starrten auf die Mattscheibe, wo das Bild zu wackeln begann und verschwand. Ungeduldige Rufe wurden laut. Die Zuschauer verlangten, dass man jemanden aufs Dach schickte, um die Antenne zu überprüfen. Als die ersten Bilder erschienen, drehte ein Gast die Musik leiser, damit man die Stimme des Kommentators verstehen konnte. Jetzt füllte niemand mehr die Gläser, und die Barmänner verfolgten, ihr Tuch über den Unterarm gelegt, mit offenem Mund die Bilder der amerikanischen Astronauten. Der Besitzer des Nachtclubs hörte die Musik nicht mehr, klopfte nicht mehr den Takt mit seiner Schuhspitze, sondern glotzte nur ratlos auf diese Bilder, die er einfach dämonisch fand. Was waren das nur für Kisten, die sprachen und Bilder enthielten? Was waren das nur für Menschen, die zum Mond flogen?

Mehdi nimmt Aïcha an der Hand, und sie gehen hinunter zum Strand. Gedämpft dringen Beifall und der Rhythmus eines französischen Yéyé-Songs zu ihnen. Aïcha ist ein bisschen betrunken, sie wirkt wie ein kleines Mädchen, das gleich auf dem Rücksitz eines Autos einschläft. Sie hört nicht wirklich zu, was Mehdi erzählt. Sie sagt: »Ich möchte mich hinsetzen«, und noch bevor sie den Satz beendet hat, lässt sie sich in den Sand fallen. Er setzt sich neben sie. Er will sie berühren, wagt es aber nicht. Er wartet auf ein Zeichen, eine Einladung, und füllt seine Hände mit Sand, den er zwischen seinen Fingern hindurchrieseln lässt. Sie dreht sich zu ihm, und er küsst sie. Sie sieht noch mehr als vorher aus wie ein Kind, ein Unschuldslamm, und er ist überrascht von der Art, wie sie seine Küsse erwidert. Mit leicht geöffneten Lippen, die Hand an ihren Hals gelegt. Ihre Gesten haben nichts Vulgäres, und er denkt nicht, wie er es manchmal bei anderen Frauen gedacht hat, dass diese Küsse Spuren anderer Küsse, die anderen Männern gegeben wurden, enthalten. Ihr Mund öffnet sich, und sie lässt Mehdis Zunge hinein. Sie lehnt sich zurück, den langen Schwanenhals vom Mond beschienen. Ihre Lippen erforschen Mehdis Gesicht, sie hat die Augen geschlossen, ganz fest, als wäre sie in sich versunken und hätte, durch das Wunder der Nacht, des Alkohols, des Sternenhimmels endlich ihre Schüchternheit bezwungen. Das macht ihn verrückt, und er erwidert ebenso gierig, ebenso leidenschaftlich ihre Küsse. Er spürt, er ist sich ganz sicher, dass er der Erste ist, der mit dieser Leidenschaft beschenkt wird. Er entdeckt sie, wie die Eroberer an unberührte Gestade anlegen. Diese Frau ist eine ferne Insel, ein unbekannter Kontinent, ein Planet, den noch niemand gesehen hat. Nicht so, wie er ihn sieht, jedenfalls.

Sie öffnet die Augen. In der Morgensonne funkeln sie wie Raureif, wie Eis. Er hat gefürchtet, ihr Blick wäre verschwommen, benebelt, der Blick einer betrunkenen Frau, die nicht weiß, was geschieht, denn das hätte aus ihm einen Schuft gemacht, einen Profiteur, einen Typen wie alle anderen. Jetzt verwirrt ihn, im Gegenteil, die Klarheit, ja, Entschlossenheit ihres Blicks. Ihre Art, ihn anzusehen, ist weder herausfordernd noch ergeben. Sie küsst ihn bei vollem Bewusstsein, mit ganzer Kraft und ganzem Willen, und das lässt Mehdis Herz überströmen, der sie so fest an sich drückt, wie er nur kann. Er gräbt seine Finger in die Muskeln an ihrem Rücken und staunt, wie grazil sie ist, wie zart. Er kann jede ihrer Rippen spüren. Aïchas Rücken erinnert an ein altes Musikinstrument, eine persische Sitar, eine indische Harfe. Jetzt stellt er sich die zitternde, schimmernde Blöße vor, die sich unter diesem luftigen Kleid verbirgt, diesem wunderschönen Kleid, das er in dem Moment bemerkt hat, als die Musik aufhörte und er, allein auf der Tanzfläche, den Blick hob.

Von Weitem hört man Rufe, Applaus. Gejohle ertönt aus der Bar, in der sie sich betrunken haben. Mehdi und Aïcha scheren sich nicht darum. Was dort, hinter ihnen, stattfindet, erscheint ihnen zugleich bedeutungslos und lächerlich, nichts kann wichtiger sein als das, was hier passiert, auf dem eiskalten Sand, ein paar Meter von den zurückweichenden Wellen entfernt. Sie gehören ab jetzt einer anderen Geografie an, einer Zeit, die sich von der ihrer Freunde, deren Abwesenheit sie nicht weiter kümmert, unterscheidet.

Die jungen Gäste laufen mit vom Alkohol geröteten Gesichtern und schweißgetränkten Hemdkragen rastlos zwischen Terrasse und Bar hin und her. Sie heben die Augen zum Himmel und betrachten aufgekratzt das Nachtgestirn. Sie sagen: »Das ist verrückt«, oder auch: »Das ist unglaublich.« Manche haben sich auf den feuchten Liegestühlen niedergelassen, und ein paar Jungs, die sich bei der Gelegenheit aufblasen müssen, halten Vorträge über diese Nacht, die die Welt verändern wird. Von nun an wird dem Menschen nichts mehr unmöglich sein, und so wie man den Mond erobert hat, wird man auch Armut und Unterdrückung beenden und Krankheiten und Kriege überwinden. Die Mädchen kichern und fühlen sich stolz, obwohl sie gar nichts getan haben. Sie sagen sich, im Grunde stimmt es, dies ist keine Nacht wie jede andere. Der Fortschritt wird schließlich auch hierherkommen, eine Zeit der Freiheit wird anbrechen, und um das zu feiern, könnten sie sich durchaus schon mal auf den Schoß des Jungen, in den sie verliebt sind, setzen. Sie könnten heute Abend mal ihre Bedenken und ihre Kleider abstreifen und nackt in diese beginnende

Welt treten, diese neue Welt voller Verheißungen. Der Alkohol, das Tanzen, die schmachtenden Bewegungen und der Stiefel im Mondstaub, all das steigt dieser Jugend zu Kopf, die auf Französisch und Arabisch auf der Terrasse grölt. Sie heulen wie Wolfsrudel in der Tiefe des Waldes. In zwanzig Jahren, in dreißig Jahren, selbst in einem Jahrhundert wird man noch über diesen Tag reden, an dem der Mensch einen Fuß auf den Mond gesetzt hat. Die Leute werden sagen: »Ich weiß noch ganz genau, wo ich war.« Sie werden ihren Kindern von dem Fernseher auf dem gelben Tresen erzählen und von der Musik, die lief. Und jedes Mal, wenn jemand diese Nacht erwähnen wird, wird Aïcha an ihre ersten Küsse denken und sich diesen Satz wiederholen: »Ein kleiner Schritt für einen Menschen, aber ein Riesensprung für die Menschheit.«

Mathilde rief: »Zu Tisch!« Niemand antwortete. Sie rief noch einmal: »Das Essen wird kalt!« Selim schlurfte mit abwesender Miene ins Esszimmer. Endlich kam auch Amine und setzte sich seinem Sohn gegenüber. Amine faltete seine Serviette auseinander und schimpfte auf die Arbeiter. Er regte sich über den Mann auf, der ihm minderwertige Saat verkauft hatte, und kündigte an: »Den werd ich verklagen.«

»Sitz gerade«, sagte er zu Selim, der erwiderte, er sei kein Kind mehr. »Dann benimm dich auch so.« Während sie sich anschnauzten, sah Mathilde zu, wie das Linsengericht kalt wurde. Sie dachte, dass die Soße nicht mehr richtig schmecken würde, dass alles verdorben war. Energisch nahm sie die Teller und füllte sie. Sie wollte, dass die beiden still waren und aßen, aber sie stritten sich weiter, unbeeindruckt von dem köstlichen Duft, den die Speisen, die sie zubereitet hatte, verströmten. »Packst dein Abitur nicht mal beim zweiten Anlauf«, warf Amine ihm vor. »Wenn du weiter so rumhängst, ohne einen Finger krumm zu machen, dann hab ich schon eine Lösung, glaub mir. Wir schicken dich zum Militärdienst, da wirst du sehen, was es heißt, ein Mann zu sein. Als ich so alt war wie du, bin ich in den Krieg gezogen.« Selim verdrehte die Augen, und Mathilde hörte gar nicht mehr hin. Sie wollte, dass sie aßen, das war alles, was sie wollte.

»Warum habt ihr Sabah nicht zu euch genommen, statt sie in dieses miese Internat zu stecken?«, fragte Selim.

»Deine Mutter und ich haben unsere Kinder großgezogen. Wir haben Jahre gearbeitet, damit es euch an nichts fehlt. Wir haben uns etwas Ruhe verdient. Selma braucht sich nur um ihre Tochter zu kümmern, anstatt in Rabat herumzustolzieren. Sie hat dieser Familie wirklich nur Schande und Enttäuschung gebracht.«

Selim warf seine Serviette auf den Tisch. »Ich hab keinen Hunger mehr. Ich gehe.«

An diesem Tag fragte Mathilde sich, das Gesicht über einen Topf gebeugt: »Wie viele Male habe ich Wasser kochen sehen? Wie viel Zeit habe ich damit verbracht, für sie auf den Markt zu gehen?« Sie hob den Blick und starrte den Kühlschrank an, als wäre er ihr erbittertster Feind. Dieses kalte weiße Ungetüm verschlang die Lebensmittel wie jene Fässer ohne Boden der griechischen Mythologie. Immer wieder von vorn anfangen, immer aufs Neue dieselben Gesten wiederholen, damit nichts davon blieb. Sie schämte sich, sie schämte sich so sehr. Sie dachte an all die verronnenen Jahre, an ihr Leben mit ihrer Familie und an die Tonnen von Nahrung, die sie verputzt hatten. Sie stellte sich einen Raum vor, der vom Boden bis zur Decke mit Fleischstücken, Brotlaiben, gekochtem Gemüse gefüllt war. Sie war angewidert von ihnen und von sich selbst. Wenn man überlegte, dass sie an diese dämlichen Geschichten von der Küchenmagd, die zur Prinzessin wird, geglaubt hatte. Armes Aschenputtel, das seine Jugend damit verbracht hatte, den Haushalt zu besorgen, das nicht hatte studieren dürfen und das, mit seinem Prinzen verheiratet, ganz sicher bis ins Grab seinen enttäuschten Träumen nachhing.

Inzwischen musste Mathilde einen Mann nur ansehen, um zu wissen, wie viele Frauen in den Kulissen seines Daseins wirkten. Ob er eine hatte, die den dampfenden Teller vor ihn hinstellte, eine andere, die sein Bett machte, den Spiegel putzte, der ihm jeden Morgen dazu diente, seine Frisur zu richten. Hinter jedem gebügelten Hemd, jedem gewienerten Paar Schuhe, hinter jedem dicken Bauch, der über den Gürtel quoll, sah sie die Hände von Frauen. In eiskaltes Wasser getauchte Hände, die mit Seife die soßenverschmierten Ärmel schrubbten. Von den Spuren kleiner Verbrennungen gezeichnete Hände, von Wunden, die nicht heilten. Alleinstehende Männer erkannte sie auch. Diese vielleicht noch mehr als die anderen. Sie hielt nach ihnen Ausschau, mit sehnsüchtigem Blick. Die alleinstehenden Männer, die sich immer durch einen abgewetzten Kragen, dreckige Schuhe, einen fehlenden Knopf verrieten.

Mathilde war dreiundvierzig. Sie fühlte sich alt, verbraucht, nutzlos. Sie war sich sicher, dass ihre besten Jahre hinter ihr lagen und dass ihr von nun an nichts anderes mehr blieb, als auf den Tod zu warten, mit noch mehr Selbstverleugnung und Ergebenheit, als sie je gezeigt hatte. Die alleinstehenden Männer sahen sie nicht an, und der Gedanke an Liebe war demütigend geworden. Liebe? Wer könnte sie noch lieben? Wer könnte diesen Körper begehren, der von all der Fresserei dick geworden war? Amine warf ihr vor, nichts zu tun, Geld für Unsinn auszugeben und ihre Zeit beim Teetrinken mit dummen Frauen zu verschwenden. Er stellte sich vor, dass sie immerzu Kuchen in sich hineinstopfte, ausgiebig Mittagsschlaf hielt und Bücher las über Leute, die nie existiert, Ereignisse, die nie stattgefunden hatten. Wenn er abends heimkam, sah er sie oft am Küchentisch sitzen, die Hand auf dem Wachstuch, den Blick ins Leere gerichtet. Das Essen war fertig, das Haus aufgeräumt. Sie hatte die Rechnungen und die Buchhaltung auf den Schreibtisch gelegt. In der Ambulanz war der Mülleimer voller betadingetränkter Kompressen und Verbände mit getrocknetem Blut.

Während ihre Tochter auf den Bänken der Universität saß, während Selma ihr Leben in Rabat lebte, war sie hier, in dieser Küche, die Nase über einem Tischtuch, das nach nassem Lappen roch. Was kann man in einer Küche lernen? Jahrhundert um Jahrhundert hatten die Frauen dort mit Liebe all das zubereitet, was es brauchte, um Kinder großzuziehen und zu trösten, um sie gesund und glücklich zu machen. Sie hatten Tinkturen für Greise am Ende ihres Lebens und Mittel für junge Frauen, die ihre Regel nicht mehr bekamen, angerührt. Sie hatten Öl erwärmt, um den Bauch eines von Koliken geplagten Kindes damit einzureiben, und mit Mehl, Wasser und etwas Fett hatten sie ganze Familien durchgebracht. War all das denn nichts? Hatten sie nichts gelernt?

In solchen Momenten würde sie es Amine gern erklären.

Ihm sagen, dass das, was sie tut, nach nichts aussieht, er sich aber täuscht. Er glaubt, sie macht das alles aus Liebe, und sie würde ihm gerne an den Kopf werfen: »Was du Liebe nennst, ist Arbeit!« Oder sollten die Frauen etwa so voller Liebe und Güte sein, dass sie ihr ganzes Leben, ja, ein gesamtes Leben allein damit zubringen konnten, sich um die anderen zu kümmern? Wenn Mathilde darüber nachdachte, dann machte es sie fast rasend. Da war irgendetwas faul, sie steckte in einer Falle, die sie jedoch nicht zu benennen wusste. Den Freundinnen vom Rotary Club, mit denen sie Tee trank, sagte sie nichts davon. Nein, sie lächelte, leckte sich mit der Zungenspitze die Sahne von den Lippen, legte die Hand auf ihren Bauch, wie um zu überprüfen, ob sie schon dicker geworden war. Sie aß, als wolle sie sich bestrafen.

Manchmal fühlte sie sich in diesem Haus nicht mehr zu Hause. Und in solchen Momenten stellte sie sich niemals ein anderes Haus vor, das freundlicher und weniger feindselig wäre. Sie verstand, dass jedes Haus eine Falle war, die hinter ihr zuschnappte. Der Gedanke an Chaos hatte für sie nichts Trauriges oder Erschreckendes mehr, es war das einzig Wünschenswerte, das Einzige, was imstande wäre, in ihr zumindest einen Hauch von Euphorie zu wecken.

Selim schwang sich auf sein Mofa und fuhr in die Stadt. Er kurvte ziellos durch die glühenden, leeren Straßen von Meknès. Der Juli 1969 ging zu Ende, die Läden in der *Ville Nouvelle* waren über den Sommer geschlossen, und seine Freunde verbrachten die Ferien am Meer. Als er aus einer Garage in der Medina kam, hörte Selim eine Frau in einer Sprache schreien, die ähnlich klang wie Deutsch. Sie stritt mit einer Gruppe Jungs, die um sie herumstanden und sie beschimpften. Selim trat näher. Die junge Frau trug eine knallenge Hose, deren niedriger Bund von einer Schnur zusammengehalten wurde. Ihr weißer, straffer Bauch war für jedermann zu sehen, eine Baumwolltunika bedeckte lediglich ihre Schultern und Brüste. Sie war groß, ebenso groß und blond wie Mathilde, aber so mager, dass man ihre Rippen sehen konnte. Selim hörte, wie einer der Jungs sie als Nutte beschimpfte, und packte den Bengel, ohne nachzudenken, an den Haaren. »Was hast du gesagt? Schämst du dich nicht?« Der Junge zappelte und trat um sich, und seine ganze Bande schäumte regelrecht vor Wut. Sie umzingelten Selim fluchend, mit drohend aufgerissenen Augen. Sie schlugen sich auf die Brust, einer spuckte und schwor ihm, er werde sich noch wundern.

Selim pickte sich den Ältesten, Ruhigsten heraus und fragte, wer die Frau sei. »Sie läuft so in der Medina rum, und sie sucht Kif. Was denkt die denn, die Hippiebraut? So was machen wir hier nicht.« Selim erklärte, sie sei nur eine Ausländerin, ein Mädchen ohne Begleitung, das sich garantiert verlaufen habe und die Gebräuche des Landes nicht kenne. Die Jungs sahen ihn verblüfft an, als könnten sie nicht fassen, dass dieser riesige blonde Typ so gut Arabisch sprach. Selim schien ihre Codes zu kennen, ihre Beleidigungen, er beschwor zweimal den Namen Gottes, und die Bande verzog sich schließlich. Einer von ihnen schrie »*Go home!*« und spuckte auf den Boden. Während der gesamten Auseinandersetzung rührte sich die junge Frau nicht vom Fleck. Sie wirkte nicht verängstigt und lächelte sogar kurz, als Selim den Bengel an den Haaren wegzog. Sie dankte ihm in einem mit deutschem Akzent gefärbten Französisch. Sie fragte ihn, ob er von hier sei, und fügte hinzu, sie hätte nie gedacht, dass Marokkaner so aussehen könnten wie er. Er erwiderte, seine Mutter käme aus dem Elsass, aber er sei hier aufgewachsen, auf einer Farm. »Deshalb.«

Er schämte sich ein wenig, sie einfach so stehen zu lassen in ihrem lächerlichen und riskanten Aufzug, doch er hatte keine Lust, sich zu unterhalten, und er witterte bei ihr etwas Klettenhaftes. Eine Neigung, sich aufzudrängen, ihn in Beschlag zu nehmen. Sie folgte ihm im Übrigen einfach und erzählte, sie komme aus Dänemark und heiße Nilsa. Einen Monat zuvor hatten Freunde aus der Uni ihr geschrieben. Sie waren in Marokko, in Tanger, und luden sie ein, sich ihnen anzuschließen. Also hatte sie den Koffer gepackt und sich aus Europa in die Dritte Welt aufgemacht. Sie blieb kurz stehen und beugte sich über die Auslage eines Händlers, der getrocknete Rosenblüten und schwarze Olivenölseife verkaufte. Sie fragte nach dem Preis, und der Händler gab ein paar Körnchen Rhassoul in ihre Handfläche.

»Und?«, fragte Selim. »Hast du sie gefunden?«

»Nein, als ich in Tanger ankam, waren sie schon wieder weg. Ich habe den Bus hierher genommen, mit Hühnern und Bauern, weißt du? Morgen fahre ich weiter in den Süden. Kennst du den Süden?«

Nein, Selim kannte den Süden nicht. Und er dachte nicht, dass es für eine so junge und so hübsche Frau möglich war, mit dem Bus durch ein fremdes Land zu reisen. Er fragte sich, ob Nilsa verrückt war oder ob er es war, der nichts vom Leben und den Möglichkeiten, die sich einem Menschen boten, verstanden hatte. Nilsa nahm seinen Arm und kam ganz dicht an sein Ohr: »Und Haschisch, könntest du mir das vielleicht besorgen?« Er fragte sie, wo sie wohne, und sie gab ein schäbiges Hotel in der Medina an, wo sie, so stellte Selim sich vor, in einem dreckigen Bett inmitten von Kakerlaken schlief. »Ich schau mal, was ich machen kann. Morgen früh komme ich zu deinem Hotel, in Ordnung?«

Er begleitete sie noch zum großen Markt, wo sie sich etwas zu essen besorgen wollte. Sie schien alles wundervoll zu finden. Sie sagte immer wieder: »Es ist so anders als in Dänemark. Da ist alles grau, und hier sind all diese Farben, egal, wohin man geht.« Selim hatte noch nie darüber nachgedacht, über das Grau der anderen Welt und die Farben dieser. Während Nilsa Oliven und eingelegte Möhren kaufte, betrachtete er die Menschen um sie herum. Die rosa Dschellaba einer Frau mit einem Kind auf dem Arm. Die safrangelben Babuschen eines Alten, der am Eingang seiner Konditorei saß, in der Pyramiden aus pistaziengrünem Gebäck aufragten. Nilsa redete viel, und sie berührte Selim immerzu, nahm seinen Arm, schmiegte sich an ihn, wenn sie etwas sah, das sie erstaunte. Sie rief laut: »*Fantastic!*«, breitete die Arme aus, und die Passanten schienen entsetzt von dem nackten Bauch, den sie präsentierte.

Selim ließ sie dort zurück, es wurde dunkel, und während er nach Hause fuhr, fühlte er sich ein wenig schuldig. Was würde aus ihr werden in dieser düsteren und feindseligen Medina, in diesem Hotel, in dem man sie vielleicht beklauen oder ihr etwas antun würde? Er dachte die ganze Nacht daran, versuchte, sich zu beruhigen, indem er sich immer wieder sagte, dass sie verrückt war und nicht besonders sympathisch und dass er außerdem nicht für sie und ihren hirnverbrannten Wunsch, Afrika zu erkunden, verantwortlich war.

Am nächsten Morgen nach der Chemiestunde ging er zu einer Gruppe Jungs, mit denen er sonst wenig zu tun hatte. Er war sicher, dass sie ihm besorgen konnten, wonach er suchte. Roger, einer von ihnen, schleppte seinen mageren Körper und sein von Akne entstelltes Gesicht durch den Schulhof. Selim nahm ihn beiseite. Er wusste nicht, was er sagen, wie er seine Frage formulieren sollte. Er fürchtete, Roger könnte ihn auslachen oder ihm irgendeinen Mist für einen horrenden Preis andrehen. »Du weißt nicht zufällig, wo ich Haschisch bekomme?« Roger starrte ihn mit zusammengezogenen Brauen an. »Rauchst du so 'n Zeug?«

»Es ist nicht für mich, sondern für eine Freundin.«
»Verschwinde. Ich kenne dich nicht, und ich will keinen Ärger.«

Selim beschloss, nicht in den Unterricht zurückzugehen, und nutzte das allgemeine Durcheinander beim Klingeln zum Ende der Pause, um die Schule durch den Hintereingang zu verlassen. Ohne nachzudenken, ohne irgendeine Entscheidung getroffen zu haben, ging er zu dem Hotel, das Nilsa ihm genannt hatte. Vor dem Eingang saß ein kleiner Hund, dessen gräuliches Fell so verstrubbelt war, dass man dachte, es müsse ihm wehtun. Das Hotel hatte weder Foyer noch Rezeption, nur ein Mann saß hinten in einem dunklen Raum auf einem Stuhl, und Selim fragte ihn, ob die Dänin noch da sei. Der Mann sprang auf und zeterte los. Es gebe hier keine Dänin, und er wäre nicht so einer, der Frauen beherberge, das sei eine unerhörte Anschuldigung, und der Blondschopf würde es noch bereuen, so etwas zu fragen. Selim ging, sich entschuldigend, hinaus. Er begriff gar nichts. Hatte er Nilsa gestern falsch verstanden, als sie ihm gesagt hatte, wo sie wohnte? War sie früher als geplant mit ihren abenteuerlustigen Freunden in diesen unbekannten Süden aufgebrochen? Selim fand sich allein in der Gasse wieder, den grauen Hund auf den Fersen. Eine ungeheure Traurigkeit überkam ihn. Eine Traurigkeit, die er sich nicht erklären konnte, doch die ihm die Luft abschnürte. Er begann zu weinen, und seine Tränen brachten die Sommersprossen auf seinen Wangen zum Glänzen. Er wollte weder in die Schule noch auf die Farm zurückkehren und überließ sich seinem Kummer ganz und gar. Er dachte an Selma, die etwas in ihm entzündet hatte, eine Sehnsucht, zu leben und zu lieben, und ihn dann damit alleingelassen hatte. Er bedauerte es nun noch mehr, keine Drogen für Nilsa gefunden zu haben, denn das war in diesem Moment das Einzige, was er hätte tun können. Trinken, rauchen, in den Nebel abdriften und vergessen.

Es war Mittag, als er zum Sultansgarten kam, in den seine Mutter ihn als Kind mitgenommen hatte, um ihm Affen in Käfigen zu zeigen. Da hörte er, wie jemand rief: »He, du!«, und als er sich umdrehte, entdeckte er Nilsas nackten Bauch. Sie hatte sich im Gras ausgestreckt, drei Jungs saßen im Schneidersitz um sie herum und rauchten. Einer von ihnen ließ langsam seine Finger über die Saiten einer Gitarre gleiten. Nilsa stand auf und fiel ihm so stürmisch um den Hals, dass es ihm peinlich war. »Das ist mein marokkanischer Freund«, sagte sie. Ihre drei Begleiter waren Deutsche, die beschlossen hatten, ihren Eltern und der kapitalistischen Gesellschaft zu entfliehen, und schon seit zwei Jahren in einer Kommune lebten. »Alles Nazis«, erklärte Simon, der Junge mit der Gitarre. Selim setzte sich ihm gegenüber und bemerkte seine roten Augen und geweiteten Pupillen. Er begriff, dass sie ihn nicht gebraucht hatten, um Haschisch aufzutreiben. Sie hatten alle lange Haare, die ihnen bis zur Taille gingen. Nilsa reichte ihm eine Zigarette, und Selim nahm sie. »Warum kommst du nicht mit uns? Was hält dich hier?«

Von den drei Tagen der Reise blieben Selim nur wirre Bilder wie aus einem endlosen Traum. Er rauchte Haschisch und trank den Schnaps, den Nilsa mitgebracht hatte, in großen Schlucken. In ihrem Koffer gab es auch LSD-Pillen, ein Transistorradio und Platten von Pink Floyd und Janis Joplin. Mehrmals bat er Simon, am Straßenrand anzuhalten, und kotzte an einem Feldrain oder am Ausgang eines Dorfes. Durchs Fenster entdeckte er Landschaften, die ihm unwirklich vorkamen und die, so dachte er, seiner Fantasie entsprangen. Er redete nicht oder nur sehr wenig. Die anderen unterhielten sich auf Deutsch oder Englisch, und der Klang dieser fremden Sprachen verstärkte das surreale Gefühl, das ihn erfasst hatte. Er sagte sich: »Ich bin nicht wirklich hier«, oder: »Niemand sieht mich.« Damit die Übelkeit nachließ, schloss er die Augen, und manchmal schlief er ein, das Gesicht an Nilsas Schulter gelehnt. Dann wusste er nicht mehr, ob er sich in einem Auto befand, in einem Eisenbahnwaggon oder im Bug eines Schiffes mit Kurs auf ein unbekanntes Ziel. Seine sämtlichen Organe waren wie umgestülpt. Alles tat ihm weh: der Rücken, die Brust, sein Magen brannte, und er drückte sich die Faust in den Bauch. Das war das Einzige, was ihm etwas Erleichterung verschaffte. Sein Körper verfaulte innerlich. Er barg einen jener riesigen, schwarzen, dampfenden Haufen Dung, die man am Rand der Felder auskippt und die ihren widerlichen Gestank Kilometer im Umkreis verbreiten.

An einem Tag wachte Selim mitten im Nirgendwo auf. Ein winziger Flecken, eine Zwischenstation für Fernfahrer, bestehend aus einer Hauptstraße, an der sich Metzgerstände aneinanderreihten. Gaffer scharten sich um sie, und die Hippies schien es nicht zu stören, dass man sie so anstarrte. Tierhälften waren an Haken aufgehängt, und auf einem Verkaufstisch aus weißer Emaille lag der Kopf eines Schafes mit geschlossenen Augen, gräulicher Wolle und seitlich heraushängender Zunge. Auf dem Boden schwammen Kutteln in einer rosa Wanne. Selim schloss die Augen wieder. Er drehte sein Gesicht zur anderen Seite. Eisige Schweißtropfen rannen ihm über den Nacken. Er tat so, als würde er schlafen, denn er wollte nicht, dass man ihn rief, ihn aufforderte, als Übersetzer zu dienen. Er wollte, dass man ihn vergaß, dass er nicht mehr Teil dieser Welt war, dieses Landes, das ihm, je weiter er gen Süden kam, hoffnungslos fremd erschien. Sie hielten an Stränden, um unter beängstigenden Sternenhimmeln zu schlafen. Nilsa und die anderen badeten nackt und wuschen ihre Haare mit Meerwasser. Selim blieb auf dem Sand liegen, die Knie an die Brust gezogen. Die ganze Nacht plagten ihn die Mücken, und am Morgen erwachte er mit von Stichen geschwollenen Lidern und Händen. Die Hippies wollten ihn ins Wasser schubsen, weil er eklig roch, weil sie den Gestank nach Schweiß und Kotzatem unerträglich fanden. Doch Selim wehrte sich. In Wahrheit hatte er Angst, man könnte ihn allein zurücklassen, und in den wenigen klaren Momenten, wenn die Wirkung der Drogen ein wenig nachließ, klammerte er sich an die Tasche, in die er seine Kleider, seinen Revolver und zwei von seiner Mutter geklaute Geldbündel gepackt hatte.

Sie verfuhren sich mehrmals, und Simon verstand nicht, warum Selim sich weigerte, ihnen zu helfen und jemanden auf der Straße zu fragen. Dann gab es niemanden mehr. Nichts außer einer Piste inmitten einer Wüstenlandschaft aus Steinen und vom Wind verkrüppelten Bäumen, auf deren Ästen Ziegen standen. Selim brach in Gelächter aus. Das Lachen eines Verrückten, eines Übergeschnappten, das Keckern einer Hyäne, das alle beklommen machte und das noch lauter wurde, als ein schmutziges, ausgezehrtes weißes Pferd im Licht der Scheinwerfer auftauchte und dann in der Finsternis verschwand. Selim war in einem Traum gefangen, zäh, klebrig, bodenlos wie ein Sumpf, aus dem er sich nicht befreien konnte, wie diese Märchenfiguren, die träumen, dass sie träumen, dass sie träumen.

Am Straßenrand wuchsen hohe Distelsträucher, die mit grauem Staub bedeckt waren. Im Wagen sprach niemand mehr. Der Wind trug einen Geruch nach Jod und Nüssen heran, und sie dachten, dass sie nicht mehr weit vom Ziel waren. Hunderte Möwen kreischten. Sie füllten den Himmel wie ein Bataillon Aasfresser, und man vermochte nicht zu sagen, ob sie wehklagten oder sich gegen die Menschen verschworen. Vor ihnen tauchte Mogador auf.

Die Stadt selbst war Teil eines Traums. An ihrem Eingang, neben dem Löwentor, prangte ein großes Schild: »Stadt zu verkaufen«. Nilsa hatte Angst, dass Selim wieder in Gelächter ausbrechen und Simon ausrasten würde. Aber Selim lachte nicht. Er hing auf der Rückbank mit aschfahler Haut und schweißgetränktem Hemd. Er zitterte vor Kälte. »Er sieht krank aus«, sagte die junge Frau. Sie parkten den Wagen am Hafen. Es war Nacht, und niemand war da. Nichts, keine Menschenseele, nur das unaufhörliche Heulen des Windes, der das Holz der Trawler im Trockendock ächzen ließ. Der Ort erinnerte an jene mittelalterlichen, von Epidemien leergefegten Städte, in denen nur noch ausgemergelte Katzen und halb wahnsinnige Überlebende umherirren. Irgendeine Katastrophe hatte die gesamte Bevölkerung ins Exil getrieben, eine Sturmflut hatte alle Bewohner fortgerissen, Korsaren hatten sie überfallen und niedergemetzelt oder verschleppt. Die jungen Leute dachten, sie hätten sich geirrt. Diese trostlose, ausgestorbene Stadt konnte nicht der berühmte Hippietreffpunkt sein, von dem sie so viel gehört hatten. Später erklärte man ihnen den Grund für den Bevölkerungsschwund. Denn Essaouira war keine Pest und kein märchenhaftes Schicksal widerfahren, sondern die prosaischste Realität. Arbeitslosigkeit und Fabrikschließungen hatten die Jugend dazu getrieben, in blühendere und gastlichere Städte abzuwandern. Vor allem aber war selbst hierher, an diesen Ort am Ende der Welt, dieses *Finis Terrae*, die Nachricht vom Sieg Israels über Nassers Ägypten im Juni 1967 gedrungen. Die meisten jüdischen Familien verließen die Stadt und nahmen einen Teil der Seele dieses Ortes mit.

*

»Wenn die Juden eine Stadt verlassen, dann sind Unglück und Ruin nicht mehr weit.« Das würde Lalla Amina Selim bei einem ihrer langen Gespräche auf der Terrasse ihres Hauses in der Medina sagen. Zwei Tage nach seiner Ankunft in Essaouira erwachte Selim in einem fremden Zimmer. Er erinnerte sich weder, wie er hergekommen, noch was seitdem geschehen war. Nur sein Körper bewahrte die Erinnerung an die heftigen Koliken, die ihn am Schlafen gehindert, und das ständige Erbrechen, das ihn ausgelaugt hatte. Er behielt nichts bei sich, nicht mal das Wasser, das eine sanfte, mütterliche Hand ihm einflößte. Mehrmals hatte er nach seiner Mutter gerufen, und Lalla Amina hatte ihn an ihre leeren Brüste gedrückt und gedacht, dass alle Männer gleich waren und an ihrer Mutter hingen wie die Hunde mit dem Strick an ihrer Hütte.

Seine Wohltäterin war eine große knochige Frau mit schwarzer Haut und weißen krausen Haaren, um die sie manchmal ein buntes Kopftuch band. Am Kinn hatte sie eine dicke Warze, aus der ein paar borstige graue Haare sprossen. Ihre schmalen und trockenen Lippen, ihre kleinen kurzsichtigen Augen und die hohen Wangenknochen verliehen ihr etwas Hartes, Strenges. Dabei entpuppte sich Lalla Amina als rührend gastfreundlicher und fröhlicher Mensch. Als man ihr den hübschen, vor Fieber glühenden und delirierenden Blondschopf brachte, dachte sie zunächst, er wäre einer dieser Hippies, die vom Ende der Welt hierherkamen, um wer weiß was zu suchen. Sie machte sich durch Pantomime verständlich, legte die Handflächen aneinander und an ihre Wange, um ihn zum Schlafen aufzufordern. Sie bestrich runde Brotscheiben mit Butter und führte ihre geschlossenen Finger zum Mund, als würde sie essen. Der Junge aß nicht. Er verbrachte zwei Nächte im Fieberwahn, und in seinen Träumen sah er wieder das weiße Pferd, die verkrüppelten Bäume und diese Frau, deren Gesicht mit dem von Aïcha Kandisha verschwamm, der Hexe mit den Ziegenfüßen, die Kinderknochen als Zahnstocher benutzte. Er träumte von Selma. Er vergrub seinen Kopf zwischen ihren Brüsten, atmete den Duft ihrer Haut ein und dachte, er würde sterben.

*

Selim schreckte aus dem Schlaf auf, der Tag war noch nicht angebrochen. Violettes Licht sickerte durch das kleine Fenster in sein Zimmer. Sofort dachte er an seine Tasche, an das Geld darin und an den Revolver. Er suchte sie in dem winzigen Raum, und Tränen stiegen ihm in die Augen. Er schlug seine Stirn gegen die Wand. Er war dumm, so dumm, sein Vater hatte recht, wenn er ihn einen Nichtsnutz schimpfte. Man hatte ihn bestohlen, man hatte ihn betrogen, und irgendwo lachte sich jemand ins Fäustchen und prahlte mit diesem Schatz, den er einem anderen weggenommen hatte. Er blieb lange so stehen, die Stirn an die Wand gelehnt, unfähig, nachzudenken oder eine Entscheidung zu treffen. Es gab nichts, was er tun konnte, keinen Ausweg. Er wollte »Mama!« rufen, dann erschien Lalla Amina. Sie näherte sich ihm langsam, wie einem Tier, das man zutraulich machen möchte. Sie streichelte seinen Rücken, seine Haare.

»Es ist ein schöner Tag, und da es dir wieder besser geht, kannst du dir die Stadt ansehen. Aber zuerst musst du in den Hammam gehen.« Darauf reckte die alte Frau sich auf die Zehenspitzen und holte Selims Ledertasche vom Schrank. »Da sind deine Sachen. Nimm etwas Frisches zum Anziehen heraus. Ich bringe dich hin.«

Selim folgte Lalla Amina durch die Straßen der Medina. Er sagte ihr, diese Stadt sei ganz anders als die, aus der er kam. Bei ihm in Meknès waren die Gassen schmal und verschlungen, man war dort vor der Sonne geschützt, während sich hier, zwischen den hohen Befestigungsmauern, alles zum Meer und zum Himmel zu öffnen schien. Die alte Frau lachte: »Du bist ebenso weiß, wie ich schwarz bin. Und trotzdem sind wir gleich, du und ich.« Selim verstand nicht, was sie sagen wollte. Sie sprach seltsam, in einem Arabisch, das ihm nicht vertraut war und dessen Akzent ihn verwirrte. Aber er mochte es, ihr zuzuhören, und fand sie lustig mit ihren derben Ausdrücken, ihrer Art, alle zur Hölle zu schicken, ihren großen, dunklen und mageren Händen, die gestikulierten, wenn sie Geschichten erzählte. Sie sagte, es gebe Anzeichen für das Ende der Welt, untrügliche Anzeichen, die diese Hippies, diese komischen Vögel ankündigten. Sie war hier aufgewachsen, in dieser Stadt, an deren einstige Pracht und Ordnung sie gern erinnerte, und es betrübte sie, dass sie nun jedermann preisgegeben war. »Aber du wirst schon sehen, mein Kleiner. Essaouira lässt sich nicht so einfach einnehmen. Mit ihren grauen Himmeln und diesem Wind wird sie jene wieder ausspucken, deren Herz nicht standhaft genug ist, um hier Wurzeln zu schlagen.«

Eines Abends beim Essen klopfte es an der Tür. Ein Junge trat ins Wohnzimmer und küsste Lalla Amina auf die Schulter.

»Ich bleibe nicht lange«, versprach er. »Ein oder zwei Nächte, bis ich eine andere Lösung gefunden habe.«

Karim war Lalla Aminas Neffe, und er lebte in Marrakesch, wo er noch ins Gymnasium ging. Seine Tante nahm ihn jedes Mal bei sich auf, wenn er mit seinem Vater stritt und von zu Hause weglief.

»Was ist diesmal passiert?«, fragte sie, während Karim sich neben Selim an den Tisch setzte.

»Er hat versucht, mir die Haare zu schneiden, während ich schlief!«, schrie er. »Ich habe die Augen aufgemacht, und da war er über mir, mit seinem Rasiermesser in der Hand. Soll er doch krepieren, ich werde sie nicht abschneiden.«

Selim musterte ihn, während er ein Stück Brot in die Fisch-Tajine tunkte. Seine braunen lockigen Haare hingen ihm bis auf die Schultern, und von hinten hätte man ihn für ein Mädchen halten können, so feingliedrig war er. Er trug ein blaues Leinenhemd und einen großen orangefarbenen Schal um den Hals.

»Nichts zu machen«, sagte Karim, den Mund voller Brot. »Dein Bruder ist ein Faschist, ein Barbar. Dieses Mal gehe ich nicht wieder zurück, das sage ich dir.«

Karim kannte die Hippies. Und er hörte nicht auf, sich zu fragen, durch welche wundersame Fügung sie eines Tages hier gelandet waren. In diesem Sommer 1969 hatten sie Essaouira zu ihrem Treffpunkt erklärt. Am Hafen parkten mit Blumen und Peace-Zeichen dekorierte VW-Busse.

An den Hauswänden und den Kutschen für Touristen sah man grellbunte Malereien auftauchen. Man gewöhnte sich daran, Mädchen in langen Kleidern durch die Gassen der Medina ziehen zu sehen, die Blumenketten oder selbstgestrickte Kleidung verkauften. Aus Guelmim-Perlen fertigten sie Ketten in schillernden Farben, die gut ankamen. Auf den Plätzen spielten junge Männer mit struppigen Bärten Gitarre, um Geld zu bekommen.

Am Tag nach seiner Ankunft schleifte Karim Selim ins Hippie-Café im ehemaligen Haus eines Richters. Der Innenhof war voller Bänke, Kissen, Teppiche, auf denen junge Frauen und Männer lagen. Auf Holztischen stapelten sich mit Minztee verkleckerte Bücher. Im Café wurde kein Alkohol ausgeschenkt, doch alle schienen betrunken zu sein. Hinten im Raum konnte man kaum die von dichtem Qualm umnebelten Gestalten erkennen. Die Hippies ließen lange Sebsis oder Shillums in Tierform herumgehen. Ein junger Mann spielte Gitarre, und ein anderer schlug träge auf eine Trommel zwischen seinen Schenkeln.

Der Wirt war ein Marokkaner um die vierzig, zurückhaltend und effektiv, stets mit einer über die Knie hochgezogenen Pluderhose bekleidet, die magere, muskulöse Waden entblößte. Er trug ein graues Hemd und eine sehr elegante Weste ausländischer Machart. Den ganzen Tag lief er durch den Patio und die oberen Etagen, um Tee, frischen Orangensaft oder traditionell hergestellten Joghurt zu servieren, den er mit Honig, Nüssen und gehackten Pistazien bestreute. Er schien das merkwürdige Verhalten seiner Gäste überhaupt nicht zu beachten. Er säuberte die Tische und stieg über die ineinander verschlungenen Körper, ohne von ihrem lustvollen Stöhnen überrascht oder schockiert zu wirken. Es kam sogar vor, wie Selim selbst bezeugen konnte, dass der Mann in einem Gang seinen Gebetsteppich ausrollte und sich gen Mekka niederwarf, während die Hippies zur Befreiung der Liebe und universellen Kopulation aufriefen. Selim beobachtete ihn. Er sah zu, wie er sich hinkniete, mit der Stirn den Boden berührte, den Kopf zur einen, dann zur anderen Seite wandte. Der Cafébesitzer bewegte die Lippen, offenbar unbeeindruckt von der riesigen Wandmalerei der Hippies. Sie stellte eine nackte Frau dar, eine Sirene oder antike Göttin, die in der einen Hand eine Trommel hielt und in der anderen ein Reptil.

Selim ging immer wieder in das Café, fand aber keine Spur von Nilsa. Die junge Frau war verschwunden, sie hatte sich in Luft aufgelöst. Die Hippies hielten ihn für einen der ihren. Sie fragten ihn nach seiner Geschichte, doch Selim begann zu stottern und brachte nichts heraus. Es gab viele Amerikaner aus Montana, New York und Michigan. Zwei riesige Burschen mit langen roten Bärten vertrauten ihm an, dass sie aus ihrem Land geflohen waren, um die Einberufung in den Vietnamkrieg zu umgehen. Niemals, schworen sie, würden sie ihre Haare schneiden, und sie wollten lieber im Exil leben, als Krieg gegen Unschuldige zu führen, gegen Kolonisierte, arme Leute wie die Armen hier. Für manche war Mogador nur eine Etappe. Sie würden anschließend nach Ibiza gehen, nach Syrien und dann Nepal. Dort wollten sie Stoffe und bestickte Hemden kaufen, grellbunte Saris, mit Wolle gefütterte Mäntel, die sie in New

Yorker oder Amsterdamer Boutiquen zu Spitzenpreisen wieder verkaufen würden.

Die Intellektuellen beeindruckten Selim sehr wegen ihrer Art, sich auszudrücken, der Bücher, die sie in den Taschen ihrer weiten Wolljacken mit sich herumtrugen, und der Reden, die sie über die Atombombe, den Buddhismus oder die bürgerliche Moral hielten. Unter ihnen war ein französischer Soziologe mit altmodischen Manieren, der einem nie in die Augen sah, wenn er mit einem sprach. Er schien den Horizont zu betrachten, so als wäre man ein Nichts, durch das sein Blick einfach hindurchging. Er war oft in Begleitung eines amerikanischen Theaterregisseurs, dessen hohle Wangen und strähnige Haare ihn wie einen Vampir aussehen ließen. Seine etwa dreißigköpfige Truppe probte in der Nähe des Hafens in einem leerstehenden Schuppen, der noch nach Sardinen und Salzlake roch. In der Stadt erzählte man sich, sie hätten in Europa für einen Eklat gesorgt und wären hergekommen, um der Schande und der Verurteilung zu entgehen. Sie hätten nackt auf der Bühne gespielt, die Zuschauer beleidigt und angepinkelt. Der Gouverneur hatte sie gewarnt: »Ihr könnt bleiben, aber hier gibt es keinen Eklat. Das hier ist ein muslimisches Land, vergesst das nicht.«

Eines Tages gab es dann doch einen Eklat. An einem Samstag packte der Cafébesitzer Karim am Kragen und begann ihn inmitten der apathischen Hippies zu ohrfeigen. Der Soziologe erhob sich und verteidigte den Jungen. Er sagte, er verabscheue Gewalt und das sei keine Art, einen Jugendlichen zu behandeln. Der Wirt beschimpfte Karim in abgehacktem Französisch als Dieb. Er hatte gesehen, wie er von einem der Tische einen Fotoapparat genommen hatte, der ihm nicht gehörte. »Ich will keine Probleme. Ich will keine Polizei«, wiederholte er. Karim riss sich los. Der Soziologe fasste den Jungen an der Schulter.

»Du wolltest ihn verkaufen, stimmt's? Brauchst du Geld?«

Karim sah ihn aus seinen schwarzen, vor Frechheit blitzenden Augen an.

»Nein. Ich wollte ihn nicht verkaufen. Ich wollte die Mädchen am Strand fotografieren.«

Der Soziologe lachte erleichtert. Dieser Bursche war kein Bettler, sondern nur ein gewöhnlicher geiler Teenager.

»Na dann, nimm ihn, los. Ich bin sicher, der, dem er gehört, wird es dir nicht verübeln. Siehst du, deswegen muss man sich von allem befreien und lieber ein einfaches, unkompliziertes Leben führen, im Kontakt mit der Natur. Eigentum bedeutet Krieg, verstehst du? Na los, geh nach Hause, und lass dich nicht noch mal beim Klauen erwischen.«

Selim und Karim fanden sich auf der Straße wieder. Während sie gingen, schaute Karim durch das Objektiv seiner Kamera.

»Warum hast du das Ding geklaut?«, fragte Selim.

»Willst du mir etwa auch eine Moralpredigt halten? Ich kenne diese Hippies. Auch wenn sie noch so schmutzig sind und wie Bettler aussehen, in Wahrheit sind sie Heuchler und Mamasöhnchen. Was, meinst du, tun sie, wenn sie kein Geld mehr haben? Sie gehen zur Post und melden ein R-Gespräch bei ihren Eltern an. Sie stehen Schlange, um ihre Pakete abzuholen. Erdnussbutter, Mann, und sie flennen, wenn sie den Finger reinstecken.«

Selim erzählte Karim von Nilsa, die er immer noch vergeblich suchte.

»Ist das deine Freundin? Schläfst du mit ihr?«

»Nein, überhaupt nicht. Ich bin mit ihr hergekommen, weiter nichts.«

»Was kümmert's dich dann?«

Selim zuckte mit den Achseln. Und Karim, dem es anscheinend leidtat, dass er so unfreundlich gewesen war, fügte hinzu: »Hast du schon an der Tafel bei der Post geschaut?«

An eine Mauer gegenüber der Post hatten die Hippies persönliche Mitteilungen geklebt. Sie verabredeten sich, suchten einen Landsmann oder boten einen Platz zur Untermiete an. Es gab auch Vermisstenanzeigen, und Selim betrachtete die Fotos lächelnder, brav und unschuldig wirkender Jugendlicher, unter denen die verzweifelten Eltern den Namen notiert hatten und eine Belohnung versprachen. Würde Mathilde herkommen und ebenfalls das Bild ihres Kindes zwischen die Vermissten hängen? Auf diesen Zetteln tauchte ein Name andauernd auf: Diabat.

Selim fragte: »Was ist Diabat?«

»Diabat?«, lachte Karim. »Das ist das Paradies der Hippies, Mann. Echt wahr.«

Drei Tage später bekam Selim die Gelegenheit, sich ins Paradies zu begeben. Karim platzte am frühen Abend herein. Er war außer Atem und so aufgeregt, dass Selim ihn kaum verstand.

»Heute Morgen, Mann, ich schwöre es bei meinem Vater, hat eine Luxuslimousine vor dem Hôtel des Îles gehalten. Und da ist ein Typ ausgestiegen. Ein großer Schwarzer mit krausen Haaren, Lederhose und Cowboystiefeln. Du errätst nie, wer das war, Mann!«

Selim zuckte mit den Achseln. »Wer war es denn?«

»Jimi Hendrix, Mann!«

»Kenne ich nicht.«

»Nicht zu fassen, du lebst echt hinterm Mond. Du weißt nicht, wer Jimi Hendrix ist? Er ist ein Star, Mann. Und heute Abend gehen wir zu einem Fest, das du nicht so schnell vergessen wirst, glaub mir.«

Sie liefen beinahe eine Stunde. Erst an der Küste entlang, dann drangen sie in den Tamarisken-, Eukalyptus- und Thuja-Wald vor. Die vom Wind gepeitschten Bäume hatten seltsame Formen angenommen, wie Gemarterte oder wie hagere Bauern, die auf dem Buckel einen Stoß Reisigbündel trugen. In der Gegend behauptete man, im Wald würden Wölfe und Wildschweine hausen. Niemand wagte sich hinein, schon gar nicht bei Nacht. Auf einer kleinen steinernen Brücke überquerten sie den Oued Ksob. Ein Hirte in einer weißen Dschellaba saß auf einem Felsblock und hütete seine Ziegen. Links an der Flanke eines Hügels sah Selim das Dorf Diabat. Ein winziges Dorf, ein Häufchen kleiner, weiß gekalkter Häuser, die meist nicht mehr als ein oder zwei Wohnräume umfassten. Er sah eine Gruppe junger Leute im Sand liegen und ein nacktes Kind, das kaum laufen konnte und weinte. Eine junge Frau, sicher seine Mutter, rief es auf Italienisch.

Die Hippies lebten dort, mitten unter den Einwohnern, oder besser, bei ihnen. Sie mieteten ein Zimmer für ein paar Dirham und teilten dieses Leben ohne jeglichen Komfort. Sie verrichteten ihre Notdurft im Wald und wuschen sich am öffentlichen Brunnen oder auch im Meer. Sie benutzten Kerzen als Lichtquelle, und wenn sie krank waren, behandelten die Einheimischen sie mit traditionellen Mitteln. Die Dorfbewohner mochten sie gern. Sie sagten: »Sie sind arm, wie wir, und arme Leute helfen sich untereinander.« Genau wie sie ertrugen die Hippies Wanzen und Läuse und diese riesigen öligen Schaben, die nachts auf die Menschen draufkrabbelten und Eier in ihre Ohren legten. Um ihre Zimmer zu bezahlen, betrieben die Hippies einen Tauschhandel. Ein Glas Erdnussbutter oder Marmelade sicherte ihnen Unterkunft für eine Woche und mehr.

Ja, die Einheimischen betrachteten sie als seltsame Habenichtse, von anderswo hergekommene Arme, europäische

Besitzlose. Die Hippies waren immer gut gelaunt. Sie tanzten und sangen gern. Sie kümmerten sich um die Tiere und die Kinder mit einer Hingabe, die den Bewohnern Diabats zugleich rührend und naiv erschien. »Sie sind selbst Kinder«, vertrauten sie einander an, wenn sie unter sich waren. Die ältesten Dorfbewohner zeigten sich manchmal misstrauisch. Sie verstanden das nicht. Früher waren die Weißen gekommen. Sie hatten ihnen Züge, Straßen und Schulen versprochen. Sie hatten ihnen gesagt, dass auch sie bald Elektrizität, Flugzeuge und brandneue, blitzsaubere Krankenhäuser hätten, wo man sie umsonst behandeln würde. Doch es gab weder Straße noch Schule noch Zug. Und nun kamen die Weißen wieder. Sie kamen wieder, um ein karges, ein hartes Leben zu teilen. Wie seltsam. Die Kinder Diabats verließen das Dorf. Sie zogen nach Marrakesch oder sogar noch weiter, nach Agadir oder Casablanca. Und die Kinder anderer Leute kamen hierher und behaupteten, es gebe nichts Schöneres, nichts Wahrhaftigeres als dieses Leben ohne alles, unter Ziegen und Kakerlaken.

Auf der anderen Seite der Straße erkannte man die Rudimente eines halb im Sand begrabenen Palastes. Dar Soltane, erbaut im 18. Jahrhundert von einem reichen Kaufmann, verschenkt an den Gouverneur der Stadt, der dort, in nach europäischem Stil eingerichteten Räumen Botschafter und hohe Würdenträger empfing. Sandstürmen und Plünderern preisgegeben war der prächtige Bau nur mehr ein Haufen Ruinen und erinnerte an die verfallenen Maharadschapaläste im indischen Dschungel. Was von den Lehmwänden übrig war, verschmolz mit dem Dünensand, und nichts war mehr erhalten von den reich verzierten Decken, den mit Zellij-Kacheln gepflasterten Böden, den Marmorkaminen und den aus Italien importierten Kronleuchtern. Selim und Karim marschierten, geleitet vom Rhythmus der Trommeln und den Gitarrenklängen, die aus den Ruinen aufstiegen. Dort inmitten der Überreste war das Fest in vollem Gange. Es waren vor allem Hippies aus der Umgebung da. Sie tranken und rauchten am Feuer. Um sich vor Wind und Kälte zu schützen, hatten einige sich große Jutesäcke übergeworfen, die normalerweise Mehl oder Zucker enthielten. In einer Ecke wärmten Dealer mit glänzenden Lippen und verschleiertem Blick süße Haschkugeln in ihren Händen. Mitten in der Menge erkannte Selim plötzlich Nilsa. Sie saß im Sand, die langen Haare hingen ihr über die Schultern, und als sie ihn sah, stand sie auf und fiel ihm um den Hals. »Mein marokkanischer Freund!«, sagte sie. »Wo warst du denn abgeblieben? Ich habe mir Sorgen gemacht.« Sie umfasste Selims Gesicht mit den Händen und küsste ihn. Sie steckte ihre Zunge in seinen Mund. Ihre dicke, teigige Zunge, die kreiste und kreiste, über seine Zähne und das Innere seiner Wangen fuhr. Und Selim spürte, wie sich etwas Weiches, Klebriges an seinem Gaumen auflöste.

Ein Paar am Boden küsste sich, und Selim starrte auf die Hände des Mannes. Große weiße Hände voller roter Haare. Die Finger liefen über die Schenkel wie eine riesige Spinne. Dann verschwanden sie. Sie drangen ins Innere der Frau vor, die den Kopf in den Nacken warf und, den Blick zum Himmel gerichtet, zu stöhnen begann. Selim hatte hier nichts zu suchen. Er sah Amines Gesicht vor sich und empfand Scham, entsetzliche Scham, als könne sein Vater durch ihn dieses Spektakel beobachten. Ein Mädchen nahm seine Hand. Ein Mädchen mit struppigen Haaren, das beim Lächeln weit auseinanderstehende Zähne entblößte.

Eine Gruppe Musiker näherte sich vom Strand her. Sie trugen dunkle Dschellabas und geflochtene Kappen auf dem krausen Haar, an denen kleine Muscheln hingen, die klimpernd aneinanderschlugen. Sie setzten sich ums Feuer. Sie klemmten sich Darbukas zwischen die Schenkel, auf denen sie mit der flachen Hand zu trommeln begannen. Andere hatten große metallene Kastagnetten, die sie mit den Fingern zum Klappern brachten. Die Hippies um sie herum johlten vor Begeisterung. »Das sind Gnawas«, erklärte Karim. Doch Selim hörte ihm nicht zu. Er hatte Durst. Entsetzlichen Durst. Er dachte an das Wasser, dort unten, und an das Rauschen der Wellen, das jetzt von den Trommelschlägen übertönt wurde. Er erhob sich schwankend und hielt sich an einem Mädchen fest, das sich zum Rhythmus der Darbukas im Kreis drehte. Einer der Musiker begann zu singen oder besser zu brummen, zu heulen, als wolle er die schlafenden Gespenster des verlassenen Palastes aufwecken.

Der Boden erschien ihm weich, er gab unter seinen Füßen nach, um ihn herum hatte die Welt ihre Konturen verloren. Alle Formen waren ineinander verschmolzen, und Selim bewegte sich voran, indem er die Knie hob und die Hände ausstreckte, wie um sich an einer imaginären Mauer abzustützen. Konfuse Gedanken schwirrten ihm durch den Kopf, so schnell, so rasend, dass sie nie zum Schluss kamen und keinen Sinn ergaben. Dann gewann einer die Oberhand über alle anderen. Es war nicht wirklich ein Gedanke. Selim wurde von einem unbezwingbaren Verlangen gepackt, der unbändigen Lust, Liebe zu machen. Er wollte sich die Kleider vom Leib reißen und sich nackt auf eine Frau legen, die er besitzen würde, so intensiv, wie man eine Frau nur besitzen konnte. Die anderen riefen ihn vom Feuer aus, aber egal, wie weit er vorankam, ihre Silhouetten blieben immer gleich weit entfernt. Er hatte das Gefühl, im Sand zu versinken, und er hörte seine Freunde lachen. Sie sahen ihn also, sie riefen seinen Namen, und Selim war voller Liebe für diese Fremden. Er würde sie in die Arme schließen und ihnen tausend Dinge über sich erzählen. Ja, er musste laufen, noch ein paar Schritte, dann würde er seinen Kopf in den Schoß des Jungen mit der Gitarre legen und ihm sagen, wer er ist und woher er kommt und wie glücklich er ist, bei ihnen zu sein. Nein, nicht glücklich, nahm er an, das ist etwas anderes als Glück, das ist völlige Preisgabe, das Ende des Kampfes, und Selmas Worte legten sich über seine. Er hatte den Widerstand aufgegeben, und der Hund, der seine Wade mit den Zähnen gepackt hielt, interessierte sich nicht mehr für ihn und war abgehauen. Jemand zog ihn am Hemd. »Alles klar, Mann?« Selim lächelte. Er wollte antworten, doch als er den Mund öffnete, entwich ihm nur ein Gurgeln. Er fiel zu Boden. Seine Hände näherten sich dem Gesicht seines Nachbarn, der es mit sich geschehen ließ. Er streichelte seine Wangen, folgte dem Nasenrücken mit der Fingerspitze und schob seine Lippen auseinander. Der andere biss ihn sanft, wie spielende Welpen beißen.

Um sie herum lachten die Leute. Der Mond beschien den verfallenen Palast. Selim betrachtete eine der Umfriedungsmauern, an der man behauene Steine und den Rest von etwas, das eine Inschrift gewesen sein musste, erahnen konnte. Die Wände begannen zu schwanken. Der Palast selbst schien sich zu bewegen, und die Lehmwände kamen auf Selim zu. Er sah so deutlich, wie er den Ozean sah, die Gestalten derer, die hier früher einmal, vor sehr langer Zeit, gelebt hatten, als der Palast noch ein Dach hatte und diese modrigen Holzplatten Fenster waren. Gespenster, den Büchern entstiegen, die gelesen zu haben er sich nicht erinnerte. Sie mischten sich unterschiedslos zwischen die im Sand sitzenden jungen Menschen.

Er sah ihn nicht kommen. Er hörte nur den Applaus, das Kreischen der Frauen, die kurz davor waren, in Ohnmacht zu fallen. Der schwarze Mann war da. Der Mann, von dem Karim gesprochen hatte und dessen Name Selim entfallen war. Sein Gesicht wurde von den Funken erhellt, die im Wind wirbelten. Er erinnerte an eine Figur aus einem Film. Einen Indianerhäuptling oder einen Voodoopriester. Eine Fantasiegestalt jedenfalls. Als er die Gitarre ergriff und seine langen Finger über die Saiten zu zucken begannen, brach Selim in Lachen aus. Dieses Lachen, das Nilsa so erschreckt hatte und das in den Ruinen von Dar Soltane widerhallte.

Selim fand sich auf den Füßen wieder. Er wusste nicht, wohin er gehen sollte. Er kam nicht mehr voran zwischen den halb nackten Leibern, die rhythmisch stampften, mit geschlossenen Augen. Sie drehten sich so schnell, dass Selim schwindlig wurde. Manche schlugen sich auf die nackte Brust, reckten die Hände zum Himmel und wiegten die Köpfe, bis sie in Trance gerieten. Und die Musiker trommelten immer schneller und schneller auf die gespannten Häute ihrer Darbukas. Selim konnte das Herz jedes Einzelnen hören. Riesige Herzen, bereit zu bersten, bereit, sich aus dem Brustkorb loszureißen, der sie einschnürte und gefangen hielt. Die Tanzenden schwangen ihre Arme, ihre Hintern, Geister schienen von ihren Körpern Besitz ergriffen zu haben. Ein Mann hüpfte hinter den Musikern herum und wiederholte ekstatisch: »Eben, genau, genau!« Mit den Füßen wirbelten die Tanzenden den Sand auf, der schwebte und an der feuchten Haut haften blieb. Er drang in die Münder, und die Körnchen knirschten zwischen den Zähnen.

Selim ging weiter, driftete neben sich, schaute sich selbst beim Leben zu und vergaß sich dann. Sein Körper war unabhängig geworden, führte ein eigenes Dasein. Seine Augen sahen, ohne zu begreifen, das Schauspiel, das sich ihm bot. Er hatte jegliches Zeitgefühl verloren und nahm blitzartig, stoßweise wahr, was um ihn herum geschah. Sein Körper schwankte zwischen einer seltsamen Mattigkeit, leichtem Schwindel und einem luftigen Wohlbefinden, einer Auflösung des Bewusstseins, in der er sich berechtigt fühlte, alles zu sein, alles zu sagen, alles zu erleben. Er knöpfte sein Hemd auf und streichelte seinen Bauch, dann seinen Brustkorb. Der Kontakt seiner Hand mit der eigenen Haut beruhigte ihn seltsamerweise. Er hätte sich gern selbst geliebt, sich verschlungen. Jede Pore seiner Haut gespürt, jedes einzelne Nervenende erregt, er wünschte, dass eine übermenschliche Hand ihn besäße, von den Zehenspitzen bis zum Hals, von den Lippen bis zum Innern seiner Schenkel. Er schlug mit den Armen, als wolle er die Landschaft an sich drücken, überrascht, dass die Welt rundum nicht umarmt werden konnte. Dann wurde der Sand kalt. Seine bloßen Füße waren nass. Er trank etwas Lauwarmes, Bitteres, das ihm wohltat. Er nickte, während ein Junge sprach, und verstand nichts, oder besser, er dachte: Das muss langsamer werden. Er legte sich hin, mit nacktem Bauch. Er schlief ein.

»Selim ist verschwunden.« Mathilde weinte am anderen Ende der Leitung, und Aïcha verstand nichts von dem, was ihre Mutter sagte. Sie war zum Postamt von Rabat gegangen, um ihre Eltern anzurufen und ihnen mitzuteilen, dass sie noch etwas länger bei Monette bleiben würde. Aber Mathilde sagte sofort: »Selim ist verschwunden«, und Aïcha wagte nicht mehr, von sich zu sprechen. Sie stellte Fragen. Wann hatte ihr Bruder das Haus verlassen? Hatten sie seine Freunde kontaktiert? Hatten sie irgendeine Ahnung, wohin er gegangen sein könnte? Mathilde antwortete nur mit Tränen und Schniefen. »Er hat mir Geld gestohlen. Kannst du dir das vorstellen? Er hat mein Geld gestohlen.« Aïcha fragte: »Hast du die Polizei benachrichtigt?« Und Mathilde unterbrach sie in eisigem Ton: »Die Polizei? Die Polizei hat damit nichts zu tun. Wir waschen unsere schmutzige Wäsche nicht in der Öffentlichkeit. Rede bloß mit niemandem darüber. Wenn dich jemand fragt, Selim ist im Elsass, und es geht ihm bestens.«

Mehdi wartete draußen auf sie, auf einer Caféterrasse unter den Arkaden der Avenue Allal-Ben-Abdellah. Sobald sie wiederkäme, würde er ihr vorschlagen, zu ihm zu gehen, in seine Wohnung in der Rue de Bagdad, ein paar Schritte vom Bab er-Rouah entfernt. Seit Tagen dachte er daran und stellte sich vor, wie Aïcha auf der Couch in seinem Wohnzimmer saß, die Beine übereinandergeschlagen, die langen Hände artig auf den Knien. Oder vielleicht würde sie stehen bleiben und die Bücher im Regal anschauen, das er selbst aus Ziegelsteinen und Brettern gebaut hatte. Er würde Musik auflegen, eine Platte von Sarah Vaughan oder Lady Day. Er würde ihr einen Tee machen, und sie würden dort sitzen, nebeneinander, in dem von der Sonne in einen Backofen verwandelten Wohnzimmer. Er würde das Fenster öffnen, das auf die Fassade eines alten Palais hinausging, er würde sie an sich ziehen und so fest drücken, dass ihre Rippen brechen würden wie eine Nussschale. Er würde seine Worte sorgsam wählen, aber nicht aussprechen. Was auch immer er tun würde, er war sich sicher, sie würde es verstehen. Seit drei Wochen sahen sie sich jeden Tag. Sie küssten sich, im Auto versteckt, oder warteten auf die Dunkelheit, um am Strand oder in Henris Garten ein ungestörtes Plätzchen zu finden. Nie hatten sie ein Wohnzimmer ganz für sich allein gehabt, und natürlich dachte Mehdi daran. An Aïchas nackte Haut. An das Begehren, das sie in ihm entfachen würde, daran, wie sich alles abspielen würde. Er wollte nicht, dass sie sich in die Falle gelockt fühlte, dass sie Angst hätte. Um ehrlich zu sein, hatte er keine Ahnung, was sie über Sex dachte. Sie hatten nie darüber gesprochen, und keiner von beiden hatte gewagt, dem anderen Fragen zu seinen verflossenen Abenteuern und seiner Erfahrung in diesen Dingen zu stellen. Er trank seinen Kaffee und schloss bei jedem Schluck die Augen. Er genoss die Vorfreude so sehr, dass er wünschte, ihr Telefonat würde sich ewig hinziehen. Sie hatte ihm gesagt, dass ihre Mutter Mathilde hieß, und er wusste nicht, warum, aber das hatte ihn beeindruckt.

Sie kam aus der Post zurück, die Augen gerötet. Mehdi wusste, dass der Sommer zu Ende war. »Ich muss nach Hause«, sagte Aïcha. »Meine Eltern brauchen mich.« Sie würde noch am selben Abend den Zug nehmen. Mehdi bestand darauf, sie mit dem Auto hinzubringen. »Das macht mir nichts aus. Wir fahren zusammen, und ich setzte dich ab. Niemand wird mich sehen.« Und das taten sie. Aïcha packte ihren Koffer, sie umarmte Monette und Henri, die in ihren nassen Badesachen vor der Tür standen und winkten, bis Mehdis Wagen verschwunden war.

Sie fuhren schweigend in dem alten sandfarbenen Simca, durch dessen offene Fenster die bleierne Hitze hereindrang. Mehdi saß am Steuer, ohne sich an den glutheißen Sitz zu lehnen. Manchmal löste er eine Hand vom Lenkrad und legte sie sacht auf Aïchas Schulter oder auf ihr Bein. Sie wünschte, die Finger dieses Mannes würden dort für immer liegen bleiben, sich in ihr Fleisch eingraben. Als sie durch den Wald von Maâmora kamen, wurden sie von Polizeiautos überholt. Alle Fahrzeuge mussten am Straßenrand halten. Eine königliche Wagenkolonne würde gleich hier vorbeikommen. Mehdi stellte den Simca unter eine Korkeiche, und sie warteten. Er hasste den August mit seinen wolkenschweren Himmeln. August, das war der Monat der Massaker, der Unruhen, der Bauernaufstände. Wie alle Marokkaner misstraute Mehdi dem Sommer und der

Hitze, die vom Boden aufstieg und die Menschen so sehr zermürbte, dass sie Morde begingen. Aïcha wandte sich ihm zu. Sie wollte etwas sagen, zärtliche Worte, doch sie blieb stumm. Mehdi sah sie an und biss sich auf die Lippen. Er versank in ihren Augen, als könnten sie ihm, wie der Kaffeesatz am Grund einer Tasse, seine Zukunft enthüllen. Er sah in den Pupillen dieser jungen Frau sein kommendes Leid, seinen Ruhm, seine Schmach und seinen Verrat. In ihrer Iris sah er sein gesamtes Leben vorüberziehen. Aïcha enthielt seine Zukunft, wie die in der Tiefe einer Höhle gefundene Lampe den flüchtigen Körper eines Dschinns enthält. Er war sich sicher, wenn er ihre Hand nähme, wenn er Aïchas Handfläche zum Himmel drehte, so würde er in diesen Linien sein eigenes Schicksal lesen.

Sie warteten lange im Schatten der Bäume. Endlich erschienen blitzende, braune und schwarze Mercedes-Limousinen und rasten vorbei. Die Polizisten gaben den Fahrern ein Zeichen: Sie konnten ihren Weg fortsetzen. Mehdi wünschte, die Reise würde niemals enden. Sie würden sich endlos auf ein Ziel zubewegen, an das man nicht gelangen konnte, und die Welt würde sich auf das Innere seines Wagens beschränken, in dem sie allein und unerreichbar wären. Vor ihnen schienen die von der Hitze niedergedrückten Hügel zu schweben, und die Brechung der Sonnenstrahlen auf dem Asphalt schuf die Illusion großer Wasserpfützen. In der Ferne wurden hohe Zypressen sichtbar, dann Olivenplantagen. Sie fuhren an den ausgedehnten Weinfeldern des Nachbarn der Belhajs vorbei. Die Reise war zu Ende, sie waren angekommen, und Aïcha begann schon nervös zu werden. Sie blickte in den Rückspiegel, als fürchte sie, dass sie verfolgt würden oder plötzlich die Schemen ihrer Eltern auftauchten. Sie hielt den Kopf gesenkt wie eine Gefangene auf der Flucht. Dann befahl sie unvermittelt: »Halte hier an.« Ein paar Meter entfernt war das große Schild mit dem Namen Belhaj zu sehen.

»Hier, bist du sicher? Es ist noch weit. Ich kann dich ein bisschen näher ranbringen. Niemand wird uns sehen.«

»Nein, nein, es ist besser, wenn ich hier aussteige.«

»Aber ist das nicht gefährlich? Ich will dich nicht mitten zwischen den Feldern allein lassen.«

Aïcha lächelte. »Gefährlich? Hast du schon vergessen, dass das meine Farm ist. Hier kann mir nichts passieren. Ich kenne diesen Ort in- und auswendig. Selbst in völliger Finsternis würde ich mich zurechtfinden.«

Es gab weder Tränen noch einen filmreifen Kuss. Mehdi umarmte Aïcha und sah ihr hinterher, an die Tür seines Wagens gelehnt. Sie sprang über eine Absperrung, und ihre zierliche Gestalt verschwand zwischen den Bäumen. Mehdi rührte sich nicht. Er konnte sich nicht dazu entschließen, den Wagen wieder zu starten und umzukehren. Er betrachtete die langen Olivenbaumreihen und begann sich das kleine Mädchen vorzustellen, das Aïcha gewesen war. Er sah sie als Kind über die Felder rennen und ahnte, wie sie damals ausgesehen hatte, ihre aufgeschürften Knie, ihre kleinen, von Brennnesseln geröteten Hände mit den runden Nägeln. Er glaubte sogar ihr Lachen erklingen zu hören, ihr Kinderlachen, und entdeckt ihren dürren, wendigen Körper, der auf einem Ast schaukelte. Da dachte er, dass er sie schon immer gekannt hatte. Dieses kleine Mädchen dort war ihm nicht fremd, ebenso wie die Jugendliche, die sie danach gewesen war. Eine strenge, ernste Jugendliche, konzentriert auf die schwierige Aufgabe, erwachsen zu werden. Immer schon war sie seine verwandte Seele gewesen, und all die ohne sie verbrachten Jahre kamen ihm nun vor wie verlorene, nutzlose und vergeudete Jahre. Er war nicht nur verliebt in sie, die Frau, die er kannte, sondern auch in all jene, die sie gewesen war und sein würde. In seinem Auto sitzend, bei geöffneter Tür, rauchte er ein paar Zigaretten. Bauern kamen vorbei und grüßten ihn mit misstrauischen Gesichtern. Mehdi war es egal. Diese Frau und die Stärke der Liebe, die er für sie empfand, waren der Beweis dafür, dass er recht hatte, an sein besonderes Schicksal zu glauben. Ja, ein außergewöhnliches Schicksal, dessen Teil Aïcha war, und keinen Augenblick lang dachte er, dass er sich hier, in seinem Simca, auf fremdem Land befand. Auf dem Besitz eines anderen, Reicheren, Mächtigeren als er, der ihn fortjagen konnte, wenn er wollte. Nein, das dachte er nicht. Er war erfüllt von Freude und einer unerschütterlichen Ruhe. Er drückte seine Zigarette aus, schloss die Tür und ließ den Motor an.

Langsam folgte er dem Feldweg. Das Gut erschien ihm noch größer, noch beeindruckender als bei seinem ersten Besuch. Er fuhr weiter und fand sich in einer Sackgasse wieder, vor einem riesigen Schuppen, in dem landwirtschaftliche Maschinen untergestellt waren. Er legte den Rückwärtsgang ein und hätte beinahe einen Mann überfahren, der in seine

Richtung getrottet kam. Der Arbeiter ging um den Wagen herum und legte seine schwielige Hand an die Tür.

»Wo willst du hin, Junge? Hast du dich verirrt?«

»Ich suche das Haus. Ich würde gerne den Besitzer sprechen.«

»Si[3] Belhaj ist in seinem Büro. Komm, ich bring dich zu ihm.«

Der Arbeiter setzte sich wieder in Bewegung, und Mehdi folgte ihm, ein wenig eingeschüchtert. Bald war das Haus zu sehen. Die große Palme, der Schuppen und, hinter einer Hecke, der von ockerfarbenen Backsteinen eingefasste Pool. Mehdi hielt einen Moment und betrachtete die große blonde Frau, die am Beckenrand stand. Sie trug einen lila Badeanzug, und ihre bleichen Beine waren so muskulös wie die eines jungen Burschen. Sie hob die Arme, legte die Hände aneinander und sprang. Mathilde.

»Kommst du?«, fragte der Arbeiter ungeduldig. »Hier ist es.« Seine Wollmütze in der Hand, öffnete der Mann die Glastür einen Spaltbreit. »Chef. Da ist jemand, der Sie sprechen möchte.«

Das Erste, was Mehdi sah, als er das Büro betrat, war das Porträt Hassans II. an der Wand. Er hatte das Gefühl, der König blicke spöttisch auf ihn herab. Doch dann wandte er sich Amine zu, der in einem Ledersessel saß. Mehdi fand, er sah gut aus, überhaupt nicht wie der dickbäuchige, vulgäre Bauer, den er sich vorgestellt hatte. Im Gegenteil, er erinnerte an einen Filmschauspieler mit seinem sorgfältig

---

3 Kurzform von Sidi.

gestutzten Schnurrbärtchen. Mehdi streckte ihm die Hand hin und stellte sich vor:

»Guten Tag, Monsieur. Ich heiße Mehdi Daoud.«

»Und was kann ich für Sie tun, Monsieur Daoud?«

»Also, ich bin hier, weil ich um die Hand Ihrer Tochter anhalten möchte. Aïcha.«

»Pardon?«

Amine war sprachlos. Er legte die Hände auf seinen Schreibtisch und stand auf. Er war kurz davor, diesem jungen Mann, der ihm da gegenüberstand, an die Gurgel zu springen.

»Soll das ein Witz sein?«

»Nein, ganz und gar nicht. Ich habe soeben um Aïchas Hand angehalten«, wiederholte Mehdi mit etwas zu schriller Stimme.

»Was reden Sie da? Wer sind Sie überhaupt? Mehdi Daoud, richtig? Ich habe noch nie von Ihnen gehört.«

»Ich unterrichte Wirtschaftswissenschaft an der Université Mohammed-V. von Rabat. Ich habe vor, mich um die Stelle als Leiter des Instituts für Rechtswissenschaften zu bewerben, und arbeite derzeit an einer Abhandlung über ...«

»Sind Sie nicht ganz bei Trost, oder was? Hat meine Tochter Ihnen gesagt, dass Sie das machen sollen?«

»O nein, ganz und gar nicht, Ihre Tochter hat damit nichts zu tun. Sie weiß nicht mal, dass ich hier bin. Ich habe äußerst ernste Absichten, Monsieur Belhaj.«

Amine wandte sich zum Flur, der in die Wohnräume führte, und brüllte so laut »Aïcha!«, dass Mehdi zurückwich. Sie war da. Und in wenigen Augenblicken würde sie erscheinen und sehen, wozu Mehdi fähig war. Sie wäre überwältigt von seinem Mut und der romantischen Geste, sie würde ihren Vater überzeugen, und dann würden sie hier, auf dieser Farm, unter der großen Palme heiraten.

Aïcha erschien. Barfuß ging sie auf ihren Vater zu wie ein ertapptes kleines Mädchen, bereit, seine Strafe zu erdulden. Als sie Mehdi bemerkte, riss sie die Augen auf. Sie wirkte sehr wütend.

»Kennst du diesen Mann?«, fragte Amine sie.

Aïcha senkte die Augen.

»Er sagt, dass er dich kennt. Also, hast du ihn schon einmal getroffen, ja oder nein?«

»Ja, ich kenne ihn. Monette hat uns miteinander bekannt gemacht.«

»In Ordnung. Stell dir vor, dieser Junge ist hier, weil er um deine Hand anhalten will. Was sagst du dazu?«

»Was?« Aïcha hatte es beinahe geschrien. Ihre Wangen waren scharlachrot, und sie konnte das Blut in ihren Schläfen hämmern hören.

»Ist das auf deinem Mist gewachsen?«

»Nein, überhaupt nicht.«

»Überhaupt nicht was? Du wusstest nicht Bescheid, oder du möchtest ihn nicht heiraten?«

»Aber, ich habe keine Ahnung.«

»Wie, du hast keine Ahnung? Wollt ihr mich für dumm verkaufen?« Amine sah die beiden jungen Leute an und verkniff sich ein Lächeln. »Ich habe keine Zeit für euer Theater. Einigt euch, dann reden wir weiter. Und jetzt raus hier. Aus meinen Augen!«

Rabat, 19. November 1970

Aïcha,

die Störche sind zurückgekehrt. Sie kreisen am stets blauen Himmel von Rabat, sie kreisen und kreisen über dem Fluss, über den Dächern der Medina, sie bauen riesige Nester auf den toten Bäumen und den Steinhaufen in den Ruinen der Chellah, und ich habe das Gefühl, sie winken mir. Ich gehe oft in die antike Nekropole und schaue zu, wie sie am Himmel ihre majestätischen Bögen ziehen, roter Schnabel, weißer Körper, umrahmt von weiten schwarzen Schwingen mit gespreizten Schwungfedern, wie Kämme. Ich beobachte ihre Spiegelung auf dem schlammigen Wasser des Bou-Regreg. Manchmal fliegen sie so niedrig, dass mir scheint, ich könnte sie berühren. Mich fesselt vor allem das Geräusch, das sie machen, ich höre sie endlos klappern, als müssten sie mir eine Nachricht überbringen. Sie sind direkt aus Deiner Gegend gekommen, Deinem kalten, grünen Elsass, ohne einen Flügelschlag, auf den Wolken schwebend. Ich versuche verzweifelt, die Nachricht zu entschlüsseln, die Du ihnen für mich mitgegeben hast. Du hast mir gewiss etwas zu sagen, auch wenn Du nicht auf meine Briefe antwortest. Du schickst mir lieber Deine Botschafter, um mir Deine Rückkehr anzukündigen. Ich irre mich doch nicht, oder? Sie kommen als Kundschafter. Wenn sie diesen langen Weg zurückgelegt haben, dann wirst Du es auch tun. Aïcha, das mit uns ist noch nicht vorbei.

Ich weiß von Monette, dass Du noch immer in Straßburg bist, dass Du ein Zimmer über der Wohnung eines gewissen David gemietet hast. Ich habe bei Dir angerufen, und ich vermute, er war es, der rangegangen ist, aber woher soll ich wissen, ob er Dir von meinem Anruf erzählt hat? Weiß er, wer ich bin? Hast Du ihm von mir erzählt? Und dann frage ich mich noch: Was bedeutet er Dir?

Mein Herz ist erschöpft, mein Magen krampft sich zusammen. Meine Gedanken sind ein einziger Brief an Dich, ein Gerüst aus Wörtern, die für Dich bestimmt sind. Es ist ein stetiger, unbeholfener Prozess, eine Obsession, die mich bis in den Schlaf verfolgt. Es lässt mir keine Ruhe, Aïcha, der Fehler, den ich begangen habe, lässt mir keine Ruhe, der Gedanke an das, was zwischen uns begonnen hat und was unterbrochen wurde durch meinen absurden Vorstoß bei Deinem Vater. Ich will glauben, dass Du Dich, ebenso wie ich, in einem Zustand schmerzhafter Verwirrung befindest. Ich möchte Dich in meinen Armen halten,

Deine überstürzte Abreise vergessen, Dir sagen, dass nichts uns entzweien kann, nicht einmal Du. Denn ich komme nicht umhin zu hoffen. Nichts und niemand könnte Deine Abwesenheit in mir ausfüllen. Ich müsste in dieser Leere eine Höhle einrichten, um darin lange zu schlafen, wie ein Bär den Winter des Schmerzes mitten im Sommer darin auszusitzen. Ich spüre immer noch Deinen Blick auf mir, wie man den Wind auf der Haut spürt.

Du kannst es mir nicht derart übel nehmen. Was ich getan habe, war falsch. Du konntest denken, ich wollte Dich Deinem Vater abkaufen wie ein Stück Vieh. Ich habe einem verrückten Impuls nachgegeben, ohne mit Dir darüber zu sprechen, der Liebe so sicher, die mich erfüllte und mich wie auf warmen Winden hoch über den gewöhnlichen Dingen schweben ließ. Alles erschien mir einfach, nichts konnte sich dieser Kraft entgegensetzen, Dein Vater würde lächelnd zustimmen, und wir würden gemeinsam in das wunderbare Leben aufbrechen, das uns verheißen war. Ich hatte nicht den Hauch eines Zweifels, glaub mir, es ging nur darum, den Anstoß zu geben, und der Himmel würde sich feierlich auftun auf unsere strahlende Zukunft. Schließlich nennt mich alle Welt Karl Marx, ich bin ein Spezialist für glänzende Aussichten.

Ich war so eitel zu glauben, dass Du dieses Vertrauen in meine Kraft teiltest, Aïcha. Ich fand mich großartig, bewundernswert mutig und entschlossen, doch Du sahst in meiner Haltung nur Arroganz, Rücksichtslosigkeit, Besitzergreifung. In diesem letzten Punkt hast Du recht: Ich wünschte, Du würdest nur mir gehören. Niemand außer mir würde je Deine Hand halten, Dich in die Arme schließen, Deinen Duft einatmen. Wenn Du da warst, wenn ich Dich berührte, mit Dir sprach, Dir zuhörte, von Dir träumte, hatte ich das Gefühl, dass meine Liebe Dich schöner machte, Dich zu Dir selbst brachte, zu dieser reinen Schönheit in Dir. Wie herrlich warst Du in meinen Händen und unter meinem Blick! Diese Anmaßung lastet jetzt schwer auf mir. Die Erinnerung an den Geschmack Deiner Lippen, den Duft Deiner Haut, unsere Liebkosungen, ist ein brennendes Gift.

Ich laufe endlos, ziellos, ich gehe zur Spitze der Kasbah und schaue aufs Meer hinaus, das zwischen uns liegt, als könnte ich Dich erspähen: Bist Du das nicht, dieser kleine Punkt dort auf dem Horizont, winkst Du mir nicht zu? Die übrige Zeit sehe ich mein Leben ablaufen, als wäre ich nur ein Zuschauer, oder besser, als hätte es noch nicht begonnen.

Lass mich Dir ein wenig aus Deiner Heimat berichten. In drei Monaten habe ich drei- oder viermal unterrichtet. Die überreizten Studenten streiken am laufenden Band, immerhin habe ich so genügend Zeit zum Lesen, Spazierengehen und Nachdenken. Ich habe mich um die Stelle als Prodekan beworben. Leider schätzt mich der Dekan weniger als die Schmeichler, die ihn umgeben. Als ich ihm erzählt habe, dass ich meine Doktorarbeit über die psychischen Folgen von Unterentwicklung schreiben möchte, hat er mir ins Gesicht gelacht. Es gibt kein geistiges Leben mehr in diesem Land. Alles ist verkümmert, erstickt, enttäuschend. Man hat die Philosophie durch Islamstudien ersetzt, das Soziologische Institut wurde geschlossen. Wenn ich in Frankreich oder Amerika geboren worden wäre, könnte ich mich für andere Dinge als die Politik interessieren, ich könnte meine Gedichte schreiben, ohne irgendjemandem Rechenschaft zu schulden, und müsste die Moralpredigten der sogenannten Revolutionäre nicht ertragen. Gestern war ich mit Abdellah und den anderen im Jour et Nuit. Abdellah war vollkommen aufgekratzt. Er verbringt die Hälfte seiner Zeit in den Botschaften von China oder Kuba. Neulich Abend hat er mich zu einem Vortrag von Alejo Carpentier geschleift, den ich so viel scharfsinniger, bestechender und mitreißender fand als unsere Pseudo-Che-Guevaras. Ronit hat nicht unrecht, wenn sie sagt, es wäre nicht gut, in einem Land zu leben, das von Männern wie Abdellah regiert wird. Ich weiß, was Du sagen wirst. Vor gar nicht allzu langer Zeit war ich selbst noch ein aufgeblasener Theoretiker, überzeugt, ich könnte ein Buch schreiben, das den Lauf der Dinge verändern würde. Was für ein Unsinn! Nicht als Hungerleider, der seine Ideen in der Wüste predigt, wird mir das gelingen. Ich habe viel nachgedacht, und ich habe andere Pläne. Hör mir gut zu, Aïcha: Ich bin überzeugt, dass mir ein außergewöhnliches Schicksal bestimmt ist. Du bist die Erste, der ich das zu sagen wage, und mir ist egal, ob Du die Augen verdrehst und Dich fragst, ob das Selbstüberschätzung oder Naivität ist. Ich kann Dir nicht sagen, warum, aber ich spüre genau, dass ich aus einem anderen Holz geschnitzt bin als die Leute meiner Generation, ich fühle in mir eine besondere Kraft, die mich weit bringen wird, das versichere ich Dir, und ich weiß, Du wirst bei mir sein. So, jetzt kannst Du noch mal so richtig lachen, und ich lache mit Dir, auch wenn ich es vollkommen ernst meine.

Und dann ist da noch diese Sache mit Roland Barthes. Du weißt, dass ich oft im Pagode zu Abend esse, dem chinesischen Restaurant bei mir unten im Haus. Neulich kam ein Mann herein, ein eleganter Europäer mit weißen Haaren, dessen trauriges Gesicht mir irgendwie bekannt vorkam. Er war in Begleitung einer winzigen alten Dame, offenbar seiner Mutter. Am nächsten Morgen bin ich der Frau im Treppenhaus begegnet. Ich habe begriffen, dass sie eine Etage tiefer wohnt. Ich habe an den Briefkästen im Eingang nachgesehen und den Namen des Mieters gefunden: »Roland Barthes«. Kannst Du Dir das vorstellen? Alle Welt redet von ihm. Die Professoren an der Uni sind stolz, dass eine solche Berühmtheit nach Rabat kommt, um zu unterrichten. Den Studenten dagegen ist es schnurz, die denken nur noch an Streiks und Generalversammlungen. Du wirst mich albern finden, aber ich habe mir all meine Artikel vorgenommen, habe sie noch einmal sorgfältig überarbeitet und in seinen Briefkasten gesteckt. In dem Moment, da ich

Dir schreibe, liest er sie vielleicht gerade! Mein Leben besteht nur noch aus Warten. Auf eine Nachricht von Dir. Auf eine Antwort von Barthes. Ich bin ein Mann, der wartet. Stell Dir vor, meine Texte würden ihm gefallen, er würde sie einem Pariser Verlag empfehlen, stell Dir vor, ich käme nach Frankreich, warum nicht Straßburg, um mein Buch vorzustellen und es Dir zu schenken! Dann könntest Du Deinem Vater sagen, dass ich weit mehr bin als ein kleiner Ökonomiedozent, und zugeben, dass Du keine andere Wahl hast, als den Rest Deines Lebens mit mir zu verbringen.

Aïcha, unser Leben hat eines Abends auf der Terrasse des Café de France begonnen, ich vergesse keinen einzigen Moment dieses Abends, kein einziges Funkeln Deines Blicks auf mir. Du wichst meinen Augen aus, vielleicht in dem Bewusstsein, dass Du, wenn Du erst in ihnen versinken würdest, nie wieder auftauchen würdest, doch Du untersuchtest begierig meine Hände, meine Lippen, meine Stirn, um zu erraten, welch seltsame Gedanken dahinter brodelten. Du wolltest wissen! Ich begriff, trotz der bemühten Belanglosigkeit unserer Sätze, dass wir uns bald gemeinsam auf den Weg machen würden. Mit meinem ganzen Wesen wollte ich Dich damals durchdringen. Da hat alles begonnen. Davor waren wir Embryos, ungeschlüpfte Larven. Nichts von dem, was Deinem Erscheinen vorausging, ist mir geblieben. Ich erinnere mich an kein Leben, in dem es Dich nicht gab.

Irgendwann später, bei einem unserer Spaziergänge,

hast Du mir lachend gesagt, ich sei ein Atheist des Lebens. O nein. Ich bin besessen vom Leben, Aïcha, ich bin ein glühender Anhänger des Lebens, das Leben erleuchtet mich, es zerreißt mich jeden Augenblick, ich liebe es, so wie es kommt, Freude, Glück, Schmerz, Stille. Und dank Dir war ich ihm nie so nah. Ich habe Dich erkannt. Ich erwartete Dich seit den verschwommenen Tagen meiner Kindheit, und Du bist gekommen. Ich betrachte den Himmel, das Licht in den Palmen, den Reigen der Störche, ich bin überwältigt. Glaub mir, diese Schönheit ist aus uns gemacht. Sie ist für uns gemacht.

MEHDI

Mehdi warf seinen Brief ein und ging auf der Avenue Mohammed V nach Hause. Er kam am Bahnhof vorbei, ein Stück entfernt sah er die weißen Türme der Saint-Pierre-Kathedrale. Als er in die Hauptstadt gezogen war, hatte er eine tiefe Aversion gegen sie gehegt. Die weiße, verschlafene Stadt weckte sein Misstrauen. Er fand sie zu ruhig, zu bürgerlich. Ein Ort, an dem nichts geschah. Zumindest nichts Sichtbares, und alle Laster, alle Lügen wurden hinter den hohen Mauern der bourgeoisen Häuser verborgen, an denen im Frühling die Blüten der Feuerranke auflodernten. Mehdi hasste diese herausgeputzten eleganten, von Palmen gesäumten Avenuen und den Eukalyptuswald am Eingang des Agdal-Viertels, dessen Bäume mit ihren gräulichen Stämmen ihm unheimlich waren. In dieser Stadt der Diplomaten und Funktionäre, der Höflinge und Diener fühlte er sich immerzu beobachtet. Er misstraute den Kellnern der Cafés, und in jedem Pförtner, jedem Taxifahrer witterte er einen Spitzel.

Dann lernte Mehdi sie besser kennen. Er gewöhnte sich an, nach der Universität durch die Stadt zu spazieren, so weit ihn seine Beine trugen. Er ging bis zum Marktviertel unten an der Avenue Mohammed V. Er schlenderte durch die Gemüsehalle und bewunderte die Obststände. Die Mandarinen und Granatäpfel, die die Händler aufschnitten, um ihre strahlende Frische zu präsentieren, und die mageren, schmutzigen Katzen, die zwischen den Schalen herumflitzten. Er kaufte nichts, aber er liebte es, den geschäftigen Händlern zuzusehen, vor allem den Fischverkäufern, die auf Plastikstühlen hinter breiten Marmortresen saßen, auf denen Wolfsbarsche und Petersfische mit scharlachroten Kiemen ihr Leben aushauchten. Er ging zur Kasbah des Oudayas und irrte durch dieses Boheme-Viertel, mit seinen blau und weiß gestrichenen Wänden. Manchmal stieg er zum Fluss hinunter und folgte den sumpfigen Ufern des Bou-Regreg. Über dem reglosen, schlammigen Wasser hingen dicke, blassblaue Dunstschwaden. Auf grauen blattlosen Ästen hockten Dutzende weißer Vögel. Die Einheimischen sagten, im Fluss trieben Leichen, und mieden ihn. Mehdi ging hoch bis zur Chellah, deren majestätische Befestigungsmauer sich in der Abenddämmerung orange färbte. Vor den Grabstätten der Marabuts mit ihren strahlend weißen Wänden und runden Dächern legten Frauen harte Eier und Milchflaschen als Opfergaben nieder.

Weil sie die Kulisse seines Liebeskummers wurde, begann die Stadt ihm zu gefallen. Hier führte er seine Melancholie spazieren, während er die Straßen auf der Suche nach einer Frau durchmaß, die er abwesend und in weiter Ferne wusste. Und seltsamerweise erschienen ihm die Straßen, gerade weil Aïcha nicht da war, so ungeheuer lebendig. Seine Suche öffnete ihm die Augen, lenkte seine Aufmerksamkeit auf die kleinsten Details: die Schönheit einer Fassade, das goldene Licht auf den Palastmauern, die hageren Züge eines Schmieds in der Rue des Consuls. Er watete im Treibsand der Sehnsucht, er käute seinen Schmerz wieder, und die Stadt nahm daran Anteil und beschützte ihn.

Der Tag neigte sich dem Ende zu, die Händler der Avenue ließen die Eisengitter vor ihren Läden herunter. Mehdi kam an einer Bäckerei vorbei und betrachtete die Fliegen, die die Pyramiden aus in Honig und Sesam gewälztem Ramadangebäck umschwirrten. Je weiter er ging, desto rarer wurden die Passanten. Die Beamten waren schon heimgekehrt und hielten sicher ihre Siesta auf einer Bank im Wohnzimmer, während ihre Frauen sich um die Kinder kümmerten und in der Suppe rührten. Auch die Gymnasiasten waren schon zu Hause, und nur ein paar bleiche Nachzügler mit Augenringen und übelriechendem Atem fanden sich noch auf der Straße. Die ganze Stadt hatte Hunger.

Zum ersten Mal seit Langem dachte Mehdi an seine Familie, zu der er keine Verbindung mehr hatte. Er erinnerte sich an die langen Abende des Ramadan in Fes, wo er seinem Vater beim Kartenspielen mit Freunden aus dem Viertel zusah. An die Art, wie der alte Mohamed sich zu Tisch setzte und betete, ehe er mit kleinen Schlucken ein Glas kalte Milch trank. »Hamdullah«, und er öffnete für jedes seiner Kinder eine fleischige Dattel, die er ihnen reichte. Manchmal war in der Dattel ein Wurm. Ein dicker, glänzender weißer Wurm, und Mohamed schob ihn mit dem Nagel weg. Freitags nahm der Patriarch seine Söhne mit in die Moschee. Auf dem Weg kaufte er im Lebensmittelgeschäft zehn runde Brote, Schokolade und Sardinenbüchsen, die er an die Armen auf dem Vorplatz verteilte.

Mehdi zuckte zusammen. Ganz in Gedanken versunken, hatte er den Mann nicht bemerkt, der sich ihm genähert hatte. Ein Mann um die vierzig, groß und krankhaft mager. Er trug eine Brille mit getönten Gläsern und lächelte unablässig. Mehdi bemerkte, dass sich etwas unter seinem beigefarbenen Regenmantel bewegte. Der Mann hatte einen kleinen Hund mit lockigem weißem Fell auf dem Arm. Er senkte den Kopf und küsste das Tier auf die Schnauze. Während ihres gesamten Gesprächs hörte er nicht auf, ihn zu streicheln.

»Bist du Karl Marx?« Noch ehe Mehdi antworten konnte, lachte der Mann: »Du hast echt was auf dem Kasten. Ich war heute Morgen bei deiner Vorlesung, und ich habe nichts verstanden.« Er sagte nicht, wie er hieß, und reichte Mehdi nicht die Hand. Er sah ihn nur an, noch immer lächelnd. Mehdi ging weiter, und der Mann folgte ihm, indem er sich seinem Schritt anpasste. »Ich habe vor dem Abitur aufgehört. Aber ich bewundere gebildete Leute. Deine Eltern müssen stolz auf dich sein.«

Mehdi warf ihm ab und zu einen feindseligen Blick zu, doch er wagte nicht, ihm zu sagen, er solle sich verziehen. Er ging etwas schneller und drückte seine Tasche an sich. Auf dem Bürgersteig verkaufte ein Junge ein Hackmesser. Ein wertloses altes, abgewetztes Hackmesser, doch der Junge hatte es auf ein unverhältnismäßig sauberes Stück Stoff gelegt. Neben ihm saß eine alte Frau mit einem Gesicht, so runzlig wie eine Feige. Sie bot den Vorübergehenden hausgemachtes Gebäck an, das sie in einem kleinen Weidenkorb präsentierte. Der Mann blieb stehen und beugte sich langsam zu der Alten hinunter. Mehdi, der nicht eine Sekunde daran zweifelte, dass es sich um einen Bullen handelte, dachte, er würde wütend werden und nach dem Korb und dem Hackmesser treten. Doch der Unbekannte lächelte.

»Mein Kompliment, Haddscha[4]«, sagte er zu der am Boden sitzenden Frau. »Du kannst wirklich backen.«

Er schwankte, und um nicht zu stürzen, klammerte er sich an Mehdis Arm.

»Also, sag mir, warum schreibst du all diese Artikel?«

Mehdi starrte unverwandt auf den riesigen Adamsapfel seines Gegenübers. Er war so groß, dass er womöglich die dünne, rote Haut an seinem Hals durchbohren könnte.

»Das ist meine Arbeit. Ich bin Dozent, und ich veröffentliche meine Forschungsergebnisse.«

»Ach so, entschuldige. Du veröffentlichst deine Forschungsergebnisse, natürlich.« Unter dem Regenmantel wurde der kleine Hund immer unruhiger. Er schien sich dem Griff seines Herrchens entwinden und auf den Bürgersteig springen zu wollen.

»Und bringt das was ein, deine Forschung?«

»Darum geht es dabei nicht«, erwiderte Mehdi schroff.

»Moment mal, das verstehe ich nicht. All die Bücher, die du liest, die ganze Arbeit, die du dir machst, bringen dir kein Geld ein?«

---

4 Respektvolle Anrede, eigentlich Ehrentitel für Personen, die die Pilgerfahrt nach Mekka unternommen haben.

»Wie ich schon sagte, Geld interessiert mich nicht.«

»Hast du das gehört?«, fragte er das zitternde Hündchen, »Geld interessiert ihn nicht. Aber du hast doch sicher eine Familie, oder nicht? Jeder hat eine Familie. Und die wäre bestimmt froh, wenn du ihr Geld schicken würdest. Du siehst mir nicht aus wie einer dieser Bürgersöhnchen, die es sich erlauben können, umsonst zu arbeiten.«

Vor einem leeren Restaurant bauten zwei Männer Böcke und Bretter auf. Jeden Abend zum Fastenbrechen gaben sie Suppe und harte Eier an die Bedürftigsten aus. Mehdi blieb stehen. Ihm gegenüber hing eine riesige Fotografie des Königs in Golfkleidung.

»Bald wird das Fasten gebrochen. Ich muss los.«

»Ah, ja, du hast recht«, stimmte der Unbekannte zu. Er schob seine Brille herunter, hielt sich die Armbanduhr dicht vor die Augen und nickte. »Schade, sonst hätten wir ins Café gehen und unsere Unterhaltung fortsetzen können. Früher wurde während des Ramadans in den Cafés gegessen, erinnerst du dich? Anscheinend hat es Verhaftungen gegeben. Was denkst du darüber?« Und er starrte Mehdi aus seinen schwarzen, wie von einem Schleier verhüllten Augen an.

»Ich muss los.«

»Ja, natürlich, ich will dich nicht aufhalten. Du hast sicher viel zu tun. Man sieht, dass du ein seriöser Typ bist. Dieses Land kann sich glücklich schätzen, dass es junge Leute wie dich hat.«

ZWEITER TEIL

Das Fest war vorbei.
Es folgte der Alltag der Erniedrigung.

Milan Kundera

Wie jeden Abend, ehe er seinen Dienst antrat, entkleidete Omar sich. Er breitete seine Hose auf dem Bett aus und warf das Hemd, an dessen Kragen ein paar kleine Blutflecke waren, auf den Boden. Unter der Dusche rubbelte er mit einem Rosshaarhandschuh die Placken an seinen Armen und Beinen. Das hatte der Arzt ihm verboten. Und er wusste, dass er in den kommenden Stunden noch mehr Schmerzen haben würde, wenn der Hemdstoff an seiner Haut reiben, die Hose seine Schenkel reizen würde. Doch jetzt gerade, unter dem heißen Wasser, konnte er es einfach nicht lassen. Er kratzte und kratzte. Seine Schultern, seine Achseln, seinen entzündeten, mageren Hals. Man hätte meinen können, er versuche, sich selbst auszuradieren oder zumindest eine Spur zu verwischen, die er an sich trug. Er fuhr sich mit dem Handschuh übers Gesicht, rieb seine Wangen, zerrte an seinen Lidern, mit zusammengepressten Lippen. Er blieb einen Moment stehen, nackt, mitten im dampfigen Badezimmer. Dann wickelte er sich in ein großes weißes Handtuch und setzte sich auf die Bettkante. Er nahm die Zange vom Nachttisch und schnitt sich Finger- und Zehennägel mit kleinen, präzisen und nervösen Knipsern. Die Nagelschnipsel sammelte er auf dem Badetuch und schüttelte sie in den Müll.

Er verließ die Wohnung und setzte sich ins Auto, neben Brahim, seinen Chauffeur. Seine Männer erwarteten ihn an der Place de France, an der Wand eines Lebensmittelladens lehnend. Er musste sich zusammenreißen, um sie einsteigen zu lassen. Sie rochen nach Benzin, schlechtem Bier und zogen laut die Nasen hoch. Sie waren schmutzig. Dabei hatte Omar es ihnen erklärt, er hatte gesagt, dass die äußere Erscheinung ein fundamentaler Bestandteil ihrer Arbeit war. Wie konnten sie erwarten, den Leuten Respekt einzuflößen, wenn sie auftraten wie Bauerntrampel? Wollten sie so etwa die kleinen Schnösel beeindrucken, die Paris oder Brüssel kannten und versuchten, sie mit ihrem Wissen und ihren Theorien über die Zukunft des Kapitalismus zu demütigen?

Omar achtete auf sich. Seine Hosen waren immer tadellos gebügelt und seine Schuhe so sauber, so glänzend, als wären sie neu. Er schloss den obersten Knopf seines Hemdes, selbst wenn die Hitze erdrückend war, selbst wenn der Stoff an seinen Ekzemen rieb, bis sie bluteten. Er betrachtete diese Gepflegtheit als eine Form von Intelligenz. Ein Überraschungsmoment, das seine Häftlinge verwirrte. Nein, der Kommissar war kein Wilder, er wusste sich zu benehmen.

»Im Auto wird nicht geraucht.« Auf dem Rücksitz steckten die beiden Männer ihre Zigaretten wieder hinter die Ohren, niemand widersprach Omars Befehlen. Es begann zu regnen, und sie fuhren durch die Straßen der Stadt, das Scheinwerferlicht wie zersplittert durch die Regentropfen. »Man sieht nichts«, schimpfte einer der Polizisten. Omar fragte sich, ob das eine Provokation sein sollte. Hinter seinem Rücken nannten die Kollegen ihn Blindschleiche. Maulwurf. Sie warnten die Häftlinge: »Gleich kommt die Brillenschlange«, und die Gefangenen, deren Augen so fest verbunden waren, dass der Stoff ihre entzündete Haut aufriss, begannen zu zittern. Omars Ruf eilte ihm voraus.

»Dann mach eben das Fenster auf, du Esel.« Der Polizist kurbelte das Fenster herunter und streckte den Kopf hinaus. Es sah aus, als suche er auf dem Gehweg einen Geldbeutel oder einen Schlüsselbund, der ihm heruntergefallen war.

»Da!«

Der Fahrer bremste abrupt. Die beiden Männer hinten sprangen aus dem Wagen. Omar sah in der Tat nichts oder nicht viel, nur davonrennende Schemen und andere, die sie verfolgten. Er hörte Gebrüll, Flüche. Schreie und das Geräusch von Stiefeltritten gegen einen Körper. Etwas, das an das Eisengitter eines Ladens schlug, und den Regen, der aufs Autodach fiel. Er blieb sitzen, reglos, den Blick starr auf die Windschutzscheibe voller Tropfen gerichtet, in denen sich die Lichter einer Straßenlaterne und der wenigen vorbeikommenden Fahrzeuge brachen.

Dann stiegen die beiden Männer wieder ein. In ihren schmutzigen Anzügen, mit ihren schlammverschmierten Schuhen, durchnässt bis auf die Knochen.

»Und?«, fragte Omar.

»Die Streife ist gekommen. Sie werden sie mitnehmen.«

»Wie viele waren es?«

»Zwei Clochards.«

»Ihr habt Lärm gemacht. Die Nachbarn haben euch gesehen.«

»Diese Idioten waren besoffen und haben sich gewehrt.«
»Ich will keinen Lärm. Ich will keinen Ärger. Habt ihr verstanden?«

Am nächsten Tag empfing der König eine Delegation ausländischer Staatschefs, und wie jedes Mal, wenn ein solches Ereignis bevorstand, hatten Omar und seine Männer den Auftrag, die Strecke zu säubern. Die Bettler wegzufegen, die Clochards aus ihren Schlupfwinkeln zu zerren, die Spinner, Geisteskranken, Störenfriede zu beseitigen. Heute Abend machte er eine letzte Runde, und am Morgen wären die Straßen rein. Es gäbe nichts zu sehen.

»Was man nicht sieht, existiert nicht.«
Wenn man ihn fragen würde, worin seine Arbeit bestand, bräuchte er nur das zu antworten. Beseitigen, was nicht gesehen werden darf. Schlucken, entfernen, vertuschen, begraben. Verschleiern. Mauern errichten. Löcher schaufeln. Omar war Meister in der Kunst des Verscharrens und Verbergens. Niemand verstand es so wie er, jenen, die Fragen stellten, ein undurchdringliches und gleichmütiges Schweigen entgegenzusetzen. Nichts konnte ihn erweichen, nicht mal die tränenüberströmten Gesichter der Mütter, die ihre Kinder suchten, oder das Flehen einer jungen Ehefrau, deren Mann eines Morgens verschwunden war. 1965, während der Studentenunruhen, hatte er mitgeholfen, die Spuren des Massakers zu beseitigen. Mit seinen Männern hatte Omar die Leichenhalle von Aïn Chock kontrolliert, und tagelang kam dort ohne seine Einwilligung niemand hinein oder heraus. Familien hatten sich vor dem Gebäude ver-

sammelt und die Herausgabe der Leichen gefordert. Er ließ die Straße räumen. Dann, eines Nachts, luden sie die Toten auf einen Pritschenwagen mit ausgeschalteten Scheinwerfern. Leichte, zierliche Körper, sterbliche Reste von Jugendlichen und Kindern, die nichts wogen in den Armen der Bullen, die sie abtransportieren sollten. Sie fuhren zum menschenleeren Friedhof, und Omar erinnerte sich noch an den Mondschein auf den Grabstätten und an diese Gruben, die man an verstreuten, weit voneinander entfernten Stellen ausgehoben hatte. Die Polizisten begannen den Pick-up abzuladen. Jemand wollte beten, doch Omar hinderte ihn daran. Gott hatte hiermit nichts zu tun.

In diesem elenden Land genügte es, ein paar Scheine zuzustecken. Dem Arzt, der aussagte, er habe keine Verletzten gesehen. Dem Totengräber, der gegen eine Handvoll Dirhams vergaß, dass er Gruben für ermordete Kinder geschaufelt hatte. Omar nahm niemals Geld. Dabei bot man es ihm Hunderte Male an. Und er sah oft, wie Kollegen nach den in braunen Umschlägen verborgenen Geldbündeln griffen. Er sah, wie sie sich bereicherten und die Karriereleiter emporstiegen. Sie heirateten reiche Töchter aus gutem Hause, deren Väter sich freuten, einen Schwiegersohn bei der Polizei zu haben. Omar dagegen nahm nichts. Er besaß nur eine bescheidene Wohnung in der Stadt und einen Wagen, einen schönen Chevrolet, gekauft von dem Erbteil, das Amine ihm ausgezahlt hatte. Seltsamerweise gereichte ihm seine Rechtschaffenheit nur zum Nachteil. Seine Vorgesetzten fanden ihn überheblich, puritanisch und nahmen es ihm übel, dass er seinen enthaltsamen Lebenswandel mit einer solchen Arroganz vor sich hertrug. Sie misstrauten diesem Mann immer mehr, der weder Frau noch Kinder hatte und dem man keine Affäre nachsagen konnte. Er hatte kein Leben außerhalb der Polizei. Wer könnte einem solchen Mann trauen, einem Mann ohne Laster? Omar wusste, dass hinter seinem Rücken geredet wurde. Seine Arbeit war es zu überwachen, und er fragte sich, wer die Aufgabe hatte, ihn im Auge zu behalten.

»Geht es zur Dienststelle, Chef?« Brahim riss ihn aus seinen Gedanken. Der Chauffeur war an einer Kreuzung stehen geblieben und wartete auf Anweisungen.

»Ihr beide steigt aus«, sagte Omar zu den Männern auf dem Rücksitz, die sich ihre Wut darüber, dass sie durch den Regen laufen und ein Taxi suchen mussten, nicht anmerken ließen. »Wir fahren weiter, Brahim. Zu ihr.«

*

Früher konnte Omar mehrere Nächte ohne Schlaf auskommen. Er durchwachte sie im Keller der Polizeistation. Er ließ Häftlinge zu sich kommen, die von Schlafmangel und Schlägen halb verrückt waren. Er stellte Fragen. Immer die gleichen Fragen, auf Arabisch und Französisch. Ruhig, mit sanfter, versöhnlicher Stimme, die die Gefangenen verwirrte. Doch heute Abend schaffte er es nicht. Er fühlte sich bleischwer vor Müdigkeit, angewidert von der Dummheit und Unfähigkeit seiner Kollegen. Ihm schien, als könnte er seine Mission nie zu Ende bringen und müsste immer weiter, bis in alle Ewigkeit, Münder verschließen, Schwätzer verscharren, strafen, Schläge austeilen. Er verweichlichte, und seit einiger Zeit ließ er die Gefangenen reden und hörte etwas aufmerksamer zu, was sie zu sagen hatten. Ein Mann vor allem hatte ihn beeindruckt. Ein Junge von fünfundzwanzig Jahren, gebildet und mutig, der in seinem Badezimmer eine kommunistische Zeitschrift druckte. Omars Leute hatten ihn am helllichten Tag abgeholt und mit verbundenen Augen an einen geheimen Haftort gebracht. Davon gab es Dutzende im Land. Straflager und verlassene Paläste. Stadthäuser und schmutzige Keller. Orte, von denen keiner wusste, mit Mauern, so dick, dass niemand im Umkreis die Schreie der Gefolterten hören konnte. Omar dagegen hörte alles. Je schlechter er sah, desto feiner wurde sein Gehör, ein Gehör, das noch das geringste Knarren, das leiseste Flüstern wahrzunehmen vermochte. Selbst aus der Entfernung konnte er aufschnappen, was die Leute auf den Caféterrassen oder den Rückbänken der Sammeltaxis sagten. Er hatte überall Informanten. Pförtner, die so taten, als schliefen sie in ihren Holzverschlägen. Dienstmädchen, die in Schubladen wühlten, wenn die Herrschaften nicht zu Hause waren. Erdnussverkäufer, Schuhputzer, Zeitungshändler: Alle waren ihm Rechenschaft schuldig.

Doch dieser Bursche da, dieser junge Kommunist war anders. Bemerkenswert standhaft hatte er die endlosen Foltersitzungen ertragen. Mit geschwollenem Gesicht, von Peitschenhieben blutenden Händen und Füßen hatte er zu Omar gesagt, dass dieses Land auf seinen Untergang zusteuerte. »Siehst du nicht, dass sie dich nur die Drecksarbeit machen lassen? Sie leben in ihren großen Häusern, trinken Whisky, baden im Pool, spielen auf dem glänzenden Rasen ihrer Golfplätze, während unsere Kinder verhungern und verdursten. Woher kommt all dieses Wasser, sag? Hat deine Generation dafür gegen die Franzosen gekämpft? Glaub mir, die Bourgeois von heute sind auch nicht besser. Sie sind verdorbene Neokolonialisten, die das Volk so behandeln, wie die Europäer die Einheimischen behandelt haben. Mach die Augen auf!«

Der Regen fiel weiter, und Brahim, der schnell fuhr, ließ die Stadt hinter sich und bog auf die Küstenstraße Richtung Rabat ein. Sie brauchten keine Stunde, um die Vororte der Hauptstadt zu erreichen. Neben der Straße konnte man eine Mauer erkennen. »Die Schandmauer«, wie linke Aktivisten, Gewerkschafter, Regierungsgegner sie nannten. In den Versammlungen der Zellen und in unter der Hand verteilten Artikeln wurde diese Mauer als Beispiel für den Niedergang des Landes angeführt. Einen Monat zuvor hatte Omar erfahren, dass jemand vor dem Slum von Yacup El Mansur heimlich einen Film gedreht hatte. »Zuerst habe ich es nicht begriffen«, erklärte der Spitzel, ein Einwohner, der sich ein bisschen was dazuverdiente, indem er den Bullen Informationen lieferte. »Das Auto stand außerhalb des Viertels, genau vor der Mauer. Darin waren drei Männer. Zwei Marokkaner und ein Europäer. Der Europäer saß hinten. Er war es, der gefilmt hat.« Der Zuträger hatte ganze Arbeit geleistet. Er hatte sich die Automarke und das Kennzeichen notiert und konnte den Fahrer und seinen Nebenmann genau beschreiben. Omar brauchte keinen Tag, um herauszufinden, dass der Renault einem kommunistischen Aktivisten gehörte, den ein französischer Journalist interviewt hatte. Eigentlich hatten sie in das Elendsviertel hineingehen und seine Bewohner befragen wollen, doch die Leute hatten Angst bekommen und sich verkrochen. Also hatten sie sich damit begnügt, die Mauer zu filmen. Der Journalist war des Landes verwiesen, seine Bänder zerstört worden, und der Oppositionelle war verschwunden. Niemand würde diesen Film je zu Gesicht bekommen.

Die Mauer erstreckte sich über ein gutes Stück der Küstenstraße zwischen Rabat und Casablanca und war hoch genug, um das Innere des Slums vor den Insassen der Autos zu verbergen. Omar überwachte die Arbeiten. Er ließ die Mauer von den Einwohnern selbst bauen. Er erklärte ihnen, es ginge darum, ihre Kinder zu schützen, die über die Straße laufen und unter die Räder eines Sportwagens kommen könnten. Dann könne man nichts mehr für sie tun. Gar nichts. Es sei zu ihrem Besten und zum Besten der Frauen, die, wie alle Frauen, ein bisschen zu neugierig waren und den hübschen Burschen, die vorbeikamen, zuzwinkerten. Diese Mauer, sagte er ihnen, ist dafür da, dass ihr euch nicht für die Hässlichkeit eures Daseins, eurer Wellblechhütten, der schlammigen Straßen, der abgetragenen Kleider auf den Wäscheleinen schämen müsst. Wollt ihr etwa, dass alle Welt die Schlüpfer eurer Frauen, die schäbigen Kittel eurer Kinder im Wind flattern sieht?

Die Stirn an die Scheibe gelehnt, dachte Omar an die klare Stimme des jungen Kommunisten. Eines Nachts hatte der Häftling ihm die Geschichte jener russischen Königin erzählt, der man den Anblick von Armut und Elend der Bauern ersparen wollte. Und so ahnte sie, während sie sich über ihr Land, zwischen ihren Untertanen, in den Grenzen ihres unermesslichen Reiches bewegte, nicht, dass die reizenden Dörfer, die sie bewunderte, nichts anderes als bemalte Pappkulissen waren. Brahim parkte den Wagen in der Avenue Temara, ein paar Meter von der orthodoxen Kirche entfernt. Der heraufziehende Morgen beleuchtete den Zwiebelturm und das goldene Kreuz, das diesen krönte. Die Bürgersteige waren voller Pfützen, Männer mit gesenkten Köpfen, ihren Gebetsteppich unterm Arm, strebten der Moschee des Viertels zu. Auf den Stufen am Eingang des Gebäudes saß der Hausmeister. Ein dünner, altersloser Mann, der sich nie rasierte und dessen Zigaretten nach Javel rochen. Er trug eine schmutzige gehäkelte Kappe und einen braunen Wollpullover, den eine Dame ihm gegeben hatte. Er hatte seiner Frau sechs Kinder gemacht, sie lebten zusammengepfercht in einem Raum im Erdgeschoss. Also saß er oft dort auf der Treppe und rauchte Zigaretten, die einen grauen Film auf seiner Zunge hinterließen. Manchmal fegte er die Stufen oder rieb mit einem dreckigen Lappen über das Geländer. Wenn er Omars Wagen sah, stürzte er zu ihm.

»Guten Tag, Chef.«

»Guten Tag, Hocine. Was gibt es Neues?«

»Alles ruhig, sehr ruhig. Nichts zu berichten.«

»Ist sie da?«

»Ja, Chef. Sie ist vor zwei Stunden heimgekommen. Sie ist zu Fuß gekommen, Chef, mit den Schuhen in der Hand.

Ich hab ihr gesagt, es ist unvorsichtig, nachts so allein herumzulaufen. Es gibt immer irgendwelche Halunken, aber sie sagt, es wär ihr egal. Ihr könnte nichts passieren.«

Omar nahm eine Münze aus der Tasche und schob sie in Hocines schwielige Hand.

»Geh einen Kaffee trinken, mein Freund. Und hör auf zu rauchen. Du siehst schlecht aus.«

Sie öffnete die Tür, und Omars Blick fiel auf ihre Fesseln. Ihre schlanken, gebräunten Fesseln. Er bemerkte eine Wunde, die blutete.

»Hast du dich verletzt?«

»Das ist nichts. Neue Schuhe. Hast du Hunger? Möchtest du einen Kaffee?«

»Später. Schlafen wir ein bisschen.«

Er ging durch den kleinen Flur ins Schlafzimmer, zog seine Jacke und sein Hemd aus und legte sich im Unterhemd, mit nackten Füßen aufs Bett. Ein Hündchen mit lockigem weißen Fell lag auf einem Teppich.

»Lass die Fensterläden offen.«

Omar behauptete, er liebe dieses Zimmer wegen der Sonne, die vom frühen Morgen an hereinschien und einem die Knochen wärmte, selbst mitten im Winter. Er sagte, es sei schön, so zu schlafen, eingehüllt in ihre Strahlen wie eine alte Katze oder eine Eidechse auf einer Mauer. Aber in Wahrheit hatte er Angst vor der Dunkelheit. Er hatte Angst wie ein kleines Kind. Angst, die Augen zu schließen. Omar hatte einen gefährlichen Beruf. Jeden Tag riskierte er sein Leben, und doch fürchtete er nichts so sehr wie diesen Moment, wenn die Lider schwer wurden, so schwer, dass er nicht mehr dagegen ankam und einschlief. In seinen Träumen rang er mit der Dunkelheit, und in schwärzester Nacht nahm er wahr, wie sich etwas regte, er spürte die verstohlene Bewegung eines Raubtiers, die Bedrohung eines Angriffs in der Finsternis. Der Arzt hatte es ihm gesagt. Er erblindete allmählich. Es war unabwendbar, keine Behandlung konnte die Krankheit aufhalten. Bald wäre die Welt nur noch eine dunkle, undurchdringliche Weite und sein Leben eine endlose Reise durch feuchte Stollen, zwischen Maulwürfen, Schlangen und Ratten. Allen Lichts beraubt.

»Was man nicht sieht, existiert nicht.«

»Was sagst du?«

»Nichts. Leg dich neben mich, Selma. Schlafen wir ein wenig.«

Selma fand keinen Schlaf. Sie hatte Magenkrämpfe und einen sauren Geschmack im Mund. Sie wäre gern aufgestanden, hätte lange geduscht, etwas gegessen, doch sie blieb dort, neben dem Körper ihres Bruders ausgestreckt. Sie betrachtete ihn, ihren großen, dürren Bruder, dessen Gesicht selbst im Schlaf nervös wirkte. Sie hielt seine Hand. Nur so konnte er schlafen, mit seiner Hand in ihrer, und sie spürte Omars raue, schuppige Haut auf ihrer Handfläche. Ihr Bruder war zu ihr zurückgekehrt, und sie bildete sich ein, dass Mouilala ihn zu ihr geführt hatte. Er sprach oft von ihrer Mutter. Er rief Kindheitserinnerungen wach, mit einer Zärtlichkeit und Milde, die Selma überhaupt nicht an ihm kannte. Als er an ihre Tür geklopft hatte, wenige Wochen, nachdem sie in die Hauptstadt gezogen war, hatte sie Angst bekommen. Sie hatte gedacht, er wolle sie bestrafen, sie umstimmen, sie an den Haaren zurück in den Schoß der Familie schleifen. Doch er hatte schweigend die Wohnung besichtigt, seinen kleinen Hund auf dem Arm. Die winzige Küche, die zum Hof hinausging. Das Wohnzimmer mit den blauen Bänken, dem schwarz lackierten Holztisch, auf dem eine große Kristallschale voller Streichholzschachteln thronte. Und dann das Schlafzimmer, das in Sonnenlicht badete. »Hier lebst du also?«

Mouilala hatte es ihr schon gesagt. Frauen mussten Geduld haben. Die Zeit erweichte die Männer. Mit den Jahren wurden sie sentimental und suchten in den Armen ihrer Schwestern oder ihrer Geliebten Trost. Mouilala hatte sich nicht getäuscht, und Omar besuchte Selma mehrmals pro Woche. Er wollte die Gerichte seiner Kindheit essen: Erbsensuppe und Tajine mit Karotten. Er schenkte ihr einen Plattenspieler, und sie hörten gemeinsam Lieder von Fairuz und Asmahan. Er bat sie, sich zu schminken wie die libanesische Diva, mit dickem schwarzen Lidstrich unter den Augen, und er liebte es, ihr zuzusehen, wie sie konzentriert, mit dem Kajalstift in der Hand, vor dem Spiegel saß.

Er brachte ihr alles bei, vor allem, wie man richtig sprach. Subjekt, Verb, Ergänzung, wie es ihnen die Lehrer an der Kolonialschule eingetrichtert hatten. Und er lehrte sie eine neue Grammatik. Die der unausgesprochenen Dinge, der Andeutungen, die Grammatik der Angst und der Überwachung aller durch alle. Er brachte ihr bei, sich vor dem Telefon in Acht zu nehmen, vor Vertrauten und vor Metaphern. Er wiederholte immer wieder: »Hör gut zu und hüte deine Zunge. Was du nicht sagst, gehört dir. Was du sagst, gehört deinen Feinden.« Er kaufte ihr einen kleinen Kalender mit Ledereinband, in den Selma bis ans Ende ihrer Tage in einem ihr allein bekannten Code notierte, was sie jeden Tag gemacht hatte. Einmal erzählte sie ihm von einer Airhostess aus ihrem Bekanntenkreis. Alle nannten sie »die Air-Comtesse«, da sie ziemlich eingebildet war und ein Parfum trug, das sie in Paris gekauft hatte. In ihrem Gepäck brachte sie verbotene Bücher und Zeitschriften mit und veranstaltete bei sich zu Hause heimliche Lesezirkel. An diesem Tag streichelte Omar sanft Selmas Kopf, wie man einen Hund tätschelt, der ein Stöckchen apportiert hat.

Ihr Bruder spielte endlich die Rolle, die man von ihm erwartete. Er beschützte sie. Selmas Leben barg gewisse Risiken, und ein paar Monate zuvor hatte sie sich mit der glühenden Eifersucht eines Liebhabers konfrontiert gesehen. Der Mann, Spross einer reichen Scherifen-Familie, rauchte den ganzen Tag Haschpfeifen, die ihn gewalttätig und paranoid machten. Er bedrängte Selma. Stellte ihr Fragen, während er in sie eindrang. Er zwang sie, ihm zu sagen, wen sie gesehen hatte, was sie gemacht hatte und ob sie, wenn auch nur insgeheim, einen anderen Mann als ihn begehrt hatte. Eines Abends zerfetzte er in einem Wutanfall all ihre Kleider mit einer Rasierklinge. So fand Omar sie, schluchzend auf dem Bett, inmitten zerrissener Kleider und Mousselinblusen. »Sei froh, dass er seine Klinge nicht an dir ausprobiert hat. Er weiß bestimmt, dass du meine Schwester bist, und hat es nicht gewagt.« Ja, sie wusste, dass sie beschützt wurde, doch in dieses Gefühl der Sicherheit mischten sich

Groll und Enttäuschung. Omar war nicht mehr der strenge, vorwurfsvolle Bruder von einst. Er schlug sie nicht mehr, doch er hatte nie aufgehört, ihr Anweisungen zu geben. Benimm dich anständig. Du riechst nach Zigaretten. Lach nicht so laut. Was willst du auf dieser Party? Wisch den Lippenstift ab, der andere war besser. Du redest Unsinn.

Den Blick starr zur Decke gerichtet, dachte sie: »Ich hasse sie. Ich hasse sie alle. Ich würde sie am liebsten nie wiedersehen.« Gestern hatte sie Leute umarmt, sie hatte gelacht und getanzt und dabei ihren Rock ein wenig angehoben. Sie hatte gesagt »ich liebe dich« und »ich finde dich großartig«, doch in Wahrheit nur, damit man ihr als Antwort ebenfalls etwas Nettes sagte. Der Abend hatte in der Bar des Hotel Hassan begonnen und war dann in einem von einer ehemaligen korsischen Prostituierten geführten Nachtclub fortgesetzt worden. Um Mitternacht war die heitere Bande in die Wohnung eines Ministers weitergezogen, der die Existenz dieser Junggesellenbude vor seiner Frau geheim hielt. Das sollte ich Omar sagen, aber vermutlich weiß er es schon. Der Minister empfing gern seine Freunde, und um sie zu unterhalten, lud er eine Gruppe fröhlicher und bereitwilliger Frauen ein. Stewardessen, Friseusen, Kosmetikerinnen und Tänzerinnen. Besonders auf eine von ihnen konnte er nicht verzichten. Eine Kartenlegerin mit einem Triefauge, die leise sprach und die ganze Nacht die Zukunft las. Er fällte nie eine Entscheidung, ohne sie vorher zu befragen. Im Moment war er nervös. In der ganzen Stadt redete man über nichts anderes als die Pan-Am-Affäre und die Verhaftung eines Geschäftsmannes, der versucht haben sollte, für die Vergabe eines Hotelprojektes Schmiergeld zu kassieren. Minister und hohe Beamte waren beurlaubt worden. Es kursierten Gerüchte über anstehende Festnahmen. Im Fernsehen hatte der König verkündet: »Moralische Integrität ist das Geheimnis jeden Erfolges.« Und das ganze Land war in Gelächter ausgebrochen.

Wenn man sie an solchen Abenden sah, lächelnd und gut gekleidet, hätte man meinen können, diese Frauen wären mächtig. Die Welt läge ihnen zu Füßen. Doch ohne Ehemann waren sie nichts. Ihre Leben hingen allein von der Gunst ihrer Liebhaber ab. Obersten und Generälen, Geschäftsmännern und Söhnen hochrangiger Persönlichkeiten, Playboys, die aus einer Laune heraus nach London oder Rom flogen. Selma war eine von ihnen. Zwei Jahre zuvor hatte sie Meknès verlassen. Hind Benslimane, eine ehemalige Schulfreundin, hatte ihr von einer Ausbildung zur Friseuse in der Hauptstadt erzählt. Und Selma war am Tag nach ihrer Ankunft dort hingegangen. Die Chefin hatte sie begeistert empfangen. Sie hatte Selmas Hände genommen und sich ihrem Gesicht so weit genähert, dass diese dachte, sie wolle sie auf die Wangen küssen. Verzückt hatte sie ausgerufen: »Du hast die schönste Haut, die ich je gesehen habe.« Jeden Abend warfen die Mädchen, die in dem Salon arbeiteten, dicke Haarsträhnen in den Müll. Sie schnitten sie alten Puppen ab oder sich selbst. »Das ist für die Bullen. Sie schnüffeln im Abfall.«

Selma begriff sehr schnell, dass es hier nicht um Fönfrisuren oder Maniküre ging und dass die meisten Kundinnen Angestellte der Chefin waren. Tagsüber trafen sich die Frauen im Salon und klatschten stundenlang, während sie sich die Nägel feilten. Sie epilierten sich gegenseitig und vertrauten einander mit gespreizten Schenkeln und Wachs auf dem Schamhügel Geheimnisse an. Abends schwärmten sie aus in die Diskotheken und Restaurants der Hauptstadt. Die Kunden kannten nur ihre Vornamen. Die Besitzer der Lokale zahlten ihnen eine Provision.

Selma tanzte in den Nachtclubs der Hauptstadt auf den Tischen. Sie tanzte bis zum Morgen im Jour et Nuit, im Sphinx und im La Cage, und die Männer wirbelten sie im Kreis. Selma verbrachte die Ferien in den Villen von Cabo Negro und badete im Mittelmeer. Sie war auf den Pisten von Oukaïmeden Ski gelaufen und hatte sogar im Mamounia übernachtet. Im nächsten Frühjahr würde Selma in den Club Med gehen und mit den Fingern dicke, saftige Garnelen essen. Selma kaufte ihre Garderobe in den schönsten Boutiquen des Stadtzentrums. Ihre Liebhaber ließen sie von ihrem Chauffeur absetzen und kamen später wieder, um die Seidenroben, Blusen, in Paris gefertigten Dessous bar zu bezahlen. Selma trug zu ihren Kleidern passende Schuhe und Taschen aus echtem Leder, in die sie ihre Marquise-Päckchen und einen roten Lippenstift steckte.

Selma träumte von einem Pass und einem Flugticket. Sie betete, dass einer ihrer Liebhaber sie irgendwann mit nach Paris oder Madrid nehmen würde. Doch erst einmal musste man vernünftig sein. Nicht zu viel verlangen, auch nicht zu viel reden, zurückhaltend und zugleich amüsant sein, freizügig, aber nicht vulgär, nicht abstreiten, dass man eine Hure war, und die Frau von Welt durchscheinen lassen. Man musste ahnungslos tun, das Unschuldslamm spielen, die scheue Jungfrau. Am Anfang schloss sie beim Sex nicht die Augen, und das passte einigen Männern nicht. Sie fanden es anzüglich. Also drehte sie sich auf die Seite, legte die Hand des Mannes auf ihre Brust, und während er in sie eindrang, starrte sie aufs Fenster oder an die Wand. Ihre Liebhaber mochten auch nicht, wenn sie dabei redete, wenn sie sagte, was ihr gefiel. Manche wurden wütend: »Willst du mir etwa erklären, was ich zu tun habe?« Sie tat unterwürfig. Sie lernte, sich zu verhalten wie die Hündinnen, die sich auf den Rücken wälzen, die Zunge heraushängen lassen und um Liebkosungen betteln. Sie heuchelte nicht nur Unterwerfung, sondern auch Gefügigkeit. Sie täuschte kein Begehren vor, nein, das mochten sie nicht, doch sie gab sich überrascht, indem sie leise aufstöhnte. Dabei wusste sie, was ihr guttat. Auf welche Weise und durch welche Berührungen sie ihrem ganzen Körper ein Gefühl ungeheurer Leichtigkeit verschaffen konnte. Von den Zehenspitzen bis zu den Haarwurzeln war sie nur noch ein Hauch, eine Schaumwolke, ein Likör, der langsam die Kehle hinabrann und sie erwärmte. Allein empfand sie Lust.

Die Mädchen stritten oft. Es ging darum, wer das schönste Schmuckstück bekommen würde. Wer in seinem Büstenhalter das dickste Geldbündel verstecken würde. Wer zur Belohnung eine kleine Wohnung oder ein Auto erhielt. Sie zogen sich an den Haaren und warfen sich Beleidigungen an den Kopf. Einmal hatte eine von ihnen ihrer Rivalin sogar die heiße Soße einer Kartoffel-Tajine ins Gesicht geschüttet. Sie hassten einander und versöhnten sich dann wieder. Im Grunde hatten sie niemanden sonst, auf den sie zählen konnten. Sie gaben sich die Adresse einer Engelmacherin weiter oder die eines Mistkerls, der beim Sex gern zuschlug. »Und er zahlt nicht mal gut. Wenn du mich fragst, das lohnt sich nicht.« Und alle tranken sie. Weil ein Fest aufs andere folgte und dem anderen glich und sie sich dabei nicht amüsierten. Sie tranken, und an diesem Abend hatte Selma mehr getrunken, als gut war. Dem Minister zuliebe, der damit prahlte, dass er importierten Champagner und Whisky hatte und nach einem jungen Dienstmädchen schnipste, damit es Eiswürfel holen ging.

Gestern Abend hatte sie getrunken, obwohl sie wusste, dass sie davon garstig und ungerecht wurde und dummes Zeug zu reden begann. Der Alkohol schützte sie vor der Scham und trieb sie zu immer mehr Ungereimtheiten und Maßlosigkeit. Um zwei Uhr früh war das Hausmädchen aus der Küche gekommen. Eine der Frauen hatte Selma zugeflüstert: »Sie sieht schon aus wie ein kleines Miststück, findest du nicht?« Selma hatte sich gefragt, ob das Mädchen auch ein Spitzel war. Ob sie an den Türen lauschte und später, wenn das Haus leer war, die Polizei anrief, um Bericht zu erstatten. Das mit dem Alkohol würde Selma nicht sagen. Sie würde Omar nicht gestehen, dass ihr schlecht gewesen war. Sie hatte sich in ein Zimmer hinten in der Wohnung verzogen, hatte sich auf den Boden gelegt und die Beine an die Wand gelehnt. Ihr Rock war heruntergerutscht, man sah ihre wassergrüne Spitzenunterhose.

Ab und zu krampfte sich ihr Magen zusammen, und sie würgte, als müsste sie sich übergeben, doch nichts kam heraus. Sie machte dasselbe Geräusch wie Hunde, denen ein Knochen im Hals steckt. Sie hatte gehofft, jemand würde kommen, dann gebetet, dass sie allein blieb, dass man sie vergaß, das Fest endete und niemand diesen Raum betrat, der, nach der Unordnung zu urteilen, die darin herrschte, als Abstellkammer diente. Sie war eingeschlafen, die Beine an die Brust gezogen, den Kopf auf den nackten Fliesen. Jemand hatte sie geschüttelt: »Los, steh auf«, und sie hatte die Augen geöffnet. Sie hatte sich auf alle viere erhoben. »Geh jetzt nach Hause.« – »Ich gehe schon«, und sie war zur Wohnungstür hinaus, die ein Unbekannter hinter ihr geschlossen hatte.

Ihr war nicht mehr schlecht, doch was nun in ihr aufstieg, war Wut, ja, Hass. Sie hasste sie und verfluchte sie. Sie wollte ihnen nie mehr begegnen, sollten sie doch verrecken, sie wollte für immer vergessen, was sie aus ihr machten. Die pathetische, kreischende Schauspielerin eines schlechten Films. Sie hörte sich dieselben Sätze, dieselben Scherze wiederholen, und jetzt, da sie nicht mehr betrunken war, erinnerte sie sich, dass einer, der Gemeinste von ihnen, mit angeödeter Miene gesagt hatte: »Ja, das wissen wir, das hast du bereits erzählt.« Und das war, als spucke er ihr ins Gesicht, als drohe er ihr und gebe ihr zu verstehen, dass sie zu langweilig geworden war, um weiter eingeladen zu werden.

Selma hasste sie, und doch bekam sie Angstzustände, sobald sie nicht mehr bei ihnen war, sobald ein Tag verging, ohne dass sie etwas von ihnen hörte. Sie fasste Vorsätze. Sie glaubte sich in der Lage, gewisse Opfer zu bringen, und sah sich erwachsen, klug und vernünftig werden. Eine anständige Arbeit finden, in einem Büro oder einer Boutique im Stadtzentrum. Sie wäre niemandem mehr etwas schuldig und würde leben, ohne dass irgendwer sie überwachte. Sich um den Haushalt kümmern, lange Abende vor dem Fernseher verbringen oder rauchend in der Badewanne. Sie schwor sich auch, ihre Tochter öfter zu besuchen und sie irgendwann zu sich zu nehmen, in diese kleine Wohnung, wo sie das Bett teilen würden. Der Gedanke an Sabah drückte ihr auf den Magen. Ihre Tochter, die sie nicht zu lieben vermochte und die sie nur als einen Unfall betrachten konnte, ein unvermeidliches Unglück. Sabah stand ihr schon immer im Weg. Bereits in ihrem Bauch, als das Baby in ihr wuchs, empfand sie es als Fluch, als Beschneidung ihrer Einsamkeit. Männer konnten das nicht verstehen. Diesen Hang der anderen, dich von innen zu kolonisieren. Diesen Trieb, in dich einzudringen und dich zu besetzen. Die Föten, die in deinen Eingeweiden wachsen. Die Glieder, die dich penetrieren und wollen, dass du so tief wie möglich bist, so feucht wie ein tropischer Dschungel. Frauen, dachte sie, sind wie diese Länder, die Truppen verwüsten, deren Felder sie niederbrennen, bis die Bewohner ihre Sprache und ihre Götter vergessen haben.

Dann klingelte ihr Telefon, man lud sie zu einem Fest ein, und das Gewicht auf ihrer Brust verschwand. Sie hüpfte vor Freude, öffnete ihren Schrank und warf ihre seidenen Kleider und Unterröcke aufs Bett.

Im Januar 1971 bestand Mehdi als Bester die Auswahlprüfung der Finanzinspektion. In diesem Jahrgang gab es nur fünf Marokkaner. Drei aus Fes, einen aus Casablanca und einen aus Rabat. Man übergab ihm die Steuerdirektion. Er bezog ein großes Büro im vierten Stock eines Gebäudes der Innenstadt. Janine, seine Sekretärin, war mit einem Marokkaner verheiratet, den sie in Lyon an der Universität kennengelernt hatte. Sie war eine gute Sekretärin, gewissenhaft und bestens organisiert, doch Mehdi ging ihr aus dem Weg. Wenn sie in einem Raum waren, wich er ihrem Blick aus. Sie war ihm unangenehm. Er hasste ihre langen roten Nägel, mit denen sie rasend schnell auf der Schreibmaschine tippte. Ihre Stimme irritierte ihn ebenso wie ihre Art, tief Luft zu holen, ehe sie ein endloses Gespräch begann. Ein Gespräch, das sie in Wahrheit mit sich allein führte, da sie selbst auf die Fragen antwortete, die sie gestellt hatte, und ihrem Gegenüber nicht die geringste Chance ließ, daran teilzunehmen. Mehdi redete mit ihr durch die halb geöffnete Tür seines Büros, oder er nahm ihr mit einem kleinen Diktafon seine Anweisungen auf. Janine nannte ihn »Herr Direktor«, und so nannte ihn auch Simo, der Pförtner. Mehdi hätte gedacht, dass ihm diese Ehrerbietung, diese unterwürfigen Gesten, diese Art, ihm die Tür aufzuhalten, den Kopf zu senken, allem zuzustimmen, unangenehm wären. Wenn er seinen Wagen vor dem Gebäude parkte, stürzte Simo ihm entgegen. Er wartete neben dem Auto, folgte ihm dann ins Haus, wobei er manchmal mit den Fingerspitzen ein Stäubchen von Mehdis Anzug entfernte. Die ersten Male steckte Mehdi dem alten Mann, der nach Sardinen aus der Dose und Schmutz roch, einen Geldschein zu und antwortete liebenswürdig auf die Segenswünsche, mit denen der Pförtner ihn bedachte. Dann wurde er dieses tausendfach wiederholten Theaters überdrüssig. Es gelang ihm nicht mehr, dem ergebenen und unterwürfigen Mann zuzulächeln, der jeden Tag versuchte, Mehdi etwas Geld für ein paar Bier in einer Bar am großen Markt aus der Tasche zu ziehen.

Mehdi genoss es nicht, Macht auszuüben und zu sehen, welchen Respekt oder welche Angst er seinem Umfeld einflößte. Er dachte nur daran, von früh bis spät zu arbeiten. Er war noch immer der fleißige Schüler, besessen von dem Gedanken, seinen Lehrer zufriedenzustellen, und er hatte sich in den Kopf gesetzt, die Verwaltung zu reformieren und sie in ein Musterbeispiel an Effektivität und Modernität zu verwandeln. Er wies die Beamten zurecht, um sie aus der Lethargie zu reißen, in der sie vor sich hin dämmerten. Jeden Tag, oder fast, schickte er Briefe an sein zuständiges Ministerium, um Neuerungen, Steuerreformen, Schulungsseminare für die Beamten anzuregen. Seine alten Freunde von der Universität hielten ihn für einen Überläufer und Verräter. Er hatte auf den Traum verzichtet, ein Buch zu schreiben, auf den Traum, ein großer Professor zu werden, und er musste beweisen, dass er das Richtige getan hatte. Er wollte sie überzeugen und sich selbst überzeugen, dass man das System von innen heraus verändern konnte, ohne vom Weg abzukommen, ohne sich schmutzig zu machen.

Dieser Posten in der Steuerverwaltung brachte ihm nicht die erhoffte Befriedigung. Mehdi musste die Gleichgültigkeit seiner Hierarchie ertragen, aber vor allem die Klagen, Tränen und manchmal sogar das Geschrei der Steuerpflichtigen. Alle fühlten sich benachteiligt, unverstanden. Sie reagierten wütend auf Mehdis Ungerührtheit, auf seine Unnachgiebigkeit, die sie für einen westlichen Zug hielten. Dieser Steuerchef mochte noch sosehr Araber sein, er benahm sich wie ein Weißer. Indem er Kompromisse, Scheine, Erklärungen ablehnte. Indem er, wenn er das zwischen zwei Blättern versteckte Geldbündel bemerkte, in strengem Ton fragte: »Was ist das denn? Nehmen Sie das lieber wieder an sich. Ich werde so tun, als hätte ich nichts gesehen.« Die Steuerzahler waren gekränkt. Sie drohten ihm, sich an höherer Stelle zu beschweren, und brüsteten sich mit ihren Verbindungen zum Palast, die ihn schon zurechtstutzen würden, diesen kleinen Wicht, diesen Niemand, der gewagt hatte, sie so zu behandeln.

Manchmal empfing er in seinem Büro alte Notabeln aus der Provinz. Männer in Dschellabas aus grober Wolle und mit safrangelben Turbanen, die verwundert diesen jungen Marokkaner betrachteten, der Hemden mit Manschettenknöpfen trug. Sie schienen nichts von dem, was Mehdi sagte, zu verstehen, und erinnerten sich, dass die Franzosen auf diese Weise von ihnen bekommen hatten, was sie wollten. Der Papierkram. Der verdammte Papierkram und die großen Worte, die sie nicht lesen konnten und die sie demütigten. Der Papierkram flößte ihnen mehr Angst ein als eine Horde bewaffneter Männer. Nichts machte sie hilfloser. Mehdi schämte sich. Er schämte sich, dass er so anders war als sie, die Mohamed, seinem Vater, ähnelten und mit denen er nichts mehr zu tun hatte. Er spielte mit seinen Manschettenknöpfen, er lächelte. Er sagte: »Janine wird Ihnen das weitere Vorgehen erklären. In Ordnung?«

Einmal verlangte Mehdi eine Steuerprüfung bei einem Mann, der gemessen an seinem Besitz und seinen Einkünften sehr wenig an den Staat abführte. Er leitete rasch eine Untersuchung ein, vertiefte sich in die Unterlagen und konnte leicht beweisen, dass der Besagte den Fiskus seit Jahren betrog. Er hieß Karim Boulhas, doch er war im ganzen Land als der »Sardinenkönig« bekannt. Aus einer reichen Kaufmannsfamilie stammend, leitete Boulhas die größte Konservenfabrik des Landes im Hafen von Safi. In den letzten Jahren hatte er in Immobilien investiert, Land gekauft, und er plante den Bau eines Hotels, da er überzeugt war, dass der Tourismus die Zukunft Marokkos war. Mehdi ließ ihm Briefe schicken und malte sich genüsslich aus, wie der Betrüger angesichts der Höhe der geforderten Summen reagieren würde. Millionen von Dirham. Eines Nachmittags im Mai kam Karim Boulhas zum Sitz der Steuerbehörde. Die Hitze hatte seit Wochen nicht nachgelassen. Janines Haarknoten sackten in sich zusammen, und ihre übereinandergeschlagenen Schenkel machten ein schmatzendes Geräusch, wenn sie sie voneinander löste. Er betrat Mehdis Büro in Begleitung eines rundlichen und schüchternen Mädchens. Ihre schwarzen, fettigen Haare waren zu einem langen Zopf geflochten, der ihr bis zum Hintern reichte. Auf ihrer Oberlippe bildeten sich Schweißperlen, die sie trank, indem sie sich langsam mit der Zunge unter der Nase entlangfuhr.

Das Gespräch begann höflich. Karim Boulhas fragte Mehdi, woher er komme. Er sagte, er kenne Daouds, die aus El Jadida stammten. Ob das seine Familie sei? Mehdi verneinte. Mit verschlossenem Gesicht, die Augen starr auf sein Gegenüber gerichtet, verweigerte er die stillschweigenden Regeln des Klientelismus. Boulhas schwitzte und wischte sich mit einem Taschentuch über die glänzende Stirn. Mehdi reichte ihm ein Blatt voller Zahlen. Boulhas warf einen Blick auf das Dokument und stieß es von sich. »Ach, ich verstehe wirklich nichts von diesen Zahlen! Sie sind der Gebildete. Wie es so schön heißt, Sie haben das Wissen, und ich habe das Geld. Wir könnten uns gut verstehen.« Mit Blick auf die junge Frau fügte er hinzu: »Das ist meine Tochter. Sie ist achtzehn Jahre alt.« Mehdi verstand nicht gleich. Er dachte, Boulhas wolle sein Mitleid erregen oder das Thema wechseln. Das Gespräch auf ein persönliches Terrain lenken, wie es die Steuerzahler häufig taten. »Sie ist ein liebes Mädchen«, insistierte Boulhas. Da bemerkte Mehdi, dass sie ihn anlächelte. Ihre Züge waren recht grob, ihre Zähne krumm, doch sie hatte etwas Verletzliches, Trauriges, das ihn anrührte.

»Wir sind doch unter uns, nicht wahr?«, fuhr Boulhas

fort. »Sie sind noch jung, voller Leben, und Sie arbeiten sicher hart. Man sieht gleich, dass Sie keiner sind, der seine Zeit mit Vergnügungen vergeudet. Ich denke da an Sie, verstehen Sie?«

Mehdi versank in seinem Stuhl. Das junge Mädchen hielt die Hände artig auf seinen Knien. Fügsam wie ein Maultier, ganz auf die Wünsche ausgerichtet, die andere für sie formulierten, daran gewöhnt, zuzustimmen und zu gehorchen. Sie hob ihre hübschen, auberginefarbenen Augen und sah Mehdi an.

»Maria«, befahl ihr Vater. »Sag dem Herrn guten Tag.«

In den folgenden Tagen erhielt Mehdi ein Schreiben seines Vorgesetzten. Karim Boulhas sei ein wichtiger Mann, und es komme nicht infrage, einen Eklat zu verursachen, während das Land eine schwierige Zeit durchmache. »Ich zähle auf Sie, Monsieur Daoud, finden Sie eine Lösung, die alle Seiten zufriedenstellt.« Boulhas kam noch mehrmals nach Rabat. Er schenkte Simo und Janine Kisten mit Sardinen- und Anchovikonserven. Mehdi konnte seine Sekretärin durch die Tür glucksen hören. Boulhas war, das musste er zugeben, ein sympathischer und fröhlicher Mann, und es war schwer, seiner guten Laune zu widerstehen. Als Mehdi ihm die Summe nannte, die er zu zahlen hatte, schlug sich Boulhas an die Stirn. »Willst du mich etwa ruinieren, mein Sohn? Nein, nein, du musst noch mal nachrechnen. Ich möchte ja bezahlen, das habe ich dir gesagt, aber ich werde nicht zulassen, dass du meinen Kindern das Brot aus dem Mund stiehlst. Du musst schon vernünftig sein, *ya ouldi*[5].«

Boulhas erwies sich als gerissener Geschäftsmann. Und durch ihren häufigen Kontakt begann Mehdi sich für seine Projekte zu interessieren. Boulhas war ehrgeizig und

---

5 mein Sohn

schlau, und er hatte nicht vor, sein ganzes Leben lang Fischmehl und Konservenbüchsen zu produzieren. Sicher, er war stolz darauf, seine Erzeugnisse nach Frankreich, Spanien und Thailand zu verkaufen, und er plante, bald auch in die Sowjetunion und nach Polen zu exportieren. Doch was er eigentlich wollte, war, Hotels mit Pool und Ferienclubs für sonnenhungrige Europäer zu bauen. Im Juni 1971 unterschrieben sie eine Vereinbarung, und Boulhas war darüber so zufrieden, dass er Mehdi einlud, seine Anlagen im Hafen von Safi zu besichtigen. »Widerspruch ist zwecklos. Morgen schicke ich dir meinen Chauffeur. Und trag was anderes als deine feinen Anzüge. Auf einem Sardinenkutter braucht man keine Lackschuhe.«

Um achtzehn Uhr am nächsten Tag hielt Boulhas' Chauffeur vor dem Gebäude der Steuerverwaltung. Mehdi stieg ein, im dunklen Anzug und mit Manschettenknöpfen an den Hemdaufschlägen. Sie fuhren Stunden auf einer schlecht geteerten Straße, und mehrmals dachte Mehdi, sie würden einen Unfall verursachen. Der Chauffeur raste, gleichgültig gegenüber den Verkehrsregeln, und überholte Lastwagen auf der schmalen einspurigen Strecke ohne jede Sicht. Er hörte nicht auf zu hupen und die anderen Fahrer zu beschimpfen. Mehdi war mit den Nerven am Ende, als sie Safi endlich erreichten. Er besuchte zum ersten Mal die einstige portugiesische Handelsniederlassung und war enttäuscht, dass sie in der Dunkelheit ankamen und er die imposante, direkt am Meer gelegene Festung nicht bewundern konnte. Sobald sie ins Viertel Djorf el Youdi gelangten, drang heftiger Fischgeruch in den Wagen.

Vor einem Café erkannte Mehdi Boulhas' imposante Statur. Er trug eine Khakihose, eine dicke Wolljacke und Gummistiefel. Er stieg neben Mehdi ins Auto und begann zu lachen. »Na hör mal, Junge, hatte ich dir nicht gesagt, du sollst dir was Bequemes anziehen? Wir wollen fischen gehen, zum Donner, nicht auf einem Cocktailempfang in der Hauptstadt rumstehen!« Boulhas' Firma hatte ihre eigenen Kutter, und Mehdi ging auf einem davon an Bord, an den Füßen ein Paar Stiefel, die der Kapitän ihm lieh. »Wir bleiben sowieso barfuß.« Während die Männer den *cerco* vorbereiteten, das dreihundert Meter lange rote Netz, mit dem die Fische gefangen wurden, schleifte Boulhas den hohen Beamten in die Kabine. Er servierte ihm Tee, öffnete eine Büchse Sardinen, die in Öl schwammen. »Lange Zeit hatten die Leute hier Angst vor dem Ozean. Mein Großvater, Gott hab ihn selig, erzählte alle möglichen Legenden darüber. Er sagte, die Bauern hielten sich von der Küste fern. Diese armen Tröpfe dachten, das Wasser wäre das Reich böser Geister und Ungeheuer. Die Burschen hier«, fügte er hinzu, indem er auf die Fischer zeigte, die sich an Deck zu schaffen machten, »sind nicht übel. Aber nichts im Vergleich zu Spaniern oder Portugiesen, glaub mir.« Er erklärte Mehdi, dass er beabsichtige, bald ein größeres Boot zu kaufen, auf dem er seinen Fisch einfrieren und dadurch weiter hinausfahren könne, aufs offene Meer. Er würde auch eines dieser Ultraschallgeräte kaufen, ein Echolot, das einem ermöglichte, Fischschwärme aufzuspüren und auf einem Echogramm das Profil des Meeresbodens abzulesen. Das Schiff verließ den Hafen. Die Fischer liefen über die Holzplanken, und Mehdi betrachtete ihre riesigen Füße voller Wunden, ihre schwarzen, vom Salz zerfressenen Nägel. Die Stadt hinter ihnen verschwand, und die Fischer hielten Ausschau nach Sardinenschwärmen. Um sie zu entdecken, folgten sie Ansammlungen von Delfinen und Seevögeln, oder sie suchten an der Wasseroberfläche nach den schillernden Reflexen der Fischschuppen. Sie begannen zu singen. Einen Gesang, den Mehdi noch nie zuvor gehört hatte und dessen Harmonie und Heiterkeit ihn überraschte. Die Stimmen der über die Reling gebeugten Männer waren klar und kräftig.

»Sie haben etwas gefunden!«, verkündete Boulhas. Sie befestigten das Ende des *cerco* am Beiboot, in das der Kapitän und ein Matrose stiegen, und schleppten es dahin, wo sie die Sardinen gesichtet hatten. Dann beschrieb das Schiff langsam einen großen Kreis. Boulhas nahm Mehdi mit in den Laderaum, vorn im Bug, und sie sahen, wie sich Massen von Sardinen in den Schiffsbauch ergossen. Der Kapitän, der wieder an Bord war, schlug Mehdi auf die Schulter. »Ist das nicht schön?« Und Mehdi dachte, dass es wirklich schön war, schöner als viele Dinge, die er in seinem Leben gesehen hatte. Der Tag brach an, das Wasser färbte sich gelb und erinnerte ihn an die Kornfelder im Licht jenes Augustes, in dem er Aïcha zum letzten Mal gesehen hatte. Sein Herz krampfte sich zusammen. Er sollte ihr schreiben. Er sollte ihr all das erzählen.

Sie machten sich auf den Weg zurück nach Safi. Der Kapitän setzte einen Funkspruch ab, und als sie ankamen, gellte eine Sirene durchs Hafenviertel. Das war die Art der Fabrikbesitzer, die Trommel zu rühren. Lastwagen schwärmten aus zu den Kapern- oder Getreidefeldern, um die Landarbeiterinnen zu holen, die sich hier ein paar Dirham verdienten. Mehdi war müde und fror. Er hätte sich gern in einem Bett ausgestreckt, unter einer dicken Decke, und von Delfinen geträumt, deren Körper im Mondlicht glänzten. Doch Boulhas hatte nicht vor, schlafen zu gehen. »Das ist das wahre Leben, mein Sohn! Das Meer, die Fischerei, und nicht dieses Leben im Büro, das du dir antust. Hör mir gut zu, und du wirst sehen, wir beide zusammen könnten ein Imperium gründen!« Sie setzten sich in ein Café, und Boulhas bestellte zwei Teller Schneckensuppe, Kaffee und Brot. Seit einigen Monaten fuhr Boulhas häufig nach Marrakesch. »Alle halten mich für verrückt, aber ich bin mir sicher, das ist der richtige Ort. Eine Stadt, in der es warm ist, selbst im Winter, ist das nicht ein Traum? Glaub mir, wenn ich es geschickt anstelle, mache ich es besser als das Mamounia, und alle werden zu mir kommen wollen. Auch das haben die Spanier vor uns begriffen. Franco hat es gesagt: Der Tourismus ist die Zukunft. Er gibt seinem Volk Arbeit, sieh dir nur die Andalusier an, die vor zehn Jahren zum Arbeiten zu uns kamen und jetzt Hotels voller Engländer und Deutscher eröffnen.« Er rülpste laut, schleckte sich die öligen Finger ab und schleifte Mehdi in seine Fabrik, gegenüber dem Café.

In der riesigen Halle herrschte ein infernalischer Lärm. Ausschließlich Frauen arbeiteten dort. Es waren mindestens zweihundert, vielleicht mehr. Sie arbeiteten im Stehen, leicht bekleidet, trotz der Kälte. Ihre Füße – die meisten hatten nur Plastiksandalen an – wateten im brackigen Wasser, vermischt mit Blut und den Eingeweiden der Fische. Einige trugen auf dem Rücken kleine Kinder, die sie ruhig hielten, indem sie sich nach links und rechts wiegten und mit der Zunge schnalzten. Blitzschnell schuppten sie die Fische ab, während Vorarbeiter schrien, um das Tempo noch zu erhöhen. Mehdi fühlte sich lächerlich in seinem Anzug, seiner feuchten, in die Stiefel gesteckten Hose. Er fiel um vor Müdigkeit und begriff nichts von dem, was Boulhas ihm erklärte. Nervös spielte er mit seinen Manschettenknöpfen, und einer fiel hinunter. Er sah das Ding zwischen Fischköpfen glänzen, die auf dem Boden einer Plastikwanne lagen. Er wollte sich gerade bücken und das Schmuckstück aufheben, das er sich zur Feier seiner Berufung in die Steuerbehörde geschenkt hatte, als ein Vorarbeiter ihn anrempelte und den Frauen befahl, die Abfälle wegzuräumen. Mehdi sah, wie eine der Arbeiterinnen sich hinunterbeugte und die Wanne hochhob. Sie entfernte sich in den hinteren Teil der Fabrik, und Mehdi wagte nicht, den silbernen Knopf zurückzuverlangen.

Ehe er Mehdi gehen ließ, bestand Boulhas darauf, dass er mit zu ihm kam. Der Sardinenkönig bewohnte ein großes Haus außerhalb der Stadt. Er führte Mehdi in einen der mit glänzenden Nylon-Brokat-Bänken eingerichteten Salons. Boulhas verschwand, und Mehdi blieb dort, allein vor einem Tisch voller Speisen. Mandelgebäck, in Honig getränkte Blätterteigtäschchen, kleine Aniskekse, wie er sie als Kind gegessen hatte. Ein Hausmädchen ging durchs Zimmer und senkte den Kopf, als es ihn sah. Er hatte das

Gefühl, schon seit Stunden hier zu sein. Schließlich streckte er die Beine aus und ließ seinen Kopf auf ein Kissen sinken. Er war im Begriff einzuschlafen, als Maria eintrat. Das Mädchen grüßte ihn und nahm einen Teller mit Naschereien, den es Mehdi vor die Nase hielt. Er bediente sich, biss jedoch nicht in das Gebäck. Die Süßigkeit in der Hand, betrachtete er das Gesicht der jungen Frau, deren langer geflochtener Zopf auf ihre Brüste fiel. Er sagte ihr, er sei müde, und entschuldigte sich dafür, dass er es sich auf dieser Bank bequem gemacht hatte, die nackten Füße auf dem Teppich. »Weißt du, wann dein Vater wiederkommt?«

»Mein Vater ist gegangen«, antwortete sie. »Er bat mich, dir zu sagen, dass der Chauffeur dich später nach Rabat zurückbringt. Er möchte, dass du dich hier wie zu Hause fühlst. Dass du dir Zeit lässt.«

Einen Moment überlegte Mehdi aufzustehen, sich für die Gastfreundschaft zu bedanken und hinaus zum Chauffeur zu stürzen. Doch Maria sah ihn aus ihren flehenden Augen an, ihren auberginefarbenen Augen, deren violetter Schimmer ihn faszinierte.

»Waren Sie heute Nacht fischen?«

»Ja. Bist du schon mal auf einem der Boote deines Vaters gewesen?«

»O nein!«, sagte sie lachend. »Diese Boote sind nichts für Mädchen.«

Mit Maria konnte man sich nicht unterhalten. Sie nickte zu allem, was Mehdi sagte. Er fragte sie, ob sie studiere, und sie erklärte, sie habe das Gymnasium beendet und helfe ihrer Mutter jetzt im Haus. Er wollte wissen, was ihr gefiel. Musik? Kino? Sie zuckte mit den Schultern. »Liest du gern?« Sie antwortete: »Ich weiß nicht.« Schließlich stand Mehdi auf und verabschiedete sich. Als er in den Wagen stieg, hielt er noch immer das Gebäck in der Hand, das er nicht angebissen hatte. Auf der Rückbank sitzend, dachte er, dass es nicht unangenehm wäre, mit einer Frau wie Maria verheiratet zu sein. Ein Mädchen wie sie würde sich um ihn kümmern. Sie würde ihm hübsche Kinder gebären. Würde sich in die Küche zurückziehen, wenn sie Gäste hätten. Und im Bett würde sie leise stöhnen, mit geschlossenen Augen. Sie würde ihn zu seinen Wurzeln zurückbringen, und während des Ramadan würde er, auf einer Bank liegend, hören, wie sie die Kinder ausschimpfte und sie ermahnte, ihren Vater nicht aufzuwecken. Es war, als spräche Maria eine uralte Sprache, eine Sprache, die Mehdi einst gekannt hatte und deren Erinnerung sie durch ihre Sanftmut, ihre Fügsamkeit wachzurufen vermochte. Und während er sich in den Schlaf sinken ließ, sah Mehdi wieder die große blonde Frau in Aïchas Farm am Pool stehen. Sie wandte ihm den Blick zu. Und sie sprang.

Ende Juni 1971 bekam Mehdi eine Einladungskarte zum zweiundvierzigsten Geburtstag des Königs, den dieser am Meer, im Palast von Skhirat feierte. Sein zuständiger Minister betonte die besondere Aufmerksamkeit Seiner Majestät gegenüber dem Führungsnachwuchs des Landes. Er wies noch einmal darauf hin, dass man in legerer Kleidung erscheinen und die Anzüge und sonstigen Smokings im Schrank lassen sollte. »Selbst Minister und Generäle haben die Anweisung erhalten, sich sportlich zu kleiden.«

Mehdi hätte es niemals zugegeben, erst recht nicht vor seinen ehemaligen Kommilitonen, doch diese Einladung versetzte ihn in große Aufregung. Noch nie hatte er einen der Paläste des Königs betreten. Noch nie hatte er an einem so bedeutenden Empfang teilgenommen, mit sämtlichen Diplomaten, Ministern, hochrangigen Offizieren und Freunden der königlichen Familie, die das Land zu bieten hatte. Also bitte, er hatte es geschafft. Oder besser gesagt, am 10. Juli, dem Geburtstag Hassans II., würde er in die High Society eingeführt werden und zum Clan der Mächtigen gehören. Das Aufregendste und zugleich Beängstigendste war für ihn nicht der prächtige Ort, das strikte Protokoll oder die Tatsache, dass er ganz bestimmt niemanden kennen würde. Nein, wie ein Kind, das ein Film- oder Musikidol treffen wird, war Mehdi besessen von dem Gedanken, den König von Nahem zu sehen. Das ist idiotisch, sagte er sich immer wieder, er ist ein Mann wie jeder andere, und nur wegen der Macht, die er innehat, ist er noch lange nicht heilig oder ein besserer Mensch. Und doch, wenn er jetzt an einem der vielen Porträts Hassans II. vorbeikam, die überall in der Stadt verteilt waren, sagte er sich: Ich werde ihn in echt sehen und vielleicht mit ihm sprechen. Und er wird mich grüßen, und wenn er mich anlächelt, dann heißt das, dass meine Zukunft gesichert ist. Er schämte sich für diese niederen und unwürdigen Gedanken, doch er kam einfach nicht umhin, sich zu freuen und das Gefühl zu haben, er sei unter Tausenden auserwählt worden. Man hatte ihn ausgesucht. Im schicksten Laden der Stadt kaufte er sich eine weiße Baumwollhose und ein blassrosa Hemd mit kurzen Ärmeln. Er zahlte ein Vermögen für ein paar lederne Slipper und ließ sich Bart und Haare schneiden.

Am Abend vor dem Fest fand er keinen Schlaf. In seiner Wohnung war es drückend heiß, und er lag die ganze Nacht auf dem Bett am offenen Fenster und sehnte die morgendliche Brise herbei. Um sechs Uhr stand er auf. Der bedeckte Himmel verhieß extreme Hitze. Um acht Uhr war er geduscht und angezogen und drehte sich in seinem Wohnzimmer im Kreis, unfähig, zu lesen, zu arbeiten oder einfach nur dazusitzen. Er hatte Angst, auf der alten Bank einzuschlafen und zu spät zum Fest zu kommen. Einer seiner Kollegen hatte ihn gewarnt. Man durfte weder zu früh kommen – denn das könnte ungeduldig und blamabel wirken – noch zu spät und so den König beleidigen, der den Startschuss für das Diner geben würde. Als er es vor Nervosität nicht mehr aushielt, nahm Mehdi die Schlüssel des Simca und beschloss, sich auf den Weg zu machen. Es war besser, etwas früher dran zu sein, falls er eine Panne hätte, und er könnte bei Henri vorbeischauen, dessen Strandhaus ein Stück vor dem Sommerpalast lag. Es kam für Mehdi nicht infrage, auf dem Anwesen des Königs Alkohol zu trinken, doch er könnte Henri um ein Glas Weißwein bitten, das er auf der Terrasse genießen und das ihn entspannen würde.

Er durchquerte das Zentrum und erreichte die Küstenstraße Richtung Skhirat. Sobald er Rabat hinter sich gelassen hatte, fühlte er sich besser, beinahe wie im Urlaub, und er dachte, dass ihm diese Kleider sehr gut standen und dass Henri staunen würde, wie elegant er war. Links der Straße war die Stadt dem Land gewichen. In hölzernen Buden verkauften Bauern Gemüse: Paprika, Zwiebeln, Tomaten. Dann tauchte der Ozean auf, in der Sonne funkelnd, und Mehdi entdeckte in der Ferne die ockerfarbenen Mauern einer alten, von Palmen umgebenen Kasbah. Darunter konnte er Felsen sehen, gegen die strudelnde Gischt brandete und zwischen denen barfüßige Jungs Herzmuscheln und Krebse sammelten.

Er parkte den Wagen vor dem Strandhaus, dessen Tür offen stand. Im Wohnzimmer und in der Küche war niemand. Er rief, bekam jedoch keine Antwort. Er fand Henri auf der Terrasse, in einem Liegestuhl, ein aufgeschlagenes Buch auf den Knien. Er schlief.

»Henri?« Der Professor öffnete die Augen, und als er seinen ehemaligen Studenten erkannte, erhellte ein Lächeln sein Gesicht.

»Mehdi? Was für eine schöne Überraschung.«

Mehdi senkte den Blick auf seine sündhaft teuren Slipper und dachte, dass er die Geburtstagsfeier des Königs nicht erwähnen würde. Henri war zu höflich, um ihm Vorwürfe zu machen oder die leiseste Kritik zu äußern. Aber er wäre sicher enttäuscht von ihm. Hielte ihn für einen Überläufer, einen Verräter oder einen elenden Bourgeois.

»Du bist vielleicht schick, hör mal. Und dieser Bart sieht gut aus. Weniger nach Karl Marx.«

Mehdi fuhr sich übers Kinn. »Ja. Man wird älter, nicht wahr? Ist Monette nicht da?«

»Nein, aber sie werden jeden Moment hier sein. Du kommst etwas zu früh.«

»Zu früh?«

»Genau. Monette holt Aïcha gerade vom Flughafen ab. Sie verbringt den Sommer hier. Sag mir nicht, dass du das nicht wusstest.«

Mehdi war hergekommen, strotzend vor Stolz und Selbstsicherheit, und als er diese Nachricht hörte, hatte er das Gefühl, sich aufzulösen, in sich zusammenzufallen, zu zerfließen. Sein Aufzug schien ihm mit einem Mal lächerlich und vulgär. Henri musste denken, dass er für sie, für Aïcha, diese zu enge Hose gekauft hatte, dieses Hemd, in dem er nun zu ersticken meinte.

Henri hievte sich aus dem Liegestuhl. »Entschuldige, ich habe dir noch gar nichts zu trinken angeboten. Ich schlafe nachts sehr schlecht, und tagsüber brauche ich daher nur ein Buch aufzuschlagen und bin sofort weg. Wie wäre es mit einem Glas Weißwein?«

Mehdi nickte. Die Zunge klebte ihm am Gaumen, und er brachte kein Wort heraus. Aïcha würde kommen. In ein paar Minuten, einer Stunde vielleicht, würde sie hier, vor ihm, erscheinen. Was versuchte das Schicksal ihm zu sagen? Er sah Henri aus der Küche zurückkommen, eine Flasche Wein in der Hand. Sein ehemaliger Professor redete, doch Mehdi hörte nicht zu. In seinem Kopf schwirrten die Gedanken wild durcheinander. Ich sollte lieber gehen. Wenn ich nicht gleich gehe, ist es zu spät. Er fragte sich, ob man sein Fehlen bei der Geburtstagsfeier bemerkten würde. Würde der Minister ihn unter den Gästen suchen, um ihn dem König als vielversprechenden jungen Mann vorzustellen? Nein, beruhigte Mehdi sich, der hätte bestimmt Besseres zu tun, als sich um ihn Sorgen zu machen.

»Sie hat sich den richtigen Tag ausgesucht, was?«, lachte Henri.

»Was meinst du damit?« Mit gerunzelten Brauen und besorgter Miene sah Mehdi den Professor an.

»Die Geburtstagsfeier des Königs in Skhirat. Monette hatte Angst, nicht zum Flughafen durchzukommen bei dem ganzen Trubel. Ich habe ihr angeboten, sie zu begleiten, aber sie wollte nicht. Du weißt ja, wie sie sind.«

Nein, Mehdi wusste es nicht. Er wusste gar nichts mehr. Er kippte sein Glas Weißwein in einem Zug runter. Er konnte spüren, wie die kalte Flüssigkeit in seinen leeren Magen rann. Wenn er betrunken war, bräuchte er nicht mehr nachzudenken. Dann wäre es nicht mehr möglich, einen Rückzieher zu machen, wieder ins Auto zu steigen und vor den Mitgliedern des Hofes zu erscheinen. Er sah auf seine Armbanduhr. Es war kurz vor elf. Ein paar Sekunden lang starrte er aufs Zifferblatt. Dann hielt er Henri sein Glas hin, der ihm nachschenkte.

»Nervös?« Henri amüsierte sich über das seltsame Benehmen seines Gastes, das er dessen Verliebtheit zuschrieb. Mehdi konnte nicht stillhalten. Er setzte sich in den Liegestuhl, stand wieder auf. Seine Hose klemmte am Bauch, also blieb er stehen, das Glas in der Hand, die Augen mal zum Eingang, mal aufs Meer gerichtet. Der Himmel war blassblau, fast weiß, und sein Hemd war schweißgetränkt. Der Ozean selbst schien nervös zu werden von der Gluthitze, und die Wogen brachen sich donnernd am Strand.

»Würdest du mir eine Badehose leihen?«

»Du willst schwimmen gehen? Im Ernst?« Mehdi öffnete seine Hemdknöpfe, mitten auf der Terrasse, als wäre er allein auf der Welt.

»Warte, komm mit, ich hab, was du brauchst.«

Mehdi hätte Henri gern alles erzählt. Er hätte gern den Mut gehabt, ihn um Rat zu fragen. Wird sie sich freuen, mich zu sehen? Wird sie wieder denken, ich hätte ihr eine Falle gestellt? Sag mir, ob sie mir noch immer böse ist, Henri. Doch er sagte nichts und schloss sich im Badezimmer ein. Er zog sich aus, schlüpfte in die Badehose, die ihm ein bisschen zu groß war, und ging hinunter zum Strand, wo der Sand ihm die Fußsohlen verbrannte. Er rannte los und stürzte sich in eine Welle, die ihn überrollte. Jedes Mal, wenn er den Kopf aus dem Wasser hob, musste er wieder untertauchen, um nicht fortgerissen zu werden. Die Wogen rückten an, höher und höher, beladen mit dreckiger schäumender Gischt, wie die Spucke an den Lefzen eines tollwütigen Hundes. Er versuchte zu schwimmen, doch weder seine Arme noch seine Beine trugen ihn. Seine Füße traten ins Leere. Er wurde von der Strömung hinausgezogen, immer weiter weg vom Ufer. Er öffnete seine kurzsichtigen Augen. Der Sand und das Haus waren verschwunden, da war nur noch die schwarze endlose Weite des brodelnden Wassers. Es war sinnlos, dagegen anzukämpfen, also ließ er sich wie ein Kiesel von der Brandung herumrollen. Mit einer Hand hielt er die Badehose, die ihm über die Schenkel rutschte. Ihm ging die Luft aus, doch er hatte keine Angst. Er ließ sich in den Abgrund ziehen. Auf der Haut spürte er das Prickeln des Sandes und der Muscheln. Er dachte daran, wie Aïcha schwamm, an ihre Anmut und Ausdauer. Und noch einmal sah er das Bild der großen blonden Frau am Rand des Pools in ihrem lila Badeanzug vor sich. Manchmal gelang es ihm, den Kopf aus dem Wasser zu strecken, nach Luft zu schnappen, dann wurde er wieder verschluckt, auf den Grund gezogen, wie in einer infernalischen Schleuder herumgewirbelt. Doch der Ozean wollte ihn nicht. Er hielt noch immer die Badehose mit einer Hand, als er zurück ans Ufer gespült wurde, die Haare voller Sand und Steine. Henri war da und reichte ihm die Hand.

»Du hast mir vielleicht einen Schreck eingejagt. Ich wäre fast ins Wasser gesprungen, um dich rauszuholen.«

»Alles gut«, erwiderte Mehdi. »Die Strömung war stärker als gedacht.«

Henri wickelte ihn in ein Handtuch, und sie gingen zurück zur Terrasse. Sie leerten die Flasche Weißwein und öffneten eine zweite. Mehdi rauchte eine Zigarette nach der anderen, wobei er den Filter mit dem Zeigefinger zusammendrückte. Dort im Palast musste man das Essen serviert haben. Der König hatte sich bestimmt an seinen Tisch gesetzt, allein, wie es das Protokoll verlangte. Mehdi war inzwischen betrunken. Seine Lider waren schwer, sein Geist benebelt, und er lächelte zufrieden. Das war der schönste Tag der Welt. Nichts konnte ihm passieren. Das Schicksal entschied weiter für ihn, und er brauchte sich nur zu fügen, sich ihm zu überlassen, zu vertrauen, wie er der Strömung vertraut hatte, die ihn unversehrt zurückgebracht hatte. Das Bad hatte ihn erfrischt, und sein Körper war entspannt. Er sah auf die Uhr. Der Zeiger bewegte sich nicht. Er hatte vergessen, sie abzulegen, ehe er sich ins Wasser gestürzt hatte, und sie funktionierte nicht mehr.

Dann hörte er den Motor des Wagens. Eine weibliche Stimme. Monettes, die Henri rief, er solle helfen, den Koffer zu tragen. Mehdi hatte den Eindruck, er wäre noch dort, in den Tiefen des Ozeans, und alle Geräusche drängen gedämpft, aus weiter Ferne zu ihm. Er blieb auf seinem Liegestuhl sitzen, mit dem Rücken zum Haus. Er konnte sich nicht entschließen aufzustehen. Er hatte das Gefühl, dass in dem Moment, da er sie sähe, sein Herz aufhören würde zu schlagen. Er hatte so viel an sie gedacht, sich so gequält, dass Aïcha beinahe irreal geworden war, wie diese mythologischen Geschöpfe, denen man nicht ins Gesicht sehen kann, ohne zur Salzsäule zu erstarren. Doch sie war da.

Genau vor ihm. Er streckte die Hand aus, um die Sonne abzuschirmen, die ihn blendete. Sie war da, mit ihren langen glatten Haaren, die ihr auf die nackten Schultern fielen. Sie trug ein schwarzes Kleid mit Spaghettiträgern, und er starrte auf ihren mageren Oberkörper, ihren endlos langen Hals und schließlich ihr Gesicht. Er stand so unvermittelt auf, dass ihm schwindlig wurde. Sie küsste ihn auf die Wange, und in dem Moment, als sie sich zu ihm vorbeugte, musste er sich beherrschen, um sie nicht an sich zu drücken. Um nicht zu schreien »ich liebe dich« und »ich flehe dich an, verzeih mir«. Aber er sagte nur »guten Tag«, und lächelte sie an.

Monette deckte den Tisch. »Und, bekommen wir auch ein bisschen Wein, oder habt ihr uns alles weggetrunken?« Sie hatte Angst gehabt, nicht wieder zurückzukommen. »Es gab eine Sperre direkt hinter dem Regierungspalast. Militärlastwagen standen quer über der Straße. Anscheinend haben sie alle aus Rabat kommenden Fahrzeuge angehalten. Aber uns haben sie durchgelassen. Ich schätze, wir haben einen guten Eindruck gemacht.«

Während des Essens sprach Mehdi kaum. Er antwortete wortkarg auf die Fragen, die Henri ihm zu seinem Posten bei der Steuerbehörde und seinen neuen Aufgaben stellte. Als Aïcha wissen wollte, ob er noch immer schrieb, redete Mehdi um den heißen Brei. Schließlich meinte er: »Sobald ich Zeit habe, fange ich wieder an.« Manchmal hob sie den Blick zu ihm und sah ihn an, ohne zu lächeln. Sie wirkte weniger schüchtern als früher, selbstsicherer. Sie trank und aß mit Appetit. Monette warf ihr vielsagende Blicke zu, und

Mehdi dachte, dass sie sich über ihn lustig machten. Aïcha erzählte von Straßburg, sagte andauernd David hier und David da, als ob dieser verdammte Kerl aus ihrem Leben nicht mehr wegzudenken wäre. David sei übrigens mit seinen Eltern in Spanien, und es sei durchaus möglich, dass er sie im August hier besuchen würde. »Er ist uns herzlich willkommen, nicht wahr, Henri?«, betonte Monette amüsiert. Der nickte schweigend. Er betrachtete Mehdis Hand und seine Finger, die schon seit einer Weile auf den Holztisch trommelten.

Mehdi war kurz davor zu explodieren. Sein Rausch hatte sich in Wut verwandelt, und er bereute es, dageblieben zu sein, auf diese Frau gewartet zu haben, die sich an seiner Demütigung zu weiden schien. Er hätte zum Palast fahren, seinen Weg fortsetzen, nur an sich und seine Karriere denken sollen. Dort hätte er wichtige Leute getroffen und ihre Namen, Adressen und Telefonnummern in das Notizbuch geschrieben, das er immer bei sich trug. Seine Uhr war kaputt, und er hatte das Geld für seine Garderobe ganz umsonst ausgegeben. Was für ein Fehler, dass er sentimental geworden war. Er wollte sich gerade eine Ausrede überlegen und gehen, als ein Mann, ein Nachbar, an der Tür klopfte. Henri blieb ein paar Minuten mit ihm am Eingang stehen, und als er zurück auf die Terrasse kam, bemerkte Monette, wie bleich er war.

»Was ist los?«

»Das war Robert. Er sagt, in Skhirat sei etwas passiert. Man habe Schüsse gehört, und der Pulvergeruch zöge bis zu ihm. Er rät uns, erst einmal hierzubleiben, uns nicht zu

rühren. Sobald er Genaueres erfährt, sagt er uns Bescheid.«
Er holte sein Radio aus dem Schlafzimmer und schaltete
es ein. Er wirkte erleichtert, als es ihm gelang, einen staatlichen Sender einzustellen, in dem ein ägyptisches Liebeslied gespielt wurde. »Dieses verflixte Telefon, das immer
noch nicht installiert ist! Es ist unerträglich, nicht zu wissen, was da los ist.«

Dann brach das ägyptische Lied ab. Und Henri erkannte
die Noten des Militärmarschs *La Galette*. Alle vier starrten
jetzt das Radiogerät an, als ob darin die Antwort auf die
Fragen zu finden wäre, die sie quälten.

»Was ist mit meinen Eltern?«, sagte Aïcha. »Sie werden
sich Sorgen machen.«

Jeder stellte seine Vermutungen an. Die Libyer hatten ein
Attentat geplant. Der König war tot, und die Regierungsübernahme wurde vorbereitet. Sie alle empfanden eine Mischung aus Angst und Erregung. Ihnen war bewusst, dass sie
einen besonderen Moment, einen historischen Moment erlebten, von dem man später einmal in Büchern lesen würde.
Sie konnten nicht stillsitzen und liefen rauchend auf der
Terrasse hin und her. Zwei Hubschrauber flogen über den
Strand. Übertrieben besorgt fragten die Frauen: »Was wird
nun aus uns?« Henri sagte mit schulmeisterlichem Gesicht
immer wieder, er habe es kommen sehen, das konnte ja
nicht mehr lange so weitergehen. Mehdi hielt flammende
Reden über Volksrevolution und Guerillakrieg. Er war froh,
dass er nicht zur Geburtstagsfeier gegangen war. Nicht nur,
weil er mit heiler Haut davongekommen war, sondern weil
er so tun konnte, als hätte er immer auf der richtigen Seite

gestanden. Behaupten, er hätte nie mit den Mächtigen verkehrt. Später, wenn man ihn fragte, würde er sagen, er sei zwar eingeladen gewesen, habe die Teilnahme jedoch ganz bewusst abgelehnt, um seine Kritik an dieser schamlosen Zurschaustellung von Luxus deutlich zu machen.

»Ich hätte dort sein sollen«, sagte er unvermittelt.

»Wovon redest du?«, fragte Henri.

»Vom Geburtstag des Königs. Ich war eingeladen.«

»Jetzt wird mir einiges klar.«

»Was wird dir klar?«

»Deine Kleidung, dein Verhalten. Also solltest du Aïcha dankbar sein. Meiner Meinung nach bist du hier besser aufgehoben als dort.«

Er drehte das Radio lauter. »Achtung, Achtung. Die Armee hat die Macht übernommen. Die Monarchie wurde gestürzt. Die Armee des Volkes hat die Macht übernommen. Ein neues Zeitalter bricht an.«

Den ganzen Nachmittag und die halbe Nacht glaubten sie, der König wäre tot und Marokko wäre nun in Händen des Militärs. Aïcha dachte an das Porträt Hassans II. im Büro ihres Vaters. Sie erinnerte sich an den Jubel der Menge, als Mohammed V. aus dem Exil zurückgekehrt war. Sie konnte sich ihr Land nicht ohne König vorstellen. Was? Sollten sie etwa einer dieser von Soldaten regierten Staaten werden? Im Radio lief die Mitteilung der Armee in Dauerschleife, und es machte Henri verrückt, dass sie keine anderen Informationen bekamen. »Warum kommt Robert nicht zurück? Wir können hier doch nicht ewig rumsitzen und warten wie die Idioten.«

»Was willst du denn sonst tun?«, fragte Monette.

Am Strand wurde es dunkel. Sie hatten den Wein ausgetrunken, und Henri holte Bier aus dem Kühlschrank. Ihnen blieben nur noch ein paar Zigaretten, die sie sich teilten, wie man einen Joint rumgehen lässt. Sie schwiegen. Jeder war in sich gekehrt. Angesichts des Unbekannten erschien es ihnen lächerlich zu reden, ohne wirklich etwas zu sagen, Vermutungen anzustellen, die sich als falsch erweisen würden. Sie dachten an ihre Zukunft. An die Konsequenzen, die das für sie haben würde. Insgeheim überschlugen sie, was sie zu verlieren hatten und was sie gewinnen könnten. Was würde aus ihrer Karriere, ihren Zielen, ihrem Glück werden? Sie vermochten nicht zu sagen, ob dieses Attentat etwas Gutes oder etwas Schlechtes war. Ob sie besorgt sein oder sich freuen sollten. Doch alle hatten Angst.

Der Mond, rund und glutrot wie die Spitze einer Zigarette, spiegelte sich in den großen Pfützen, die der zurückweichende Ozean auf dem Sand hinterlassen hatte. Von der Terrasse aus ähnelte der Strand einem gepflügten Acker, und verschwommene Gestalten in der Ferne erinnerten Aïcha an Zugtiere. Es war beinahe Mitternacht, als Robert wiederkam. General Oufkir hatte im Radio gesprochen. Der Staatsstreich war gescheitert, der König lebte. Die in den Straßen der Hauptstadt aufmarschierten königstreuen Streitkräfte hatten die Radiosender und das Innenministerium wieder in ihre Gewalt gebracht. In Rabat verbreiteten sich die Gerüchte wie ein Lauffeuer. Sie griffen über von Haus zu Haus, genährt von den Berichten der heimgekehrten Überlebenden und den Lügen derer, die neidisch waren, dass sie nichts gesehen hatten. Schon zischte man die Namen der Verräter: General Medbouh, Oberst Chelouati und Ababou, der Befehlshaber der Kaserne von Ahermoumou, deren Kadetten den Staatsstreich ausgeführt hatten. Robert hatte den Abend am Telefon verbracht, war aber außerstande, die Fragen zu beantworten, mit denen Henri und die anderen ihn bombardierten. Die Motive? »Es ist zu früh, das zu sagen.« Wie viele Tote? »Dutzende, vielleicht mehr. Jemand hat mir erzählt, dass Leichen im Pool des Palastes schwammen. Sie haben einem General den Hintern versohlt und den König bis in die Toiletten verfolgt.«

»Ich gehe schlafen«, verkündete Henri, und Monette folgte ihm ins Haus. Aïcha und Mehdi blieben allein auf der Terrasse.

»Ich hatte überlegt, meine Assistenzzeit hier in Rabat zu beenden. Aber das ist vielleicht doch nicht so eine gute Idee.«

»Hättest du deinen David denn im Stich gelassen?«

»Das ist nicht mein David.«

»Wie auch immer.«

Sie erhob sich. Sammelte die Gläser ein, die auf dem Tisch herumstanden, und den Aschenbecher voller Kippen. »Dann wirst du hier schlafen, nehme ich an.«

»Es ist nicht so, als ob ich eine Wahl hätte.«

»Gehen wir rein. Es ist kalt.«

Sie lagen nebeneinander auf der feuchten Bank, als Hassan II. gegen ein Uhr morgens im Radio sprach. Sie hatte ihm den Rücken zugewandt. Sie schien zu schlafen. Mehdi dachte, dass er niemals Schlaf finden könnte. Er begehrte sie so sehr, dass er sich beherrschen musste, um sie nicht mit Küssen zu bedecken, überall zu streicheln, zu bedrängen. Er hatte Durst, sein Atem roch nach Wein und Tabak. So konnte er sie nicht küssen. Er müsste in Unterhose hinuntergehen durch das eiskalte Haus. Ein Glas Wasser trinken, wiederkommen, ihre Haut küssen. Am Rücken beginnen, in der Mulde der Taille verweilen. Über ihren Bauch lecken. Sie sanft wecken.

Währenddessen spricht der König. Der König ist nicht tot. Und morgen wird der König im Fernsehen vom Angriff der Soldaten erzählen, die auf seine Gäste geschossen haben und ihn erledigen wollten, ihn, ihren Vater, ihren Beschützer, ihren Anführer. Er wird einem gebannten Publikum enthüllen, wie er seinem jungen Angreifer in die Augen geblickt und dieser seine Waffe gesenkt hat. Gemeinsam haben sie gebetet, und der König hat den Ort unversehrt verlassen, seine Herrschaft ungebrochen.

Mehdi stand doch nicht auf. Er bewegte die Zunge in seinem Mund und schluckte ein wenig Spucke. Er legte die Hand auf Aïchas Busen. Durch den dünnen Stoff ihres Nachthemds konnte er spüren, wie rund und klein er war. Er vergrub das Gesicht in den Haaren dieser Frau, die zu ihm zurückgekehrt war. Sie roch nach Salz, das der Wind vom Strand hertrug. Sie fror und schlief mit an die Brust gezogenen Beinen. Die Hände gefaltet, flehend. Wie konnte sie nur schlafen? Spürte sie denn nicht, wie erregt er war, dort, an sie geschmiegt? Das Blut pulsierte in seinem Glied. Es war nicht schmerzhaft, aber zermürbend. Er spürte eine Verzweiflung, eine Beklemmung, die durch die Berührung der Laken fast unerträglich wurde. Wie ein Schrei, der ausbrechen wollte, das Ersticken eines lebendig Begrabenen.

In den Straßen von Rabat lädt man die Meuterer auf Lastwagen. Kadetten von neunzehn, zwanzig Jahren, mit rasierten, fast bläulichen Schädeln, die Gesichter von Müdigkeit und Erschütterung gezeichnet. Man fesselt ihre Handgelenke und Knöchel mit Ledergurten. Der König ist nicht tot. Morgen wird er sagen: »Ich bin noch mehr König als gestern.«

Aïcha regte sich. Sie drehte sich um und schlang ihr Bein um Mehdi. Er spürte das warme, weiche Innere ihres Schenkels. Sie hielt die Augen geschlossen. Bereit, die Nacht zu verlängern. Sie schmiegte sich an ihn, und Mehdi küsste sie, wie er noch nie eine Frau geküsst hatte. Er biss sacht in ihre Mundwinkel. Er verschlang ihre Wangen, ihren Hals, und sie ließ es mit sich geschehen. Mehdi liebte, und seine Liebe ruhte an einem Ort, noch geheimnisvoller, noch größer als das Herz. Er dachte: Heute hätte ich zwei Mal sterben sollen.

In Rabat schickten die Journalisten ihre Artikel an die Redaktionen. »Sardanapalesk!«, schrieb ein französischer Reporter. »Ein shakespearesches Drama.« »Eine Warnung an die Monarchie.«

Ihr werdet schon sehen, was ihr davon habt.

Verurteilte richtet man öffentlich hin, auf der Place de Grève, inmitten der Menge. Was bringt es, einen Kopf abzuschlagen oder jemanden zu erschießen, wenn das Volk nicht dabei zusieht? Wenn die Männer nicht nach Hause gehen, die Angst im Nacken, um sich in den kleinen Bädern ihrer Wohnungen zu übergeben und sich zu schwören, immer, ja, immer das Gesetz zu befolgen? Wozu dient ein Verurteilter, wenn nicht dazu, ein Exempel zu statuieren? Wenn es Hinrichtungen gibt, nimmt man die Kinder mit zur Vorstellung. Die Väter tragen sie auf ihren Schultern, damit sie auch ja das Schafott sehen. Sie sagen ihnen, dass sie die Augen offen halten, den Kopf nicht wegdrehen sollen, wenn der Henker vortritt. »Schau gut hin, was mit den Gaunern passiert, den Halunken, den bösen Buben. Schau, was man mit denen anstellt, die es wagen, die Mächtigen herauszufordern. Mach die Augen auf und schau.« Die Väter sagen zu den Söhnen: »Man muss ein Mann sein, um da hinzugucken, man muss stark sein und darf nicht weinen, wenn man Blut sieht.«

Die Kinder würden sich, Jahrzehnte später noch, an das Geräusch der Kugeln erinnern und es imitieren, indem sie ihre Lippen vibrieren ließen. Die Menge würde schreien, um das Schluchzen des Verurteilten zu übertönen, der nur noch ein paar Augenblicke zu leben hatte. Wen kümmert's, wenn er weint, wenn er fleht, wenn er Angst hat, wenn er zu Gott betet und sich einpinkelt. Es ist ein Schauspiel für die ganze Familie. Ein Schauspiel wie andere auch. Das größte, das beeindruckendste Schauspiel, der Art, die sich in deine Netzhaut einbrennt und dich ein Leben lang verfolgt und nachts aufschrecken lässt.

1962 verteilte man in den Cafés von Rabat und Casablanca Fernsehapparate. »Der ist umsonst, ein Geschenk des Königs!«, erklärten die Beamten. Sie ermunterten die Wirte, das Gerät so oft wie möglich einzuschalten, um das Volk dazu zu bringen, für die neue Verfassung zu stimmen. Anfangs misstrauten die Leute dieser teuflischen Kiste, und die Ältesten, die Greise, weigerten sich hineinzuschauen. Dann gewöhnten sie sich daran, und in den bürgerlichen Wohnzimmern, in den Wohnungen der Funktionäre hielt der Fernseher Einzug. Am Nachmittag, wenn die Hausfrauen kochten, ließen sie den Apparat an und schälten ihre Karotten, rupften ihre Hühnchen vor dem Bildschirm. Jetzt waren es nicht mehr die Zwiebeln, die sie zum Weinen brachten, sondernd der Liebeskummer einer jungen Ägypterin, die von ihrem Geliebten verlassen worden war. Manch einer sagte, der König selber bestimme über das Programm. Es kam vor, dass er beim Sitz des staatlichen Senders anrief, um die Ausstrahlung eines Films zu stoppen, den er für mittelmäßig hielt. Der Film brach dann vor dem Ende ab, das zu langatmig, nicht lustig oder nicht spannend genug war. Und am nächsten Tag, auf den Märkten der Stadt, schlossen die Menschen Wetten ab. Hatten sich die Helden schließlich gefunden? Hatte die schöne junge Frau, die mit den langen braunen Haaren, von ihrem Vater die Erlaubnis bekommen zu heiraten? Im Schutz der heimischen Wohnzimmer empörten sich einige: Sie hatten nicht denselben Geschmack wie Seine Majestät.

Doch heute, am 13. Juli 1971, läuft ein außerordentliches Programm, so etwas hat es im Fernsehen noch nie gegeben. Zum Heulen und Zähneklappern. Zunächst erinnert es an einen Western. Die Kamera filmt eine weite, vom Wind gepeitschte Sandfläche. Im Hintergrund erkennt man Klippen, und man hört Wellen gegen Felsen branden. Es ist eine teure Hollywoodproduktion mit modernsten Militärtrucks, aus denen Männer in Uniformen herausgeholt werden. Die Kamera fährt näher heran. Das sind nicht irgendwelche Männer, sondern prominente Akteure, einstige Giganten mit medaillenbehängten Jacken. Nahaufnahmen der Gesichter. Mathilde weint so heftig, dass sie kaum Luft bekommt. Amine regt sich auf, er möchte sie zum Schweigen bringen, möchte, dass sie Haltung bewahrt, doch er ist wie vom Donner gerührt angesichts des Schauspiels, das sich ihm bietet, und bringt kein Wort heraus. Dieser Mann, dessen Gesicht in Schwarzweiß, ein wenig verschwommen, auf dem Bildschirm erscheint, den kennen sie. Sie haben mit ihm und seiner Frau, einer Französin, auf Festen getanzt. Dieser Mann war im Krieg wie Amine, er hat in Frankreich, in Italien, in Indochina gekämpft. Auf dem Bildschirm nähert sich ein

Soldat dem Oberst, dessen Hände auf dem Rücken gefesselt sind. Er reißt seine Tressen herunter, nimmt ihm die Mütze ab, die Zeichen seines Rangs ist, und man könnte meinen, er füge Amine selbst diesen Affront zu. Amine stößt einen kleinen Schrei aus und schlägt sich mit den Fäusten leicht auf die Knie. Die Kamera schwenkt und filmt nun das Gesicht eines anderen Mannes, ein General mit dicken Lippen, der den Blick abwendet. Der Verurteilte mit schiefgelegtem Kopf und halb geschlossenen Lidern scheint nicht zu begreifen, was er hier soll. Amine denkt an Mourad. Wenn er da wäre, dann würden sie sich daran erinnern, wie viel Mut es ihnen abverlangt hatte, in den Krieg zu ziehen. Und wie sehr sie diese Männer bewundert hatten, ihre Kommandanten, ihre Vorgesetzten, deren Befehle sie, ohne zu überlegen, ausführten. War es denn möglich, dass die Leute das vergessen hatten? Dass die Erinnerung an diesen Krieg verschwunden war? Diese Menschen, dachte Amine traurig, sind Vergangenheit. Wir haben vergessene Kriege geführt.

Ein Mann steigt hinten aus einem Lastwagen, umgeben von drei Soldaten, deren Kampfhelme ihre Gesichter halb verdecken. Der Verräter starrt in die Kamera, man könnte meinen, er bete oder bitte um etwas. Sein Hemd ist offen, man sieht sein Unterhemd, das aus der Uniform heraushängt. Amine versucht zu verstehen, was der Verurteilte gerade gesagt hat, doch das Bild ist nicht scharf genug, dass er es von seinen Lippen ablesen könnte. Später wird der vor Ort anwesende Journalist behaupten, der Verurteilte habe geschrien: »Ich war nicht beteiligt. Ich habe nichts getan!« Mit ruhiger, einlullender Stimme spult nun gerade ein Reporter die Namen der Verurteilten ab, wie man die Spieler einer Fußballmannschaft vorstellt. Es ist dieselbe Stimme, mit der er auch bei königlichen Zeremonien, Einweihungen, Festtagen spricht. Dann verschwindet seine Stimme, wie verschluckt vom Geräusch der Stiefel und des Windes, der ockerfarbene Sandwolken aufwirbelt. Die Meuterer, die Dreckskerle, die Verbrecher rufen »Es lebe der König!«, »Es lebe Hassan II.!«, während man sie zu den Pfählen führt, die auf dem verlassenen Schießplatz, ein paar Kilometer von Rabat entfernt, aufgestellt worden sind. Ein Kameramann rennt und stolpert beinahe über einen Stein. Je weiter sie voranschreiten, desto blasser werden die Verurteilten. Manche drehen sich um und blicken zurück, die Augen vor Angst geweitet. Ein Fotograf nähert sich, um das Entsetzen mit seinem Objektiv einzufangen. Morgen wird er an *Paris Match* exklusive Bilder verkaufen, aufgenommen hinten im Militärtruck.

Wie viele sind es, die das gesehen haben? In wie viele Erinnerungen haben sich diese Bilder eingegraben? Es sind gewiss Tausende, die auf ihrem Bildschirm zuschauen, wie Soldaten einen bereits toten Körper mit unkenntlichen Zügen über den Boden schleifen und an einen Pfahl binden. Das Drehbuch hatte nicht vorgesehen, dass der Verurteilte der Folter erliegt, doch der Tod wird ihn nicht retten. Er wird zweimal und in aller Öffentlichkeit sterben müssen, bitte sehr. Amine wiederholt »das ist unmöglich«, und Mathilde, die nicht aufhört zu schniefen, zieht schließlich ein Stofftaschentuch aus ihrem Ärmel. Wie können Leute, die man gekannt hat, Leute, mit denen man getrunken und getanzt und gegessen hat, Leute, die man bewundert hat, wie können sie dort sein, in dieser Westernkulisse, in den Windböen, um gleich von den Kugeln Dutzender vor ihnen aufgereihter Gewehre durchlöchert zu werden? Mathilde weint lauter. Sie weint jetzt für die Ehefrauen, die vielleicht zusehen, und sie schreit beinahe, als sie an die Kinder denkt, deren Väter im Fernsehen kommen.

Amine war froh, als er dieses Gerät gekauft hat. Er bat Mathilde, das Essen vor dem Fernseher zu servieren. Jetzt, da die Kinder aus dem Haus sind, sieht er nicht, warum man das lächerliche Ritual der Mahlzeiten zu zweit weiterführen sollte. Die Soldaten flankieren weitere zum Tode Verurteilte und lassen sie auf die Felsen treten. Amine schüttelt den Kopf, er denkt: Das gibt es nicht. Bald werden sie John Wayne auftauchen sehen oder Apachen auf ihren Pferden, mit Federn im Haar und gespannten Bogen. Sie werden begreifen, dass das alles nur Show ist, dass es gespielt ist, dass es woanders geschieht, dass es nie wirklich passiert ist. Aber nein, das ist nicht der Grand Canyon, und John Wayne wird nicht kommen. Man hört den Befehl: »Legt an! Feuer!«, und die zehn Exekutionskommandos geben ihre Salven ab. Mitglieder der Land-, Luft- und Seestreitkräfte stürzen sich auf die reglosen Körper. Sie räuspern sich, schauen sich um, ob man sie sieht, ob man sie hört, und spucken auf die Leichen.

Mathilde schluchzt. »Warum zeigen sie uns das? Diese Männer dort kennen wir doch.« Amine ballt die Fäuste so stark, dass seine Knöchel weiß werden. Er sieht sie hart an. »Wie solltest du das verstehen können? Du hast keine Ahnung, was Macht bedeutet.«

Wie jeden Sonntag nahm Mathilde ihre Tasche, band sich ein Halstuch um und verlangte von Amine die Autoschlüssel. Ihr Mann stieß einen langen Seufzer aus, den sie geflissentlich überhörte. Sie fuhr zu dem Pensionat, in dem Sabah seit zwei Jahren als Internatsschülerin lebte. Auf die Rückbank hatte sie eine Schachtel Gebäck und einen Stapel Frauenmagazine gelegt. Alte Magazine, die sie schon mehrfach durchgelesen hatte, mit Fotos von Filmstars und Angehörigen der europäischen Königshäuser. Grafen und Herzoginnen. Prinzessinnen und Königen. Sabah schnitt sie aus und hatte über ihr Bett Bilder von Sophia Loren, Grace Kelly oder Farah Pahlavi, der Frau des Schahs, mit ihrer diamantenen Tiara gehängt. Manchmal schenkte Mathilde ihr Kleidung. Aber nichts Neues und nichts Teures. Das untersagte Amine ihr. Es passte ihm nicht, dass Mathilde sie so oft besuchte, dass sie sich um diese Kleine mit dem gelblichen Teint bemühte, deren bloßer Anblick ihn wütend machte.

Mathilde parkte vor der Tür des Internats. Sabah erwartete sie auf der Treppe. Sie spazierten durch die Straßen der *Ville Nouvelle*. Sie setzten sich auf die Terrasse eines Cafés, und Sabah bestellte einen Orangensaft. Ehe Mathilde sie trinken ließ, wischte sie mit einem Taschentuch den Rand des Glases ab. »Der Kellner sah schmutzig aus.« Sie erzählte ihr von Aïchas Hochzeit, die im kommenden Sommer stattfinden sollte, und von ihrem zukünftigen Ehemann, der in der Hauptstadt einen hohen Posten bekleidete. Gegenüber dem Café verkaufte ein Junge, auf einem Esel hockend, Orangen. Er schrie: »Wer will meine Orangen? Gute, saftige Orangen!« Mathilde beugte sich zu Sabah und flüsterte ihr ein elsässisches Lied ins Ohr. »Was heißt das?«, fragte das Mädchen.

»Heb dem Pferd den Schwanz an, blas ihm in sein Loch, und es kommt ein grüner Apfel für dich raus!« Mathilde lachte. »Das Lied habe ich deiner Mutter beigebracht, als sie klein war. Einmal hat sie es vor deinem Onkel gesungen, der fuchsteufelswild wurde. Er hat sie gefragt, von wem sie diesen Schweinkram hat. Sie hat niemals verraten, dass ich es war.«

Mathilde stellte ein paar Fragen. Die gleichen Fragen wie sonst, und Sabah antwortete mit Lügen. Ja, sie war glücklich, und ihre Kameradinnen waren nett und die Lehrer aufmerksam. Ja, sie machte ihre Schularbeiten, und sie lernte gern, und sie würde alles tun, was man ihr sagte, ohne zu murren, mit der Dankbarkeit, die man von verlassenen Kindern erwartet. Sabah hatte schöne Augen, aber so dichte und struppige Brauen, dass diese ihren Blick verschandelten. Sie war nie frisiert, und ihre Haare waren oft fettig. Sie hatte so etwas Stumpfes, Kümmerliches an sich, das einen verlegen machte. Es war, als litte sie unter einer dieser seltsamen Krankheiten, die den Körper deformieren und die Betroffenen gleichzeitig wie Kinder und wie Greise aussehen lassen. Sabah hatte gelernt, zu lügen und keinerlei Ansprüche zu stellen. Sie verbarg alles mit einem Geschick, von dem die Erwachsenen nichts ahnten.

Einmal im Monat besuchte ihre Mutter sie. Sie kam in ihrem schönen Auto, glamourös gekleidet, und Sabah unterdrückte ihre Wut. Sie sagte zu allem danke. Sie weinte nicht. Sie ließ sich ihren Zorn und ihren Kummer nicht anmerken. Sie war jetzt fünfzehn Jahre alt, sie war kein dummes, naives Kind mehr. Ihr war bereits aufgegangen, dass Mourad und Selma überhaupt nicht zusammengepasst hatten, und sie spürte, ohne es erklären zu können, dass ihre Geburt eine Tragödie war. Sabah wusste, dass sie eine Last war. Sie begriff, dass sie ein Versehen, ein Unfall, ja sogar ein Fehler war. Sie durfte nichts fordern oder sich beklagen, sonst würde sie nur wieder hören: »Du solltest froh sein, einen Onkel zu haben, der für dich sorgt.«

Hinsichtlich der Moral, der Schicklichkeit, in jeder Hinsicht wäre es besser gewesen, sie existierte nicht. Niemand wünschte sich, dass sie bei ihm war oder dass sie überhaupt da war. Wenn die Erwachsenen an Sabah dachten, dann nur, um sich zu fragen, wo sie sie hinstecken sollten, so wie man einen platzraubenden Gegenstand verstaut, den man aus irgendwelchen sentimentalen Gründen nicht wegschmeißen kann. Genau das hatte Mathilde gesagt, als Selma verkündet hatte, dass sie zum Arbeiten nach Rabat gehen würde: »Und Sabah, was machen wir mit der?« Aber solche Kinder haben als Verbündeten das Desinteresse, das man ihnen entgegenbringt. Sie sind allen egal. Sie können unbesorgt lügen.

Mathilde nahm Sabah mit in den Park. Sie sagte ihr, dass sie für sie Termine beim Zahnarzt und beim Friseur vereinbart hatte. Sie würden Ende des Monats hingehen. »Sieh dir die Zeitschriften an, die ich dir mitgebracht habe, da findest du vielleicht Anregungen für einen neuen Haarschnitt.« Sabah bedankte sich und sagte weiter nichts. Sie erzählte nicht, was hinter den Mauern des Pensionats passierte. Hohen und dicken Mauern, von denen die Mädchen zum Spaß die abgeblätterte Farbe kratzten, um sich daraus Lidschatten zu machen. In den Gängen roch es nach Urin und Knoblauch. Der Pförtner und der Gärtner fassten sich an den Schritt, wenn sie die Mädchen in ihren beigefarbenen Unterröcken zu den Duschen rennen sahen. Geduscht wurde nicht oft. Die Direktorin war sparsam. Sie waren schließlich keine Prinzessinnen. »Das hätten wir schon gemerkt. Wenn ihr Prinzessinnen wärt, dann wärt ihr nicht hier.« Die Internatsschülerinnen wuschen ihre Kittel nur zweimal im Monat.

Am vorigen Dienstag hatte Sabah im Schlafsaal in der ersten Etage unter ihrer sandfarbenen Decke gelesen. Sie musste aufs Klo, aber es war so kalt, dass sie sich nicht dazu durchringen konnte, sich von der dicken Wolldecke zu trennen. Ein Geschenk von Mathilde. Dann spürte sie, dass ihre Unterhose feucht wurde. Sie dachte, sie hätte sich eingepinkelt und alle würden sie auslachen. Sie schob die Hand in die Hose, und als sie ihre Finger betrachtete, sah sie, dass sie mit schwärzlichem, klebrigem Schleim bedeckt waren. Sie war weder naiv noch dumm und wusste natürlich, dass Frauen bluteten. Doch sie hatte nicht erwartet, dass da so etwas kam, so ein Teufelszeug, diese dickflüssige Substanz, die nach innerer Verwesung aussah. Sie hatte gedacht, ein paar Tropfen hellroten Blutes würden aus ihrer Scheide rinnen. Glänzendes Blut, als Zeichen guter Gesundheit.

Das war in vielerlei Hinsicht ein Drama. Ein Drama, weil sie nun zur Aufseherin gehen müsste. Die würde ihr nur eine Binde zum Wechseln geben, die sie selbst zu waschen hatte, und sie ausschelten, wenn sie ihren Kittel befleckte. »Das Blut geht nicht mehr weg.« Ein Drama, weil die Mädchen, denen man Medikamente verweigerte, manchmal so schreckliche Bauchschmerzen hatten, dass sie weinten. »Das ist euer Los. Denkt doch an die Männer. Die müssen in den Krieg ziehen.« Ein Drama wegen des metallischen, fischigen Geruchs, der in den Kleidern hing und jedes Mal, wenn ein pubertierendes Mädchen die Beine nicht geschlossen hielt, peinlicherweise zwischen den Schenkeln entwich. Ja, die Frauen verloren dabei ihren kindlichen Geruch, den zarten, süßen Geruch der Unschuldslämmer, die sie gewesen waren. Und durch den Blick, mit dem man sie nun bedachte, ein abwertender Blick, bar der vorigen Milde, der Milde aus der Zeit, da sie kleine Mädchen gewesen waren, verwandelten sie sich in Hündinnen. Eine seltsame Raserei ergriff sie, ein Drang, sich zu räkeln, zu spüren. Sie wurden gefährlich, und von nun an wusste man, wenn sie zueinander ins Bett krochen, dass sie dabei nicht nur ein wenig Nähe und Trost suchten. Junge, schnurrbärtige Mädchen schlüpften unter die Laken. Sie tauchten die Zungen in diese unreinen Geschlechter, sie steckten ihre Finger mit den zu langen Nägeln in die Vagina einer Klassenkameradin. Sie kratzten sich, sie bissen sich. Und dann klagten die Mädchen über ein

Brennen beim Pinkeln oder über eine beschämende Infektion, die niemanden zu interessieren schien.

All das verschwieg Sabah. Und vor ihrer Tante Mathilde, deren blonde Haare und hellen Teint sie so schön fand, benahm sie sich wie ein vernünftiges Kind, das weiß, dass es nicht mehr erwarten darf, als es hat. Sie bedankte sich für die Zeitschriften und sagte, es mache gar nichts, dass die Schuhe, die Mathilde ihr gab, zu groß waren. Man könne die Pumps mit Watte ausstopfen, oder vielleicht würden ihre Füße irgendwann wachsen.

*

Ab dem Freitagabend lungerten Jungs um das Internat herum. Sie parkten ihre Mofas unter den Fenstern der Schlafsäle und warteten. Sie rauchten, lachten, klatschten sich dabei auf die Bäuche und schauten den Passantinnen nach, deren Hinternform man unter den Dschellabas erahnen konnte. Die Internatsleitung schien sich an ihrer Anwesenheit nicht zu stören. Tatsächlich versuchte die Direktorin eher, daraus Profit zu schlagen. Hicham, der die Rolle des Bandenchefs spielte, brachte ihr oft Zuckerpäckchen, große Büschel Minze, Büchsen voll Pökelfleisch aus Fes, nach dem sie ganz verrückt war. Im Tausch gegen diese Leckereien war sie bereit, ein Auge zuzudrücken und die Mädchen laufen zu lassen, die sie ohnehin für verloren hielt.

Sabah war nicht die Hübscheste. Und wenn sie mit ihren Kameradinnen hinausging, so tat sie es ohne große Begeisterung. Nur um sich die Zeit zu vertreiben. Doch Hicham fiel sie auf. Er war nicht älter als zwanzig und trug Bluejeans und makellos saubere Hemden. Er kaute immer auf irgendetwas herum, einem Stück Süßholz, einem Zahnstocher, einem Halm. Als er Sabah zum ersten Mal sah, ging er zu ihr und streckte die Hand nach ihrer Stirn aus. Er fuhr sacht über ihren Haaransatz, und um sie herum verstummten die Jungen und Mädchen. Sabah hatte eine lange Narbe, von der sie, der nie jemand Geschichten aus ihrer Kindheit erzählt hatte, nicht wusste, wie sie entstanden war. Hicham nickte und lächelte sie an. Er tätschelte ihr den Kopf mit einer Zärtlichkeit, die sie aufwühlte. Es fühlte sich an, als wäre sie gerade von ihm adoptiert worden, als würde er sie erkennen.

Erst ein paar Wochen später, während sie an einem Auto lehnten, gab Hicham dem Mädchen eine Erklärung. Diese Narbe, sagte er ihr, komme sicher von einer Stricknadel oder einem Eisenstab, die Frauen manchmal benutzten, um ein Kind loszuwerden. »Das hat dir die Stirn zerkratzt. Aber wenn du trotzdem hier bist, dann heißt das, dass du robust bist und Gott nicht wollte, dass du stirbst.« Sabah berührte die Narbe mit der Spitze ihres Zeigefingers und strich sich dann die Haare in die Stirn. Sie dachte: Ich werde meine Haare nie wieder nach hinten kämmen. Sie würde von nun an einen Pony tragen, wie manche Französinnen, die sie in der Stadt gesehen hatte. Sie schämte sich entsetzlich bei dem Gedanken, dass jeder dieses Schandmal sehen konnte, dieses Stigma. Alle wussten, dass sie einen Mordversuch überlebt hatte.

Hicham schien sich umso mehr für sie zu interessieren. Jedes Mal, wenn er die Internatsschülerinnen besuchen kam, hatte er eine kleine Aufmerksamkeit für Sabah. Er wusste, dass sie eine Naschkatze war, und lud sie immer zu einem Stück Kuchen oder einem Eis beim Bäcker ein. Er sah ihr zu, wie sie Nonnenfürzchen mit Kaffeecreme aß, und machte ein Gesicht wie ein zufriedener Vater, während sie die Sahne ableckte, die ihr über die Finger lief. Die Mädchen buhlten um Hichams Aufmerksamkeit, und manche ärgerten sich darüber, dass ausgerechnet Sabah, mit ihrer blöden Unschuldsmiene, die Rolle der Favoritin bekommen hatte. Eines Samstags parkte er unter den Fenstern des Schlafsaals und hupte zwei Mal. Die Mädchen lachten und winkten. An die Mauer des Pensionats gelehnt, rauchte Hicham eine Zigarette. Er stellte Sabah Fragen zu ihrer Familie, die sie ausweichend beantwortete. Sie dachte, dass er sie bemitleidete, dass er genau wusste, woher sie kam. Er sagte: »Ich könnte dein Bruder sein, weißt du? Du hast doch keinen Bruder, oder?« Sie antwortete nicht, doch sie sah Selims Gesicht vor sich. Beinahe hätte sie gesagt, nein, ich habe keinen Bruder, aber einen Cousin, der wie ein Bruder ist, aber das schien ihr dann doch zu kompliziert und auch ein bisschen albern. Sie wollte sich nicht erklären und erst recht nicht diesem Mann, diesem Fremden, von Selim erzählen. Sie nickte, und er legte die Hand unter ihr Kinn, damit sie ihm in die Augen sah. »Jetzt hast du einen, einverstanden? Wir werden so tun, als wärst du meine kleine Schwester, und ich werde auf dich aufpassen. Aber du musst auf mich hören, denn ein Bruder ist dazu da, zu beschützen und zu verhindern, dass kleine Schwestern auf die schiefe Bahn geraten oder schlechten Umgang haben.«

Scheinheilig, das ist sie. Glauben Sie etwa, ich würde solche Mädchen nicht durchschauen? Seit zwanzig Jahren leite ich dieses Pensionat, ich weiß, wovon ich rede. Der Pförtner hat sie auf der Straße gefunden, mitten in der Nacht. Wir sind umgekommen vor Sorge, und sie, sie sitzt da, auf dem Boulevard, auf ihrem Koffer und wartet, dass irgendwelche Spitzbuben sie mitnehmen. Scheinheilig und dumm noch dazu, wenn sie dem Erstbesten, der daherkommt, glaubt und bereit ist, ihm wer weiß wohin zu folgen. Gott schütze uns vor diesem Gesocks! Ich bin sehr enttäuscht, Madame Belhaj, und Sie müssen verstehen, dass ich eine solche Natter nicht länger unter meinem Dach dulden kann. Wer weiß, welchen Einfluss sie auf meine Mädchen hat und was für liederliche Geschichten sie ihnen womöglich erzählt. Am Ende ist sie noch schwanger von diesem Strolch. Ich an Ihrer Stelle würde mich stehenden Fußes zum Arzt begeben. Meiner Meinung nach werden sie mit dem kleinen Luder noch so manche Überraschung erleben. Wir sind eine achtbare Einrichtung, und ich muss meine anderen Zöglinge schützen. Da ihr Koffer schon gepackt ist, können Sie gleich gehen. Dieses Mädchen braucht eine ordentliche Züchtigung. Ich bin sicher, ihr Onkel wird ihr die Lust an weiteren Eskapaden schon austreiben.«

Mathilde versuchte mehrmals, den Redefluss der Direktorin zu unterbrechen, die mit ihren Händen, deren Finger von Arthritis verkrümmt waren, fuchtelte. Sie wollte Geld anbieten – »Eine angemessene Summe, um den entstandenen Schaden wiedergutzumachen und diese ehrwürdige Einrichtung auch weiterhin zu unterstützen« –, sie verwies auf den Herrn, dessen Barmherzigkeit allen galt, besonders den Jüngsten und Schwächsten unter uns. Sie versuchte, Sabah zu verteidigen, indem sie vor dem Mädchen, das die Augen gesenkt hielt, daran erinnerte, dass es Halbwaise war und seine Mutter es im Stich gelassen hatte. Doch vergeblich. Jedes Mal, wenn Mathilde den Mund aufmachte, schüttelte die Direktorin nervös den Kopf, hob sich die Hände vors Gesicht, wie ein Kind, das nichts hören will, und fuhr fort, Sabah zu beschuldigen und zu beschimpfen. »Ich will es nicht wissen«, schloss sie. »Ich will nichts mehr mit Ihnen zu tun haben.« Mathilde nahm ihre Tasche, stand auf und ging zur Tür. Sie wandte sich um und sagte mit tonloser Stimme zu Sabah: »Kommst du?« In seinen zu großen, mit Watte ausgestopften Schuhen, den Koffer in der Hand, folgte ihr das Mädchen durch den Flur und die Eingangshalle des Pensionats. Die anderen Schülerinnen sahen ihnen hinterher, und manche von ihnen warfen Sabah Handküsse zu. Die verstand, dass sie damit nicht ihre Zuneigung ausdrückten und sie auch nicht vermissen würden. Doch die Mädchen zollten ihr in gewisser Weise Bewunderung dafür, dass sie einen Weg gefunden hatte, hier herauszukommen, begleitet von dieser großen blonden Frau, deren elsässischer Akzent sie zum Lachen brachte.

Mit hängendem Kopf stieg Sabah in Mathildes Auto. Ihre Tante setzte sich hinters Lenkrad und verharrte ein paar Minuten reglos, die Augen geschlossen, als versuche sie, die Wut zurückzudrängen, die in ihr hochkochte. Mathilde wusste nicht, auf wen sie am wütendsten war. Auf die Direktorin, die sie wie einen Niemand behandelt hatte, ihr Geld verschmäht hatte und ihre Entschuldigungen nicht hören wollte? Auf Sabah, hinter deren fügsamem Getue dasselbe Feuer, dieselbe Heimtücke lauerten wie bei ihrer Mutter? Oder auf Amine, der sich geweigert hatte, Sabah zu ihnen auf die Farm zu holen, damit sie sich um sie kümmern, sie erziehen und für sie sorgen konnte, als wäre sie ihr eigenes Kind? Mathilde drehte den Zündschlüssel, trat aufs Gaspedal und bog so schnell und unvermittelt auf die Avenue ein, dass die anderen Fahrer sie erbost anhupten. »Öffentliche Gefahr!«, schimpfte einer. Sie fuhr in rasendem Tempo, mit starrem Blick, und nach einer halben Stunde begriff Sabah, dass sie nicht auf dem Weg zur Farm waren. Sie hätte gern gefragt: »Wo bringst du mich hin?«, aber sie hatte zu große Angst, dass Mathilde sie anbrüllen würde.

Ihre Tante drehte sich zu ihr um. »Du hast mich sehr enttäuscht«, sagte sie. »Ich hätte niemals gedacht, dass du derart dumm und leichtsinnig sein könntest. Willst du so ein Leben führen? Willst du so ein Mädchen sein? Eine Schlampe, die mit jedem x-beliebigen Typen mitgeht und allen Blödsinn glaubt, den er ihr erzählt? Sag, wo wolltest du hin? Was hat dir dieser Junge versprochen?« Sabah hielt die Augen gesenkt, und Mathilde begann zu schreien: »Antworte mir! Wo wolltest du hin?« Doch Sabah machte den Mund nicht auf. »Das ist mir sowieso egal. Es geht mich nichts mehr an. Deine Undankbarkeit übersteigt alles, was ich mir je hätte vorstellen können. Wenn du wüsstest, was ich alles für dich getan habe. Du hast nicht die geringste Ahnung, was du mir verdankst. Deinetwegen, wegen deiner Dummheit und deinem Egoismus muss ich jetzt den Zorn deines Onkels ertragen. Und was soll ich ihm sagen? Hm, was soll ich ihm sagen? Du willst schweigen? Umso besser. Ich habe sowieso keine Lust, mir das anzuhören, und ich will dich auch nicht mehr sehen. Dein Onkel hatte recht, ich hätte auf ihn hören sollen, ihr seid nur undankbare Schmarotzerinnen. Das sind nicht unsere Probleme. Ihr werdet das untereinander ausmachen, deine Mutter und du. Da ihr unsere Hilfe nicht wollt, da ihr all das nicht zu schätzen wisst, was wir für euch tun, werdet ihr lernen, allein zurechtzukommen.«

Da also fuhren sie hin. Zu ihrer Mutter. Sabahs Herz zog sich zusammen. Ihr wäre alles lieber gewesen, ein neues Internat, eine Ohrfeige ihres Onkels, alles, außer mit Selma allein zu sein. Das letzte Mal, als sie nach Rabat in die kleine Wohnung in der Avenue Temara gekommen war, hatte sie das Gefühl gehabt zu stören. Selma beobachtete sie, verbot ihr, die Schminke anzurühren und die Kleider. Sie hatte losgebrüllt, als sie ihre Tochter dabei überrascht hatte, wie sie eine Schublade mit alten Fotos aufzog. »Man schnüffelt nicht bei den Leuten herum«, hatte sie sie zurechtgestaucht. Am Samstag hatte ihre Mutter sich den halben Nachmittag im Bad eingeschlossen. Sabah hatte sich gelangweilt, allein im Wohnzimmer mit ein paar Zeitschriften. Dann war Selma im Flur erschienen und hatte aus der Tasche ihres Bademantels ein kleines Bündel Scheine gezogen. »Da, geh dich amüsieren und komm nicht vor zwei Uhr wieder. Ich habe Freunde eingeladen, du kannst nicht hierbleiben.« Und Sabah war hinausgegangen in die finsteren, leeren Straßen von Rabat. Sie hatte sich in ein Café gesetzt, eine Mandelmilch bestellt und gebetet, dass die Zeit schnell vorbeiginge und sie wohlbehalten nach Hause zurückkäme. »Deine Mutter ist eine Nutte«, hatte ein Mädchen aus dem Pensionat gesagt. Sabah hatte sich auf sie gestürzt, hatte sie mit den Fäusten traktiert, aber an jenem Abend in Rabat, vor ihrem Glas Milch in dem leeren Café, hatte sie sich gesagt, dass es in Wahrheit Selma war, die sie am liebsten prügeln würde, einsperren, verschleiern. Sie schämte sich für ihre Mutter, und sie wollte sie nicht wiedersehen. »Mathilde, bitte bring mich zur Farm«, flehte sie, doch ihre Tante blieb stumm. Mehrere Kilometer lang hingen sie hinter einem Lastwagen, der Maulesel transportierte, von denen sie nur die runden Kruppen sahen. Mathilde, die gern schnell fuhr, fing an zu schimpfen und zu hupen. Sabah begann mit dünner Stimme zu singen: »Heb dem Pferd den Schwanz an, blas ihm in sein ...«

»O bitte, sei still!«

*

»Selma ist noch nicht zurück. Sie ist in den Hammam gegangen.« Hocine zwickte Sabah, die mit ihrem Koffer in der Hand mitten auf der Avenue stand, in die Wange. »Dann bist du also ihre Tochter? Ja, man sieht schon die Ähnlichkeit, aber du bist viel zu dünn. Du musst ein bisschen was essen.« Mathilde, die Sabah fest am Arm hielt, lächelte heuchlerisch. »Mademoiselle achtet auf ihre Linie. Aber es hat ihr nie an irgendetwas gefehlt, und sie hat immer genug zu essen bekommen, glauben Sie mir.« Sabah setzte sich auf die Stufen, ihre Tasche zwischen den Knien. Jedes Mal, wenn eine Frau die Straße überquerte oder ein Taxi vor dem Gebäude hielt, zuckte sie zusammen. Was würde ihre Mutter sagen? Wie würde sie reagieren? Mathilde, die auf dem Bürgersteig hin und her tigerte, kaufte einem Straßenhändler eine Zigarette ab. Sie zog langsam daran, wie eine Jugendliche, die den Rauch nicht inhalieren kann. Dann tauchte Selma auf. Sie ging die Avenue hinunter, das nasse Haar in ein beigefarbenes Tuch gewickelt, das Gesicht noch gerötet von der Hitze im Hammam. Sie trug eine grüne Gandoura, deren Hals und Ärmel mit einer feinen goldenen Borte bestickt waren. Männer drehten sich nach ihr um, ein Autofahrer hupte.

Zuerst erkannte sie Mathilde. Selbst von Weitem, selbst inmitten einer Menge hätte sie ihre Schwägerin erkannt, die blonden Haare, die jungenhaften Schultern, die grässlichen, von der Hitze geschwollenen Beine. Dann sah sie ihre Tochter, auf den Stufen zusammengesackt, den Kopf zwischen den Knien.

»Was macht ihr hier?«

»Lass uns lieber hochgehen«, erwiderte Mathilde.

»Gibt es ein Problem? Ist etwas passiert?«

»Ich glaube, wir sollten in deiner Wohnung darüber reden. Ich habe überhaupt keine Lust, mich hier öffentlich zur Schau zur stellen.«

Schweigend stiegen sie die Treppe hoch, und Sabah starrte auf die zierlichen Fesseln ihrer Mutter und auf ihre Waden, die die Gandoura bei jeder Stufe enthüllte.

»Geh ins Schlafzimmer und mach die Tür zu«, befahl Mathilde.

Sabah durchquerte den Flur und schloss die Tür hinter sich. Sie setzte sich auf den Boden, das Ohr an die Wand gedrückt, und versuchte zu verstehen, was ihre Mutter und ihre Tante sagten. Die beiden Frauen flüsterten im Wohnzimmer, und ab und zu stieß eine von ihnen einen empörten Schrei aus oder verlor die Geduld. »Es ist immer das Gleiche mit dir. Du bist verantwortungslos!«, brauste Mathilde auf. »Das ist alles deine Schuld!«, fauchte Selma. Dann senkten sie die Stimmen wieder, und Sabah hörte nur noch nervöses Tuscheln. Sie drehte sich zum Schlafzimmer ihrer Mutter um. Auf dem großen Bett lag eine dicke, blassrosa Daunendecke. An der Wand hing ein großer venezianischer Spiegel, und über den Frisiertisch aus Zitronenholz waren Halsketten verstreut, Parfumflakons, ein Teeglas voller Schminkpinsel. Der offene Schrank quoll über vor Kleidern, Mänteln und Stöckelschuhen. Innen an die Schranktür hatte Selma ein Foto gehängt und eine Postkarte mit dem Eiffelturm und dem Wort Paris in goldenen Lettern darauf. Sabah nahm das Porträt in die Hand. Darauf sah man Mouilala in ihrem weißen Haik, mit stark geschminkten Augen, und Selma als kleines, fünfjähriges Mädchen, dem es anscheinend Spaß machte, fotografiert zu werden. Auf der Rückseite stand: »Rabat, 1942«. Sabah musterte die Züge des kleinen Mädchens und dachte: »Sie sieht nicht aus wie meine Mutter.« Auf allen vieren krabbelte Sabah zum Bett und vergrub das Gesicht in der Decke. Sie atmete tief Selmas Geruch ein, diesen Moschusduft, den sie immer an ihr gekannt hatte und den man noch Stunden, nachdem sie einen geküsst hatte, an sich hatte.

Selma rief: »Komm her!«, und Sabah durchquerte langsam den Flur und stellte sich vor die beiden Frauen.

»Stimmt das? Wolltest du aus dem Pensionat weglaufen?«

Sabah antwortete nicht.

»Nicht mit mir, mein Fräulein. Du wirst mit der Sprache herausrücken, und wenn ich dich prügeln muss, hörst du?«

Sabah nickte.

»Wo wolltest du hin? Was hat dir dieser Junge versprochen?«

Sabah stammelte etwas.

»Man kann dich nicht verstehen. Sieh mich an, wenn du mit mir redest.«

Sabah bemerkte ihren Koffer im Eingang. Sie bückte sich, öffnete den Reißverschluss und holte einen Stapel Briefe heraus, den sie ihrer Mutter gab.

»Was ist das denn?«

»Ich wollte Selim wiederfinden. Ich habe seit Wochen nichts von ihm gehört. Ich wollte nur wissen, ob es ihm gut geht.«

Mathilde trat zu Sabah und packte sie an den Schultern.

»Was erzählst du da? Wieso redest du von meinem Sohn? Was hat er mit all dem zu tun?«

»Geh zurück ins Zimmer!«, schrie Selma. »Lass uns allein.«

Mathilde streckte die Hand nach den Briefen aus, aber Selma hielt sie umklammert. »Warte.« Sie öffnete einen kleinen Schrank, aus dem sie eine Flasche Whisky holte. »Die Gläser sind hinter dir, auf dem Regal«, und Mathilde nahm zwei heraus. Sie setzten sich auf die Bank, und nachdem sie einen Schluck getrunken hatten, halbierte Selma den Stapel. »Da.« Ein Foto fiel auf den dicken Wollteppich. Selim am Strand, mit nacktem Oberkörper und hellblonden Haaren, die ihm bis zur Mitte des Rückens reichten.

Sie verstanden das alles nicht, und beide waren sie eifersüchtig. Die Mutter und die Geliebte fragten sich, warum er Sabah geschrieben hatte und nicht ihnen. Warum hatte er dieses fade jung Ding bevorzugt, diese Randfigur ihres Lebens? Während sie die Briefe überflogen, begriffen sie, dass es genau das war, was Sabah und Selim verband. Das Gefühl, hinter den Kulissen zu leben, niemals Anerkennung zu finden. Sie beide waren von Selma verlassen worden. Sie beide hatten, wenn auch auf unterschiedliche Weise, unter Amines Jähzorn gelitten. Die beiden Frauen betrachteten die Briefe auf ihren Knien und dachten: Ich wünschte, sie wären für mich, und es wären Liebesbriefe. Er hätte geschrieben, dass er nicht ohne mich leben kann und dass er verrückt wird vor Kummer und Sehnsucht. Er hätte sich dafür entschuldigt, dass er einfach so verschwunden ist, und in einem herzzerreißenden Brief versprochen, bald in meine Arme zurückzukehren. Er hätte unterschrieben mit Selim, der dich von ganzem Herzen liebt. Selim, der dich nicht vergessen kann. Alle beide wurden enttäuscht. Die ersten Briefe datierten aus dem Jahr 1969, und Selim beschrieb darin nur sein Leben mit Nilsa, Simon und Lalla Amina. Mathilde erkannte den abgehackten Stil ihres Sohnes. Selim machte kurze Sätze. Er verwendete keinerlei Interpunktion und schrieb: »Wie geht es dir mir geht es gut«, oder: »Und bei dir das Internat erzähl mal«, wie früher, wenn er seiner Mutter aus dem Ferienlager schrieb, wo er den Sommer verbrachte. Mathilde erinnerte sich an seine kindlichen Worte: »Du fehlst mir Mama der Kanarienvogel hat ein Ei gelegt es regnet seit drei Tagen.« Damals war sie alles für ihn. Er erwartete sie weinend am Eingang zur Farm, wenn sie sich in der Stadt verspätete. Er sah ihr dabei zu, wie sie die Schnalle ihrer Pumps schloss oder einen Hut aufsetzte, und rief: »Wie schön du bist, Mama!«, und die Bewunderung dieses kleinen Mannes tröstete sie über alle ihre Kümmernisse hinweg. Doch in diesen Briefen hier, den Briefen an Sabah, kam Mathilde nicht vor. Sie wandte die Blätter um und um, prüfte jeden Satz und fand nicht ein Wort über die Farm, über sie oder Amine. Als hätte ihr Sohn sie vergessen und der Kummer, den er ihr durch sein Verschwinden bereitet hatte, wäre ihm gleichgültig. »Bist du fertig mit Lesen? Gib mir deine!«, verlangte sie von ihrer Schwägerin.

Doch Selma hob den Kopf nicht. Sie war in die Lektüre eines verworrenen Briefes vom Beginn des Jahres 1970 vertieft, in dem Selim vom Körper der Frauen und den Ausschweifungen, denen er sich hingab, schrieb, und Selma überkamen Mordgelüste. Was sollte das denn sein, »die freie Liebe«? Mit seinen schwammigen und unbeholfenen Worten versuchte Selim, diese neue Vision einer Welt zu erklären, in der niemand niemandem gehörte. In der die Männer die Frauen nicht besaßen und keine ewigen Treueschwüre existierten. Eine Welt, die einzig den Launen des Begehrens gehorchte. Den Arm ausstrecken und einen Körper an sich ziehen, den man besteigt in der lauen Nacht. Und vor lauter nehmen, ohne zu lieben, war etwas in ihm abgestumpft. Alles, woran er geglaubt hatte, war in sich zusammengestürzt wie eine erbärmliche Sandburg, die von einer Welle überrollt wird. Ehe, Kinder, dieses Leben, das seine Eltern gewählt hatten, und diese von Schreien, Flüchen und unterdrücktem Hass erschütterte Kindheit. »Ich werde nie heiraten.« Er schrieb: »Der Körper der anderen gehört uns nicht und ich gehöre auch nicht meinen Eltern, ich gehöre nicht diesem Land.« Kleiner Idiot, dachte Selma. Angeber, der sich einbildete, die Frauen stünden mehr auf ihn als auf die anderen. Weil er weniger redete, vielleicht, und ihnen nicht wie die anderen Hippies die Welt erklärte. Er brüstete sich nicht damit, das Nirwana erreichen zu wollen oder auf der Suche zu sein. Er konnte Stunden zusehen, wie sich die Bäume im Wind bogen, und diese Gleichgültigkeit fanden die Frauen anziehend, interessant. Kleiner Idiot, der es wagte, einem fünfzehnjährigen Mädchen solchen Schwachsinn zu schreiben, und den Briefen kindische Zeichnungen von Booten im Hafen beilegte. Kleiner Idiot, der schwor, dass er zum Mann geworden war. Er wusste, was er mit seinem Leben anfangen wollte, und ausgerechnet er, der Ignorant, der Nachzügler, der mittelmäßige Schüler, hatte jetzt große Pläne. Im Laufe der mit den Hippies verbrachten Monate hatte er gebannt ihren Erzählungen gelauscht. Unter ihnen waren Ärzte, Ingenieure, Architekten, Intellektuelle, deren immenses Wissen er bewunderte. »Da drüben, auf der anderen Seite des Ozeans, liegt Amerika.« Er erzählte Sabah von Reisen, wie man einem Sklaven von Freiheit und einer Welt ohne Zäune erzählt. Er hatte seine Kameraden gebeten, ihm Amerika zu beschreiben. Die Hippies dachten, sie würden ihn damit abschrecken: »Es ist das Reich des Geldes, der Gewalt, ein Land riesiger, in den Himmel strebender Städte, in denen die Frauen ihren Hintern verkaufen und die Männer davon träumen, reich und mächtig zu sein.« New York wurde zur fixen Idee. Die letzten Briefe handelten nur noch davon. Von einer bevorstehenden Reise in dieses ferne Land. Er musste an Geld kommen und würde dieses elende Dorf hinter sich lassen, die Langeweile des Nichtstuns und den widerlichen Geruch der überreifen Tomaten, der dem einzigen Kramladen von Diabat entwich.

Mathilde und Selma waren betrunken. »Was für ein Rotzlümmel«, regte Selma sich auf.

»Ein undankbarer und verantwortungsloser Rotzlümmel«, bekräftigte Mathilde. Ihre Zunge war schwer, und sie hatte Mühe, deutlich zu sprechen.

»Ich war vielleicht faul, aber ich war immer gut in Orthografie. Weißt du noch? Du hast mich getriezt. Selim macht Fehler wie ein Erstklässler.«

Mathilde bat um eine Zigarette, die sie auf dem kleinen Balkon rauchte, wobei sie laut die Luft ausstieß. Ja, natürlich erinnerte sie sich an die Stunden in Orthografie oder Geschichte und Geografie in dem klammen Haus in Berrima. Sie erinnerte sich an Selma als Kind, an ihre Frechheit und ihre Launen, aber auch an ihre Großzügigkeit. Nach der Schule schrieb das kleine Mädchen ihre Arabischlektion für die Schwägerin noch einmal ins Reine. Anschließend fragte sie sie ab und lachte nicht, wenn Mathilde Schwierigkeiten hatte, ein R oder ein K auszusprechen.

»Ich bin sicher, dass er Drogen nimmt.«

»Ach, hör auf«, sagte Selma, »das ist nichts Schlimmes, glaub mir.«

»Woher willst du das wissen? Womöglich schreibt er deshalb nicht mehr. Vielleicht ist ihm etwas zugestoßen. Ich habe neulich eine Dokumentation im Fernsehen gesehen. Sie sagten, das sind alles Drogensüchtige, sie holen sich Essen aus dem Müll, und manche sterben an einer Überdosis.«

»Ich kenne deinen Sohn. So ist er nicht. Man kann dir einiges vorwerfen, aber du hast deine Kinder gut erzogen.«

»Das hat ihn nicht davon abgehalten, einfach so zu verschwinden.«

»Er wird zurückkommen, vertrau mir.« Selma öffnete eine kleine Holzschachtel, die auf dem Tisch stand. »Möchtest du probieren?«

»Was ist das?«

»Haschisch.«

»So was rauchst du?«

»Nein, nicht wirklich. Jemand hat es neulich hier vergessen. Wir könnten es probieren.«

Eines Nachts hatte Omar, ausgestreckt auf einer der Bänke in Selmas Wohnung, eine Radiosendung gehört, die ihn faszinierte. Es ging darin um eine türkische Schauspielerin vom Anfang des Jahrhunderts, die, weil sie Muslimin war, nicht auftreten durfte. Dennoch gelang es der jungen Frau, deren Talent und Entschlossenheit ihn beeindruckten, sich einer Truppe anzuschließen. Jede Nacht stand sie in den Theatern Istanbuls auf der Bühne, verehrt von ihrem Publikum, unterstützt von ihren Mitdarstellern. Manchmal stürmte die Polizei, von einem Spitzel informiert, das Theater. Dann floh die Schauspielerin mithilfe ihrer Komplizen über die Dächer, und die Zuschauer buhten die Polizisten aus, die unverrichteter Dinge wieder gehen mussten. Wütend und enttäuscht zogen sie ab, mit einem letzten Blick auf die mitten im Akt verlassene Bühne.

Genauso wirkte Essaouira, als Omar dort im Februar 1972 auftauchte. Wie eine Kulisse, die eine Theatertruppe oder ein Filmteam aus irgendeinem seltsamen Grund Hals über Kopf verlassen hatte und in der ein paar wertlose Gegenstände, ein Plakat mit einem Sonnenuntergang, eine Wohnzimmerattrappe mit den letzten Spuren eines Festes, zurückgeblieben waren. Omar wurde wie ein Minister oder ein hoher Würdenträger empfangen. Im schäbigen Polizeirevier dieser verwaisten Stadt hatten die Beamten ihre Uniformen säubern lassen und ein Tablett mit Kuchen und eine dampfende Teekanne auf einen alten Schreibtisch gestellt. »Setzen Sie sich, Kommissar!« Der Inspektor, der ihn ansprach, hieß Ismaël. Er war um die dreißig und kannte nichts anderes als diese abgelegene Gegend. Ein gutaussehender Junge mit heller Haut, der Arganöl verwendete, um sich die Haare zu glätten, und einen Duft nach gerösteten Haselnüssen hinter sich herzog. Er sah Omar mit gezwungenem, einbetoniertem Lächeln an, während aus seinen Augen eine rührende Unruhe sprach. »Das ist mal was anderes für Sie als Casablanca«, fügte er hinzu, während er die Teekanne weit in die Höhe hob, damit die kochende Flüssigkeit in den Gläsern schäumte. »Hier ist nicht besonders viel los. Nur die Hippies...«

In den letzten vier Jahren hatten die Behörden die Augen verschlossen vor den Hippie-Camps im Wald. Den heidnischen Festen. Den halb nackten Tänzern in den Ruinen von Dar Soltane. Der Unzucht in den schmutzigen Bordellen, wo eine Nummer keine zehn Dirham kostete und wohin Männer aus dem Westen junge Burschen lockten und ihnen beibrachten, »bumsen« und »Ständer« auf Französisch zu sagen. Manchmal machten die Polizisten eine Razzia in einem Hotel oder in den Häuschen von Diabat, um einen Hippie festzunehmen, der kein Visum mehr hatte. Ausländer durften sich nur drei Monate in Marokko aufhalten, und die, die man verhaftete, wurden zurück nach Hause geschickt. Lange Zeit hatte man diese Angelegenheiten mit einem Schein oder einem importierten Gegenstand geregelt. Wenn sie Drogen nehmen oder im Dreck leben wollten, war das letztendlich ihre Sache.

Doch seit dem Attentat von Skhirat wollte der Staat die Kontrolle zurückgewinnen und gegen die Dekadenz der Jugend vorgehen. Gegen Drogenschmuggel. Gegen den Ausweisdiebstahl, der die ausländischen Konsulate verrückt machte, wo die vor Schmutz starrenden jungen Fremden sich dann ausheulten. In Tanger bekamen die Behörden die Anweisung, keine Männer mit langen Haaren mehr ins Land zu lassen. Die zu Friseuren mutierten Zöllner drohten den ankommenden Hippies mit ihren Rasierapparaten. Im Fernsehen waren sie die bevorzugte Zielscheibe eines Journalisten: »Die Zeit der Hippies ist vorbei!« Marokko wollte jetzt richtige Touristen, mit solider Moral und lockerem Geldbeutel, die einen Ausflug auf dem Kamel in Devisen bezahlten und schwindelerregende Summen für Berberteppiche und Filztarbuschs ausgaben.

In der Stadt waren die Farben verschwunden. Man hatte die Malereien von den Wänden entfernt, und das Hippie-Café hatte sich wieder zurückverwandelt. Der Chef trug nun einen Anzug, den er auf dem Flohmarkt gekauft hatte, und als im Radio ein populäres Lied kam, in dem es hieß: »Hippie, du nervst, geh nach Hause«, drehte er es lauter.

»Letzte Woche ist in Diabat ein junger Mann gestorben«, fuhr Ismaël fort. »Die Leute im Dorf wollen nicht darüber reden, aber laut unseren Informationen war es eine Überdosis. Diese Typen denken nur daran, sich zuzudröhnen. Sie sind abgemagert und zahnlos wie Landstreicher.« Omar rührte sein Glas Tee nicht an. Er starrte an die Wand, und Ismaël fragte sich, woran dieser seltsame Mann wohl dachte, dessen Haut so gereizt war wie die der Küstenfischer. Omar stand unvermittelt auf und schloss die Knöpfe seiner Jacke.

»Ich suche einen Jungen«, erklärte er. »Einen Marokkaner, der mit ihnen zusammengelebt hat.« Er zog ein Foto aus seiner Tasche, auf dem ein junger Mann mit nacktem Oberkörper zu sehen war, dessen Haare und Brauen durch die Sonne fast weiß geworden waren. Seine Augen schienen dadurch nur umso grüner zu leuchten.

»Der da? Das ist ein Marokkaner?«

»Wie du und ich. Hast du ihn zufällig gesehen?«

»Ich weiß nicht. Vielleicht. Diese Typen ähneln sich alle.«

»Du schickst deine Männer an die Strände, in den Wald, in die Häuser der Medina. Überall dahin, wo er sich verstecken könnte, hast du verstanden?«

Gleich am nächsten Tag ließ Omar sich nach Diabat bringen. Ein eiskalter, von Feuchtigkeit und Salz gesättigter Wind pfiff, und es kostete Omar übermenschliche Anstrengung, sich nicht die Knöpfe vom Hemd zu reißen und sich bis aufs Blut zu kratzen. In der Luft hing ein Fäulnisgeruch, als wäre der Ozean in Wahrheit nur ein riesiger Sumpf. Bei Ankunft der Polizei hielten die Dorfbewohner ihre Fensterläden geschlossen, und wenn man die Männer befragte, antworteten sie vage und ängstlich. Sie bereuten es, sich an einer solchen Ausschweifung mitschuldig gemacht zu haben, Drogensüchtige und Landstreicher in ihren Familien aufgenommen zu haben. Eine Frau in einem alten sandfarbenen Kaftan fing vor dem Kommissar an zu weinen. Sie schwor, man habe sie betrogen, man habe sie zum Narren gehalten, und sie fragte, ob jemand in Rabat sich ihres Falles annehmen und ihr eine Entschädigung zahlen könnte. Omar hatte doch sicher Verbindungen zum Ministerium? Ismaël stieß diese aufdringliche Bäuerin grob zur Seite.

Von den Hippies sah Omar nur die letzten Überbleibsel. Drei oder vier dürre, kränkliche Kerle, die in einem eisigen Raum lagen. Einige kratzten sich wegen der Wanzen oder der Räude. Andere hatten sich Hepatitis zugezogen und entleerten sich im Tamarindenwald hinter einem Baum. Dort im Wald hatte man drei von ihnen begraben. Omar mochte noch so viele Fragen stellen, er erhielt keine klare Antwort. Wer waren sie? Wie sahen sie aus? Hatte einer von ihnen Arabisch gesprochen? Er fragte sich, ob die Leute hier, ungewöhnlich gleichgültig gegenüber der Polizeigewalt, ihn verarschten. Die Dorfbewohner sprachen von Voodoo-Zeremonien, Trancezuständen, tot aufgefundenen Fremden mit verdrehten Augen und einem rätselhaften Lächeln im Gesicht. »Und die Drogen, woher kommen die? Wer hat sie ihnen verkauft?«, brüllte Omar einen zu Tode erschrockenen Bauern an. Ein ehemaliger Postbeamter erzählte, die Hippies erhielten mit LSD getränkte Briefe, die sie in kleine Stücke schnitten und aßen. Andere erwähnten flüsternd Selbstmorde – Gott behüte –, und sie sprachen von einem Mädchen, einer Marokkanerin, die ein Amerikaner geschwängert und sitzen gelassen hatte. Das war die eigentliche Schande. Das war der eigentliche Verrat. Die Hippies hatten ihr Versprechen gebrochen, sich von den Marokkanern fernzuhalten. Sie hatten ein paar von ihnen zu freier Liebe und künstlichen Paradiesen bekehrt. Sie hatten Gift in diese jungen Seelen geträufelt.

Während der gesamten Inspektion drückte Omar die Arme an den Körper und presste die Lippen zusammen, als fürchte er, von irgendeinem in der Luft zirkulierenden Virus infiziert zu werden. Er wollte sich die Hände waschen, und Ismaël, in Verlegenheit, brachte ihn zum Brunnen, neben dem ein Esel graste. Omar hielt die Hände lange unters Wasser, und sein Gesicht entspannte sich endlich.

»Man hat mir von einer gewissen Lalla Amina erzählt, die in der Medina lebt. Ich bin sicher, du weißt, wer das ist.«

Ismaël lächelte. Zum ersten Mal seit Omars Ankunft konnte er diesen zufriedenstellen.

Es war für Omar nicht schwer, Selims letzte Tage in Essaouira zu rekonstruieren. Er ging vor wie ein guter Bulle, ein akribischer Polizist, und nicht wie ein besorgter Onkel oder eifersüchtiger Bruder. Zunächst stattete er Lalla Amina einen Besuch ab, die von seinem Rang kein bisschen beeindruckt schien. Sie ließ ihn herein, und er hätte nicht sagen können, ob sie ihm Senilität vorgaukelte oder ob diese große, schwarze, hagere Frau wie der Rest der Stadt in den Wahnsinn abdriftete. Sie begann einen Satz, unterbrach sich mittendrin, fuhr dann mit der Zunge über ihre Goldzähne, die sich kupfern verfärbt hatten. Sie zeigte mit ihren dürren Fingern auf eine Tür. »Er schlief dort!« Das winzige Zimmer enthielt nur ein Bett, einen Schrank und einen kleinen hölzernen Tisch mit einem Stapel Bücher darauf, deren Pappeinbände sich vom vielen Knicken ablösten. Gedichtbände, Romane über Reisen nach Amerika und Essays über die Situation der Schwarzen. Omar nahm einen in die Hand. Er setzte die Brille ab und hielt ihn sich ganz dicht vor die Augen. Es war ein kleines Werk über Buddha, einen seltsamen indischen Gott, der durch völlige Entsagung das Nirwana erreicht hatte. In dem Buch gab es Fotografien von Nepal, Indien und in große orangefarbene Tücher gewickelten Männern mit rasierten Schädeln. Er legte es zurück auf den Nachttisch. »Gehören dir diese Bücher?« Lalla Amina lachte laut auf. »Ich kann überhaupt nicht lesen. Aber ich habe mir die Bilder angesehen. Sie sind hübsch.«

Omar ergründete das Geheimnis der Fotografien und ließ Karim auf die Polizeiwache bringen. Der junge Mann hatte einen trockenen Mund und anscheinend eine Heidenangst. Solange man ihn verschonte, war er offenbar bereit, alles zu gestehen. Als Omar ihm erklärte, wen er suchte, schnaubte Karim. Er richtete sich auf und begann in rasendem Tempo von diesem komischen blonden Marokkaner zu erzählen, der drei Jahre bei seiner Tante gelebt hatte. Er zog über seinen ehemaligen Freund her, zweifellos in dem Glauben, das gefiele diesem halb blinden Kommissar, dessen Nägel so sorgsam gefeilt waren wie die einer Frau. Er bezeichnete Selim als undankbar, verschlossen, übergeschnappt. Er empörte sich: »Wer verlässt einfach so seine Eltern, ohne sich je wieder bei ihnen zu melden? Das können die Ausländer machen, aber hier bei uns gibt es keine größere Schande.«

»Und jetzt, glaubst du, ist er nach Hause zurückgekehrt?«, fragte Omar.

»Das würde mich wundern. Er redete die ganze Zeit davon, nach Amerika zu gehen.«

»Aha. Aber nach Amerika zu gehen ist teuer. Hast du eine Idee, woher er das Geld für so eine Reise haben könnte?«

»Eine Idee? Vielleicht.«

In Diabat wusste jeder, dass Selim eine Waffe besaß. »Er hätte etwas diskreter sein müssen«, urteilte Karim. »Einmal hat er die Pistole aus der Tasche gezogen und einen Haufen völlig zugedröhnter Hippies bedroht. Es war wohl wegen des Mädchens. Der Marokkanerin, die ein Ami geschwängert hatte. Selim wollte ihre Ehre verteidigen. Aber was soll das bitte für eine Ehre sein, bei so einer wie der? Jedenfalls hatte er die Waffe immer bei sich. Zum Schlafen legte er sie unters Kopfkissen. Und irgendwann hat er mich dann gefragt, ob ich jemanden wüsste, der daran interessiert sein könnte. Er wollte die Pistole verkaufen, verstehen Sie?«

»Das ist keine Pistole«, unterbrach Omar ihn.

»Und ob, Kommissar, ich schwör's Ihnen, ich hab es selbst gesehen, er hatte eine Pistole ...«

»Ich sage dir, das ist keine Pistole. Das ist ein Zentralfeuer-Revolver. Ein acht Millimeter mit einer Trommel für sechs Patronen und Griffschalen aus Nussbaum.«

*

»Griffschalen aus Nussbaum.« Damals hatte Omar keinen Schimmer, was das bedeutete, aber er fand diese Worte wundervoll und wiederholte sie wie ein Gedicht, das man sich aufsagt. Amine war Ende des Jahres 1945 von der Front zurückgekehrt, und eines Nachts hatte er im Haus in Berrima einen Revolver aus einem Lederetui gezogen. Im Dunkel des von ein paar Kerzen kaum erhellten Patio hatte er begonnen, mit der Waffe zu spielen, indem er sie um seinen Zeigefinger kreisen ließ, sie auf ein Fenster im oberen Stockwerk richtete, als wolle er schießen. »Da, nimm, er ist nicht geladen«, und Omar, der noch nicht erwachsen war, hatte die Kriegswaffe in seiner Hand gehalten. Amine erklärte ihm, wie sie funktionierte. Die Trommel, die sich nach rechts öffnete – »das ist eine Reiterwaffe« –, der Hebel, den man drücken musste, um die Hülsen auszuwerfen, und die Haltung, die man einnehmen musste, um sein Ziel zu treffen. Kühn fragte Omar: »Hast du damit Leute getötet?« Und Amine antwortete: »Was glaubst du denn? Das ist kein Spielzeug. Los, gib ihn wieder her.« Die Jahre waren vergangen, und Omar hatte nicht mehr daran gedacht bis zu dem Tag, an dem er in die Polizei eingetreten war und seine eigene Waffe bekommen hatte. Da hatte er sich gesagt, dass alles damals begonnen hatte. Seine Berufung zum Polizisten hatte ihren Ursprung im Garten von Berrima, in dem Moment, als sein Bruder ihm die Waffe aus der Hand gerissen und ihn verächtlich wieder auf seinen Platz eines Kindes verwiesen hatte.

In dieser Nacht kam Amine zu Mathilde ins Bett. Seit ein paar Jahren hatten sie getrennte Schlafzimmer. Amine behauptete, er wolle Mathilde nicht durch sein Schnarchen und das Radio stören, das er bis spät in die Nacht hörte. In Wahrheit kam er spät von seinen heimlichen Spritztouren zurück, den Geruch anderer Frauen in den Kleidern, und die Vorstellung, sich dafür rechtfertigen zu müssen, widerstrebte ihm. Doch in dieser Nacht, dieser drückend heißen Julinacht des Jahres 1972, öffnete er behutsam die Tür zu Mathildes Zimmer. Seine Frau schlief nicht. Sie lag nackt im Halbdunkel. Amine hatte das noch nie verstanden, diese Angewohnheit, unbekleidet zu schlafen. Er könnte das nicht. Sie wandte ihm das Gesicht zu. Er war ihr Mann, ja, einfach nur ihr Mann, und doch erschrak sie. Eine Befangenheit überkam sie, als sähe er sie das erste Mal nackt. Als wäre sie durch die Gnade dieser Sommernacht wieder zu einer unberührten, unschuldigen jungen Frau geworden. Er legte sich neben sie. Sie ließ sich küssen, sich das Haar streicheln. Amines warme und starke Hände umschlossen ihre Hüften. Es war nicht unangenehm. Es war weder grob noch unbeholfen. Und dennoch gelang es ihr nicht, irgendetwas zu empfinden. Sie blieb ihrem Körper fern, sie hatte die eigene Haut verlassen und schaute zu, wie sie genommen wurde, eine schlaffe, auf dem Bett liegende Stoffpuppe. Sie schämte sich sogar und dachte, dass das lächerlich war, nach dreißig Jahren Ehe, nach zwei Kindern. Aber das war es ja gerade. Diese gemeinsam verbrachte Zeit, die Gewohnheiten, die Heimlichkeiten und der alternde Körper, das war es, was sie von ihm fernhielt. Sie betete. Mach, dass er nichts Peinliches tut. Wenn er versucht, mich umzudrehen, wenn er seine Zunge auf mein Geschlecht legt, dann schreie ich. Draußen hörte sie das regelmäßige Quaken der Kröten. Seit der Pool fertig war, war der Garten voller Kröten, die sie allnächtlich am Schlafen hinderten. Sie dachte, dass sie sich das Gewehr schnappen und auf die Amphibien schießen könnte, wie sie es früher mit den Ratten gemacht hatte. Die schleimigen Körper würden unter den Kugeln zerplatzen. Aber nein, das war Unsinn. Morgen würde ihre Tochter heiraten, alles war bereit, sie konnte jetzt nicht die Gartenplatten mit Blut besudeln.

Amine küsste sie auf den Hals. Er sagte etwas, und sie tat, als würde sie lächeln. »Ich liebe dich über alles. Du bedeutest mir alles.« Sie schluckte. Diese Liebeserklärung kam so unerwartet, so unpassend. Warum jetzt, und was wäre davon morgen, wenn der Tag anbrach, noch übrig? Er sollte sie jetzt in Ruhe lassen. Er sollte es zu Ende bringen. Sie wusste, was sie tun musste, damit es schneller ging, und er endlich kam. Doch sie wollte nicht stöhnen, die Hände zwischen Amines Schenkel gleiten lassen, ihre kleinen Tricks anwenden. Nicht aus Bosheit, nicht aus Egoismus, sondern wieder, weil sie sich schämte. Es war einfach nicht zu begreifen. Vor etwa dreißig Jahren war sie mit ihm zu allem bereit gewesen, und ihre Nacktheit selbst erschien ihr wie eine Befreiung.

Sie musste schlafen. Morgen auf den Hochzeitsfotos hätte sie Ringe unter den Augen und würde schlecht aussehen. Alle Mütter der Welt litten vor der Hochzeit ihrer Töchter unter Schlaflosigkeit. Das konnte gar nicht anders sein. Sie würde die Friseuse bitten, ihr eine Hochsteckfrisur zu machen, einen so extravaganten Dutt, dass niemand ihre abgespannten Züge, ihren blassen Teint bemerken würde. Seit Tagen quälte sie diese Unruhe. Was, wenn die Gäste sich langweilten? Wenn die Musiker, die sie engagiert hatten und die aus Casablanca herkamen, sie versetzten? Oder wenn es zu heiß war und die Mayonnaise, die mit dem Fisch serviert wurde, umkippte? Warum nur hatte sie auf Fisch, Austern und Meeresfrüchten bestanden? Sie hätten niemals genug Eis, und den Gästen würde schlecht werden. Nach Jahren noch würde man von der Hochzeit bei den Belhajs reden, auf der die Gäste verdorbene Krabben in die Büsche gekotzt hatten. Und dann kam auch noch in der Nacht vor dem Fest, während all diese Gedanken in ihrem Kopf kreisten, Amine und wollte mit ihr schlafen. »O Mathilde, ich könnte nicht ohne dich leben.« Was war das denn? Wie kam er dazu, ihren Namen zu sagen? Und dann auch noch so, mit dieser schmachtenden Stimme. Hoffte er, sie würde etwas erwidern? Sie wiederholte den Satz in ihrem Kopf. Ihr war zum Lachen zumute. Amine war schweißbedeckt. Tropfen rannen über seinen Hals und seine Stirn. Das Fenster war offen, doch nichts, keine Brise, kein Hauch erfrischte sie. Sie würde vor Hitze umkommen, ihr Körper erdrückt unter dem ihres Mannes. Er zog die Brauen zusammen, presste die Kiefer aufeinander, sah zur Decke. Gleich würde er stöhnen. Er kam, und jetzt fühlte Mathilde sich leicht, fast fröhlich. Ihre Pflicht war erfüllt. Sie war fertig und freute sich, dass sie brav gewesen war und nicht gemurrt hatte. Morgen wäre er bestens gelaunt. Entspannt.

Mathilde erwachte bei Tagesanbruch mit heißen und geschwollenen Beinen. Lautlos stand sie auf. Sie wagte nicht, die Schublade der Kommode zu öffnen, und schlüpfte in ein beigefarbenes Unterkleid, das auf einem Sessel lag. Sie musste atmen, diese Nacht abwaschen, den Schweißgeruch loswerden. Barfuß ging sie durchs Haus und hinaus in den Garten. Die Morgenröte färbte die rasch dahinziehenden Wolken über dem Zerhoun rosa, dessen Silhouette an eine liegende Frau mit zum Himmel gerichteten Brüsten erinnerte. Mathilde liebte den Duft des frühen Morgens, ein Duft nach feuchter Erde, Geranien und Oleander. Sie ging die Stufen im Schwimmbecken hinunter und tauchte in das eiskalte Wasser ein. Wie gut das tat! Ihr Körper lebte auf, bekam neue Energie nach dieser Nacht, in der er erschlafft war. Sie legte sich auf den Bauch, die Beine gestreckt, das Gesicht unter Wasser, die Arme ausgebreitet. Ihre blonden Haare an der Oberfläche aufgefächert wie Algen in einem japanischen Teich. Schon als Kind spielte sie Luftanhalten im eisigen Rhein, und als Selim sich beim Schwimmclub angemeldet hatte, hatte sie ihm Atemübungen gezeigt, um sein Lungenvolumen zu vergrößern. Beim ersten Mal hatte Selim applaudiert. Seine Mutter hatte ihn beeindruckt. Er hatte keine Stoppuhr, aber er hätte schwören können, dass sie eine Minute, vielleicht länger den Kopf unter Wasser gehalten hatte. Und seit er gegangen war, seit ihr Sohn verschwunden war, testete sie ihre Grenzen aus. Das Wichtigste war, sich nicht zu bewegen. Vollkommen reglos zu bleiben, nicht mal mehr zu denken, alles loszulassen, was stören könnte. Wie eine Seerose auf diesem Pool zu treiben, den sie sich so sehr gewünscht hatte. Sie ließ sich vom Wasser tragen. Die Augen geöffnet, betrachtete sie ihren Schatten am Grund des Beckens. Sie konnte es noch länger aushalten. Kiefer und Fäuste fest zusammengepresst, schwor sie sich, so weit zu gehen wie möglich, ihren Rekord zu brechen. Sie spürte, wie etwas ihren Fuß berührte. Sie erschrak. Sie hatte schon oft Ratten oder Nattern an der Oberfläche schwimmen sehen und dachte, dass ein Tier über ihren Knöchel lief. Sie hob den Kopf und fand sich Nase an Nase mit ihrer Tochter, die, im Hochzeitskleid, bis zur Taille im Wasser stand.

»Was machst du denn da? Dein Kleid!«, schrie Mathilde.

»Was ich mache? Ich habe dich reglos im Wasser treiben sehen. Ich dachte, du wärst tot.«

»Raus aus dem Wasser! Sofort raus! Du wirst dein Kleid ruinieren.«

Mathilde half ihrer Tochter, aus dem Pool zu steigen, und die beiden setzten sich ins Gras.

»Warum schwimmst du, um diese Zeit, im Unterrock? Bis du völlig verrückt geworden?«

»Und du, warum hast du dein Kleid an?«

»Ich wollte es anprobieren. Ich habe dich gesucht, um es zuzuknöpfen.«

»Entschuldige, dass ich dich erschreckt habe. Ich mache das zur Entspannung. Ich übe, die Luft anzuhalten.«

»Weiß Papa, dass du das tust?«

»Wieso? Willst du mich verpetzen?«

Die beiden Frauen sahen sich an und prusteten gleichzeitig los. Mathilde lachte laut mit weit geöffnetem Mund und wrang dabei ihren Unterrock aus. Aïcha in ihrem triefenden Kleid wurde von stummen Zuckungen geschüttelt. Sie lachten über die komische Situation, und sicher freuten sie sich schon im Voraus auf die Anekdote, die sie zu erzählen hätten. Doch ihr Gelächter half ihnen auch dabei, die bösen Geister und ängstlichen Gedanken zu verscheuchen. Sie fragten sich, welche Vorzeichen sich hinter einem solchen Ereignis verbergen mochten. In diesem vermeintlichen Ertrinken steckte eine Warnung, eine Drohung, die sie nicht zu deuten wussten.

»Zum Glück sind deine Haare nicht nass geworden«, tröstete sich Mathilde. Sie schleifte ihre Tochter ins Haus. Das Brautkleid machte bei jedem Schritt flop, flop und hinterließ eine feuchte Spur auf dem Boden. Sie schlossen sich ins Bad ein, und Mathilde zog ihre Tochter aus. Aïcha verschränkte die mageren Arme vor ihren nackten Brüsten und setzte sich auf den Badewannenrand. Während Mathilde das Kleid mit klarem Wasser ausspülte – »nicht, dass die Leute sagen, die Braut würde nach Chlor stinken« –, erinnerte sie sich daran, wie sie Aïcha einmal als Kind mit einem weißen Laken überrascht hatte, das sie sich wie einen Schleier über den Kopf gelegt hatte. Vorsichtig, um nicht über die Schleppe zu stolpern, schritt das kleine Mädchen durchs Zimmer. Mathilde hatte gelacht. Sie hatte sich zu ihrer Tochter hinuntergebeugt.

»Was spielst du? Hochzeit?«

»Nein«, hatte Aïcha geantwortet. »Ich empfange meine Kommunion.«

Mathilde hatte sich auf die Kleine gestürzt und ihr befohlen, sich wieder anzuziehen. »Schlag dir das aus dem Kopf«, hatte sie immer wieder gesagt. Wenn Amine davon erfahren hätte, wäre er verrückt geworden. Er hatte die Nonnenschule akzeptiert und dann das kleine Kruzifix, das Aïcha in ihrem Zimmer aufgehängt hatte. Aber eine Kommunion. Das hätte ihn umgebracht.

Nie verdiente Amine so viel Geld wie im Jahr 1972. In Spanien hatte der Frost die Ernten zerstört, und die Bestellungen bei der Domäne Belhaj erreichten schwindelerregende Höhen. Dieses Geld war für seine Tochter bestimmt. Alle Welt sollte erfahren, dass sie es geschafft hatte: Aïcha war Ärztin und heiratete einen Mann mit den besten Zukunftsaussichten. Monatelang notierte Mathilde in kleine karierte Hefte ihre Ideen für Menüs und Dekorationen. Sie folgte Amine überallhin, um ihn nach seiner Meinung zu fragen, und seine Antwort war stets: »Sag mir, was das kostet, ich zahle es.« Mathilde schnappte über. Sie schnitt aus Zeitschriften Fotos von High-Society-Hochzeiten aus, und in den Läden, in die sie ging, zeigte sie diese Bilder und sagte: »Das will ich.« Sie kaufte meterweise elfenbeinfarbene Satinbänder, um die Palmen mit Schleifen zu verzieren. In die Bäume hängte sie Lichterketten und kleine Papierlampions. Bei einem Delikatessengeschäft in Casablanca bestellte sie Geschirr und Silberbesteck, das man ihr am Tag vor der Hochzeit mit einem Lastwagen brachte. An die ganze Stadt verschickte sie Karten aus feinstem Velin-Papier mit einer von einem lokalen Künstler angefertigten Aquarellzeichnung der Zypressen des Belhaj'schen Anwesens.

Auf Anraten einer Verkäuferin, die ihr versicherte, das würde ihre »Augen zur Geltung bringen«, wählte Mathilde ein grünes Seidenkleid für die Trauung. Aus ihren Zeitschriften riss sie die Seiten heraus, die sagenhaft wirksame Blitzdiäten anpriesen. Es kam nicht infrage, in ihrem sündhaft teuren Kleid wie eine Seekuh auszusehen. Es kam nicht infrage, dass man hinter ihrem Rücken tuschelte, über sie lästerte. »Wie schafft sie das nur, so dick zu werden?« In den Wochen vor der Hochzeit ernährte sie sich ausschließlich von Tomaten und Ananas. Ihr Magen brannte, sie litt unter Durchfall, der sie schwächte und blass machte. Sie trieb Sport, und die Arbeiter gewöhnten sich daran, sie über die Felder rennen und mit den Armen seltsame Bewegungen ausführen zu sehen.

*

Dann kam der Tag der Hochzeit. Mathilde überwachte das Eindecken der Tische im Garten. Sie erklärte den beiden für den Service an der Bar zuständigen Kellnern, wie sie sich verhalten sollten, und bestand darauf, dass kein Glas leer blieb. »Niemals!« Tamo schmollte in der Küche. Irgendwelche Unbekannten hatten die Herrschaft in ihrem Reich übernommen, und sie hatte man dazu degradiert, Knoblauch und Petersilie zu hacken. Sie musste die Anweisungen einer dicken Casablancerin befolgen, deren Haut so schwarz war wie die Kohle, auf der sie das Fleisch grillte. Tamo arbeitete trotzdem und versuchte, ihre Sache gut zu machen. Schließlich ging es um Aïcha, und die hatte sie, anders als diese Fremden, schon immer gekannt. Sie hatte sie groß werden und sich verwandeln sehen, von einem Wildfang in eine Dame von Welt. Und sie konnte nicht aufhören, über diese langen, weichen, kastanienbraunen Haare zu staunen, die ihr weit über den Rücken fielen.

Um sechzehn Uhr kam die Schar der Friseusen und Visagistinnen, bewaffnet mit ihren Vanity Cases voller Haarspray, Nadeln und Heizwicklern. Aïcha und Monette zogen sich ins Schlafzimmer zurück, in das Mathilde von Zeit zu Zeit hereinplatzte. Sie warf den Frauen strenge Blicke zu. Sie wollte etwas sehen für ihr Geld. Dann zogen die Kellner ihre weißen Jacketts an und banden sich schwarze Fliegen um. Mit spiegelblanken Tabletts bewaffnet, nahmen sie, jeder an seinem Platz, Aufstellung im Garten. Die Musiker kamen verspätet, und Mathilde meinte zu Amine: »Es wäre gut, du würdest etwas dazu sagen. Wenn ich mit ihnen rede, kümmert es sie ja doch nicht.« Also ging Amine zu ihnen. Er sah sich vier langhaarigen Burschen gegenüber, die ihre Instrumente auspackten. Auf einer der Trommeln des Schlagzeugs stand der Name der Band: »The Strangers«. Sie lachten und warfen spöttische Blicke auf die kitschige Gartendekoration.

Zwei schwitzende Arbeiter leiteten die Gäste zum Parkplatz und dann zum Eingang. Mathilde schenkte ihnen alte Jacketts von Amine, und die Bauern, stolz auf ihre Eleganz, nahmen ihre Rolle sehr ernst. Sie rannten auf dem Feldweg hin und her und winkten den Fahrern, die langsam fuhren, um ihre Karosserien nicht zu beschädigen, mit ausladenden Gesten. Die Bauern beeilten sich, den Wagenschlag zu öffnen, damit die Damen aussteigen konnten, den Saum ihrer Kleider gerafft, auf hohen Absätzen balancierend, die in die Erde einsanken. Kleider wie diese hatten sie noch nie gesehen, und sie glotzten dämlich auf den schweren Schmuck, der von den Ohrläppchen der Frauen hing. Einer sagte: »Die Musik hört man bestimmt bis zum Duar.« Und der andere lachte. Er fand diese Musik etwas dämlich.

Mathilde und Amine positionierten sich am Eingang und standen dort zwei Stunden lang, lächelnd und konzentriert. In diesem Moment wussten sie nicht, dass sich unter ihren Gästen drei oder vier zukünftige Minister befanden. Wie hätten sie sich vorstellen können, dass der Schlagzeuger der Band Gouverneur werden und der betrunkene junge Mann, der hinter der großen Palme versteckt einen Joint rauchte, ein paar Monate später in einem geheimen Folterzentrum sterben würde? Sie schüttelten Hände. Bescheiden und dankbar nahmen sie die Komplimente für die Gartendekoration entgegen und die Segenswünsche für die Zukunft ihrer Kinder. Manchmal wandten sie den Kopf und sahen einander an. Sie wussten, woran der andere dachte. An den Haufen Steine, der diese Farm gewesen war. An die Abendessen, die Mathilde aus so gut wie nichts zubereitet hatte, als Aïcha noch ein Kind war. An die zusammengeflickten Kleider, die Rechnungen, die ihnen Alpträume bereiteten, das Geheul der Schakale in den stockfinsteren Nächten. Mit Schrecken wurde ihnen das Ausmaß dessen, was sie erreicht hatten, bewusst, und von der Höhe ihres Erfolgs aus, er in seinem Anzug und sie im seidenen Kleid, erschienen ihnen die erlittenen Demütigungen, die Kümmernisse schmerzhafter denn je. Sie sahen einander an und konnten es nicht fassen.

Doch heute Abend musste man vergessen. Und als der Fotograf sie für das Familienfoto holte, gaben sie sich die Hand und gingen zum Pool. »Die Eltern in die Mitte.« Um sie herum gruppierten sich Mehdi in seinem weißen Anzug mit Schlaghose und Aïcha in ihrem langärmeligen Kleid. Selma war aus Rabat gekommen und legte die Hand auf Sabahs Schulter, deren Augen hinter einer zu langen Tolle verschwanden. Omar stellte sich in seinem dunklen Anzug hinter die beiden. Was Selim betraf, so hatten sie sich auf eine offizielle Version geeinigt. Er war in Paris, wo er eine sehr gute Stelle gefunden hatte, doch seine Arbeitgeber hatten ihm keinen Urlaub bewilligt. Und wenn ein Gast meinte: »Wie schade, dass Selim nicht hier ist«, neigte jedes Mitglied der Familie Belhaj den Kopf zur Seite und seufzte betrübt: »Ah, diese Franzosen! Die haben wirklich nicht denselben Familiensinn wie wir.«

Amine erwies sich als bemerkenswerter Gastgeber. Er ging von einer Gruppe zur anderen, sein Glas in der Hand, und die Kellner folgten ihm, damit er auch ja immer etwas zu trinken hatte. Er forderte seine Tochter zum Tanzen auf, und die Gäste bildeten einen Kreis um sie. Die Frauen lächelten mit vor dem Mund gefalteten Händen. Man hätte nicht sagen können, ob sie gerührt waren von der Zuneigung eines Vaters zu seiner Tochter oder ob sie Aïcha um die Hände beneideten, die Amine an ihre Taille legte. Amine lachte, und Aïcha betrachtete seine weißen Zähne, überrascht, was für ein hervorragender Tänzer ihr Vater war. Um elf Uhr wurde das Diner serviert, und alle drängten sich ums Buffet. Sie schubsten einander, ließen Löffel fallen, verlangten etwas mehr Mayonnaise. Amine, der sich abseits hielt, bemerkte eine Bewegung im Gebüsch. Er ging näher heran und sah, dass die Bauern sich hinter den Bäumen versammelt hatten. Sie schauten. Frauen und Kinder saßen unter dem großen Kautschukbaum. Sie starrten die Paare auf der Tanzfläche an. Sie sperrten die Münder auf, sprachlos ob all der Schönheit. Staunend, wie wenn man das Meer zum ersten Mal sieht oder angesichts einer ausgeklügelten Maschine in Begeisterung gerät. Amine ging auf sie zu. Er erkannte Achour an seiner schiefen Haltung und diesem leblosen Arm, der seit einem Schlaganfall an seiner rechten Seite hing. In der Dunkelheit konnte er sein von der Lähmung verzerrtes Gesicht nicht sehen, aber er sah Rokia, seine Frau, und zwei ihrer Söhne, die an einem Stamm lehnten. Er vermochte nicht zu sagen, wie viele sie waren. Zehn vielleicht? Sie trugen alle dunkle Kleidung, und die Zweige des Kautschukbaums verbargen sie vor seinen Blicken. Nur das Geräusch ihrer Schuhe im trockenen Gras und das Flüstern der Kinder, die von der Musik aufgekratzt waren, verriet sie. Amine hätte nur irgendeine Geste machen, durch die Zähne pfeifen müssen, und sie hätten Reißaus genommen wie wilde Katzen. Doch er wich zurück. Ohne es sich selbst erklären zu können, sah er in dieser so respektvollen und diskreten Gegenwart der Bauern eine unterschwellige Bedrohung, mit der er es nicht aufzunehmen wagte. Er suchte Mathilde. »Da sind Leute, die uns zuschauen.« Sie beruhigte ihn: »Ich habe an alles gedacht. Wir lassen ihnen etwas bringen. Sie sollen auch was von dem Fest haben.«

Eine bohrende, glühende Angst packte Amine. Er drehte sich zum Haus um. Die Silhouetten der Gäste spiegelten sich in der großen Fensterfront und weckten so die Illusion einer riesigen, unermesslichen Menge. Er sah diese Leute, hörte die Musik, diese englischen, mit einem marokkanischen Akzent ausgesprochenen Worte, und er dachte, dass etwas nicht stimmte. All diese jungen Männer sprachen Französisch, tranken Whisky auf Eis und schwangen Mädchen zwischen ihren Beinen hindurch. Mathilde hatte keine traditionelle Musikgruppe gewollt. »Diese Musik ist entsetzlich, und ich bekomme davon Kopfschmerzen.« Amine erstickte. Er lockerte mit dem Finger seinen Kragen und war außerstande, den Gesprächen seiner Gäste zu folgen. Das Geschwätz irritierte ihn, und er sagte lächelnd: »Ich komme gleich zurück«, ehe er verschwand. Er fühlte sich lächerlich, als hätte man ihn gezwungen, die Kleider und die Schuhe eines anderen zu tragen, die ihm zu eng waren. Eine Wolke zog vorüber und verbarg das silbrige Funkeln der Sterne. Unter den Bäumen saßen noch immer die Arbeiter. Mathilde hatte ihnen Hühnchen und Coca-Cola-Flaschen bringen lassen. Amine fragte sich, ob sie schon einmal Austern oder Krabben probiert hatten. Ob sie überhaupt wussten, was das für Tiere waren. Konnten sie auch nur ahnen, dass ihr strenger, wortkarger Chef selbst sich in einer Kirche vermählt hatte, mit einer weiß gekleideten Frau, vor einem Pfarrer kniend? Die Fotos der Trauung waren in einer Kiste unter Mathildes Bett versteckt. Und den durften sie niemals verlassen. Amine hatte ihr verboten, sie irgendwem zu zeigen oder eines davon zu rahmen, um es auf das Tischchen im Esszimmer zu stellen. Selbst seine Kinder hatten sie noch nie gesehen.

Ein Kellner näherte sich, um ihm nachzuschenken, doch Amine lehnte schroff ab. Er musste einen klaren Kopf bewahren. Er musste seine Familie beschützen. Er ließ die im Gras hockenden Bauern, die das Hühnchen mit den Händen aßen, nicht aus den Augen. Die Kinder knabberten an den Flügeln und schleckten sich die Finger. Amine bildete sich ein, dass etwas passieren könnte. Ein Unglück. Ein Angriff. Die Arbeiter, denen all der zur Schau gestellte Reichtum den Verstand raubte, würden mitten ins Fest platzen. Sie würden sich auf das extravagante Buffet stürzen, die Flaschen mit Alkohol zertrümmern und diese fein herausgeputzten Frauen anspucken, die Zeit und Geld zu verschwenden hatten. Sie würden sie als Huren beschimpfen, sie ins Gesicht und auf den Hals küssen. Und das würde sie erregen, dieser Parfumduft und der süße Geschmack des importierten Lippenstiftes auf der Zunge. Sie würden die weißen Samtschleifen aus den Palmen reißen und damit die Gäste aufknüpfen. An den Ästen der Bäume würde man Gestalten im Smoking oder im bestickten Kaftan wie Marionetten baumeln sehen. Sie würden sich die Taschen mit Schmuck und Nippes vollstopfen, die sie dann am Markttag in der Stadt verkaufen würden. Lachend würden sie sich auf den Sofas wälzen. Dann würden die brutalsten, die Familienoberhäupter, die Truppen neu formieren. Man würde Waffen holen gehen: Forken, Rechen, Spaten, Knüppel, und bald würde der Pool sich mit Blut füllen. Selbst die Kellner würden sie abstechen.

Panisch zog Amine seine Frau am Arm. Er zeigte mit dem Finger auf die Bauern. »Sie müssen gehen. Ich will nicht, dass sie uns zuschauen.« Mathilde streichelte seine Hand. »Die meisten sind schon weg, siehst du nicht?« Tatsächlich waren unter dem Kautschukbaum nur noch ein paar Kinder übrig geblieben, die mit beiden Händen große gläserne Limonadeflaschen hielten und hineinbliesen, um einen Ton zu erzeugen. Ein Stück entfernt konnte man die Rücken der Bauern erkennen, die ins Dorf zurückkehrten. Ein Mann hielt seine Frau um die Taille gefasst. Amine nickte langsam, wie ein Kind, das man nach einem Alptraum tröstet. Da begriff Mathilde, dass ihr Mann sein ganzes Leben lang Angst haben würde, man könnte ihm wieder entreißen, was er errungen hatte. Für ihn war jedes Glück unerträglich, da er es den anderen gestohlen hatte.

Amine war vorangekommen. Schritt für Schritt wie eine Schildkröte, ein würdevolles, arbeitsames Tier. Er hatte sich auf ein scheinbar bescheidenes Ziel zubewegt – ein Haus, eine Frau, Kinder – und nicht geahnt, dass sein Ziel ihn, wenn er es einmal erreicht hätte, verwandeln würde. Solange er kämpfte, bedroht von den anderen, der Natur, seiner eigenen Erschöpfung, fühlte er sich stark. Doch das leichte Leben, der Erfolg, der Überfluss machten ihm Angst. Sein Körper war vergiftet, aufgeblasen vor bürgerlicher Selbstgefälligkeit. Er fühlte sich wie eine in ihrem eigenen Saft marinierte Frucht, die ihre Rundheit und Festigkeit verloren hatte. Die Leute dachten, dass er reich war. Die Leute dachten, dass er Glück hatte, und baten ihn, ein wenig davon zu teilen. Die Ungerechtigkeit und Nachlässigkeit des Schicksals ein wenig auszugleichen.

Wie hatten sie so glücklich sein können? Dreißig Jahre nach seiner Hochzeit, in einer Zelle des Gefängnisses von Salé, würde diese Frage Mehdi keine Ruhe lassen. Mit einer Mischung aus Nostalgie und Scham würde er sich an die ersten Jahre an Aïchas Seite erinnern. Ihr Glück würde ihm unerklärlich vorkommen. Er würde sich nach dieser vergangenen Zeit zurücksehnen und sich schuldig fühlen, dass er nicht gelitten, nicht gekämpft hatte, dass er sich nicht gegen die dunklen Mächte aufgelehnt hatte, die von seinem Land Besitz ergriffen.

In seiner Zelle waren die meisten Häftlinge jünger als er und hatten damals noch nicht gelebt. Sie konnten nicht verstehen. Und sie konnten auch nicht ahnen, dass das, was diesem zurückhaltenden Mann Sorgen bereitete, diesem Herrn, der im Anzug in einem gewöhnlichen Strafgefängnis saß und eine Zigarette nach der anderen rauchte, weniger seine Zukunft war als seine Vergangenheit. Den Rücken an die Wand gelehnt, machte Mehdi sich im Geist den Prozess. Er war Richter und Angeklagter zugleich. Und das Vergehen, das hier verhandelt wurde, hatte nichts mit dem zu tun, das ihn hinter Gitter gebracht hatte. Es war ein sehr viel umfassenderes und schrecklicheres Vergehen. Ein ungreifbares Vergehen, und als mildernde Umstände führte er an: Jugend, Gedankenlosigkeit, Ehrgeiz, den Wunsch, seine Sache gut zu machen. Ohne es wirklich zu glauben, belog er sich selbst, indem er sich sagte, dass alle es genauso gemacht hatten. Er wusste es, weil er sie gesehen hatte. Er hatte mit ihnen dieses Glück geteilt, diese Jahre der Unbekümmertheit, des Arbeitens und Feierns. Der Silvesterpartys am Strand. Der Freizeitspiele irgendwo auf dem Land. Der Jagdpartien und der Spritztouren mit dem Boot. Der Zweitwohnsitze, von der Strandhütte bis zur herrschaftlichen Villa. Diese verdammte Elite, mit der man ihm bis zum Überdruss in den Ohren gelegen hatte. Während all der Jahre hatte er sich etwas vorgemacht. Sich immer dieselben Geschichten erzählt, fadenscheinig und leicht zu durchschauen. Er hatte sich eingeredet, er stecke in der Klemme zwischen Raubtieren und Schafen. Zwischen denen, die klauten, und denen, die beklaut wurden, er spiele die Rolle des Schäferhundes, dazu ausersehen, die Herde zu hüten und die Macht der Mächtigen nicht zu gefährden. Bis zu einem gewissen Punkt war ihm der Kompromiss hinnehmbar erschienen. Und da tauchte die Frage wieder auf, wie ein Schmerz, ein Pochen in den Schläfen, ein Faustschlag in den Magen. Wie konntest du glücklich sein? Glücklich trotz der Attentate, der Verurteilungen, der Deportationen in geheime Kerker? Glücklich trotz der Willkür, der Angst, des Geflüsters, der drohenden Ungnade? Zum Sterben glücklich an der Seite dieser Frau, deren Gesicht ihm im Traum erschien. Ihr Lächeln, das er so viele Male fotografiert hatte. Ihr Blick aus dunklen Augen, entschlossen wie der eines Soldaten. Ihr grenzenloses Lächeln. Die unendliche Anmut ihrer Hände.

Er hätte ein anderes Leben wählen sollen. Ein Leben, in dem er sich damit begnügt hätte, zu unterrichten und zu schreiben. Ach, schreiben, zurückgezogen in sein Zimmer, was sein Herz bewegte! Tränen stiegen ihm in die Augen, weil er seinen Traum verraten hatte, weil er keine reinere Seele, kein aufrichtigeres Herz gehabt hatte. Er hätte seine Kinder im Glauben an Diskretion und Wahrheit erzogen. Er hätte ihnen gesagt, was sein eigener Vater ihm gesagt hatte: »Der Makhzen ist wie ein Dromedar, er zertrampelt den, der unter seinen Füßen liegt, und blickt immer zum Horizont. Halte dich von ihm fern.« In den letzten Monaten seines Daseins würde Mehdi sich nach einem Leben zurücksehnen, das er nicht gehabt hatte. Nicht das Leben eines Helden, sondern das eines einfachen Mannes. Im Grunde, würde er denken, hatten wir es vielleicht nicht verdient, frei zu sein. Mit beinahe sechzig Jahren, gezwungen, den Gefängnisalltag von Dieben, Drogenhändlern und Mördern zu teilen, würde er eine seltsame Feststellung machen. Das Alter genügte nicht, um die Illusionen auszulöschen. Alles wäre so viel einfacher gewesen, wenn die Ideale wirklich stürben. Wenn die Zeit sie für immer verschwinden ließe und sie in unserem Innern keinerlei Halt mehr fänden. Aber die Illusionen bleiben, irgendwo, tief in uns verborgen. Abgetakelt, welk. Wie ein Schuldgefühl oder eine alte Narbe, die sich abends bei schlechtem Wetter wieder bemerkbar macht. Man wird sie nicht los. Man gibt vor, sie wären einem gleichgültig. In all diesen Jahren hatte er eine Art inneres Exil gekannt. In ihm überlebte ein blinder Passagier, verdammt zum Schweigen und zur Reglosigkeit, den er nur äußerst selten entwischen ließ. Sein ganzes Leben lang hatte er, mehr noch als den anderen, sich selbst misstraut.

Wie lebt man als Feigling? Wie steht man als Feigling auf, zieht sich als Feigling an, isst als Feigling und liebt eine Frau, während man sich im Grunde seiner Seele und seines Herzens der eigenen Feigheit bewusst ist? Wie lebt man damit? Und wie ist man glücklich?

Mehdi und Aïcha zogen in ein zweistöckiges Haus auf den Anhöhen von Rabat. Von ihrem Schlafzimmer aus konnten sie das Tal des Bou-Regreg und, bei schönem Wetter, das Städtchen Salé sehen. Um sich einzurichten, kauften sie auf dem Trödelmarkt ein altes Ledersofa, einen langen Holztisch mit geschnitzten Beinen und ein Regal für Mehdis Bücher. Sie waren nicht reich, doch das spielte keine Rolle. Die meiste Zeit arbeiteten sie, und was den Rest betraf, so verdienten sie genug, um zu feiern, um ein paar Reisen in die Berge oder ans Meer zu unternehmen. Über die Zukunft machten sie sich keine Gedanken. Sie wussten sich auf der richtigen Seite.

Nach monatelangem Zögern beschloss Aïcha, sich auf Gynäkologie und Geburtshilfe zu spezialisieren. Vielleicht hatte das Vorbild Doktor Palosis, bei dem sie als Kind ihren Wissensdurst gestillt hatte, einen gewissen Einfluss auf diese Entscheidung. Oder die Erinnerung an die junge Frau, die sie Jahre zuvor in dem Duar entbunden hatte und deren Kind nicht überlebt hatte. Mehdi versuchte, sie davon abzubringen. Er machte sich Sorgen wegen der aufreibenden Arbeitszeiten und der nächtlichen Rufbereitschaft, falls bei einer Frau die Wehen einsetzten. In Wahrheit erschien ihm diese Spezialisierung nicht fein genug. Irgendwie fand er die

Vorstellung abstoßend, dass seine Ehefrau so einen Beruf ausübte, den Kopf immer zwischen den Beinen der Patientinnen, die Finger in ihren Vaginen. All die Jahre Studium, nur um zu tun, was Analphabetinnen seit Jahrhunderten erledigten: Kinder auf die Welt bringen. Zu ihrem Einzug schenkte Mehdi Aïcha ein Exemplar von *Doktor Schiwago*. Sie mochte es nicht besonders, wenn er ihr Bücher schenkte. Er versuchte, ihre Bildung zu vervollständigen, Lücken zu füllen, und anstatt ihr Freude zu machen, verletzten diese Aufmerksamkeiten sie. Abends, wenn sie erschöpft aus dem Krankenhaus heimkehrte, fragte er sie, ob sie mit der Lektüre des Romans weitergekommen sei. Aïcha entschuldigte sich. Es sei nicht so, dass sie keine Lust dazu hätte, doch ihre Schichten laugten sie aus, und dieses Buch war auch noch so schwer zu lesen. All die Figuren mit ihren irrsinnigen russischen Familiennamen und diese Kriegs- und Revolutionsgeschichten, von denen sie nichts verstand. Sie musste immer wieder zum vorigen Kapitel zurückblättern, um nicht den Faden zu verlieren. »Ach«, seufzte Mehdi, »ich dachte, es würde dich interessieren. Doktor Schiwago, der ist mal ein Arzt.« Aïcha ließ sich nicht verunsichern. Und bei dieser Gelegenheit erkannte Mehdi, wie unbeugsam und stur seine Frau sein konnte. Nichts würde sie von dem Weg abbringen, den sie für sich gewählt hatte.

Doktor Schiwago war ein Poet, genau wie Aïchas neuer Chefarzt, Doktor Ari Benkemoun. In Rabat hieß es, er habe die halbe Stadt entbunden, und Aïcha dachte, dass es seltsam sein musste, jeden Tag auf der Straße Menschen zu begegnen, denen man sagen konnte: »Ich bin der Erste, der Sie gesehen hat.« Er empfing Aïcha mit einem Enthusiasmus, der sie überraschte. Am ersten Tag legte er ihr eine Hand auf die Schulter und führte sie im Laufschritt durch die Station, wobei er ununterbrochen redete. Er erzählte eine Anekdote über seine Studienzeit in Paris, blieb dann stehen, um eine Krankenschwester zu begrüßen. »Sie ist die wahre Chefin hier, vergessen Sie das nicht.« Aïcha nickte. Sie betraten ein Zimmer, und zehn Minuten lang hielt Doktor Benkemoun die Hand einer Patientin in seinen behaarten Händen. »Danke, Doktor. Ich werde Sie nie vergessen.« Er lud Aïcha zum Mittagessen ein. »Sie haben so viel zu lernen, und ich habe Ihnen so viel zu sagen!« Und während er mit den Fingern eingelegte Sardellen aß, erinnerte er sich an eine abenteuerliche Geburt (»Die Frau schwor, sie sei ebenso jungfräulich wie die Mutter Jesu!«), dann warnte er Aïcha mit ernster Miene vor den Sepsen und Eileiterentzündungen, an denen die Patientinnen starben. »In der ganzen Stadt haben wir heimtückische und gefährliche Konkurrenten. *Chouafas*, Kurpfuscher, skrupellose Hebammen, die ein Gemetzel anrichten, und wenn die Frauen dann zu uns kommen, ist es oft zu spät. Mutterschaft ist eine geheimnisvolle Sache, Mademoiselle. Nichts ist so stark wie der Wunsch einer Frau, ein Kind zu bekommen. Nichts außer dem Wunsch, eines, das sie nicht haben will, loszuwerden. In Ihrer Sprechstunde werden Sie Frauen empfangen, deren Schenkel verbrannt sind von geschmolzenem Blei, weil man ihnen weisgemacht hat, ein Dschinn habe ihre Vagina besetzt. Frauen, die Hahnenblut getrunken oder sogar den Schwengel eines Leichnams angefasst haben.« Aïcha riss die Augen auf. Benkemoun leckte mit der Zungenspitze das Öl ab, das ihm aus dem Mundwinkel tropfte. »Machen Sie nicht so ein entsetztes Gesicht, Mademoiselle! Auch unsere Kollegen mit all ihren Diplomen haben manchmal primitive Methoden. Haben Sie noch nie eine schlecht durchgeführte Ausschabung gesehen, die sich anschließend entzündet hat?« Aïcha nickt. Sie erinnerte sich an eine Zwanzigjährige, die mitten in der Nacht ins Straßburger Krankenhaus gekommen war. Sie studierte Politikwissenschaft und trug eine blaue Seidenbluse und Messingarmbänder. Ihren Verletzungen nach zu urteilen, wollte der Arzt, der sie behandelt hatte, sie für die von ihr begangene Sünde bestrafen. Ja, Benkemoun war ein Poet, der die zahlreichen Legenden, die sich um das Geheimnis der Fortpflanzung rankten, nicht verächtlich abtat. Um die Schmerzen der Geburt besser zu ertragen und das Kind, das unterwegs war, zu schützen, schnitten manche Frauen kleine Papierschnipsel aus, auf denen Koranverse standen, und aßen sie während der Wehen. Arzt zu sein, erklärte er ihr, bedeutete auch, dem Irrationalen zu begegnen, dem Glauben, dass Frauen an den Mondzyklus gebunden seien und dass alles, was sie während ihrer Schwangerschaft dachten oder träumten, eine Auswirkung auf das Wohlergehen des Kindes hätte.

Während ihrer ersten zwei Wochen im Krankenhaus legte Doktor Benkemoun niemals diese Hast ab, diesen Drang, zu vermitteln, von dem er wie besessen schien. Als leide er unter einer schweren, tödlichen Krankheit und müsse, ehe er starb, all sein Wissen an seine Nachfolger weitergeben. In Wahrheit hatte Doktor Benkemoun nur eins im

Sinn: in den Ruhestand zu gehen. So weit weg wie möglich von der Stadt, die klein war wie ein Spinnennetz und in der er unablässig Patientinnen traf oder die Kinder, die er in die Welt gesetzt hatte. Er hatte genug davon, freundlich zu lächeln, wenn junge Frauen ihn begeistert ansprachen: »Sie haben meine Mutter entbunden, und sie werden eines Tages meine Tochter entbinden!« Lieber sterbe ich, dachte Benkemoun, der genug davon hatte, mitten in der Nacht geweckt zu werden, genug vom Gebrüll der Frauen in den Wehen, den endlosen Geburten. Wo immer er hinging, saß ihm die Angst im Nacken, dass das Telefon klingelte. »Doktor Benkemoun!«, rief ein Hausmädchen oder ein Kellner. »Sie werden im Krankenhaus gebraucht.« Wie viele abgebrochene Kartenpartien? Wie viele Mahlzeiten, bei denen er sich versagt hatte, sich einen Schwips anzutrinken, und nicht mal das Dessert gekostet hatte?

In Aïcha fand er eine Nachfolgerin. Die junge Frau gefiel ihm nicht nur wegen ihrer herausragenden akademischen Leistungen und des etwas altmodischen Respekts, den sie ihm entgegenbrachte. Er beobachtete sie im Umgang mit den Patientinnen und war erstaunt, welche Autorität sie trotz ihres jungen Alters besaß. Den Frauen, denen ihr Mann verbot, die Pille zu nehmen, sagte sie: »Machen Sie es trotzdem, er muss es ja nicht wissen.« Eines Freitagabends teilte er ihr mit, er müsse die Stadt verlassen, und vertraute ihr die Station bis Montag früh an. »Und wenn ich wiederkomme, möchte ich nur gute Nachrichten hören, verstanden?« An diesem Wochenende erblickten sechs Kinder das Licht der Welt.

Es war nicht leicht, mit einer Frau zusammenzuleben, und Aïchas körperliche Präsenz, der Umstand, dass sie sich eine Wohnung teilten, brachte Dinge mit sich, die Mehdi nicht ausstehen konnte. Die Produkte, die sie für ihre Haare verwendete und deren Geruch nach Möbelpolitur im Bad hing. Der Turban, den sie sich vor dem Schlafengehen anlegte, indem sie alle Haare auf eine Seite kämmte und mit Nadeln feststeckte, ehe sie sich ein Tuch straff um den Kopf band. Die Schachteln mit Damenbinden, die sie nicht einmal mehr versteckte, und dann die Stapel von Medikamenten, die sie nahm, noch bevor ihr überhaupt etwas wehtat, »weil ich spüre, dass ich Kopfschmerzen bekommen werde«. Er wollte nichts von alldem wissen, ebenso wie er sich nicht um den Haushalt kümmern wollte. Er weigerte sich stur, mit ihr zum Einkaufen zu gehen, da er fürchtete, sie könnten irgendjemandem begegnen. Wie sähe er denn aus mit einem Korb voll Gemüse in der Hand? Er betrat selten die Küche, und wenn, dann blieb er an der Tür stehen und verlangte etwas zu trinken. Sie konnte noch sosehr die Augen Richtung Kühlschrank verdrehen, damit er auf die Idee kam, sich selbst zu bedienen, er tat, als würde er es nicht verstehen.

Ihm wurde bewusst, dass er keine Ahnung von Frauen hatte. Und was Aïcha ihm erzählte, wenn sie aus dem Krankenhaus heimkam, erschien ihm nicht nur uninteressant, sondern sogar unappetitlich. Sein Leben lang hatte er gehört, was Mädchen zu tun oder zu lassen hatten, worin tugendhaftes Betragen bestand, und er fühlte sich berechtigt, über jene die Nase zu rümpfen, die zu laut redeten oder sich aufreizend benahmen. Und alles, was die Geheimnisse des weiblichen Körpers betraf, fand er zutiefst abstoßend. Das alles, dachte er, war die Schuld von Cyd Charisse und all den anderen Schauspielerinnen, die seine kindlichen Träume beherrscht hatten.

Aïcha war selten zu Hause, doch Mehdi machte ihr deshalb keine Vorwürfe. Als Kabinettschef des Industrieministers arbeitete er die ganze Woche, oft bis spät in die Nacht. Am Wochenende verbrachte er viel Zeit auf dem Golfplatz von Dar Es Salam, der ein paar Jahre zuvor mit großem Pomp eröffnet worden war. Die wichtigen Entscheidungen für das Land wurden auf den Greens getroffen, und wenn man sich dem König und dem Hof nähern wollte, tat man gut daran, geschickt mit Hölzern und Eisen umzugehen. In Rabat träumte jeder von sich als Champion. Mehdi gönnte sich eine Garderobe in reinster englischer Golftradition: Baumwollhose, Stollenschuhe aus pflaumenfarbenem Leder und eine Wollkappe, die ihn juckte, wenn er schwitzte. Jedem, der ihn um einen Gefallen oder ein vertrauliches Gespräch bat, sagte er: »Triff mich am Sonntagvormittag beim Golfen.« Und die Person traf ihn, ging neben ihm her und hielt sich taktvoll zurück, wenn Mehdi sich vor seinem Ball positionierte und in der Ferne sein Ziel anvisierte, um seinen Abschlag vorzubereiten. Er begann mit seinen Freunden, seinen Kollegen und manchmal sogar mit Aïcha über Schwünge und Bunker zu reden, kaufte sich Bücher, in denen Golfprofis Ratschläge erteilten. Manchmal überraschte Aïcha ihn im Bad oder mitten im Wohnzimmer, wie er sich breitbeinig, mit gefalteten Händen, hin und her wiegte, ehe er auf einen imaginären Ball drosch.

Eines Abends gingen sie zu einem Empfang, den der Kammerherr des Königs ausgerichtet hatte. Mehdi sagte seiner Frau immer wieder: »Da werden wichtige Leute sein.« So machten das die Rabatis. Sie informierten dich (»Die da ist die Mätresse des Ministers. Der da ist ein einflussreicher Mann.«), ermahnten dich, aufzupassen, was du sagst, wie du dich verhältst, wie viel du trinkst. Sie taten es einfach so, beiläufig, doch es änderte alles. Aïcha zog ein schwarzes Kleid mit einer Samtschleife über der rechten Schulter an. Sie steckte ihre Haare im Nacken zu einem Knoten. Mehdi mochte es, wenn sie sich solche Frisuren machte. »Sag nicht allen, dass du Gynäkologin bist. Das bringt die Leute in Verlegenheit. Sag, du bist Ärztin, das genügt.«

An jenem Abend blieb Aïcha an Mehdis Seite, der glücklich wirkte, gelöst, als wären all diese Leute alte Freunde. Sie setzten sich auf die Terrasse. Mehdi bestellte beim Kellner in Livree einen Whisky. Er erzählte von Reisen, sprach über seine Kindheit, darüber, wie wichtig Bildung sei, um das Marokko der Zukunft aufzubauen. Er war dafür das beste Beispiel, er, der nichts gehabt hatte, der, so behauptete er, bitterste Armut gekannt und sich durch Fleiß und Zähigkeit daraus befreit hatte. Aïcha ließ ihn lügen. Sie widersprach ihm nicht. Sie wies nicht auf Ungereimtheiten hin und hütete sich, seine Geschichten infrage zu stellen. Einmal wandte er sich ihr zu. »Erinnerst du dich?«, und sie machte sich zur Zeugin einer imaginären Szene. Sie gab vor, dabei gewesen zu sein, es mit ihren eigenen Augen gesehen zu haben, und lachte, als wäre diese von ihm erfundene Erinnerung so wahr wie ihre Liebe. Sie dachte, dass Lieben genau das bedeutete. Loyal sein. Den anderen sein Leben erfinden, es neu aufbauen lassen, sich seinem Wunsch, jemand zu sein, nicht in den Weg stellen. Sie hätte es schäbig gefunden, ihm den unangenehmen Geruch der Realität unter die Nase zu reiben. Mehdi erfand diese Geschichten – Geschichten von fernen Reisen, komischen Begegnungen, heldenhaften Prügeleien im Hinterzimmer einer Bar – nicht für die anderen, nicht um seine Zuhörer zu begeistern oder zu beeindrucken, sondern um sich selbst zu beeindrucken. Er wollte ein Leben, das mehr als nur durchschnittlich war, in seiner Vorstellung war er gigantisch, und er erwartete von Aïcha, dass sie bei seinem persönlichen Heldenepos mitspielte.

Ja, Mehdi erfand Geschichten, doch zu Aïchas großem Bedauern war er kein Schriftsteller. Er gebrauchte nicht die Worte eines Dichters, sondern die plumpen und selbstgefälligen der Bourgeois. Diese Worte, die verletzen und nichts anderes ausdrücken als Dominanz. Unter diesen Leuten, an der Seite ihres Mannes, dessen Eloquenz alle Anwesenden blendete, dachte sie zurück an die schweigsamen Mahlzeiten ihrer Kindheit, die stockenden, holperigen Gespräche ihrer Eltern. Mehdi verwendete ein aufgeblasenes Vokabular. Er sagte »das ist ein grundlegendes Prinzip«, und wenn er zu einer Beweisführung ansetzte, ließ er sich tief in seinen Sessel sinken und begann, der Aufmerksamkeit, die man ihm schenken würde, gewiss, mit »zuallererst«, um dann »zu Punkt zwei« überzugehen. Aïcha dagegen liebte die Worte der Bauern, die Worte ihrer Patientinnen, ängstlich und unbeholfen. Dürftige Worte, die nach Ruin und kaltem Luftzug schmeckten. Schüchterne Worte, die nicht behaupteten, die Welt zu verstehen, die keine Antworten boten.

Aïcha stand auf. Sie gab ihrem Mann ein diskretes Zeichen und ging zurück in den Salon. Sie lief zwischen den Gästen hindurch, schweigend, in der Hand ein Glas, in dem der Champagner schal geworden war. Mehdi sagte über sie: »Sie ist schüchtern.« Und das schien ihn zu enttäuschen. Offenbar betrachtete er Schüchternheit als ein Handicap, einen Mangel, der dich einschränkt und dir das Leben verdirbt. In seiner Vorstellung konnte man nur traurig, enttäuscht, frustriert darüber sein, dass man anderen Menschen gegenüber gehemmt war. »Du hältst dich immer zurück«, bedauerte er, und Aïcha zuckte mit den Achseln. Sie litt nicht unter ihrer Schüchternheit. Im Gegenteil, ihr schien, dass diese Zurücknahme ihrer eigenen Person, dieses fehlende Bedürfnis, gesehen und gehört zu werden, ihr erlaubt hatte, eine Art Gabe auszubilden. Eine Aufmerksamkeit für die anderen, von der Mehdi keine Ahnung hatte. Zunächst einmal liebte sie es, die Leute anzuschauen, und selbst während solcher endlosen Empfänge, bei denen sie nichts sagte, langweilte sie sich nicht. Sie beobachtete die Gäste und bemerkte kleine Details, die niemand sonst sah. Einen wenige Zentimeter langen Kratzer am Hals. Eine Narbe hinter dem Ohr. Die abgekauten Nägel eines jungen Ministers. Das Zittern einer Hand oder schwielige Fersen in einem Paar Lackschuhe. Sie nahm so wenig Raum ein, pochte so wenig auf ihr Recht, zu Wort zu kommen, dass die Menschen sich ihr mit einer Unbefangenheit anvertrauten, die sie nicht mehr erstaunte. An diesem Abend, an ihrem Platz gegenüber dem Kammerherrn des Königs, hielt sie den Blick auf den Teller gesenkt, während ihre Nachbarin ihr erzählte, dass sie vor Jahren ein Kind verloren hatte. »Darüber spreche ich eigentlich nie. Ich weiß nicht, warum ich Ihnen das erzähle.«

Bei der Arbeit regten sich die Krankenschwestern auf. Die Behandlungstermine dauerten ewig, und Aïcha machte jeden Tag Überstunden. Nackt, mit gespreizten Beinen auf dem Untersuchungstisch liegend, schütteten die Patientinnen ihr Herz aus. Sie vertrauten ihr Geheimnisse an, die sie noch nie laut ausgesprochen hatten. Sie beichteten ihre Einsamkeit, ihren Kummer, wie streng ihr Ehemann war, wie gleichgültig ihre Mutter, wie undankbar die Kinder. Sie sprachen von ihren Liebhabern, ihren Geldsorgen, und es war, als hätten sie die Anwesenheit der Ärztin im weißen Kittel vergessen, die zwischen ihren Schenkeln saß. Manchmal, wenn sie Aïchas Sprechzimmer verließen, fragten sich diese Frauen, was in sie gefahren war, und erröteten beim Gedanken an ihre Offenherzigkeit. Lag es an der Nervosität und der Scham, sich vor einer anderen Frau nackt ausziehen zu müssen? Oder war es der Blick dieser Ärztin, der sie gewissermaßen verhext hatte? Mehdi wunderte sich oft darüber, dass Aïcha so viel über die Leute wusste. Wenn ihre Patientinnen sie auf der Straße erkannten, stürzten sie zu ihr und umarmten sie. Sie sagten zu ihrem Mann oder zu den Kindern, die sie begleiteten: »Das ist die Ärztin, von der ich erzählt habe.« Mehdi, ganz mit sich selbst beschäftigt, vergaß die Namen, die Gesichter, und häufig wandte er sich an seine Frau: »Und sie, wer ist sie noch mal?«

Als Kind spielte Aïcha mit ihrem Bruder »feine Damen«. Nachmittags, wenn Amine auf den Feldern und Mathilde in ihrer Ambulanz war, öffneten sie die Schränke und liehen sich die Kleider, hochhackigen Schuhe und Hüte ihrer Mutter. Selim kletterte manchmal auf die weiße Kommode, die seiner Mutter als Frisiertisch diente, um das Hutregal zu erreichen. Für den kleinen Jungen war das Aufregendste an der Kostümierung die Angst, von seinem Vater erwischt zu werden. Er verschmierte sich das Gesicht mit Schminke, behängte sich mit Schmuck und wackelte lachend auf seinen hohen Absätzen herum. »Was machst du denn da?«, fuhr Aïcha ihn an, die fand, er nehme das Spiel nicht ernst genug. Für sie ging es nicht darum, sich zu verkleiden, sich lächerlich zu machen, sondern darum, eine echte Frau zu werden. Eine, die Handschuhe und Wollmäntel trug, die Geldscheine in ihren Büstenhalter schob, eine Geste, die sie furchtbar vulgär, aber so faszinierend fand. Sie imitierte die Gesten der Nachbarinnen, der Passantinnen, ihrer Mutter, indem sie ihre Handtasche an den Bauch drückte, einen Schlüsselbund um ihren Zeigefinger kreisen ließ. Sie hielt ihr Baby in einem Arm und schimpfte es, weil es nicht brav sein konnte. Sie tat, als würde sie rauchen, und kommandierte ein imaginäres Hausmädchen herum.

Jetzt war sie eine Dame, eine echte. Ihre Handtasche war nicht mit Bonbons gefüllt, und ihre Schlüssel starteten ein echtes Auto und schlossen eine echte Haustür ab. Doch was sie sich gewünscht hätte, war, eine gute Ehefrau für ihren Mann zu sein, zu wissen, wie man »seinen Haushalt führt« und Gäste empfängt. Sie war so gut wie nie da, konnte nicht wirklich kochen, und sie ernährten sich vor allem von Sandwiches und Pizza. Ihre Mutter, ja, die war die Königin ihres Hauses. Jedes Frühjahr veranstaltete sie das, was sie ihren »Großputz« nannte, und kleidete die Schubladen mit Stoff aus. Jahrelang hatte sie ihren Kindern, die das nicht würdigten, dreimal täglich eine Mahlzeit vorgesetzt und trotzdem immer wieder gefragt: »Was würdet ihr gerne essen?« Sie kannte ihre Rezepte auswendig, und wenn Aïcha sie nach der genauen Menge Butter oder Gewürze fragte, antwortete Mathilde: »Keine Ahnung, mach einfach nach Gefühl.« Mathilde verstand es, sich still zu den Frauen zu setzen und arabische Beileidsformeln aufzusagen. Sie hielt die Kranken im Arm, ohne sich zu ekeln, weder vor ihrem Schmutz noch vor ihren Symptomen. Nie hatte Aïcha gedacht, ihre Mutter wäre unterwürfig. Im Gegenteil, Mathilde erschien ihr wie eine Art Fee, der die Menschen, die Tiere und die leblosen Dinge gehorchten. Und jetzt, da sie selbst eine Dame war, erinnerte sie sich neidvoll an Mathilde, die Unermüdliche, wie sie mit einem Lappen über der Schulter und elsässische Melodien summend durchs Haus lief.

Einmal schlug Aïcha Mehdi vor, seine Kollegen vom

Ministerium zum Abendessen einzuladen. »Ich weiß, dass das wichtig für dich ist. Du musst deine Beziehungen pflegen.« Mehdi zögerte. Eine Rede, die er vor dem Ministerrat seiner Majestät halten musste, beschäftigte ihn gerade sehr. Eine Rede in klassischem Arabisch, die ihm kalten Schweiß über den Rücken jagte. In der Kolonialschule hatte er nie gelernt, in seiner eigenen Sprache zu schreiben, und mit beinahe dreißig Jahren büffelte er heimlich das Alphabet und die Konjugationen. Sein Freund Ahmed hatte ihm geraten, die Rede in Lautschrift zu notieren, und er übte jeden Abend seinen Vortrag. »Du musst nichts tun«, beruhigte ihn Aïcha. »Ich werde mich um alles kümmern.«

Während sie ihre Patientinnen abhörte, feilte sie an dem Menü, das sie den Gästen servieren würde. Auf eine Rezeptverordnung schrieb sie »Lachsmousse« statt einer Pillenmarke. Und als die Patientin sie besorgt fragte, was das zu bedeuten habe, redete sie sich stotternd heraus: »Essen Sie Lachs, das ist gut für die Hormone.« Sie dachte daran, marokkanische Spezialitäten zuzubereiten, hatte jedoch Angst, sich vor den größtenteils aus Fes stammenden Männern zu blamieren, deren Mütter exzellente Köchinnen waren mit einem von Generation zu Generation weitergegebenen Repertoire raffiniertester Rezepte. Dann erinnerte sie sich daran, welchen Erfolg sie im ersten Sommer bei Monette mit ihren Elsässer Würsten gehabt hatte. Im Übrigen nannten Mehdis Kollegen sie oft die Elsässerin. Sie erzählten ihr von ihrer Pariser Studentenzeit und von der kleinen Brasserie im Quartier Latin, wo man für ein paar

Sous einen Schoppen Bier und Bratwürstchen bekam. »Ein Choucroute. Das werde ich ihnen kochen.«

Aïcha ging zum Porcelet Gourmand. Die beste Metzgerei der Stadt wurde von einer großen dünnen Französin geführt, deren Haut so körnig war wie die einer sauren Gurke. Ihr Gehilfe war ein junger Marokkaner mit Halbglatze, der die Worte »Schinken« und »Fleischwurst« nicht richtig aussprechen konnte. Aïcha stand eine halbe Stunde Schlange hinter Französinnen, Missionslehrern und Chauffeuren, die diskret Bestellungen abholten. Sie starrte auf die Hände des jungen Mannes, während er mit verblüffender Geschicklichkeit Speck- und Wurstscheiben schnitt. »Der Nächste.«

Den ganzen Nachmittag mühte sie sich in der Küche ab. Die Kartoffeln waren zu weich gekocht. Das Sauerkraut trotz Gewürzen und Wein etwas fade. Doch die Würste und das Fleisch schienen exzellent zu sein, und sie sah schon die Gäste ihre Frankfurter in den Senf tunken und sich an der Schweineschulter laben, die auf der Zunge zerging. Sie wartete lange, am Küchentisch sitzend, vor einem Teller mit Obst, auf dem sich Fruchtfliegen tummelten. Sie rief zwei Mal im Ministerium an, und Mehdis Sekretärin sagte ihr in bedauerndem Ton, dass sich die Sitzung noch immer hinzöge. Als sie endlich den Wagen in der Garage hörte, strich sie ihren Rock glatt, richtete sich die Frisur und hob verstohlen den Deckel des Topfes. Alles war bereit. Sie, deren Ruhe und Beherrschung die Professoren stets gelobt hatten, kam schier um vor Nervosität. Sie hatte Angst, etwas falsch zu machen, etwas Dummes zu sagen.

Die Gäste – alles Männer – setzten sich ins Wohnzimmer. Aïcha lief unablässig zwischen ihnen und der Küche hin und her. Sie entkorkte eine Flasche Champagner. »Es ist auch Whisky da, wenn Sie möchten.« Sie reichte kleine Teller mit Käsegebäck herum, drängte die Gäste, sich nachzunehmen, und Mehdi bedeutete ihr mit einem Blick, dass es genug sei. »Es ist aufgetragen«, und die Männer gingen ins Esszimmer. Aïcha stellte die Platte mit Sauerkraut in die Mitte des Tisches und nahm mit einer feierlichen Geste den Deckel vom Topf. Sie steckte die Gabel in eine Wurst und hielt sie in die Höhe. »Elsässer Choucroute. Ein typisches Gericht aus meiner Heimat.« Später hatte sie sich gefragt, ob vor allem dieser Satz die Männer schockiert hatte, mehr noch als die Tatsache, dass sie ihnen einen Topf voller Schweinefleisch vorsetzte. Sie hatte gesagt »ein Gericht aus meiner Heimat«, und das war, als hätte sie vergessen, wo sie war, wer sie war und wer ihr Gatte war. Sie war hier aufgewachsen, genau wie ihre Gäste. Sie hieß Aïcha, sie war die Tochter eines Meknèser Bauern, und doch hatte sie gesagt, »ein Gericht aus meiner Heimat«, während sie ihnen mit einer Wurst vor der Nase herumwedelte. Einer der Gäste führte seine Serviette zum Mund, als wolle er ihn von Schmutz reinigen. Er hob die Hand und entschuldigte sich mit sanfter Stimme: »Für mich nicht, vielen Dank. Ich kenne Choucroute, es ist köstlich. Aber ich komme gerade aus Mekka, daher...« Aïcha hielt noch immer die Gabel, an deren Ende die rosa Frankfurter baumelte, und sah einen anderen Besucher an. »Möchten Sie probieren?«

»Ich nehme von dem Sauerkraut. Das haben Sie separat gekocht, nicht wahr?«

Das Diner kam ihr endlos vor. Sie kauten schweigend das Sauerkraut, und Aïcha starrte unwillkürlich auf den Topf, dessen Deckel geschlossen blieb. Sie hatte Angst vor Mehdis Reaktion, wenn die Gäste gegangen wären. Sie stellte sich vor, wie er tobte, und sein Bild verschwamm mit Amines, dessen Gebrüll sie als Kind terrorisiert hatte. Sie hätte ihn gern um Verzeihung gebeten, gesagt, dass es dumm von ihr gewesen war, dass sie nicht nachgedacht hatte. Doch Mehdi schrie nicht. Er schloss die Tür hinter dem letzten Gast und ging zu seiner Frau in die Küche. Er bot ihr nicht an, ihr beim Geschirrspülen zu helfen. Er nahm den Deckel vom Topf, holte eine Wurst heraus und biss hinein.

Als Aïcha Mathilde von ihrem Missgeschick erzählte, riet die ihr, sich ein Hausmädchen zu nehmen. Alle hatten ein Hausmädchen, das war ganz normal, aber Aïcha hatte nie eines einstellen wollen. Es kam nur zwei Mal in der Woche eine Frau zum Putzen, denn Aïcha hasste die Vorstellung, dass jemand bei ihnen lebte, jemand, der zuschaut, wie sie lebten und glücklich waren und betrunken waren und der ihren Mann und sie vielleicht sogar belauschte, wenn sie sich liebten. Ihr Leben lang hatte Aïcha die Frauen über Hausmädchen reden hören. Das war ein unerschöpfliches Gesprächsthema, eine Brutstätte für schmutzige oder komische Anekdoten. »Hast du schon gehört, was mein Dienstmädchen gemacht hat?«, fragte eine Frau beim Tee. »Du kennst nicht zufällig ein anständiges Dienstmädchen? Ich habe meins gerade vor die Tür gesetzt«, fügte eine verzweifelte Hausfrau hinzu.

Aïcha begab sich auf die Suche. Sie fragte ihre Freundinnen, ihre Kolleginnen und selbst ihre Nachbarin, die zwei Hausmädchen, einen Chauffeur und einen Pförtner beschäftigte. Wochenlang hörte sie die Frauen, die ihr, wie ein antiker Chor, die Risiken vortrugen, die sie einging, indem sie eine Bedienstete zu sich nahm. Hausmädchen sind Diebinnen, das ist angeboren, und triebhaft. Man braucht sich nicht zu wundern, wenn man eine Jungfrau bei sich wohnen lässt, dass sie am Ende in ihrer Frustration schmort, dass sie hysterisch, aggressiv, eifersüchtig wird. Die Hausmädchen machen den Ehemännern schöne Augen, und es ist nicht deren Schuld, wenn sie eines Tages schwanger sind und sich davonmachen.

Der Straßenwächter bekräftigte dies. Aïcha war jung und naiv. Sie durfte sich nicht erweichen lassen. »Dienstmädchen sind gerissen«, sagte er zu ihr. »Wenn sie dir nicht in die Augen schauen, dann nicht aus Respekt oder Angst. Sie sind undankbar, nie zufrieden, selbst wenn man sie verwöhnt, und nach Jahren, ja, sogar Jahrzehnten unter deinem Dach betrügen und enttäuschen sie dich.« Aïcha redete darüber mit ihren Freundinnen. Anwältinnen, Ärztinnen, Professorinnen, die ihre Not verstanden und die, genau wie sie, keine Zeit hatten, die Tajine zu überwachen, Kinder zu wickeln, Wäsche zu bügeln, Oliven und Koriander klein zu hacken. Dafür musst du dir ein Hausmädchen heranziehen. Ronit zufolge war es besser, eine junge Frau zu engagieren. »Die alten glauben, sie wüssten alles besser, dabei haben sie genauso wenig Ahnung wie jede andere.« Man würde ihr alles beibringen müssen. Einen Tisch decken, nicht wie eine Wilde, sich an die Lebensweise zivilisierter Leute gewöhnen. Ein Bett ordentlich machen, auf einwandfreie Hygiene achten, von selbst darauf kommen, dass man seine Schürze wechseln muss, wenn sie schmutzig ist. Hausmädchen tragen blaue oder rosafarbene Kittel, die es in den Läden im Stadtzentrum oder sogar auf dem großen Markt extra für sie zu kaufen gibt. Aïcha ging in einen dieser Läden und besorgte dazu noch Wolldecken – »Hausmädchen lieben Wolldecken.« Hausmädchen essen nicht am Tisch mit den Arbeitgebern und sie bekommen nur bestimmte Joghurtmarken. Sie essen die Reste in der Küche. Sie interessieren sich sowieso nur für Brot und Soße, also halb so wild, wenn die Herrschaften das ganze Fleisch aufgegessen haben. Das Problem ist, meinte die Friseuse, dass Hausmädchen nicht lesen können, was alles komplizierter macht. Man kann sie nicht bitten, ein bestimmtes Rezept nachzukochen, man kann ihnen keinen Zettel mit Anweisungen für den Tag auf dem Küchentisch hinterlassen. Das sind instinktive Wesen, man muss ihnen alles zeigen, und die geschicktesten unter ihnen, die weniger dummen, lernen schnell die richtigen Handgriffe. Auch das sagen die Frauen übrigens manchmal: »Dieses Hausmädchen ist gar nicht dumm, wie schade«, oder: »Was für eine Verschwendung, eine wie die hätte es zu was bringen können.« Aber niemand mag intelligente Hausmädchen. Das sind die hinterlistigsten, die widerspenstigsten.

Selma fragte besorgt: »Wo soll sie schlafen?« Manche Leute ließen sie auf dem Küchenboden schlafen, doch das würde Mehdi nicht gefallen. Das gehörte sich nicht. »Alle schicken Häuser haben heutzutage einen Bereich fürs Personal hinten im Garten oder im Keller«, erklärte ihre Tante.

Die Oberschwester der Station versicherte ihr, sie könne ihr eine junge Schwarze besorgen, eine aus Touarga, aufgewachsen unter den Sklaven des Palastes, die kochte wie eine Göttin. Der Straßenwärter sang ein Loblied auf seine Cousine, die Rückenprobleme hatte und nichts heben konnte. Und irgendwann brachte man ihr Fatima.

Fatima stand eines Montagmorgens vor der Tür, in einer stumpfen Dschellaba und mit ausgetretenen Babuschen an den Füßen. Sie trug ein Kopftuch über ihren hochgesteckten Haaren. Aïcha ließ sie herein. Verlegen wusste sie nicht, was sie sagen sollte. Sollte sie der jungen Frau einen Stuhl anbieten? Etwas zu trinken? Sie zeigte Fatima lieber alles, ohne sie dabei direkt anzusehen. Das Mädchen nickte nur und sagte nichts. Zwei Wohnzimmer. Es gab zwei Wohnzimmer in diesem Haus. Zwei Wohnzimmer, die größer waren als die größte Hütte in der Bidonville. Sie betrachtete den Fußboden. Sie würde Zeit brauchen, um das alles zu putzen. So ein Boden musste spiegelglatt sein. Andauernd schob sie eine Hand unter ihr Kopftuch und kratzte sich mit ihren langen, schmutzigen Nägeln. Aïcha stellte ihr Fragen. Sie wollte wissen, ob sie kochen könne. Fatima zuckte mit den Achseln, und Aïcha schlussfolgerte: »Ich werde es dir beibringen. Wir essen sowieso nicht oft zu Hause.« Unter der Küche, neben der Waschküche, lag Fatimas Zimmer. Als sie das Hausmädchen dort hinbrachte, zögerte Aïcha. Der Raum war groß, das Bett nagelneu, doch die Luft war unerträglich stickig wegen des Heizungskellers und des brummenden alten Kühlschranks. »Du musst hier regelmäßig lüften. Denk daran, ja?« Auf Fatimas Bett legte sie einen weißen Kittel mit einer Tasche auf dem linken Busen und eine hübsche blaue, in Plastik verpackte Schürze. »Das ist deine Arbeitskleidung. Wenn die Sachen schmutzig sind, ziehst du sie aus und frische an. Es gibt noch zwei Garnituren im Schrank.«

Später erzählte sie Mehdi, wie befangen sie sich an diesem Nachmittag mit Fatima gefühlt hatte. Er hörte kaum zu. Er wollte sich da nicht einmischen. Aïcha brauchte kein schlechtes Gewissen zu haben. Sie gaben ihr eine Arbeit und würden alles tun, damit es ihr gut ging. Dann, eines Abends, fing Aïcha an, sich am Kopf zu kratzen. Sie dachte, es läge an dem Produkt, das sie verwendete, um ihre Haare zu glätten. Doch ein paar Tage darauf, als sie sich besonders heftig hinterm Ohr kratzte, spürte sie, wie etwas unter ihrem Nagel zerplatzte. Auf ihrem Zeigefinger sah sie eine riesige Laus und einen kleinen Blutstropfen. Nach der Arbeit fuhr sie bei der Apotheke vorbei. Zu Hause ging sie gleich hinunter in Fatimas Zimmer und ließ diese auf einem Stuhl Platz nehmen. Sie zog sich Handschuhe an, legte ein Handtuch über die Schultern des Hausmädchens und bat es, sein Kopftuch aufzuknoten. Es weigerte sich und begann völlig übertrieben zu heulen wie ein Lamm, das man zur Schlachtbank führt. »Was machst du denn für ein Theater?«, regte Aïcha sich auf. »Ich tu dir nicht weh. Ich werde meine Haare auch mit diesem Mittel einreiben, stell dir vor. Deinetwegen habe ich Läuse.« Fatima hielt schließlich still. Sie löste ihr Kopftuch, und Aïcha sah zum ersten Mal die Haare des Hausmädchens. Kastanienbraune, schmutzige, zu einem Turban gewickelte Haare, aus denen sie mit einem gewissen Ekel die Dutzenden Nadeln zog, die sie in Position hielten. Sie fielen über den Rücken der jungen Frau und reichten ihr bis zum Hintern. »Wie lange hast du dir die Haare nicht mehr gewaschen?«, fragte Aïcha mit ihrer »Arztstimme«, wie Mehdi sie nannte. Einer klaren, entschiedenen Stimme voller Autorität. Einer Stimme, die nicht böse war, nicht verurteilte. Einer Stimme, die behandelte. Fatima war außerstande zu antworten. Sie heulte weiter, als hätte die Hausherrin sie nackt ausgezogen oder verspottet. Aïcha leerte die Flasche über den Schädel des Hausmädchens. »Wenn ich gewusst hätte, wie lang deine Haare sind, hätte ich mehr gekauft.« Anschließend wickelte sie Fatimas Kopf in ein weißes Tuch, wie Mathilde es bei ihnen gemacht hatte, als sie klein waren. »Und jetzt warten wir.«

Fatima wartete auf ihrem Stuhl. Sie wagte nicht, sich zu rühren, und starrte auf die Wand vor sich und den Schimmelfleck, nach dem der ganze Keller roch. Aïcha kam zurück. Sie nahm das Tuch ab, legte es auf den Boden und stieß einen Schrei aus. Darin waren so viele Tierchen, so viele Läuse, dass es beinahe schwarz war. »Das schaffen wir nicht. Wir müssen deine Haare abschneiden.« Doch Fatima sprang schreiend auf. Sie wollte nicht. Niemand durfte sie anrühren. Sie rannte ins Bad, warf die Tür zu und drehte den Schlüssel im Schloss. Aïcha trommelte gegen die Tür. Sie flehte das Hausmädchen an, vernünftig zu sein. »Hab keine Angst, sie wachsen doch wieder.« Aber Fatima antwortete nicht mehr. Sie blieb die ganze Nacht eingeschlossen und machte nicht einmal auf, als Aïcha ihr etwas zu essen hinunterbrachte. Mehdi sah sich gezwungen, einzugreifen. Er befahl dem Hausmädchen herauszukommen. »Was ist das für ein kindisches Verhalten?« Er drohte ihr, die Polizei zu rufen, wenn sie weiterhin stur blieb. Endlich erschien das Hausmädchen mit vom Weinen verquollenen Augen. Es setzte sich auf einen Stuhl und sah seine langen Haarsträhnen zu Boden fallen.

Einmal im Monat ging Fatima nach Hause ins Armenviertel. Sobald sie durch die Tür der Baracke trat, verlangte ihre Mutter das Geld, und Fatima gab ihr ihren Lohn. Die Mutter leckte sich den Zeigefinger an und zählte schweigend die Scheine. Sie konnte nicht lesen, aber zählen, das konnte sie. Sie machte kleine Stapel mit den Scheinen und verstaute diese, zweifach gefaltet, in ihrem Büstenhalter. Einmal fragte Fatima sie, wofür die einzelnen Stapel waren, und ihre Mutter erwiderte: »Kümmere du dich um deine Arbeit. Misch dich da nicht ein.« In der Bidonville änderte sich nie etwas. Weder an der Umgebung noch an den Häusern, nicht mal an den Gesprächen oder Gewohnheiten. Man käute dieselben Probleme wieder, man litt immer noch unter denselben Missständen, man starb an denselben Krankheiten, und man klagte über dieselben Schmerzen. Da begriff Fatima, dass Elend genau das war: Eine Welt, die sich nicht änderte. Die Bourgeois, die reichen und gebildeten Leute, fragten, wenn sie sich trafen, immer, was es Neues gab. Das Leben hielt Überraschungen für sie bereit. Sie sprachen von Zukunft und sogar von Revolution. Sie dachten, dass Veränderung möglich war.

Manchmal fragte die Mutter Fatima nach dem Haus ihrer

Herrschaften. Wie es aussah, was sie aßen, wie ihr Auto war und ihr Badezimmer. Besonders das Badezimmer interessierte sie. Das Dienstmädchen war unfähig, das Haus zu beschreiben. Unfähig, ins Detail zu gehen. Was ihr auffiel, waren nicht die Möbel, die Haushaltsgeräte oder das Regal, das von Büchern überquoll. Nein, was sie seltsam fand und was ihr Angst machte, das war die Stille. Diese Stille wie auf einem Friedhof, die weder Kindergeschrei noch der Regen auf dem Wellblech noch das Gezeter der Frauen durchbrach, die sich von Baracke zu Baracke beschimpften. Tagsüber, wenn ihre Herrschaften bei der Arbeit waren, fand sich Fatima allein im Haus wieder. In der Stille wirkte alles unheimlich. Ihr war vorher nie bewusst gewesen, wie sehr man sich leben hört. Die Geräusche ihres eigenen Körpers verstörten sie. Sie erschrak wegen jeder Kleinigkeit. Dem Tröpfeln des Wassers im Onyx-Spülbecken, dem Gluckern der Leitungen, dem Motor des Importkühlschranks. Das Haus befand sich in einem schicken Wohnviertel. In den umliegenden Straßen ging niemand spazieren. Man hörte nur schöne große Autos vorbeifahren, gelenkt von Chauffeuren, die die Kinder zur französischen Schule brachten. Diese Stille quälte sie. Sonntags streckte Aïcha sich auf dem Sofa im Wohnzimmer aus. Sie legte die Füße auf den Schoß ihres Mannes, und so lasen sie beide. Sie sahen einander nicht mal an. Manchmal riefen sie Fatima mit einem Glöckchen, das Mathilde ihnen geschenkt hatte, damit sie Erfrischungen brachte. Und Fatima hätte gern verstanden, warum Lesen sie immer so durstig machte.

Unter sich redeten die Herrschaften Französisch, und Fatima verstand nichts von dem, was sie sagten. Sie versuchte, sich einzelne Wörter zu merken: »schnell«, »Löffel«, »auf Wiedersehen«. Sie sprach ihre Sprache nicht, und doch war sie es, die als Erste begriff, dass Aïcha ein Kind erwartete. Ihre Chefin aß nichts mehr zum Frühstück und kam manchmal mitten am Tag von der Arbeit nach Hause, um sich hinzulegen. Sie begann, Gläser mit sauren Gurken zu kaufen, die sie in der Küche stehend verschlang, und änderte ihre Zigarettenmarke. Fatima dachte, dass es ihr gefallen würde, sich um ein Kind zu kümmern. Es würde ihr sehr viel besser gefallen, als zu putzen und die Platten im Garten abzuspritzen. Sie würde sich an den Nachmittagen nicht mehr allein vor dem Fernseher langweilen, ohne irgendetwas von den Reden des Königs zu verstehen, die der staatliche Sender übertrug. Auch der König sprach manchmal Französisch. Fatima begann Anspielungen zu machen. Einmal erzählte sie Aïcha, dass sie zwei kleine Brüder und eine kleine Schwester hatte, um die sie sich gekümmert hatte, als sie Babys waren. »Also ich weiß, wie man Kinder großzieht.« Doch Aïcha hörte ihr nicht zu. »Ich kann nicht in der Küche bleiben«, sagte sie. »Von dem Fleischgeruch wird mir übel.«

Nach drei Monaten dachte Fatima, dass sie sich vielleicht getäuscht hatte. Was begriff sie schon vom Leben dieser Leute? Die Sache mit den Gurken und den Zigaretten ging sie nichts an. Sosehr sie auf Aïchas Bauch schielte, er blieb unverändert. Die Chefin hatte die Bereitschaftsdienste im Krankenhaus wieder aufgenommen, lehnte es nicht mehr ab, Mehdi zu Empfängen zu begleiten, und trug noch immer dieselben Kleider. Vielleicht, überlegte das Hausmädchen, ist das Kind eingeschlafen. Sie hatte diese Legende oft gehört, der zufolge das Ungeborene im Leib seiner Mutter durch die Wirkung eines Zaubers einschlafen konnte. Monate- ja sogar jahrelang hielt es still und kam erst heraus, wenn seine Mutter sich bereit fühlte, es auf der Welt zu empfangen. Fatima brannte darauf, mit Aïcha darüber zu sprechen. Sie würde sie anflehen: »Weck es auf, und ich helfe dir, es zu versorgen. Du brauchst nichts zu tun, du kannst zu deiner Arbeit gehen, und dein Mann auch. Ich werde mich um das Kind kümmern, als wäre es mein eigenes.«

Als Amine aufsteht, ist der Tag noch nicht angebrochen. Der graue Morgen scheint gerade erst am Horizont auf, und im Gras knirscht ein Eisbett unter seinen Füßen. Den ganzen Winter schon hat er unter Schlaflosigkeit gelitten. Die unsichere Lage des Landes hat ihn in einen Zustand andauernder Besorgnis gestürzt. Im August 1972, einen Monat nach Aïchas Hochzeit, hat ein weiteres Attentat die Boeing des Königs getroffen. Hassan II. hat den Mordversuch überlebt. »Eine Chance von eins zu einer Milliarde.« Das haben die Computer gesagt, nachdem sie die Einschläge der Geschosse an der Maschine analysiert haben. Der König hatte eine Überlebenschance von eins zu einer Milliarde. Ein Wunder.

Seitdem findet Amine keine Ruhe mehr. Sobald er sich hinlegt, den Kopf aufs Kissen bettet, wird er von heftiger Nervosität gepackt. Er muss etwas tun, produzieren, erfinden. Er wirft die Jacke über, zieht sich eine Pelzschapka tief ins Gesicht und nimmt den Feldweg Richtung Obstplantagen. Die Farm liegt verlassen da, und ihn überkommt die Lust, sich auf den Boden zu kauern und einen tierischen Schrei auszustoßen. Einen Schrei, der die erschrockenen Bauern aus ihren baufälligen Hütten locken würde. »An die

Arbeit!«, und die Frauen würden mit offenen Haaren, ihr Kopftuch in der Hand, der feuchten Wärme der Gewächshäuser zueilen. Die noch barfüßigen Männer würden beim Laufen ihre Stiefel überstreifen.

Seit Mourads Tod hat er mehrere Vorarbeiter verschlissen, doch keiner erschien ihm tüchtig oder kompetent genug. Sie begreifen Amines Ehrgeiz nicht, oder wenn sie es doch tun, dann tritt in ihre Augen ein seltsamer, neidischer und scheeler Glanz, und Amine entlässt sie wieder. Ich kann alles alleine machen. Ich brauche niemanden, denkt er, während er die Mandarinenbaumreihen durchmisst. Ein Chef muss noch mehr, noch härter arbeiten als seine Leute, wenn er verdienen will, was er erntet. Er reißt eine Frucht von einem Zweig, schält sie und isst methodisch Schnitz für Schnitz. Er zieht ein kleines Heft aus der Tasche, in das er für jede Frucht die Zahl der in seiner hohlen Hand gesammelten Kerne notiert. Egal, ob er seit dem Vortag nichts gegessen hat und die Säure ihm im Magen brennt. Wenn er die Sorte verbessern und kernlose Früchte produzieren will, muss er da durch. Amine schlägt den Kragen seiner Jacke hoch. Er reibt sich die Augen. Er schläft so wenig, dass er manchmal Halluzinationen hat. Er spricht mit den Toten und den Abwesenden. Mit Selim, dessen Stimme er im vergangenen Frühjahr am Telefon gehört hat. Der Junge hatte zu Mathildes Geburtstag angerufen, doch Amine hatte den Hörer abgenommen. Und er war stumm geblieben, versteinert trotz der verzweifelten »Hallo?« seines Sohnes. »Hört ihr mich?« Sein Sohn, der durch eine merkwürdige Ironie des Schicksals in Amerika lebt, dem

Land, von dem Amine immer geträumt hat. Aus diesem Boden hier hatte er ein neues Kalifornien machen wollen. Er spricht auch mit Mourad, dessen Geist über dem Besitz schwebt und dessen Erinnerung schwer wie eine Schuld auf seinem Herz lastet. Er bittet ihn um Verzeihung, so wie er Kadour, seinen Vater, um Verzeihung bittet, der ihm dieses Land hinterlassen hat und der nie die blühenden Bäume sehen würde. Amine durchquert die Mandelplantage, geht um den großen Schuppen herum und erreicht die gekalkten Mauern, hinter denen sein Bruder Jalil und Mouilala begraben liegen. Er richtet die Lampe auf das Grab seiner Mutter, und obwohl es keine Überraschung ist, obwohl er es schon mehrmals gesehen hat, schlägt sein Herz schneller, als er den Umriss einer Palme in der Dunkelheit erkennt. Der Baum ist dort gewachsen, am Fuß des Grabes, Richtung Mekka, und nichts außer einem Wunder kann seine Anwesenheit erklären. Amine nähert sich, umarmt den Baum und drückt die Lippen an seinen Stamm. Er sagt sich, dass das Sichtbare am geheimnisvollsten ist. Nicht die Geister, die Gespenster, die Dschinnen, sondern die Bäume und der Raureif am Morgen. Vielleicht hat Mathilde recht. Vielleicht wird er verrückt.

Mehr denn je hängt er an dieser Erde. Seine Toten sind darin begraben, und sein eigener Leichnam wird eines Tages darin verwesen. Er kommt von hier, und er empfindet für diesen Boden, für dieses Land, eine wilde Zuneigung. Amine hat es von seinem Vater geerbt und hätte sich gewünscht, dass sein Sohn es von ihm erben würde, aber er kann nicht mit der weiten Welt konkurrieren, die ihm seine Kinder entführt hat. Selim in New York, Aïcha in der Hauptstadt. Hat er das Recht, ihnen zu verübeln, dass sie von einem weniger harten Leben träumen? Als sie klein waren, wenn sie sich einmal sträubten, ihre Hausaufgaben zu machen, sagte Mathilde ihnen: »Du musst fleißig lernen, wenn du Erfolg haben willst, wenn du mal etwas anderes als Bauer werden willst.« Dem Schreckgespenst des Ruins und der Verschuldung folgt nun das, keinen Erben zu haben, der das Gut übernimmt. Dieser Schmerz nagt an ihm. Er kann sich nicht vorstellen, dass all die Arbeit, all das Streben einmal einem Fremden zukommen sollen. Wenn er erst tot und begraben ist, wird ein anderer über diese Ländereien gehen, ein anderer, von dem er nichts weiß und der vielleicht alles zerstört. Diese Gedanken quälen ihn, und er versteht nicht, warum ihm ein solcher Undank zuteilwird. Manchmal hat er den Eindruck, diese Erde ist verflucht, und anstatt sie aufzunehmen und zu beschützen, hat sie all jene vergrault, die hier lebten. Was hat er Böses getan? Er hat so viele Sünden auf sich geladen, und unter diesen hat vor allem der Stolz ihn daran gehindert, die Menschen um sich herum richtig zu lieben. Als Selim ein Kind war, spielten sie manchmal Armdrücken am Küchentisch, und nie, nicht ein einziges Mal, hat Amine ihn gewinnen lassen. Dabei wusste er, wie glücklich das den kleinen Jungen machen würde, dass er auf seinem Stuhl hüpfen und schreien würde: »Ich habe Papa geschlagen!« Doch Amine konnte sich nicht dazu überwinden. Es war stärker als er. Ein Sohn, dachte er, muss abgehärtet sein und lernen zu verlieren.

Wie lange steht er da, vor dem Grab seiner Mutter? Es ist

bereits hell, und seine Taschenlampe brennt immer noch, als er beschließt, zum Haus zurückzugehen. Die ersten Arbeiter kommen vom Duar, und er winkt ein paar von ihnen energisch zu sich heran. Hier, die Plane eines Gewächshauses hat ein Loch. Da, die Stiegen mit den Pflanzen, die geliefert werden müssen, stehen noch herum. Es gibt so viel zu tun, und sein Hirn rattert.

Er setzt sich an seinen Schreibtisch und legt die Hand an die Teekanne, die Tamo für ihn bereitgestellt hat. Sie ist gerade mal lauwarm. Durchs Fenster sieht er die Weihnachtsdecken, die Mathilde hat waschen lassen und die auf einer Leine hängen. Vor der großen Palme halten sich kleine Elsässerinnen in Holzpantinen an den Händen, und dicke weiße Gänse recken die Schnäbel zum Himmel. Er liest einen Artikel weiter, den Aïcha ihm geschickt hat und in dem es um die Forschung eines gewissen Ancel Keys zu den Vorzügen des Olivenöls geht. In seine Lektüre vertieft, zuckt er zusammen, als Achour an die Glastür klopft. Seit seinem Schlaganfall kann der Arbeiter nur noch mit Mühe sprechen, und er bedeutet Amine mit dem linken Arm, der noch zu gebrauchen ist, herauszukommen. Er teilt ihm mit, dass Männer in der Nacht auf der anderen Seite der Straße ein großes Holzpodest errichtet haben. Heute früh haben sie Stühle aufgestellt, Fahnen gehisst und auf dem Boden riesige Teppiche in leuchtenden Farben ausgelegt. »Weißt du, was das heißt?« Amine nickt. »Der König wird kommen.« Der König, der nie einen Fuß auf die nackte Erde, das feuchte Gras, die Bürgersteige in den Städten oder den Sand an den Stränden setzt. Der König, der seit den Attentaten nicht mehr nur Anführer und Beschützer ist, sondern ein Auserwählter Gottes, gerettet durch die heilige Kraft der *baraka*. Jeder Tag bringt seine Litanei guter Neuigkeiten. Der König will dem Volk Brot geben, er will Straßen bauen, die Löhne erhöhen, Zucker subventionieren, Staudämme anlegen, einen neuen Feiertag einführen. Am 19. September 1972 hat der König in einer im Fernsehen ausgestrahlten Rede angekündigt, dass er die Agrarreform einleiten und die Ländereien der Kolonisten zurückholen wird. Und heute ist hier, wie überall im Königreich, eine Zeremonie geplant, um den landlosen Bauern Besitzurkunden zu überreichen.

Amine verlässt sein Büro und läuft den Feldweg entlang, gefolgt von Achour. »Geh zurück an die Arbeit«, sagt er zu ihm. »Und vergewissere dich, dass die anderen auch ja an ihrem Platz sind.« Er läuft zum großen Tor und überquert die Straße. Dutzende Autos parken am Rand, Journalisten mit gezückten Fotoapparaten und Notizbüchern nehmen auf der Tribüne Platz. Ein paar europäische Journalisten haben die Kragen ihrer Jacken hochgeschlagen und hauchen in ihre Fäuste. Sie sind überrascht von der beißenden Dezemberkälte, die durch ihre Kleider dringt und sie zittern lässt. Sie wissen nichts über dieses Land, denkt Amine, sie glauben, Marokko ist ein heißes Land. Mitten zwischen den Stuhlreihen stellt ein marokkanisches Fernsehteam eine Kamera auf. Amine erkennt den Moderator, einen Spezialisten für königliche Rundreisen, über den sich das gesamte Land lustig macht wegen seiner Fähigkeit zu reden, ohne etwas zu sagen, und das endlose Warten auf die Ankunft des Königs mit leeren Worten zu füllen.

Der Wind pfeift, alle heben den Blick zu den Dutzenden Fahnen, die am Straßenrand aufgereiht sind. Der leuchtend rote Stoff bläht sich, es klingt wie Flügelschlagen, der fünfzackige Stern wird sichtbar und verschwindet wieder. Rechts der Bühne bereiten Musiker in weißen Dschellabas, mit Turbanen auf den rasierten Schädeln, ihre Instrumente vor. Amine klettert auf das Mäuerchen, das seinen Besitz einfasst. Von hier kann er einen weißen Lastwagen aus El Hajeb kommen sehen. Das Motorengeräusch versetzt die Menge in unkoordinierte Aufregung. Das Orchester richtet sich auf und macht sich bereit, die ersten Töne der Nationalhymne anzustimmen. Sie haben gedacht, das wäre der König, aber es sind nur Bauern, die da einer nach dem anderen aus dem Lastwagen steigen, in ihren neuen Dschellabas, mit sauberen Händen und Gesichtern. Polizisten begleiten sie und erklären ihnen in autoritärem Ton, was sie zu sagen und zu tun haben und wie sie sich benehmen sollen. Ein Journalist nähert sich der Gruppe Bauern, er will sie interviewen, doch man erklärt ihm, das sei jetzt nicht der richtige Moment. Der König kann jeden Augenblick kommen, man muss an seinem Platz bleiben. Anschließend wäre immer noch Zeit, Fragen zu stellen.

Amine lässt die Männer nicht aus den Augen. Sie werfen sich verschwörerische Blicke zu, manche lachen und küssen sich auf die Wangen. Man stellt sie in eine Reihe vor ein riesiges Porträt des Königs und seines Sohnes, des Kronprinzen. Hassan II. in sandfarbener Dschellaba und Tarbusch, Bauer unter Bauern. Nicht zu vergleichen mit dem Porträt, das in Amines Arbeitszimmer hängt. Kein Zweireiher mehr, kein seidenes Einstecktuch auf dem Flanelljackett, kein Blick in die Ferne wie die Models von Harcourt. Nein, dieses Porträt ist ganz anders, und es erinnert Amine an die Bilder aus seiner Kindheit. Die Fotografie seines eigenen Vaters, Kadour Belhaj, aufgenommen in einem Studio im Stadtzentrum. Der Tarbusch, die wollene Dschellaba und der harte Blick eines Mannes, der es gewohnt ist zu befehlen.

Jemand sagt den Musikern, sie sollen anfangen. Sie nehmen ihre Ouds, ihre Tamburine und stimmen ein hässliches, nervtötendes Lied an, eines dieser seelenlosen Stücke, die andauernd im Radio laufen. Amine begreift, dass der König nicht kommen wird, und er will schon umkehren, zurück an die Arbeit gehen, als er die erstaunten Rufe der Journalisten hört. In der Ferne, in einer Stabwolke, sieht man ein Dutzend Reiter herangaloppieren, gekleidet wie zur Zeit des Sultans Mulai Ismail. Sehr feine Lederstiefel, rot-grüne Turbane. Sie heben ihre Musketen und schießen unter dem Jubel der Menge. Die Europäer trauen ihren Augen nicht. Für einen Moment vergessen sie, dass sie zum Arbeiten hier sind, dass sie einen Artikel zu schreiben haben, und sie führen sich auf wie Kinder angesichts einer exotischen Attraktion. Bilder längst vergangener Zeiten sind vor ihren Augen wiederauferstanden. Dieses uralte Marokko, mit dem die Leute ihnen hier andauernd in den Ohren liegen, ist nicht ganz und gar untergegangen. Auf ihren Pferden rasen die Reiter hin und her, und die Tiere bäumen sich im letzten Moment auf. Die Bauern klatschen in die Hände. Sie denken: All das ist für uns, und sie lächeln stolz.

Zwei Mercedes halten am Straßenrand, Männer steigen aus. Amine erkennt den Pascha, und das neben ihm ist bestimmt ein Minister, aber er ist sich nicht sicher. Er zieht seine Wollstrümpfe hoch über die Waden und stellt sich auf das schmale Mäuerchen. So sieht er den Pascha besser, der auf das Podest steigt und im kleineren der beiden Sessel Platz nimmt. Der goldumrahmte Thron bleibt leer. Das Publikum begreift, dass der König nicht kommen wird, und wirkt mit einem Mal unendlich überdrüssig. Amine denkt: Undankbares Pack. Glaubt ihr nicht, er hat andere Dinge zu tun?

Der Pascha klopft aufs Mikrofon. Es funktioniert nicht, und ein junger Mann im grauen Anzug, schlank und nervös, rennt hierhin und dorthin. Endlich ergreift der Pascha das Wort. Amine kann ihn nicht besonders gut verstehen, aber er erkennt diesen Ton der Kinder, die in die Koranschule gegangen sind, die unter Schlägen und Zwang auswendig gelernt haben. Er huldigt dem König, möge Gott ihn segnen, und lobt die Agrarreform, die er ins Leben gerufen hat. »Die marokkanische Agrarrevolution ist im Gange! Seine Majestät, möge Gott seine Herrschaft stärken, weiß, dass es die Bauern sind, die den Ruhm und Reichtum dieses Landes ausmachen. Und dank seiner Staudammpolitik werden wir bald jeden Hektar Erde bewässern. Wir werden euch zurückgeben, was euch zusteht. Wir werden die Armen reicher und die Reichen ärmer machen.« Der junge Mann im grauen Anzug übergibt ihm ein Blatt Papier. Der Pascha ruft einen Namen. Ein Fellache tritt vor, beklatscht von der Menge. Zum ersten Mal in seinem Leben steigt er auf eine Bühne, man schaut ihn an, filmt ihn, jubelt ihm zu. Morgen wird er vielleicht im Fernsehen sein, also dreht sich der Fellache um, starrt in die Kamera und lächelt. Er hat nur zwei Zähne. Der Pascha klatscht in die Hände. »Schaut, wie glücklich dieser Mann ist!« Und er hält dem Fellachen seine Eigentumsurkunde unter die Nase. Die Fotoapparate rattern. Der Bauer küsst das Stück Papier, dann küsst er die Schulter des Paschas. Aus der Menge erheben sich die *You-you*-Rufe, die Freudenschreie, die »Es lebe der König!«, »Es lebe das Volk!«.

Amine weiß, wie das enden wird. Sobald die Eigentumsurkunden verteilt sind, werden sich alle wie auf Kommando erheben und sich einem Heuschreckenschwarm gleich über das Buffet mit Couscous und gebratenem Fleisch hermachen. Er hat keine Lust, das zu sehen, und wie ein Seiltänzer läuft er ein Stück über das Mäuerchen, ehe er auf der anderen Seite herunterhüpft. Er durchquert die Mandarinenbaumreihen und sieht in der kalten Wintersonne die orangefarbenen Schalen der Früchte glänzen. Das verspricht eine gute Ernte zu werden. Er sollte sich freuen: Morgen wird er noch mehr Geld haben, noch mehr Erfolg, noch mehr Möglichkeiten. Natürlich kann alles kommen. Frost, ein Unwetter, Parasiten, die die Pflanzen befallen und seine Arbeit zunichtemachen. Der Bauer ist in Gottes Hand. Das sagt er Mathilde immer wieder, aber sie versteht es nicht. Sie sagt, er sähe krank aus. Er solle zum Arzt gehen, und seine Schlaflosigkeit werde ihm noch die Gesundheit ruinieren. Sie hat angedeutet, er wäre verrückt, paranoid, wie einst sein Bruder Jalil.

Vor dem Eingang zur Farm warten Bäuerinnen, Kopf und Schultern in große Wolldecken gehüllt. Manche haben einen Zuckerhut in der Hand oder junge Hasen, die sie Mathilde für ihre Behandlung geben werden. Die Tischdecken im Hof sind getrocknet, und man kann die Farben der Kleider der kleinen Elsässerinnen und das leuchtende Gelb der Gänseschnäbel besser erkennen. Amine nähert sich den Bäuerinnen, die eingeschüchtert sind von der Anwesenheit des Chefs. Sie ziehen sich die Decken etwas tiefer ins Gesicht, sie reden leiser, sie klopfen ihren Babys auf den Rücken, damit sie aufhören zu weinen. Die Frauen geben die Tür zur Ambulanz frei, um ihn durchzulassen, aber der Chef geht nicht hinein. Nein, er bleibt da, reglos, erstarrt, die Füße im Boden verankert, als hätte er die Absicht, sich nie wieder von hier fortzubewegen. Die Frauen sehen einander schweigend an. Was ist los mit ihm? Ist er etwa auch krank? Seine Augen sind gerötet vom Schlafmangel, und seine Hände zittern ein wenig. Amine legt die Stirn an die Glastür. Er betrachtet Mathilde, die auf einem Stuhl sitzt und langsam die Wade eines jungen Mannes verbindet. Sie hebt den Kopf, und ein Lächeln erhellt ihr Gesicht. Sie steht so unvermittelt auf, dass dem Patienten ein Schmerzensschrei entfährt. Amine sieht sie auf sich zukommen und denkt, dass sie mit diesem Lächeln, mit diesem jungenhaften Gang imstande ist, ihn zur Vernunft zu bringen. Seine Lippen bewegen sich: »Nach Hause bringen.« Mathilde tritt hinaus in den Hof, und eine Frau stürzt zu ihr, um ihr ihre Decke zu geben, aber Mathilde wehrt ab. »Mir ist nicht kalt«, sagt sie und nimmt die eisigen Hände ihres Mannes in ihre. »Mehdi hat angerufen. Unsere Enkelin wurde heute früh geboren.« Später werden die Frauen aus dem Duar erzählen, dass sie gesehen haben, wie Amine seine Frau an sich zog, ganz nah, so nah, dass die Bäuerinnen dachten, er würde sich an ihr festhalten, um nicht zu stürzen. Und da, unter der großen Palme, haben sie angefangen, sich von einem Fuß auf den anderen zu wiegen, trotz des eisigen Dezemberwinds, trotz des Getuschels der Zuschauerinnen, die es gar nicht glauben konnten. Sie haben getanzt, und manche behaupten sogar, sie hätten Tränen über die Wangen des Chefs laufen sehen und sie hätten Mathilde auf Arabisch sagen hören: »Du bist glücklich, nicht wahr?«

Dieses Buch existiert vor allem dank der wertvollen Zeugnisse von Menschen, die den darin beschriebenen Abschnitt der marokkanischen Geschichte erlebt oder darüber geforscht haben. Sie waren mir eine große Hilfe. Danke an Zakya Daoud für ihre Großzügigkeit, ihren Humor und die Freiheit ihrer Worte und ihres Denkens. Danke an Kenza Sefrioui für ihre wertvollen Ratschläge und an Driss Yazami für seine Menschlichkeit und seine unumstößliche Integrität. All mein Dank gilt Tahar Ben Jelloun, von dem ich unablässig etwas über meine Geschichte lerne. Viel verdanke ich Mohammed Tozy, der mich seit Jahren aufklärt und mir durch sein kolossales Werk erlaubt, mein Land besser zu verstehen. Auch mein langjähriger Freund Hamid Barrada war wieder eine außerordentliche Hilfe, genau wie Perla Servan Schreiber, die bereit war, für mich noch einmal in die Vergangenheit einzutauchen. Ebenso Pierre Vermeren, mein ehemaliger Professor. Danke an Dominic Rousseau, der über die Hippies in Marokko geforscht hat und gerne bereit war, mir von diesem erstaunlichen Intermezzo in Essaouira zu erzählen. Ebenso danke ich Françoise Autin für ihre Herzlichkeit und die akribischen Recherchen, die sie für mich durchgeführt hat. Fatna El Bouih, die ich sehr bewundere und die bereit war, meine Fragen zu beantworten. Danke an Souad Balafrej für ihr Vertrauen und ihre Freundschaft. Ich möchte auch den Freunden meines Vaters danken, die sich während der Arbeit an diesem Buch bei mir gemeldet haben und mir mit sehr viel Takt und Zuneigung aus ihren mit ihm verbrachten jungen Jahre erzählt haben. Nicht zuletzt möchte ich all jene würdigen, die den Mut hatten, vor der Marokkanischen Wahrheitskommission über die während der »bleiernen Jahre« begangenen Verbrechen auszusagen. Der so entstandene Bericht war eine unverzichtbare Quelle. Ihnen gilt meine ganze Bewunderung.

QUELLENNACHWEIS

Boris Pasternak, »Doktor Schiwago«, © Giangiacomo Feltrinelli Editore, Mailand 1957. Erstveröffentlichung unter dem Titel: »Il Dottor Zivago«. © der dt. Ausgabe: Aufbau-Verlag GmbH & Co. KG, Berlin, 1992, 2008. Aus dem Russischen von Thomas Reschke.

Milan Kundera, »Die unerträgliche Leichtigkeit des Seins«, © Milan Kundera, 1984. Originaltitel: »Nesnesitelná Iehkost bytí«. © der dt. Ausgabe: Carl Hanser Verlag, München–Wien, 1984. Aus dem Tschechischen von Susanna Roth.

Abdruck der Zitate mit frdl. Genehmigung der Verlage.

Leïla Slimani

Das Land der Anderen

Roman

368 Seiten, ISBN 978-3-442-77261-2
Deutsch von Amelie Thoma

Der 1. Teil der Romantrilogie:
»Eine großartige französisch-marokkanische Familiensaga.«
Die Literarische Welt

Mathilde, eine junge Elsässerin, verliebt sich am Ende des Zweiten Weltkriegs in Amine Belhaj, einen marokkanischen Offizier im Dienst der französischen Armee. Die beiden heiraten und lassen sich in der Nähe von Meknès nieder, am Fuß des Atlas-Gebirges. Voller Freiheitsdrang hat die junge Frau den Aufbruch in ein neues, unbekanntes Leben gewagt. Nun kämpft sie um Anerkennung in diesem fremden Land, in dem ganz andere Regeln gelten. Und in dem eine Ehe zwischen einem Araber und einer Französin nicht vorgesehen ist.

»Ein Literaturereignis.«
DER SPIEGEL

btb

Leïla Slimani

Dann schlaf auch du

Roman

224 Seiten, ISBN 978-3-442-71742-2
Aus dem Französischen von Amelie Thoma

»Eine grandiose Erzählerin.« ELLE

Sie wollen das perfekte Paar sein, Kinder und Beruf unter einen Hut bringen, alles irgendwie richtig machen. Und sie finden die ideale Nanny, die ihnen das alles erst möglich macht. Doch wie gut kann man einen fremden Menschen kennen? Und wie sehr kann man ihm vertrauen?

»Wie heiß und kalt duschen. Ein großartiger Roman.«
Frankfurter Allgemeine Sonntagszeitung

»Leïla Slimani ist die neue Stimme der französischen Literatur.«
ZEITmagazin

btb

Leïla Slimani

All das zu verlieren
Roman

224 Seiten, ISBN 978-3-442-71969-3
Aus dem Französischen von Amelie Thoma

**»Leïla Slimani ist die neue Stimme
der französischen Literatur.« ZEITmagazin**

Nach außen hin führt Adèle ein Leben, dem es an nichts
fehlt. Dennoch machen Ehemann, Kind, Job und finanzielle
Ungebundenheit sie nicht glücklich. Gelangweilt eilt sie
durch die grauen Straßen von Paris, trifft sich mit Männern,
hat Sex mit Fremden. Sie weiß, dass ihr die Kontrolle
entgleitet. Sie weiß, dass sie ihre Familie verlieren könnte.
Trotzdem setzt sie alles aufs Spiel.

»Keiner schreibt interessanter über die Abgründe unserer Zeit
als die Goncourt-Preisträgerin Leïla Slimani.«
Mara Delius, Die Welt

btb